十七世紀英文学会編

十七世紀英文学を歴史的に読む

――十七世紀英文学研究XVII――

金星堂

まえがき

過去の時代の文学研究にいそしむとき、従来の研究や知見の集積を踏まえつつ、新たな視点と問題意識から作品を読み直し、再評価するといった試みが求められるのは当然のことでしょう。また、ひとりの読み手として行うその試みにあっては、さまざまな作品群や関連する文献・資料を必死に読み解こうと努めたり、書き手の言説に共感を覚えたり疑問を抱いたり、忘れがたいことばを深く胸に刻み込んだりすることもしばしばです。このように、過去の文学をひもといてゆく行為には、時間的な隔たりに対する感覚と時空を超えた〈対話〉がもたらす歓びとが微妙に共存している、あるいは共鳴しているにちがいありません。これを、「歴史」がわたしたちに及ぼす有意な作用とみなすことはできないでしょうか。目下の研究テーマ・内容に直接関係する、しないを問わず、です。

さて、本書『十七世紀英文学研究XVII』で掲げられたテーマは「十七世紀英文学を歴史的に読む」です。すでにご承知のように、十七世紀とは近代を胚胎する転換期・過渡期に相当し、あらゆる局面で地殻変動が渦巻き、交錯していた時代だとされています。その意味からすれば、この時代の英文学を「歴史的に読む」行為自体が、「歴史」がどのような意味をもっているのか、また、必然的に浮上する論点や問題域をそれぞれの書き手や作品とどう接続させるのか、といった問いを正面から鋭く突きつけてくるのではないでしょうか。それらの問いと対峙するとき、わたしたちは自身がよって立つ基本的な視座ばかりか、研究のありかた・手法を改めて相対化させ、より深化させる契機を得られるにちがいありません。本書のテーマが、ありきたりのものであるどころか、わたしたちを激しく挑発するしかけにほかならないと確信されるゆえんです。

目次からも容易に見て取ることができるように、ここに収められた各論考の主題と切り口は多岐にわたっています。とはいえ、全篇に通底しているのは「歴史的に読む」との課題を踏まえ、研究の新たな地平を切り拓くとの意欲であり、これが本書を魅力あるものにしている一番の理由にほかなりません。さらに補足がてら、あえて個人的な想いを述べさせていただくなら、議論の主題・内容に共通項を有する論考が複数存在しているようです。これを少し整理することで、情報の共有による共同研究の可能性が芽生えてくるでしょうし、ひいては、それが十七世紀英文学会のさらなる発展と水準向上につながるのではないかと願わずにはいられません。

とにもかくにも、このように刺激的な論集の実現にご尽力いただいた執筆者のかたがた、大変な編集作業に専心・精励していただいた岩永弘人先生をはじめとする編集委員会のみなさまに深く感謝申し上げます。

末尾ながら、十七世紀英文学会の活動に対して、当初より深いご理解と惜しみないご支援を賜っておりますす金星堂社長福岡正人氏ならびに同社出版部には、本学会を代表して衷心からの敬意と謝意を表する次第です。

二〇一五年五月

十七世紀英文学会会長　生田　省悟

目次

ペトラルカの誘惑、ペトラルカへの反旗
――イギリス・ルネサンス恋愛詩の変容――

村里　好俊

序論

一二世紀南仏で生まれた新しい〈精美の愛〉を声高に歌ったのは、トゥルバドゥールと呼ばれる叙情詩人たちであった。[1] 愛の喜び、愛による人格の向上、〈愛の宗教〉を唱え、女性崇拝の歌を書いた。女性を至福の源とし、憧憬と崇拝の念を抱いて、意中の既婚の貴婦人に奉仕する喜びを歌う彼らの〈至純の愛〉は、パリを中心とする北フランスの叙情詩人たちに受け継がれていっそう倫理的に規範化されただけでなく、南下してイタリアへ向かい、グイド・カバルカンティーを始めとする「清新体 Dolce Stil Nuovo」の詩人たちを通って、一三世紀後半のダンテ、一四世紀のペトラルカやボッカチオに大きな影響を与えた。宮廷司祭アンドレアス・カペルラヌス『宮廷風恋愛の技術』で規定された「恋愛の三一ヶ条」[2] によって、封建主義の中世において、君主に臣下が奉仕するように、淑女に恋する男（騎士）が奉仕するという〈騎士道的恋愛の構図〉がここに成立する。[3]

この〈騎士道的恋愛の構図〉を基盤にして、愛する女性にひたすら愛を捧げ、それを様々な詩的技法を凝らして歌った代表的詩人が、イタリアのダンテとペトラルカである。重要なことは、ダンテのベアトリ

ーチェへの恋愛詩も、ペトラルカのラウラへの恋愛詩も、あの世へと旅立ってしまい、現世では二度と再び相まみえることのない女性に対して、切々と連綿として恋心を歌っていることである。こうして、中世後期から近代初期にかけて文化の先進国イタリアに現われた二大詩人の手になる恋愛詩、とりわけ、後者が書いた詩集の影響力の大きさゆえに、〈決して叶えられない愛〉こそが、その後の西洋恋愛詩の基本を形成することになる。

ヘンリー八世に仕えた廷臣で、外交官として早くからフランスやイタリアに渡航する機会に恵まれたトマス・ワイアット（一五〇三～四二）は、大陸のルネサンス文化・文芸に親しみ、ペトラルカを英語に翻訳していち早くその詩風をイングランドに伝えた詩人である。『カンツォニエーレ』の半ばにある詩（一八九番）とワイアットによるその英語訳を並べてみよう。（両詩とも、日本語訳で引用する）。[4]
わが帆船は　忘却を積み通りゆく
荒れる波のなか　冬の夜更けの
シッラとカリブディの海峡あたり
舵取る船頭はわが主　いなわが宿敵にして
ひとかき漕ぐごと　瞬時に横切る
不吉な想い　嵐も終末も嘲笑うかに
溜息と希望と憧れの嵐が　湿って
引き裂く帆　永久に吹きやまずに。
涙の雨と侮蔑の霧が　濡らしては
はたまた撓める　疲れた帆綱
無知と迷いで　綯った帆綱か。
忘却という積荷を積んだ私のガレー船は
冬の真夜中　荒海にもまれながら
岩と岩との間を進む。舵をとるのは私の敵
実は私の主君　その舵さばきの惨酷なことよ。
櫂という櫂はみな　かかる場合は死をも軽しと
いかなる危険をも冒そうとする一途な心
切ない溜息　信じながらの不安が起こす嵐は
たちまち帆を引き裂いていく。
涙の雨、暗い侮蔑の暗雲が
過誤と無知を縒って作った
疲労した索具に　大きな損害を与えた。

"My galley charged with forgetfulness"
目指す港に着ける当てなど　今はない。
私を支えるべき理性も海に溺れてしまい
私を苦しみに導いた星は隠れてしまい

(*Canzoniere*, 189)
波間に消えて　港を目指すを諦めかける。
隠れ去り　理性も技術も
こうしていつもの甘い目標が

ペトラルカの原詩とワイアットの訳詩を比較すると、訳詩には原詩にない「暗澹」、「不吉」、「秘密」等の含意を持つ「暗い」"dark"という形容詞がある。原詩の三行目の具体的な名称を単純に「岩と岩の間を進む」と変えたのは音節数の都合であろうが、ホメロス以来の伝統を背負う重たい言葉を意図的に避けたとも考えられる。ワイアットには、その豊富な学識にもかかわらず、重たい外来の言葉よりは、軽い土着の言葉を愛する傾向がみられるからだ。原詩の「濡らしては／はたまた撓める」、を「大きな損害を与えた」としたのは、実感のこもった具体性がすっかり消えているし、原詩の擬人化の技法も訳詩にはないが、訳詩の「信じながらの不安」という"oxymoron"（撞着語法）は、後にエリザベス朝の詩人たちが好んで利用する詩的技法であり、この点でワイアットは時代に先んじていたといえる。しかし、翻って考えてみれば、「撞着語法」はペトラルカの詩作態度それ自体の特徴である。語彙的レベルでは、例えば、ペトラルカ的詩語「冷たい炎」がその典型であるし、何よりも死んでしまって永遠に手の届かない女性に純愛を捧げること自体が言語矛盾であり、まさしく「撞着語法」的態度である。ワイアットは、この訳詩の中で原詩にはない言葉を用いることで、このペトラルカ特有の心的態度を写し取っている。

こうしてイングランドにペトラルカが移入されると、ワイアットとサリーの衣鉢を継ぐ一六世紀後半の詩人たちは挙ってペトラルカ風の恋愛ソネット詩集を書き始めた。そして多種多様な詩的技巧の変奏は見られるが、絶対に叶えられない愛を切々と歌い続けるという点では、得恋で終わるスペンサーの『アモレッティ』を例外として、すべての詩人たちの詩集が一致している。少なくとも、全く毛色の違ったシェイクスピアの『ソネット集』が現われるまでは。イングランドで一五九〇年代の連作ソネット詩集大流行の先鞭を付けたシドニーの『アストロフィルとステラ』は、一目惚れの伝統を破り、恋人の目を黒い瞳に描いているし、[5] それに加えて、後に論じるように、純愛ではなく、情熱に結局身を委ねようとする詩人・語り手の欲望が前面に顔を出すが、その他の点では、一応、人妻への叶わぬ恋という、ペトラルカの伝統の下で様々な変奏を加えながら書かれている。

しかしながら様々な変奏が加えられていくうちに、あまりに詩的表現に凝り過ぎて、詩の中に遊び的な、持って廻った技巧的要素が頻出するようになる。擬似恋愛詩的様相を呈するようになっていくのだ。恋愛詩集を物した詩人たちの愛の対象である女性自身が、ドレイトンの『イデア』の場合のように、生身の女性から反転して、女性の美の化身としての「イデア」に変貌するまでになる。この趣向こそ、まさに、「決して手の届かない女性像」の典型であろう。

一　シドニーの詩と詩論

『詩の擁護あるいは弁護』(一五九五)[6] においてシドニーが言うには、

芸術家の中でも、ただひとり詩人だけは、そのようないかなる隷属的立場にも縛り付けられることを嫌って、彼自身の創意の力によって高揚し、結局はもうひとつの自然と化し、事物を自然が生み出すよりも一層見事に造り、あるいは、自然にはかつて存在しなかったような姿形を全く新たに造りだすのである。……そうして詩人は、自然と手に手を取って歩き、自然の贈り物という狭い範囲に限定されることなく、彼自身の知性の十二宮の中を思う存分駆け回る。自然は、色々な詩人たちが織りなしたほどに壮麗なつづれ織りにして、この大地を装ったことはないし、その織物を彩る、それほどにも楽しい川も、実り豊かな樹木も、甘い香りの花々も、その他、この余りにも愛され慈しまれている大地を益々愛すべく美しいものにする何にせよ、現実の自然の中には存在しない。彼女、自然の世界は青銅、詩人たちだけが黄金の世界を産み出すのである（七〜八頁）。

シドニーに拠れば、芸術家中で詩人はより恵まれた独自な特権を享受していることになる。詩人は、その特別な才能のおかげで、彼の回りの世界を出来るだけ精確に模そうとする試みだけに縛られなくともよい。神は詩人を自然の女神の上位に置かれ、それゆえに、「神の息吹の力」"the force of a divine breath" で鼓舞されて、詩人は、現実世界を超えた自然を創造することができるからである。

詩は「物言う絵として」、その甘美さによって人々の心を捕捉し、美徳の理想的な絵姿を示して、読む人々の心をそれに向かって動かす力を持っている。詩には人を感動させる力と理想的なものを現実に描きだす力とがあって、この二つの力を同時に踏まえて、詩は「教え且つ楽しませる」とシドニーは強調するのである。また、最良の詩人は「彼が見たこともないルクレティアを描くのでなくて、そのような美徳の外面の美を描く卓越した画家」（一〇頁）に似ている、と述べているところから判断して、シドニーの〈絵〉は、ただ外面的自然の生彩ある描写を行う言葉の技巧といったものを指しているだけでなく、読者の心に喚起されるひとつの抽象物、ひとつの概念を意味していることがわかる。つまり、〈物言う絵〉とは、現実の人物、自然と倫理的含蓄を持った抽象物の詩的融合の謂いに他ならない。

シドニーは、多くの恋愛詩の技巧と気取りと不自然さについて、次のように不平を言う。

しかし、実は、抗い難い恋という旗印の下にやってくるそういう書き物の多くは、もし私が恋される女性であれば、その作者たちが真実恋をしていると私に納得させることなど決してできない類のものである。彼らは情熱的な言葉を、実に冷やかに使う。そういう熱情を本当に肌身に感じているというよりはむしろ、どこかの恋人たちが書いたものを読み、いくつかの大げさな文句を拾い集めてきて……それらを適当に繋ぎ合わせて用いる人のようだ。本当の熱情は、私に言わすれば、あの〈迫真力〉"forcibleness" ギリシャ語の〈エネルギア〉"Energia" によって、容易に現われ出るものである。(四一頁)

つまり、〈迫真力〉は、詩人の、彼の主題との関わり方の強さと読者を感動、得心させるだけの力を備えた詩的言語の発見という二つの事から生まれるわけである。

『アストロフィルとステラ』を書いている時に、個々のソネットに盛り込まれた内容自体は、たとえどんな虚構のごた混ぜで成立しているにせよ、シドニーが、いたく恋に陥っている一人の男の印象を、読者の心に焼き付けようと意図していたことは疑問の余地がない。例えば、六番で、多くの恋愛詩人たちがその詩を飾るために援用する様々な技巧——矛盾語法、神話への言及、牧歌的意匠、感情の擬人化など——に触れた後、それと対照的に自分の素朴な手法の真実性を表明して、「私は感じることを言葉で語れるし、彼らと同じほど感じもする。/だが、震える言葉でステラに愛を誓う時、/私の領土の全版図を隈なく披露しているように思うのだ」と宣言する。彼は真実恋を経験しているので、彼の真心のこもった、衒いを知らぬ自然な言葉が、いかなる技巧的粉飾を凝らさなくても、彼の気持ちを伝えてくれるのだ。その情熱が浅薄な人たちだけが、彼らの愛の訴えをもっともらしく、説得力があるように見せるために、言葉の虚飾に頼らざるを得ないのである。

二八番で、詩人は、自分のソネットの中では心的状態を表わすのに、持って廻った比喩で飾りたてた寓意的表現の使用を拒否し、最後の三行で、彼の描くものは彼の情熱の偽らざる率直な吐露であると申し立てる。

しかし、私が純粋に素直な気持ちで、

But know that I in pure simplicitie,

この胸に燃える炎を吐露していると思って欲しい。
愛だけが私にこの術を教えてくれるのだ。

Breathe out the flames which burne within my heart,
Love onely reading unto me this art.

シェイクスピアが、彼の競争者である詩人たちのけばけばしい不自然な修辞的表現に対抗して、「真実の平明な言葉」"true plain words"（八二番一二行）で愛する友人の美を讃えたように、シドニーも「純粋で素朴な言葉」で詩を書き、口にのぼす、と断言する。両詩人とも、伝統的な誇張表現やペトラルカ的讃辞が、彼らの誠実な心の響きを伝えるには不適切であると思っているのだ。ケニス・ミュアが、「重要なのは、シドニーが、多くのエリザベス朝ソネット作者たちと異なり、彼の愛の真実性を詩の技法によって読者に確信させることである」[7]と評するのも、これまで確認したことと、別のことではなかろう。

シドニー的詩作の方法を語ったソネット一番は、アストロフィル（星を恋うる者）という名の若い詩人で廷臣・騎士の、ステラ（星）という美貌の貴婦人への愛、それゆえの葛藤、苦悶、別離を内容とする連作集全体の序詞の役割を担っているが、その目的は、ステラを彼のあらゆる詩的創造の根源として讃えること、且つ恋愛詩の正当な書き方について短い論評を加えることである。

真心から愛し、詩の中でその愛を示そうと願い、
愛しいあの人が私の苦しみから喜びを得、
喜びがあの人に詩を読ませ、読むことでわかってもらい、
わかってもらうことで憐れみを勝ちとり、憐れみが好意を得るように、
私は苦痛の最も暗い顔を化粧するために適当な言葉を探した。
あの人の知性を喜ばせようと見事な題材を考え巡らし、
何か瑞々しい実のある春雨が私の恋の炎に枯渇した頭脳を

洗い清めてくれまいかと思い、詩集のページを捲ってみたりもした。
だが、詩的霊感の支えがなくて、言葉はびっこをひいて口の端にのぼった。
自然の子、創意は、継母、学問の打撃から逃れ去り、
詩人たちの足音は私の道ではいつもよそよそしく響いた。
こうして語らんとして腹ふくれ、産みの苦しみに気も失せ、
怠け者のペンをかみ、悔しさにわが身をたたいていると、
私の詩神は言った、「愚かな人、あなたの心の中を見て、お書きなさい」と。

このソネットで、アストロフィルは三人称でステラを語り、(8) 過去形を用いて、彼女の好意を獲得すべく、詩の効用に言及している。また、ステラへの讃歌を彼が書くに至った事情と、なぜこのような形式の詩を作るのかという理由を説明してもいる。愛の深い痛手を負い、ステラの好意を雄弁な愛の表現で勝ちとろうと願いながら、彼は、自分の力強く横溢する感情を、同じように力のこもった言葉へ還元しようと望みながらも、一瞬のとまどいを感じている。オクテーブは一文から成り、その主語「私」は五行目まで現われず、また、その動きは、強い語調の現在分詞 (Loving, Studying, turning) と精妙な修辞的漸層法 (climax) に支えられている。これらの行の滑らかさは invention fine の世界と粉飾された恋愛詩の洗練された歓喜を特徴づけて余りがある。しかしながら、セステットは、五〜八行の詩人の努力を否定し、九〜一一行でひとつの葛藤、挫折を用意する。そして最後の三行で瞠目すべきクライマックスが提示される。結局、この詩の全ての葛藤は、心に刻まれたステラの像（すがた）の発見と結びついた力あふれる感情の迸りによって駆逐されてしまうのである。心、即ち、内なる自然は、曖昧で空虚な情熱の住む場所ではなくて、リングラーも指摘しているように、「あらゆる能力の玉座」(9) であり、そこから全ての真実な気持ちが湧出するのであって、そこを見ることによって誠実な詩が書けるのである。ロビンソンの言葉を借りれば、心は

「ステラの像がその眼に映ずるところの一種のスクリーン」[10]なのである。内的現実、心の有るがままの姿が、そこに思いをいたす詩人に、真の恋愛詩を書かせるのだ。ある批評家は、「アストロフィルが心の中を覗いてそこに何を発見するのか説明する伝統的考え方がいくつかある。ひとつには、心は愛神の伝統的住処であるということだが、この場合、適わしいのは、ルネサンス詩において、心の持つ利点は、それが詩人の愛人の像を映しているということだ」[11]と評している。ここにはまた、心の中のステラ像が彼の創作力の源泉であるとアストロフィルの注意を喚起することで、ひとつの秩序を保たせようとする作者の計らいが働いている。シドニーにとって、詩作の第一段階は主題の選択であり、上の詩で問題とされているのは、主題を書物の中に探すか、自分の心の中に求めるかであり、結局、詩作の源泉、ステラ像の納まる後者を選んだからである。

マーロウの物語詩『ヒアロウとリアンダー』[12]は、ギリシャ伝説で名高い二人の恋人を題材にする。美女ヒアロウはセストスの町にあるヴィーナスを祀る神社に仕える巫女であるが、祭礼の日にセストスの対岸にあるアビュドスの町の美しい若者リアンダーの目にとまり、二人は互いに愛し合うようになる。リアンダーはヒアロウと密会するために、夜、彼女が彼女の住む塔からかざす灯火を頼りに、ヘレスポント（ダーダネルス海峡）の海を泳いで渡って行った。ある嵐の夜、ヒアロウがかざす灯火が消えたために、リアンダーは溺死する。そしてその死体を見て、ヒアロウ自身もまた絶望の余り身を投げて命を絶つという物語である。

本詩で歌われた最高の名言として、他のルネサンス詩にも合言葉的に頻出する一行（一七六行）を紹介しておきたい。

Who ever loved, that loved not at first sight?　　今まで恋をした者で、一目惚れでなかった例（ためし）があろうか。

これは非常に有名な一行として、独り立ちして用いられるようになった。例えば、シェイクスピア作『お気に召すまま』（三幕五場八一〜二行）には、男装したロザリンドを一目で愛したフィービーが言う台詞「死んだ羊飼さん、やっと分かったわ、あんたの言葉が、〈今まで恋をした者で、一目惚れでなかった例があろうか〉ってことが」がある。しかし、あまりに人口に膾炙したこの一行に反撥する詩人たちもいた。例えば、スペンサーは「美への賛歌」（二〇九〜一〇行）で、「愛というものは、一目見てすぐに燃え上がるような、それほど軽々しいものではない」と歌っているし、シドニーもまた、『アストロフィルとステラ』二番で、「私の生きる限り血を流し続けるであろう傷を、愛が私に負わせたのは、最初の一目によるのではなく、出鱈目な弓の一矢によるのでもない。自ら認めたその価値が、時間の坑道を通って侵攻を計り、次第に私の心を捉え、ついに完全な征服を遂げたのだ」と打ち明けている。このようにスペンサーとシドニーは、己の詩集の独自性を主張すべく、ダンテ、ペトラルカ以来の一目惚れの伝統に異を唱えたのである。

二　シェイクスピア『ソネット集』

やや流行遅れで出版されたシェイクスピアの『ソネット集』（一六〇九）[13]は、他の恋愛ソネット連作詩集とは全く毛色の違った作品に仕上げられている。登場人物で語り手の詩人は、美貌の貴公子に向かって、そして後半では「黒髪夫人“dark lady”」に対して、それぞれ異なる愛を歌い上げている。例えば、二〇番では、愛する貴公子を「自然が自らの手で描き上げた女の顔を持つ／わが情熱の支配者よ」と、「男女」に準（なぞら）えて歌う。貴公子は女として造り始められたが、その過程で製作者である自然の女神が恋に落ちてしまい、「余計な物」、男の詩人にとっては「ゼロでしかない無益な一物をくっ付けて／きみをわたしから奪い取った。／女神は女の楽しみのためにきみを男に選んだのだから、／きみの愛情はわたしのもの、きみの愛の営みが女の宝だ」と、この詩集の特徴となる「性的な事柄」に言及する。このように、『ソネット集』の最大の特徴は、詩人と貴公子と「黒髪婦人」とのドロドロとした三角関係を生々しく歌っていることである。だが、散々辛酸を舐めさせられた詩人は「真実の愛とはどういうものか」を、一一六番で一見して高らかに歌う。

Let me not to the marriage of true minds
Admit impediments; love is not love
Which alters when it alteration finds,
Or bends with the remover to remove.

真心と真心同士の結婚に、異議申し立てなど
認めてはならない。事情の変化に応じて
自分も変わり、相手が心を移せば、
自分も心を移す、そのような愛は愛ではない。（一～四行）

このソネットは語り手である詩人の本心を堂々と表現しているように見えるかも知れないが、しかし、ここでは綺麗事ばかりを並べ立て、「理想の愛のあり方」をあまりに一面的に歌い過ぎている。「愛の理想」を理念的・観念的に歌い上げるのは、ペトラルカ以来の愛の伝統であり、この場合には、その伝統に掉さして、シェイクスピアは自分にもその手の歌も歌えるとひけらかしているのかもしれない。一一六番はこの『ソネット集』の中で、そして順番としてこの箇所に置かれるには、歌の内容的に浮き上がっているように思えるからだ。恋愛詩の伝統に与（くみ）したいという一心で、身も蓋もなく歌われた詩ではないだろうか。

他方では、肉欲の本質を臆面もなく歌い上げている詩（一二九番）もある。

Th'expense of spirit in a waste of shame
Is lust in action; and till action, lust

恥ずべき濫費によって、精力を費やすこと、
それが情欲の実行である。実行以前も、情欲は

Is perjured, murd'rous, bloody, full of blame,
Savage, extreme, rude, cruel, not to trust;

欺瞞的で、殺人的で、血なまぐさく、悪意に満ち、
野蛮で、極端で、暴力的で、惨酷で、信頼できない。

詩的エネルギーが充満したこの詩は、「黒髪夫人」に対する己の、あるいは、もっと一般的に、男の女に対する自らの意志ではどうにも出来ない激しい肉欲への呪詛を歌っていて、綺麗事を並べた他の宮廷詩人たちの求愛の歌には、たとえ欲望を前面に押し出そうとしたシドニーのソネット集にでさえ、これほど凄まじい迫力に満ちたセクシュアルな内容は、決して見られないものだ。しかし、この歌には愛の裏面への詩人の鋭い洞察力が明確に描かれていて、情欲に身を任せれば、どういうことになるのか分かっていながら、どうにもならない男の状況が活写されていることは間違いない。

　また、次の詩は、ペトラルカ以来連綿として多用されて来た伝統的「ブレイズン」"blazon"の詩的技法をからかって、しかし、詩人の本当の気持ちを明らかにしたものだ（一三〇番）。

My mistress' eyes are nothing like the sun;
Coral is far more red than her lips' red;
If snow be white, why then her breasts are dun;
If hairs be wires, black wires grow on her head;
I have seen roses damasked, red and white,
But no such roses see I in her cheeks;
And in some perfumes is there more delight
Than in the breath that from my mistress reeks.
I love to hear her speak, yet well I know

ぼくの恋人の眼は、少しも太陽のようではない。
珊瑚のほうが、彼女の唇よりもはるかに赤い。
雪が白いとすれば、彼女の胸はまあ浅黒いと言おうか。
髪が針金であるなら、彼女の頭には黒い針金が生えている。
赤と白とのダマスク色の薔薇を見たことがあるが、
彼女の顔にはそんな薔薇は見当たらない。
また、香水によっては、ぼくの恋人から
漏れ出る息よりも、もっと喜びを与える香りがある。
彼女が話すのを聞くのは好きだが、

That music hath a far more pleasing sound;
I grant I never saw a goddess go;
My mistress when she walks treads on the ground.
And yet, by heaven, I think my love as rare
As any she belied with false compare.

音楽のほうが、はるかに快い音をもつのは知れたこと。
ぼくは女神が歩くのを見たことはないが、
ぼくの恋人は、歩くとき、地面の上を踏んで歩く。
だがそれでも、神かけて、ぼくは思う、ぼくの恋人は
偽りの比喩で描かれたどんな女よりもすばらしいと。

この歌に先んじて、同趣旨の歌をシドニーは、アルカディア国のパメラ姫のお守役を務めるモプサ嬢をからかう戯れ歌[14]として『ニュー・アーケイディア』の本体に挿入し、伝統的ブレイズンの技法を逆手に取り、「反対賛歌」を歌うが、シェイクスピアもまた、技巧的に決まり切った賛辞を捧げて、贋物の言葉で愛する女性の美の品々を褒め称えるよりは、正直な言葉で女性のありのままの姿を実直に描いている。そして、飾らない姿の生身の女をありのまま愛するというのだ。たとえその女が他の男性と同衾を重ね、詩人を裏切ることがあろうとも、詩人は愛さずにはおられないのである。そのように、理性ではどうにもならない、切羽詰った愛こそ、シェイクスピアにとっては、真の愛の姿と思われたのであろう。

このように、『ソネット集』はその大半が若いパトロンに捧げられ、彼への結婚の勧めから始まり、彼と詩人との関係、世間的の評価、時の破壊力、詩による永遠化、ライバル詩人の存在その他を話題にして歌われるが、連作最後の三〇篇足らずのソネットでは、「黒髪夫人」と「若いパトロン」と語り手の詩人との三角関係を巡って、どろどろした性的なテーマが扱われ、「生」「死」「エクスタシー」の三角形の観点から〈肉欲の深遠な意味〉が探られる。実は、この詩集こそ、真の意味で愛の本質を真摯に問おうとしていると言って過言ではない。

三　ジョン・ダンとメアリ・ロウス

従来の伝統的な恋愛詩人たちの歌い方と違って、ジョン・ダンとメアリ・ロウスの詩には、取り分けて、三つの類似点が指摘できる。一つは、男性・女性を問わず、詩の語り手が一方的に思いを語ること、一つは、愛する相手が全く語らず沈黙していること、一つは、愛する相手の容貌等が全く描かれないことである。

ジョン・ダン独特の恋愛詩"The Apparition"（幽霊）[15]の一味違った歌い方を検討してみよう。

When by thy scorn, O murd'ress, I am dead,
　And that thou thinkst thee free
From all solicitation from me,
Then shall my ghost come to thy bed,
And thee, feign'd vestal, in worse arms shall see;
Then thy sick taper will begin to wink,
And he, whose thou art then, being tir'd before,
Will, if thou stir, or pinch to wake him, think
　Thou call'st for more,
And in false sleep will from thee shrink;
And then, poor aspen wretch, neglected thou
Bath'd in a cold quicksilver sweat wilt lie,
　A verier ghost than I:
What I will say, I will not tell thee now,

おお、女殺人鬼め、きみに棄てられて僕が死に、
　やっと僕から解放され、
口説かれなくて済むと、きみが思い込むとき、
僕は幽霊となってきみの寝床にやって来る。
偽りの処女め、きみがつまらぬ男の腕に抱かれていたら、
枕元の病んだ蝋燭は点滅を始めるぞ。
横に寝ている男は、すっかりクタクタできみに飽きてしまい、
彼を起こそうと、きみが動いたり、つねったりすれば、
　もっと欲しいのかと思い、
狸寝入りを決め込んで、縮こまり、きみに背を向けるだろう。
ポプラのように震える哀れな女め、無視されたきみは
びっしょりと汗をかき、冷たい水銀風呂に浸かり、
　幽霊の僕より、本物の幽霊になる。
その時、僕が何を言うか、今は教えないよ。

Lest that preserve thee; and since my love is spent,
I had rather thou shouldst painfully repent,
Than by my threat'ning rest still innocent.

教えたらきみを救うことになる。僕の愛は尽きたのだ、
きみには痛々しく後悔して欲しいのだ、
脅迫の言葉を並べたて、きみにずっと貞節を選ばせるよりは。

いかにも形而上詩人らしく、機知とユーモアに富む知的な歌いっぷりである。語り手の男は、彼が愛する女性に向けて、女に裏切られた果ての死後の遺言という意匠で脅し文句を並べ立てる。女が語り手以外の男と浮気をしたら、幽霊となって化けて出て、枕元の蝋燭さながら蒼白になった女を全身震え上がらせ、冷や汗の水銀風呂に浸からせ、本物の幽霊みたいにしてやると、さんざん脅迫する。そして、その時の脅し文句は敢えて今は教えない、女が怖がってそんな生きた心地がしない恐怖に怯えるよりは、死んだ語り手に忠義を尽くし、貞節を選ぶことがないように、と言い残す。

とはいえ、この詩は、遊びの要素が強いものだ。恐らく、今現在、男女二人は、二人にとっては全世界に等しい狭い部屋のベッドの上に横たわっている。この詩は、（一行目の「僕が死に」で暗示される）男女関係の一勝負が終わって、男が戯れに女に対して一人語りしているものだ。このようにダンの恋愛詩は、数篇の例外はあるが、男の語り手が一方的に恋人に訴える構図となっている。相手がどういう女性なのか、全く語られることはない。「ブレイズン」の技法を利用し、女性の美しさをモノに喩えて描写することもない。ペトラルカ以来の伝統的な恋愛詩とは、一線を画す。[16]

ダンは、極めて口語的な言い回しで、恋する男が様々な工夫を凝らして、一方的に独特の求愛の言葉を並べたてる歌と詩を作ったが、メアリ・ロウスもまた詩歌の形式について意識的で、『アストロフィルとステラ』を強烈に意識して書いた一〇三篇のソネットとソングから成る『パンフィリアからアンフィランサスへ』と散文ロマンス作品『ユレイニア』に織り込まれた詩歌を併せると、全部で二八種類の様々に異なる脚韻構造を操（あやつ）る。中には、脚韻が一つのみのソネットさえある。シドニーに倣って詩的技法の実験を

大胆に試みたロウスは、一四篇のソネットの連環（クラウン）［P77–P90. “P”は *Pamphilia* の略］も工夫して編み出した。それは各詩の最終行が次の詩の第一行として繰り返され、最後のソネットの最終行が最初のソネットの第一行「この奇妙な迷宮の中でどちらを向けばいいの」へ逆戻りし、こうして円環（メアリ・ロウスの詩の場合は“labourinth”〈迷路・迷宮〉）が閉じられ、ユレイニアの恋の苦悩が果てしなく続く閉塞的な循環運動であることを示唆するという形式である。この形式で初めて英語詩を書いたのはシドニーであり（『オールド・アーケイディア』牧歌七二番）、伯父の斬新な詩作の伝統がここでも活かされている。[17]

この恋愛詩集は、パンフィリアから恋人のアンフィランサスに宛てて書かれたことになっていて、当の二人は長編ロマンス『ユレイニア』の登場人物であると同時に、実在のメアリ・ロウスと従兄のウィリアム・ハーバートを表象する恋人たちの、進行中の恋愛の言説を生々しく形成しているようにも読みとれる。パンフィリア／ロウスに代表される貞節の主題は、アンフィランサス／ハーバートに代表される男の恋人の気まぐれな不実と対照されるからだ。[18]

ペトラルカ的伝統の下で作られた男性詩人たちの恋愛詩では、恋する男が、一方で精神を啓発してくれる理想的愛を夢見るが、他方でその挫折の憂き目を見る。恋する男は、愛する女性がかき立てる欲望に燃え立ちながら、彼女の冷酷無情な近寄り難さゆえに絶望に凍りつくという、二律背反的内的葛藤に捉えられる。恋する男が絶えず理想とする女性を追いかけ、しかし自らを否定し、また従おうとしながら、しかし操ろうとするとき、逆説が支配的な修辞的技法となり、痛々しい自己矛盾がやがて詩を支配するようになる。男性詩人たちが描く恋する男は、まるで呪物崇拝的に、愛する女性の美の品々やその他の資質を“blazon”の技法を駆使し、詳しく描いて褒めたたえるが、実は彼の主たる関心は自分自身にあり、自らの恋の苦悶を縷々と描き出す。要するに、詩人と彼の詩が愛する女性の冷淡さや否認や不在を必要とするのは、自らの自己探求と自己創造を目的としてのことなのだ。現に、男性詩人の詩においては、愛する女性からの受け答えはほとんど聞かれず、女性は〈従順〉〈寡黙〉〈貞節〉の三美徳を称揚する社会的文学的慣習によって抑圧され黙らされている。ペトラルカ的恋愛詩の特徴は、「求愛する詩人が女性を作り、その女性を通して自らを作り出す」[19]こと、また、求愛する男である詩人の側のほとんど病的な内省、妄念、強迫観念、自己意識、精神的不安定が執拗に描かれていることだと言っても過言ではない。

メアリ・ロウスは劇的な言語、もしくはジョン・ダン的な言語を駆使し、恋する男／恋を拒絶する女というペトラルカ以来のソネットの伝統的様式を逆転させて恋愛詩を書いた。ソネット連作集における性差逆転という革新的方式を利用して、ペトラルカからシドニーを経由してダンに至るまでの男性詩人の父権主義的言説を作り直し、各々の詩作品において、性差に基づく男女間の役割と期待を逆転させ、近代初期イングランドにおける恋愛の解釈に根本的に新しい女性中心の考え方を持ち込んだのだ。メアリ・ロウスは女性詩人として必然的に、長く西欧の詩歌を支配してきた圧倒的な文学的文化的男性的権威と抗い、これを克服しなければならない。彼女の最大の手段は、詩における男女の役割の逆転なのである。『パンフィリア』では、求愛の語り手は女性であり、愛人の男性はものを言うことなく、彼の美の数々を誉め称える「ブレイズン」的な詳しい記述はなく、ただ一つ、彼の眼に言及するソネット二番を除けば、直接に語りかけられることさえない。詩群の中に何度となく顔を出す"will"という言葉に実在のWilliam Herbertの残影が懸詞として僅かに見られるのみである。作品の叙述の焦点は、中世以来〈忍従・貞淑の鑑〉とされるグリゼルダよろしく貞節・誠実を演じ、愛する人の裏切りに直面して公的な場から私的空間へ自らを隠蔽した孤独で孤立した内気な女性の語り手と、彼女の妄執、不安、苦悶に合わされ、彼女の心的状況が歌われることになる。

どの連作ソネット集においても、冒頭に掲げられた詩は、連作集全体の方向づけをする重要な役割を持つが、第一歌でも、主人公で語り手の女性がいかにして「恋の殉教者、恋する者」になったのかが語られている。語り手が「漆黒の夜」の暗闇の中で見る夢の模様を描いたこの詩には、ダンテ作『新生（*Vita Nuova*）』の模倣が見られる。ダンテは幻影の中で、彼の主人である愛神が詩人の燃える心（臓）を畏れ多い女性であるベアトリーチェに捧げているのを見る。この詩でも、これと同工異曲の内容が歌われるが、違う点は、ヴィーナスが夢見る女性詩人の燃える心（臓）を、あたかも凱旋式で捕虜たちが見物客の目によく見えるように一段高いところに置かれるように高く掲げて、彼女の胸の中に閉じ込めるようにと、キューピッドに命じていることだ。『ユレイニア』の題扉の絵には、燃える心臓を掲げたヴィーナスが描かれている。人に恋心を起こさせるためにキューピッドが金の鏃（やじり）の矢で人の胸を打つのはありふれた表現だが、燃える心臓を射抜いてそれを女の胸に仕舞い込み恋する女とするという着想は、極めて鮮烈で凡手の良くするところではない。メアリ・ロウスが作り出した女性の語り手は、自らの肉体への権利を主張し、自らの胸の中に自らの燃える心を収めようとすることで、伝統的な恋愛詩に対抗している。命令するヴィーナスは語り手本人の中に存在するからである。

メアリ・ロウスは、枠組みとしては、男性と女性の関係を逆転させた上でペトラルカ的形式を利用しているけれど、その内容・言説の中心には、詩人（女性）と恋人（男性）との関係ではなく、パンフィリアの「メラメラと燃える心」、つまり女性の中に生まれ出る愛そのものの探求を置いている。従来の連作ソネット集の冒頭の詩がほとんど例外なく、男性詩人の、とある女性に対する（求）愛を歌っているのとは対照的に、この詩では、女性詩人が男性との関係には全く言及せず、自らの心のありように集中している。連作ソネット集では、冒頭の詩から名前が出て来ることもあるし、「彼女」という形で現れることもあるが、恋人その人が存在するのに、『パンフィリア』にはそれがない。メアリ・ロウスは、枠組みとしては、男性と女性の関係を逆転させた上で伝統的ペトラルカ的形式を利用しているけれど、その内容・言説の中心には、恋愛の当事者である詩人（女性）と恋人（男性）との関係ではなく、パンフィリアの「メラメラと燃える心」、つまり女性の中に生まれ出る愛そのものの探求を置いている。実際に、アンフィランサスという名前は、詩のタイトルのほかには一度も出て来ない。これ以後の詩の中で、パンフィリアは恋人アンフィランサスよりは、むしろキューピッドとの関係を中心にすえて、自らの愛の実相を明らかにしていく。愛としてのキューピッドは人間の心の中に住み着いている存在であるから、パンフィリアの愛の探求は、自らの内面の探求にほかならない。

一四篇の〈連環ソネット〉では、パンフィリアの愛の状況は、その最初のソネットの labourinth〈迷路、迷宮、陣痛〉のイメージに凝縮されている。

In this strang labourinth how shall I turne?
Wayes are on all sids while the way I miss:
If to the right hand, ther, in love I burne;
Lett mee goe forward, therin danger is;

この奇妙な迷宮の中でどちらを向けばいいの。
道は至る所にあって、わたしは道を見失っている。
右手に向けば、そこでわたしは愛に燃えている。
思い切って前に進めば、危険が潜む。

ここで「迷宮」のイメージはいくつかのレベルで機能している。[20] アリアドネの糸を頼りに英雄テセウスがかろうじて通り抜ける迷宮。中世から近代初期にかけて女性の子宮は、迷宮のような多くの小部屋に分類されたが、語り手は愛についての否定的な描写ゆえに子宮に緊急避難した後、子宮から新しい生を持ち出そうとしている。そして“labyrinth”を“labourinth”と綴ることで、「陣痛」「重労働」の意味をこの〈連環ソネット〉に付与し、結局は徒労に終わることを暗示しているのだ。

出口の見えない愛の迷宮に閉じ込められて思い悩み、取るべき進路を決めかねているパンフィリアの姿は、男性詩人が作るソネットのなかの「ペトラルカ的ペルソナ」とは異なる主体の発現である。「ペトラルカ的ペルソナ」は自分の愛の報われない苦しみを歌うが、それは、Marotti や Montrose が明らかにしたように、[21] 純粋に個人的な愛ではなく、愛を歌うことで恋人の心を得て、出来れば情欲を満たすという、恋愛詩の持つ意味を計算し尽くした詩人が見せる、いわば戦略的な愛のポーズなのである。しかし、この詩に描かれる愛は、そのような思惑を切り捨てたところに生まれる、ひそやかに秘められた愛なのだ。それは、語り手である女性詩人の胸の中のドラマとして内面化されている愛である。パンフィリアは、この愛の迷路を「愛神の糸」を頼りに、その糸の行き着く先が出口に繋がることを信じて、進み続ける。成熟した愛神は「祝福の光を投げかける輝く星」であり、「誠実」、「真の徳」であり、愛神の目的は「喜悦」、愛神の炎は「悦楽」、愛神の縛り紐は「真の恋人たちの力」というように、愛は昇華され、純化されていく。[P84] のソネットで歌われるように、「愛の中では限りない祝福が支配し号令を下し」、愛は「決して心変わりを知らない想いの中で燃え上がり」、「美徳からなる天の火に養われる」のである。

しかしながら、「疑惑」「疑念」がパンフィリアの愛の邪魔をする。彼女は嫉妬の苦しみに苛まれることから逃れるために、アリアドネの糸のような正しい導きを求めようとする。愛神の「高める愛」としての新プラトン主義的な愛の教義は、彼女がこの迷宮から脱出するためのアリアドネの糸なのだが、結局、連環最後の [P90] に見られるように、彼女の愛は愛神の導きで清浄な高みに上ったように見えるけれど、宿敵である「疑惑」「嫉妬」が登場して、彼女を苦悶に陥れ、「破滅させて」(undoing) しまう [“undoing” には、達成したものを元に戻す、台なしにする、逆戻りさせる、の意味もある]。そしてまた、最後の行は連環最初の一行に逆戻りしてしまい、彼女の悩みが果てしなく続く循環運動であることを示唆しているのである。

『パンフィリア』全体の縮図である第一部の最後のソネット [P55] で、彼女の中で炎となって激しく愛は燃え盛るが、「それでもわたしは愛する、燃え殻となるまで。パンフィリア」“Yett love I will till I butt ashes prove. *Pamphilia.*” とパンフィリアは一途な心に覚悟を決める。ソネット一番で、燃える心臓を胸に閉じ込められた、恋する女性の語り手は、愛の炎に燃える心が燃え尽きて燃え殻になるまで愛し続けると、歌の最後に署名を入れて歌う。この行の “will” に “William” が読みとれるとすれば、ここには現実のロウスの恋愛が見え隠れしている。そして『パンフィリア』という作品は「過去の出来事はおまえが人を愛することが出来ることを示してくれる。さあ、おまえの節操をおまえの淑徳たらしめるのだ、パンフィリア」“. . . what's past showes you can love, / Now lett your constancy your honor prove, / *Pamphilia.*” [P103. ll.13–4] という二行で締めくくられるが、ここにもまた《パンフィリア》という名前が、あたかも自分自身に最後に呼びかけるような語りかけの対象として、一四行目をピリオドではなくコンマで切って詩の中に現れている。

《パンフィリア》という署名まで入れたこれら二つの詩には、愛の虜となった自分の姿を、自分自身に、また広く他の人々に刻印していく存在、詩人であり恋する者であり、また何よりも女性である存在がいる。パンフィリアはアンフィランサスの数々の裏切りにもかかわらず、彼をひたすら愛し続ける。アンフィランサスから愛の見返りを期待することなく、自らが選んだ相手として忠実に愛することで、彼女は自己を形成していく。彼女の嘆きの声を聞いてくれる者はなく、彼女の詩を読んでくれる者とてなく、詩作がアストロフィルの苦悩を和らげるように、パンフィリアを絶望から解放してはくれないけれど、パンフィリアは孤独のうちに詩を書き続ける。

ロウスの自己発見の旅は、詩作を通して女性詩人の「価値」（“worth”=“Wroth”）を主張するという核心的な問題を巡る。ここには、ルネサンス期イングランドの男性詩人たちが書いた連作ソネット集の、詩人であり恋する者である「ペトラルカ的ペルソナ」とは確実に異なるディスコースを操る主体の誕生が見られうる。従来の連作ソネット集で示される恋愛の対象としての女性を、恋愛の主体としての女性像へと転換しながら、恋愛世界を政治や権力の世界から切り離して歌うことを試みた女性詩人の姿が明白に見てとれるのである。

終章　〈中心〉から〈周縁〉へ

シドニーは、エリザベス女王への数々の物謂いゆえに女王から疎まれてロンドンの宮廷という中心から、妹メアリの田舎屋敷が位置するウィルトンへと移動し、政治という現実から虚構世界という仮想世界へ移動して、脱宮廷を実行し、物語の〈仮想世界〉を生きて〈瞑想の人生〉を送りながら独創的な作品を産み出し、その中で〈行動の人生〉を描出した。彼の代表作『アーケイディア』の舞台は、奇しくも、当時のヨーロッパの主要な国々からみれば、ギリシャ・小アジア諸国という周縁地域に当たる。高貴な家柄の御曹司として国家に有用な行動の人としての将来を期待され、政治と文化の中心にいながら、あるいは、いるはずであるのに宮廷から遠ざからざるを得なかったシドニーは、謂わば、中心から辺境への行路を辿った。シドニーは、例えば、フランシス・ドレイクと行動を共にして、新大陸開拓への彼の野心に見られるように、絶えず中央から外の周縁へと遠心的拡散的に向かった。(22)

メアリ・ロウスは、家父長制が跋扈する社会における女性という周縁的な立場から、しかし、男性詩人たちの立場を引っ繰り返し、独自の女性的な視点からの観察に基づいて、裏返し的な作品を書いた。ロウスは、ペトラルカ的恋愛の主題・歌い方を転覆させ、シドニー作品との類似にもかかわらず、叔父とは決定的に異質の音色を奏でる物語を紡ぎ出した。当時のロマンスの慣例に倣って、純な心、若々しさ、高邁な理想、高潔な道徳、大きな期待に満ちた時代を基盤として主題を展開させるのでなく、幻滅、沈滞、憂鬱、敗北、悔恨、悲嘆の渦巻く時代を探求しようとするロウスは、「辛辣な風刺の詩神」に詩的狂熱を授けられ、ひび割れ、裏切られ、嫉妬に狂った愛を描出する。ロウスの語りの戦略は、女性の視点から性差、社会、文化の相互関係を再・提示して、従来の文学的慣習にメスを入れ、これを改変することにあった。

このように、シドニーが寄って立つ根拠として案出した〈周縁〉という立場は、否応なく、女性として社会の周縁に立たざるを得なかった姪のメアリ・ロウスによって意識的に利用され、シドニーを初めとする男性詩人たちの書き直しという形で実現されることになったのである。

注

（1）C. S. Lewis, *The Allegory of Love: A Study in Medieval Tradition* (Oxford Univ. press, 1936; 1985), pp. 32–43（C・S・ルーイス、玉泉八州男訳、『愛とアレゴリー』、筑摩書房、一九七二年、二七～三五頁）を参照。

（2）John Jay Parry ed., *Andreas Capellanus: The Art of Courtly Love* (New York: W. W. Norton, 1969), pp. 184–186（アンドレアス・カペルラヌス、野島秀勝訳、『宮廷風恋愛の技術』、法政大学出版局、一九九〇年、二三六～二三八頁参照）。

（3）新倉俊一、『ヨーロッパ中世人の世界』、ちくま学芸文庫、一九九八年、一五九～二一九頁参照。

（4）引用は、池田廉訳、名古屋大学出版会、一九九二年、三〇四頁、及び、大塚定徳・村里好俊訳『イギリス・ルネサンス恋愛詩集』（大阪教育図書、二〇〇六年）に拠る。

（5）シドニーは英雄叙事ロマンス作品『ニュー・アーケイディア』のヒロインの一人、フィロクレア姫の眼も黒い瞳と描いている。

（6）Albert Feuillerat ed., *The Prose Works of Sir Philip Sidney* III (Cambridge Univ. Press, 1968) のページ数による。以下、『詩の擁護』からの引用は、全てこの版からである。この他 Geoffrey Shepherd ed., revised & expanded by R. W. Maslen. *An Apology for Poetry or The Defence of Poesy*. Manchester Univ. Press, 2002 等も参照した。訳文については、大塚定徳・村里好俊訳『シドニーの詩集・詩論・牧歌劇』（近刊）参照。

（7）Kenneth Muir, *Sir Philip Sidney* (Longmans Green & Co., 1967), p. 28.

（8）連作中、ステラに直接呼びかける最初のソネットは三〇番である。

（9）Ringler ed., *The Poems of Sir Philip Sidney* (Oxford: Clarendon Press., 1962), p. 459.

（10）Forrest G. Robinson, *The Shape of Things Known* (Cambridge, Mass.: Harvard Univ. Press, 1972), p. 173.

（11）David Kalstone, *Sidney's Poetry* (Cambridge, Mass.: Harvard Univ. Press, 1967), p. 126.

（12）訳文は、大塚定徳・村里好俊訳『イギリス・ルネサンス恋愛詩集』に拠る。

（13）『ソネット集』については、Katherine Duncan-Jones ed., *Shakespeare's Sonnets* (London: Thomas Nelson and Sons Ltd., 1997) を定本とした。日本語訳は、大塚・村里訳、『イギリス・ルネサンス恋愛詩集』に拠る。『ソネット集』が実際に書かれたのは、少なくともその一部は、ソネット連作が流行した一五九〇年代後半だったらしい。執筆と出版の経緯について、また詩人が愛する貴公子、そして「黒髪婦人」がだれなのかについては種々議論があるが、通説では、サウサンプトン伯爵であり、対抗馬はペンブルック伯爵である。これらに関しては、Duncan-Jones, "Introduction", pp. 29ff に詳しい。

（14）いかなる長さの韻律をもってすれば、麗しきモプサ嬢の徳を表わすことができようか。／モプサ嬢の徳は奇妙奇天烈、その美しさには想像の翼も駈け昇れぬ。／かくも厳しき重荷を負わされて、我が歌神、歌う務めから逃れられまい。／神々の御加護を！　さすれば、貴重なるモノに譬えて彼女の姿を形容できるに相違ない。／偉大なる神サテュルヌスのごとく純白、麗しのウェヌスのごとく貞節／牧神パーンのごとく滑らかなる肌、ジューノのごとく温厚、虹の女神イーリスのごとく不動。／キューピッドと共に予知し、鍛冶の神ヴァルカンの歩きっぷり。／そして、これら全ての贈物を試食する為に、モモスの御上品さを借用する。／彼女の額はジャシンス、頬はオパール色。／煌めく眼はパールで飾られ、唇はサファイアのように薄青い。／髪はカエル石のようで、その口は、Oの形に、大空のように大きく開く。／彼女の肌は磨いた金のようで、その手は原石の銀のよう。／見えないあそこは隠しておくのが一番だ。／とくと信じ込み、決して残りの部分を詮索せぬ者に、幸あれ。（村里好俊訳解、『ニュー・アーケイディア』第一巻、大阪教育図書、一九八九年、一〇一頁。）

（15）ダンの詩の引用は、Theodore Redpath ed. *The Songs and Sonets of John Donne*. London: Methuen, 1956 に拠る。その他に、Helen Gardner ed. *The Elegies and the Songs and Sonnets of John Donne*. Oxford: The Clarendon Press, 1967 等を参照した。

（16）"Love's Progree"「愛の行幸」の中で、ダンは「ブレイズン」の技法を逆手に取り、「髪の毛」から初めて「秘所」に至るまで、そして次には「足」から初めて「秘所」に至るまで、諸々の身体の部分を「モノ」に例えて歌うが、その例えはいかにもダンらしく特異な特徴に満ちている。この詩にかんしては、別稿を準備中である。

（17）W. A. Ringler, pp. 113–16. この他に、Samuel Daniel, *To Delia* 三四番から三七番もまた連環形式で書かれている。ダニエル、ドレイトン、メアリ・ロウスその他の詩人たちの日本語訳については、大塚定徳、村里好俊訳、『イギリス・ルネサンス恋愛詩集』を参照。

（18）ユレイニアは「真心込めて一心に愛する」、アンフィランサスは「二心のある、心に裏表のある」の意。

（19）Mary Villeponteaux, "Poetry's Birth: The Maternal Subtext of Mary Wroth's *Pamphilia to Amphilanthus*", Sigrid King ed., *Pilgrimage for Love* (Arizona Center for Medieval & Renaissance Studies, 1999), p. 167.

（20）Mary Villeponteaux, p. 172.

（21）See Arthur F. Marotti. "'Love is not love': Elizabethan Sonnet Sequences and the Social Order," *ELH* 49 (1982); Louis Adrian Montrose. "The Elizabethan Subject and the Spenserian Text" in Patricia Parker and David Quint, eds. *Literary Theory / Renaissance Texts*. The Johns Hopkins Univ. Press, 1986.

（22）詳細については、拙論「シドニーとスペンサー——『アーケイディア』と『妖精の女王』との距離」、福田昇八・川西進編、『詩人の王スペンサー』九州大学出版会、一九九七年、四四一～六五頁を参照。

ジョン・マーストン『フォーン』
――宮廷の追従者――

川井　万里子

君主というものは、追従者たちの口から漏れるそよ風にやさしくなぶられて、自分自身の素顔に気付くことは決してないのだ。

『フォーン』一幕一場

一、追従者の温床――ルネサンスのパトロン制度

一六〇三年三月二四日、エリザベス一世の死去とともに、スコットランド王ジェイムズ六世がイングランド王位を継承してジェイムズ一世として即位した。危惧された暴動もなく、平和裡に行われた王位継承を歓迎して、ロンドンはもとよりイングランド国中が祝祭ムードにつつまれたが、一年後に戴冠式が行われた一六〇四年三月には早くも、国民が希望と幻想で作り上げた理想の君主ジェイムズの虚像は崩れ去り、新王とその宮廷に対する不満と批判の声が高くなった。

たとえば、バッキンガムシャーの牧師ジョン・バージェスは、一六〇四年六月一九日にグリニッチで王の前で行った説教の中で、新王が故女王のように国民と親しまず、民衆から孤立、疎遠であることへの不満と、邪悪な側近に取り囲まれていることへの批判を述べて枢密院に喚問され、投獄された。(1)また、当時

のフランス大使ボーモンは、一六〇四年六月一四日付けの手紙で「牧師たちが説教壇から公然と君主を非難し、首都の喜劇俳優たちが君主の姿を舞台で演じ、王妃が観劇して夫が嘲笑されるのを見て楽しむとは、この国の君主の地位と身分にとってなんと嘆かわしい事態であろう」と書いた。彼は王妃の観劇が、国王と宮廷に対して風刺的な劇を上演する劇団に非公式の認可と励ましを与えることになるので、政府にとって困る事態だと言いたいのであった。[2] ボーモンの手紙は、宮廷を風刺的に描く演劇の流行を示唆しているが、それらの劇作品を上演したのは、主として聖ポール寺院少年劇団と王室礼拝堂少年劇団であった。一七世紀初頭、成人劇団をしのぐ人気を誇った「ヒヨッコみたいな少年俳優が黄色い声を張り上げる少年芝居」が「頭がおかしくなるような風刺合戦を演じていた」という『ハムレット』(一六〇一)二幕二場のせりふはよく知られている。

ジョン・マーストンは、オックスフォード大学を経て一五九四年に一八才でミドル・テンプルに入学したが、ミドル・テンプルの有力な弁護士で、上級講師でもあった父親の一人息子への期待を裏切り、法曹への道を捨てて創作に没頭し、『ピグマリオンの彫像の変身と風刺詩数編』(一五九八)と『悪徳の懲罰』(一五九九)で時代を代表する風刺詩人となった。だが、この二書が風刺詩禁書令(一五九九年六月一日発令)により焚書処分となると、演劇の世界に転じ、聖ポール寺院少年劇団のための数作を経て、一六〇二年に移籍した王立礼拝堂少年劇団のために、爵位を剥奪された公爵が変装して復位の機会を窺う筋立ての『不平家』(一六〇二―三)を書いて好評を博した。しかし、エリザベス女王の死去と続くペストの発生による劇場封鎖により、あやうく台本が行方不明になりかかったが、一六〇四年の劇場再開後、シェイクスピアの劇団である国王一座の手にわたり地球座で再演された。

一六〇四年二月四日に王妃の保護を拝命した王立礼拝堂少年劇団は、王妃祝典少年劇団と改称、同年四月、劇場封鎖が解かれるのを待って黒僧座の舞台にかけたのが喜劇『フォーン』*The Fawne* であった。王妃の保護を獲得した劇団の命運を担って、失敗は赦されないという意気込みで臨んだマーストンが、国王一座が同時期地球座で上演中の自作の『不平家』を意識して、「変装の公爵」という同じ設定と主題で、あえて人気を競合する構えでぶつけた意欲作であった。fawnとは、じゃれる一歳未満の小鹿、転じて君主の愛顧を得ようとする宮中の追従者の表現として用いられている。

劇中の、作者の分身とも言えるフェラーラ公爵ハーキュリーズは、変装してフォーンを名乗り、再婚交渉のために赴いたウルビーノ宮廷にはびこる阿諛追従の浄化に挑戦するという筋立てである。ウルビーノ公爵ゴンザーガの衒学的な賢者気取りと、酒と猟色にふける廷臣たちの姿は、英国版賢王ソロモンを自称したジェイムズ一世とその取り巻きたちの姿を風刺するものと考えられ、『フォーン』はジャコビアン初期の代表的な反宮廷演劇（アンタイコートドラマ）の一つと数えられている。[3] 一七世紀初頭に、マーストン『不平家』、『フォーン』の他、シェイクスピア『尺に尺』（一六〇三―四）、ミドルトン『不死鳥』（一六〇三―四）、シャーファム『嘲笑する人』（一六〇六）など、いわゆる「変装の公爵」――変装によって正体を隠した公爵が、公爵と気付かれずに宮廷内の事情を探るという趣向――の劇群が集中的に書かれたのは、エリザベス女王からジェイムズ一世への為政者の交代の時期に、新王をめぐって、君主とその宮廷の隠された実状を知りたいという観客の側の関心の高まりを示している。

王妃祝典少年劇団が『フォーン』を上演した黒僧座の観客は、地球座など公衆劇場の観客と異質の知的エリート層（法学院生、大学生、専門職ジェントリー、裕福な商人、宮廷人など）で、国政への関心も高く、新王とその宮廷のありかたを問う劇は彼らの関心を惹いた。特に宮廷の権威を風刺しパロディー化するのは、批判精神旺盛で、しかも現実には権威の体制から逃れられない彼らが最も好むテーマであった。ミドル・テンプル出身のマーストンの作品を、一七世紀初期ロンドンの法学院を中心とした文化のなかに位置づけたP・J・フィンケルパールは、エリザベス朝演劇のなかで、『フォーン』ほどジェイムズ王の等身大の肖像を活写した作品は他にないと評している。[4]

ところで、『フォーン』が風刺の対象としている「追従者」の温床ともいえる宮廷の上下関係（ヒエラルキー）、パトロンとクライアントを結ぶパトロン制度は、L.L. ペックが指摘しているように、一六、一七世紀のイングランドの君主制と宮廷政治の安定のために必要不可欠の制度であった。下賜恩賞によって政治上有能な人物の忠誠を獲得し、地方行政と地方の有力なエリートを中央政府に組み入れる手段として、枢密院、王室、中央行政機関、議会、司法機関を含む宮廷から地方に及ぶパトロン制度は政治の土台であり、絶対王政による中央集権的近代国家の成立の必須要件であったからである。(5)

だが下賜恩賞に慎重であったエリザベス女王に比して、ジェイムズ王は異例の気前のよさを発揮した。女王は四五年間の治世中、全部で八七八名の騎士を任命したが、ジェイムズは一六〇四年一二月までに一一六一名もの騎士を任命し、スコットランドから随行してきた同郷の寵臣たちに三万四千ポンドをばら撒き、ロバート・カーをサマセット伯に昇格させ、スコットランド人としてはじめて貴族議員に任命した結果、一六〇四年一月末の第一回議会で新王批判の声が噴出した。(6)

しかし、劇作品において、宮廷政治の土台であるパトロン制度の腐敗した裏面とも言うべき恩賞めあての追従者を風刺することは、政治的に危険な行為であった。マーストンはすでに、風刺詩二著で焚書処分を受けており、ベン・ジョンソンとジョージ・チャップマンとの共作傑作喜劇『東へおーい!』(一六〇五、王妃祝典少年劇団、黒僧座)のスコットランド人風刺の咎で枢密院に喚問され、チャップマンとジョンソンは投獄され、耳切断の脅迫を受ける。その後、『オランダ人娼婦』(一六〇五、王妃祝典少年劇団、黒僧座)のスコットランド人風刺と、ロスト・プレイ『銀鉱山』(一六〇八)の銀山試掘政策失敗風刺の咎でも約一ヶ月間ニューゲイトに投獄される。検閲制度の脅威を十分意識しているマーストンは、『フォーン』のプロログで、「この場面をご覧ください、ここでは公人や私人のお名前を、無作法に辱めることは致しません。作者は、他人を犠牲にして醜聞で評判を購うより、名声そのものを大切にしております。お縄頂戴や刑場行きの荷車や拷問台は他人に任せて、節度ある娯楽を提供しようというのが作者の目論見でございます」とことわっている。

したがって、『フォーン』は宗教問題やスコットランド人批判などには一切触れず、同類の「変装の公爵」劇の中でも、『不平家』や『嘲笑する人』の政権奪取の陰謀や、『尺には尺』の死刑にいたる過ちや、『不死鳥』の君主の暗殺計画の露見などのテーマを避け、主人公ハーキュリーズは、ウルビーノ宮廷の追従を退治するのに、追従を以って廷臣たちの浮かれ騒ぎを囃したて、マーストンが親しんだ宮廷のクリスマス祝宴の愚者祭的解放空間をつくりだす。そしてテレンティウス以来の権威ある年寄りたちを出し抜いて、若者たちが愛を実らせるロマンティック・コメディと、中世末期の愚者文学セバスチャン・ブラントの『阿呆船』(一四九四)の趣向を劇の枠組みとするのである。

二、まどろむ君主

フェラーラ公爵ハーキュリーズは、女性に対して情熱的になれない息子ティベリオの「冷淡な性質」を心配して、公女ダルシメルとの再婚話の交渉大使として、ティベリオをウルビーノ宮廷に派遣するが、自身も従者フォーンに変装して随行する。父親のための婚姻交渉を通しての息子の成長と、ダルシメルの再婚相手としての適性の確認を期待してのことだが、「誇り高く、謹厳な為政者として」の「任務」に抑制してきた自己の「情熱」を一度は開放したいと期待する気持ちもあった。

だが、実際のウルビーノ行きは、ハーキュリーズに自分のではなく、若者たちの情熱を解き放つきっかけを与えてしまう。威儀を正して登場するウルビーノ公爵ゴンザーガは、ジェイムズ王がそうであったように、royal "we" を連発し、"wit" "know" "wise" などの語を頻用しながら、第一の側近、「沈黙のグラニュフォ」(主君の言葉に逆らわない寡黙さ故にゴンザーガに気に入られている寵臣)に自分の言葉を記録するように命じて、「余は君主であり、学者でありキケロの『弁論』を読み、談話に優れ、雄弁の誉れも高く……神託を告げる託宣者ではないが、予言はできる……余は万物の特質とその目的を心得……年を経て賢者になった」（一幕二場）と語る。学者、雄弁な預言者、賢者を自認するゴンザーガは、娘ダルシメルには「絶対権力を握る偉大な父の指示に従うこと」を要求する。だが、「万物の特質と目的を心得」ている筈のゴンザーガは、若者の心理や行動にはまるで盲目である。彼は娘の気持を縁談相手のフェラーラ公に向けるために、無視すべきティベリオの若い魅力を列挙し、「重々しく賢明な君主の美しさはその名誉にある」と強調することで、思惑と逆に、娘のティベリオへの恋心と老公への嫌悪感をかき立ててしまう。衒学的な学識と洞察力を誇りながら、目的と逆の行動をとってしまうゴンザーガの姿に、理念と実際が食い違うジェイムズ王の姿が重なる。

ジェイムズ王は君主のあるべき姿を示した『王の贈り物（バシリコン・ドロン）』（一五九九、出版一六〇三）で、「王は神の玉座にあって神の笏を揮う者である」と王権神授説を主張し、美徳ある生活の範を垂れ、臣下を美徳への愛と悪への憎しみに誘うと説いた。(7) しかし、実際の新王ジェイムズは、民衆と共にいることを嫌い、シティが準備した凱旋門、パジェント、スペクタクル等の歓迎行事を喜ばず、孤独な森での猟を好み、閉鎖的な宮廷マスクや饗宴などに巨費を費やして、国民の失望と反感を買った。(8)

「賢者は言葉少なきもの、簡潔に申せば、……飾り気のない意図は技巧を避けるもの」（一幕二場）と「飾り気のない意図」の重要性を強調するゴンザーガのせりふは、一六〇四年の第一回議会でのジェイムズ王の最初の演説「余は飾り気なく、自由な調子で諸君に語りかけるつもりである。飾り気なさと誠実以外の雄弁術を使わないことこそ国王にふさわしい」のパロディーといえる。(9)

一〇才から一四才位までの美形の少年俳優が演じるダルシメルは、ロマンティック・コメディにふさわしい溌剌とした才色兼備のヒロインである。彼女は「お父さまのご指示通りにいたします」と家父長制下に生きる娘の恭順を示しながら、恋しいティベリオに萎れた花を見せて、青春の盛りにあるわが身が老公爵に嫁ぐ気は毛頭ないことを、秘かに意思表示する。一方、可憐な少年俳優が甲高い声と大げさな身振りで、老ゴンザーガの衒学的権威主義を演じる可笑しさは、成人劇団にはない少年劇団ならではの味であり、アイロニカルな喜劇を好む黒僧座の観客を喜ばせたのである。

今まで「最高の君主」として奉られてきたハーキュリーズは、ダルシメルから知らずして自分の老醜という ありのままの事実と、求婚への拒絶をつきつけられ、君主という立場が周囲の追従者の甘言によって、いかに真実から遠ざけられているかを悟って、愕然となり独語する。「わたしは今のいままで、自分がいかに年老いているか気付かなかった……君主というものは、臣下の寛大な忍従に甘えて、厳しい進言の強風に横面を張られることもなく、追従者たちの口から漏れるそよ風にやさしくなぶられて、自分自身の素顔に気付くことは決してないのだ」(一幕一場)。他のマーストン劇の風刺家たちが、自己の不完全性より、他人の非をあげつらうのに熱心であるのに比して、ハーキュリーズは、劇の冒頭で、甘言に流されて真実に目をつぶる自分自身の弱さを誰よりも痛切に自覚する。自らの限界を自覚する故に、他者の弱さをも深く理解できる主人公のあり方の描写に、マーストンの風刺作家としての成熟がみられる。

ハーキュリーズは、これまでの自分は、君主の座にあって、追従者たちの甘言の心地よさに「夢見心地にまどろみ」自らを顧みることがなかったと自省する――「心地よい眠りと快楽よ、ありがとう。だがお前のお陰でわたしは今まで自分自身を知ることができなかった。ありがたい毒であり、あたりの柔らかい危害である追従よ、歴代の君主たちが、初めて聖油を塗られて即位するや、たちまちそっとふりかかる夢見心地のまどろみよ、汝に永久の呪いあれ」(一幕二場)。A・H・トリコミーによれば、「心地よい眠りと快楽にまどろみ、自らの現実に気付かぬ君主」のテーマは、テューダー朝に書かれた多くの道徳劇のトポスのひとつであり、マーストンの『フォーン』は、トマス・プレストン作かとも評される作者不詳のロスト・プレイ『安楽の城あるいは揺り籠』(一五六五―七五)に描かれた君主の姿――無責任な取り巻きたちが与える楽しみと喜びに包まれて、揺り籠に横たわる君主を、偽善的な女官たちが甘い歌で「忘我のまどろみに誘う」――に依拠しているという。(10)

まどろみから醒めたハーキュリーズが、年甲斐もなく若い娘との縁組を望んだ自らの老残の姿を、「腰の痛風、有痛排尿困難、肛門痔ろう、呼吸不全、歯なし、弱視、指は大きいが足は細く、絶え間ない下痢、治らない肺の咳」「悪臭のする、冷え症の……半分腐った老人」と自虐的に笑いとばすと、本人と知らぬ廷臣たちは、「六五才の老人と一五才の姫を結びつけるとは……死体と生者を抱き合わせて共に衰え腐っていくことを強いるようなもので……、自然の掟に反する恥さらしなスキャンダルである」（一幕二場）と調子を合わせて嘲笑する。ハーキュリーズは今更ながら、権威の座にある者に厳しい真実を直視させない追従の心地よさと、害毒の大きさを思い知る。そして自らの再婚交渉から身を引いて、若いティベリオとダルシメルの愛の成就に協力し、ウルビーノ宮廷の追従者たちを浄化粛清する事こそ、念願の、情熱を傾けるに値する使命と確信する。「わたしの社会的地位は（非の打ち所のない美徳に腐敗の卵を産み付ける）これらの銀ハエどもに悩まされ続けてきたのだから、われわれ自身が囚われている追従という同じ策略で、追従者たちに復讐してやろう」（一幕二場）。（汚れきった厩の掃除という難業に取り組んだ神話上のヘラクレスと、ハーキュリーズの類縁関係が暗示される）。ゴンザーガをはじめ、自己認識の欠落したウルビーノの宮廷人の間にあって、自らの弱さを自覚する故に孤独でもあるハーキュリーズ（フォーン）は、ひとびとの優位にたち、「岩の上に一人とりのこされて、足もとに寄せては砕けるさまざまな気質（ヒューモア）の潮のめくるめく水泡を眺めるのである」（二幕一場）。

三、ウルビーノの宮廷

ウルビーノの宮廷といえば、イタリアの外交官・作家のカスティリョーネが理想的な宮廷人を論じた『宮廷人』（初版一五二八、トマス・ホビーによる英訳一五六一）の舞台であり、マーストンがそのことを意識しているのは明らかである。『宮廷人』四章は、君主に仕える廷臣の第一の務めは「主人の機嫌を悪くするのではないかと恐れたり、危ぶんだりせず、胸襟を開いて理解してもらいたいすべてのことの真実を率直に伝え……美徳ある道を目指すように主人を仕向けることである」[11]と規定する。ハーキュリーズも理想的な宮廷は「自由に正直に考えることができ、卑劣な追従に縛られることなく、話したままを書くことが出来る国である」（一幕、二場）と提唱する。

だが、ハーキュリーズが赴いたウルビーノの宮廷は、理想とは程遠い場所であった。衒学的自画自賛で指導力に欠けるゴンザーガ公を中心に、仕えるのは君主には決して反対しない故に重用される寵臣、グラニュフォ公、若い日の放蕩がたたって性的不能ゆえに子供が出来ないことを嘆く「病弱な騎士」サー・アモラス。頭はいいが長子相続制下の貧しい次男で、兄サー・アモラスの病弱につけこみ、アモラスの妻ドナ・ガーベッチャと密通し、彼女との息子による兄の土地の相続を企み、洗濯女プットッタにも浮気を仕掛けるほら吹きヘロッド。貞淑な妻が不貞を働いているのではという、「いわれなき嫉妬心」から四年間妻と同衾したことがないというドン・ズコン。一九人もの貴婦人に同時に結婚を申し込みたいと豪語する色好みの若い廷臣ニンファドロなどである。漁色家のニンファドロは、「結婚という取引の市場である宮廷」でひと儲けを企む打算家でもある。

結婚恐怖、性的不能、密通、いわれなき嫉妬心、猟色家など、『フォーン』の廷臣たちに共通する性的奇形（ディフォーミティ）は、ジェイムズ宮の華やかではあるが退廃的な雰囲気、性倫理の乱脈を暗示する。とくに寵臣サマセット伯の失脚と、バッキンガム公の台頭のきっかけとなった一六一六年のオヴァーベリ暗殺事件（ジェイムズ王のとりきめで第三代エセックス伯と結婚したフランセス・ハワードは夫の性的不能を理由に離婚し、サマセット伯と再婚したが、伯の元友人で離婚の真相を知るトマス・オヴァーベリ暗殺が発覚、二人は有罪判決を受け、逮捕、投獄された）は、個人の性的醜聞を超えて、ジェイムズ宮の退廃とくに寵臣の人格低下を象徴する政治的事件として喧伝された。[12]『フォーン』は虚構の宮廷の絵空事を描きながら、こうし事件が起こりうるジェイムズ宮廷の不健全な精神的土壌を事件の約一〇年前に予見的に描いたといえる。

性的規範の弛緩のほかにジェイムズ王の深酒や、王が催す贅沢なマスクや饗宴も批判の対象とされた。ヘロッドとニンファドロが参加した「宮廷の饗宴」（二幕、一場）で供される「チドリ、キジ、ガチョウのひな、ヤマシギ」などの珍奇な食材と、「コップになみなみとあふれる酒」は、サー・アモラスが性的不能の治療のために用いた「高級な技（ハイアート）」――鳩の翼とガチョウの頸の下の羽毛製のベッド、タバコ、湿布、風呂、マッサージ――や回春食事療法――「モチの木の根の砂糖漬け、スペイン産アブ、真珠を溶かした粥、砕いた琥珀、インコの髄、缶入ラムストン」（二幕一場）などとともに、宮廷の廷臣たちの衰弱した生命力を鼓吹するグロテスクな栄養物の象徴である。

四、追従なき女性たちと宮廷文化のパトロネスとしてのアン王妃

ウルビーノ宮の男性の廷臣たちが、病的で不自然な気質（ヒューモア）のゆがみを露呈するのに比して、女性キャラクターの多くは率直（ストレート）で意気軒昂である。公女ダルシメルは、厳しい家父長制度の中で育ちながら、健やかで自信に満ち、賢者ぶる父親の「盲点」をついて、父を自分の恋の仲介者として利用する機知がある――

「一五才の娘で、……娘盛りの自由なこのわたしが、つむじまがりの……リューマチ持ちの六四才のおじいさんのこわばったすねに縛り付けられるなんて、まっぴらごめんだわ……わたしはね、本当の意味で学問があるの。無知であることが嫌いだし、自分を愛しているからバカではないわ……お父さまのお智慧の無防備の盲点を利用して……お父さまには、わたしの愛のただ一人の仲介者、メッセンジャー、スポークスマンになって……公子さまを、わたしのベッドに導いていただくわ」（三幕）。

快活でユーモアがあり、不自由な環境にあって、自分の手で幸せをつかもうと策略をめぐらせるダルシ

メルに、最初ティベリオは「おお、明敏で、工夫を凝らす頭のいいダルシメル姫、あなたは妻にするには頭がよすぎる」と恐れをなす。女という「怪物的な存在」のために父親の信頼を裏切るのかと悩む息子に、ハーキュリーズはわざと自らの老いを強調して、「君のお父さんはバカだね。自分が味わって噛むことができないご馳走を君が飲み込むのを望まないなんて」と老父（フェラーラ公）の縁談交渉より自分の結婚に積極的になれと励ます。初期近代の懐疑的な青年らしく「果して自分は愛することに向いているのか？」と自問するティベリオも、やがてダルシメルの愛に触発されて「退屈な人生に彩りを添える、やさしく貞淑な愛の喜びを知らずして終わる呪われた罪」に決別すべく彼女の私室の窓辺に届く木の幹（生命力と男根の象徴）をよじ登ってゆく。ダルシメルの一途な恋と、結婚恐怖から脱して人間の本然的な愛に目覚めるティベリオの成長は、フェラーラ、ウルビーノ両国に統一と再生をもたらすロマンティック・コメディの王道として祝福されている。

　ダルシメルに協力してその恋愛を成就させるガヴァネスのフィロカリアは、見識の高さゆえにその「名声は、遥か彼方の外国人にまで轟いている」。ズコンの妻ゾヤは貞淑だが、理不尽な夫の嫉妬に「わたしは堅忍不抜のゾヤなのです」と宣言し、浮気によって子供ができたとの虚報をわざと流して夫を慌てさせる。ヘロッドが妾にしようとする洗濯女プットッタも、「わたしはまともで真っ直ぐな女なのに、……そのわたしを妾の一人にしようというの？」とヘロッドの誘惑を撥ねつける。

　策略を凝らして廷臣たちの愚行の浄化に貢献するこれらの女性たちは、欧州随一の芸術のパトロネスを以って任じたアン王妃と、その王室（ハウスホールド）に奉じた貴婦人たちの面影を伝えている。ジェイムズ王は王妃の贅沢をゆるし、公の席では彼女を尊重したが、男性寵臣と狩りに出かけることを好み、一六〇六年以後、二人は離れて生活することが多かった。[13] 他方、王妃は芸術のパトロネスとして多くの敬愛を集めた。ハーキュリーズが「理由なき嫉妬」で妻と疎遠であったズコンに、「わたしはなんという優しい女（ひと）を長い間等閑（なおざり）にしてきたのか」と反省させると同時に、「あなたがほったらかしたお蔭で、彼女はいまや大もてで、こちらの跡取り息子は彼女に宝石を贈り、あちらの貴族は土地財産を提供し、他の騎士は彼女を我がものにしようと決闘を申し込む騒ぎですよ」（二幕一場）と吹き込むせりふは、ジェイムズ夫妻の疎遠と王妃の人気を仄めかしているのであろう。

王妃はベン・ジョンソンの『黒のマスク』、『美のマスク』、『ハイメナイ』などに自ら出演したが、権力を誇示する宮廷マスクには莫大な費用がかかった。ゾヤが嫉妬深い夫に「もしわたしが、気まぐれにマスクに出ても、嫉妬したり……出費に文句をつけることは為さらないわね」（五幕）と念を押すせりふは、王妃のマスク出演の出費に渋い顔をするジェイムス王へのあてこすりであろう。

アン王妃の元には文人や知的な貴婦人が集まり、マーストンもそのサークルと親交があった。たとえば『フォーン』の主要材源の一つであるモンテーニュ『エセー』の英訳者ジョン・フローリオ（彼は詩人ダニエルとマーストンの親友であった）、アン王妃の親友で、多くの文学者のパトロネスであったルーシー・ラッセル、シドニーの娘エリザベス、エセックス伯の妹ペネロピ・リッチ、シュリュスベリ伯の娘エリザベスなどである。[14] マーストンは傍観者として宮廷を風刺したのではない。彼は法学院生として、また王妃のサークルとの交流を通して宮廷文化に親しみ、その光輝に魅せられつつ、その負の側面をも他人事でない関心事として描かずにいられなかったのである。

五、宮廷の追従者――パトロン制度の形骸化

「内側へ、内側へと、彼はわれわれの胸の中に入ってくるが、奴の職業が何なのか誰も知らない」（五幕）と噂されるハーキュリーズ（フォーン）の追従戦略は単純で、相手に逆らわず、肯定し、増幅させるだけである。子供ができないと悩むサー・アモラスには間男されて他人の子供を育てる苦労がないから幸

せだと言い、ニンファドロの猟色は「神の創り給うた者すべてに等しく愛情を注ぐことは、美徳のもたらす卓越した行為」とおだてる。ヘロッドが「貴婦人からの恋文」を捏造した嘘がばれると「嘘も方便。実物以上に見せる大法螺を吹けない者は廷臣の心得のイロハを習得していない輩だ」と皮肉な容認で応じる。こうした追従は効を奏して彼は「君主、姫、貴族や貴婦人方すべての心をも捉えて、彼らの無二の親友となる」（二幕一場）。かくしてゴンザーガの最も気に入りの寵臣は、「反論しない」グラニュフォと、「余と全く同意見の」ハーキュリーズの二名となる（三幕）。

　ヘロッドによれば、ハーキュリーズ（フォーン）はフェラーラ、ウルビーノ両国間の縁談交渉の成功により恩賞に与り、「一七人ほどの青二才が君の子分になるだろう」（一幕二場）。このささやかな出世物語は、ジェイムズ宮の無数の派閥（パトロンとクライアントの関係）形成の原型を示している。「子分」と訳したが、“proportion”の原意は「全体に対する割り合い」、功績の高によるクライアントの数の割合の意である。フォーンの場合は縁談交渉という一種の外交手腕の功によるパトロン身分への出世の見通しであるが、能力や働きがないのに恩賞に与る場合もある。ハーキュリーズは「沈黙のグラニュフォ」が何の実績もないのに、ゴンザーガの寵愛を受ける理不尽を「美徳ある功績に報いることは当然の報奨で君主にふさわしい立派なお振る舞いと申せますが、値しない者に与えることは、単なる大盤振る舞いであり、無駄な恩賞に過ぎません（三幕）と鋭く批判する。

　一六、七世紀の君主にとって、官職、地位、特権、年金、叙勲等と引き換えに有能な人材の忠誠を手に入れ、絶対主義王政の骨組みを堅固に構築することこそ、パトロン制度の目的であった。しかし、ジェイムズ朝になって、パトロン行為が王の寵臣たち（前期はサマセット伯、一六二〇年代以降はバッキンガム公）の手に独占的に握られると、王の恩恵に浴する道は限られ、王の恩賞は功績ではなく派閥によって分配された。能力や功績よりも誰のクライアントかが問題にされ、派閥（パトロン）の長は、有能な者より自分に従ってくる者に主要な官職を渡すようになり、阿諛追従や金銭による賄賂が横行した。ペックがコメントするように、それでも王の財政の放漫、無駄、不正、不公平を正し、パトロン行為を利用して有能な人材を官職に任命し、政策を立てて地方行政との結びつきを維持しようとするさまざまな行政改革が真剣に試みられたが、これらの努力は、すべて派閥のゆるぎない利権に直面して挫折した。王が腐敗した役人たちの利権を支持したのだ。王自身が君主に必要なものを顧みないとすれば、役人たちが改革しようとしてもできることはほとんどなかったのである。[15] ヘロッドがいうように「がみがみ文句を言い立てる改革者たちを尻目に、追従者は一時間のうちに、徳性、学問をはじめとするすべての美点をかねそなえた人物としての好意ある評判を勝ち得てしまった（二幕一場）のである。ハーキュリーズは「悪徳は、当世では流行になってしまったので、非難の厳しい言葉は効力を失い、貶められて軽蔑の的になった。だから正面きって攻撃する者はかえって散々な目に会っている」（一幕、一場）と嘆くが、日和見主義者のヘロッドは、「愚行に対して批判するなんて、張り合いのない労働」はやめて、追従によって出世する寵臣たちとともに「天翔る幸運を享受し、突き進もう。ストイックで厳しい美徳が繁栄することはめったにない。そんな運命には与みするな。チャンスの山の舗道には、貧しい人々の骨や大勢の不運な人々の魂が敷かれているのだ。その人々の目を容赦なく踏み潰して、出世する者の馬車の車輪が全力疾走してゆく」（二幕一場）と主張する。

だが、批判のない追従によって一体化した君主・寵臣は異質な人々の意見を寄せ付けない。ジェイムズ王は、ロバート・セシルを自分をイングランド王位に導いた第一の功労者、助言者として頼り、一六一二年のその死まで側近として重用した。応じてセシルも忠勤に励んだが、G・デイヴィーズいわく、「彼は主君と同様、自分と異質な人々の意図や主義を認めず、ベーコンやローリーを理解しなかった。崇高な凡庸とでも言える彼の精神は、いかなる独創的な思想も信用せず、変化しつつある世界が、エリザベスの宮廷で彼が修練を積んだ政策と全く異なる政策を要求していることを認識しなかった。容易ならぬ政治的焦点が急速に移行しつつあった時代に、彼は立憲政治の歴史に顕著な足跡を残すことができなかったのである」。[16] 王権や貴族が相対的に衰弱し、ジェントリーの力が伸長した一七世紀、議会、とくにジェントリーが議席を占めた庶民院との協調関係こそ王政の存続発展の鍵である、と主張したベーコンやローリーの新思想を理解せず、時代にふさわしい立憲政体を構築できなかったところに、ジェイムズ・セシル体制の限界があったとする見方である。

六、「キューピッドの議会」と「阿呆船」の船出

『フォーン』の大団円は五幕の劇中劇「キューピッドの議会」で、廷臣たちの愚行が裁かれる場面であるが、「法廷」が、“Court”ではなく“Parliament”と表されている点に、ジェイムズ朝における「議会」の存在意義に観客の注意を喚起したいマーストンの意識が表れているように思われる。王権と議会との対立はステュアート朝治世の特徴であった。議会の不満と王政批判はジェイムズ一世時代の「下院の弁明」(一六〇四)、チャールズ一世時代の「権利の請願」(一六二八)、「大抗議文」(一六四一)として結実し、立憲政治への道標となったことはよく知られている。

フィンケルパールによれば、「キューピッドの議会」は、マーストンが一五九七年のクリスマス祝賀で楽しんだミドル・テンプルの余興「愛の王子」を再現した劇中劇である。クリスマスの祝宴はクリスマス直前からはじまり、二月二日のキャンドルマスに終わる。四大法学院ではそれぞれ祝祭のリーダーの「王子（プリンス）」を選ぶが、ミドル・テンプルでは「愛の王子」だった。「祝祭王国」の統治者としてのプリンスは「宮廷」を組織し「国王」の法律や勅令を制定して、「被告人」の裁判を開廷し審判を下すのである。[17]

『フォーン』の「キューピッドの議会」では、音楽とともに擬人化された「酩酊」「怠惰」「高慢」「過剰」が愛の王子としてのキューピッドを玉座に導き、「愚行」「戦争」「貧窮」「笑い」が後に従う。キューピッドは、旧来の愛の掟が冒された世相の責任を廷臣たちに問うと宣言する。そして廷臣たちが喚問され

フォーンが罪状をよみあげ、キューピッドが審判をくだす。法廷裁判のパロディーは法学院恒例のクリスマスの祝宴で余興のひとつとして行われる趣向で、黒僧座の法学院生や法学院出身者の多い観客へのサーヴィスと言える。判決は次のようである。ゴンザーガ公第一の側近グラニュフォは「寡黙でまじめくさった表情でたまにフンと言ったりエーと声を出すだけで、多くの尊敬を集めているが、審問してみればただの大ばか者であった」。故なき嫉妬で貞淑な妻を苦しめたズコンには「男は妻を失うまで、妻の何たるかを知らぬ」。放蕩による不能で妻を愉しませることができないサー・アモラスは「保釈金も出廷保証令状もなしに、ただちに阿呆船に乗り込むべし」。大勢の女性を同時に愛するというニンファドロには「そのことがばれると、当然のことながら、誰にも愛されなくなる」。兄アモラスの妻と蜜通する上に、子供を儲けて兄の土地を奪おうというヘロッドの企みは、私生児には相続権なしという無効の判決がでて、悪辣なヘロッドには阿呆船の特別席が用意される。

　ハーキュリーズはニンファドロの「過剰」の罪に対するキューピッドの判決を宣言する――「であるからして、キューピッド閣下の至高の権威で立法化され、貴族数名、多くの貴婦人、そして平民すべてのメンバーからの賛同を得ました定めは、淑徳（オナー）の取引において、一度に二人のご婦人の好意を得ようとする者、又は二人の女性に結婚めあての求愛をする者、公爵より下の身分の者が二〇名以上の妾を囲う、公爵の兄弟身分で一五人、平（ひら）の貴族で一〇人、騎士又は年金受給者で四人、ジェントルマンで二人の妾を囲う者はその事実により、愚者の棍棒に追い立てられ逮捕され、保釈金、出廷保障令状なしに阿呆船に収監される由、ここに宣す」（五幕）。

「複数の妾の所有」、つまり「過剰」あるいは「強欲」の戒めをパロディー化した判決であるが、隠し味として、寵臣たちによる派閥に牛耳られて機能不全に陥ったジェイムズ宮廷のパトロン制度の形骸化への風刺がこめられている。複数の妾を囲う貴族やジェントルマンは、複数のクライアントを抱える派閥（パトロン）の長を示唆する。妾たちが妾奉公の妍を競うように、クライアントたちはパトロンから官職、特権、独占権、年金などの恩賞を求めて追従を競う。大勢のクライアントを擁する寵臣たちの「過剰」を批判し、罰則の立法化（逮捕し阿呆船に収監、追放する）に賛同するのは「貴族数名、多くの貴婦人、そして平民のすべて」である。「多くの貴婦人」はダルシメルを筆頭とする女性キャラクターたちや、アン王妃と貴婦人たちのことを思い出させる一方、「貴族たち（ローズ）」は「貴族院（ハウス・オヴ・ローズ）」を、「平民たち（コモンズ）」は「庶民院（ハウス・オヴ・コモンズ）」を類推させる。議会操作の失敗から「貴族院」数名と、「庶民院」メンバーすべてを敵にまわして内戦にいたるステュアート朝の行く末を見通せば、愛の「過剰」、すなわち為政者の愛顧の偏在を合議で審査、判決、処罰する立憲政治に賛同するのが貴族数名と、平民全員である「キューピッドの議会」は、一見浮薄な宮廷余興の描写ながら、リアルな含意をもつ。

だが、ゴンザーガ公に危機の自覚はなく、相変わらず「知らないことを知らないと認めることこそ賢者の証である……賢いふりをしながら、その実、非常に愚かな者は大嫌いだ……余がどのようにティベリオの思惑を発見し、挫き、曲げ、打ち、最後に絶望に追い込んだかを考えると、自らの賢明さを誇るところ無きにしに非ず」と勝ち誇るが、実は若い「二人の取り持ち、使者、愛のしるしの運び屋をつとめ、逢引に都合のいい時間を教え、寝床に通じる道を教えてやった」ことが判明、愚者祭の王として「阿呆船」への乗船に案内される。自己の真の姿にようやく覚醒したゴンザーガは、「本当を申すと、余は自分自身が恥ずかしい。なぜこの議会が開かれたのかが今はじめてわかった。余はなんというまどろみの中に長い間浸っていたことだろう?」（五幕）と反省する。

眠りこけて危機的状況に気付かない「まどろむ君主」のテーマは劇中頻出するが、ゴンザーガの自省で完結する。トリコミーは『フォーン』の場合、マーストンにしては珍しく、作中の風刺はいかなる検閲にも触れなかったようだが、ジェイムズ王の宮廷に応用された‘まどろむ君主’というテーマは忘れ去られることはなかった。なぜなら、内戦後の共和制時代の一六五一年に、ジェイムズの治世を痛烈に批判したあるパンフレットに、国王がトマス・オヴァーベリ暗殺事件を含む治世中の諸悪に気付かずに横になってまどろむ姿の絵が描かれていたのである」[18]と述べている。

劇はロマンティック・コメディにふさわしく、上舞台でダルシメルとその窓辺に達したティベリオを司祭が迎えて婚姻の絆で結び、下から見上げるハーキュリーズが旧世代の引退を宣し、新世代カップル誕生と、フェラーラ、ウルビーノ両国の統一、繁栄を祈念する祝祭的ハピーエンドとなる。また愛の掟を侵犯した廷臣たちも厳しく糾弾されることなく、自らの愚に気付いた君主とともに「阿呆船」に乗り込み出航することで、「水上でそれぞれの罪が浄化される」ことになっている。

だが、『フォーン』は、虚構のウルビーノ小宮廷の些末な廷臣たちの浮かれ騒ぎという喜劇的カモフラージュで検閲を回避しながら、宮廷政治における「追従者」の役割を描いてジェイムズ治世の本質的脆弱性をえぐりだした。即位後一年の一六〇四年にジェイムズ治世の弱点を人心の乖離と悪質な寵臣の存在の二つと喝破して、投獄の憂き目をみた牧師バージェスと同様、マーストンは、同年の『フォーン』でジェイムズ治世の弱点を、性倫理の弛緩、放漫財政、形骸化するパトロン制度、民意とくに庶民院軽視、歴史的危機意識の欠如と洞察し、軽い笑いにくるんで劇化したのである。マーストンは架空の宮廷を描きながら、「どこか他所の宮廷をみると、悪徳がどこに存在し、どうやって正したらいいかがわかる」(二幕一場)ことをジェイムズが学んで、ゴンザーガと共に「なぜこの議会が開かれたのかが今はじめて分かった。余はなんというまどろみの中に長い間浸っていたことだろう?」(五幕)と覚醒してほしいと切に願ったに違いない。

『フォーン』は世紀転換期の為政者交代と社会不安、ジャコビアン初期の宮廷批判劇の流行、たびかさなる検閲禍にめげず政治的風刺劇の上演に果敢に挑んだ(そして王妃の後押しもあった)王妃祝典少年劇団の活動、新王を迎えて君主やその宮廷のあり方について強い関心を抱いた黒僧座の知的観客の支持、そしてマーストンの風刺作家としての特異な才能というさまざまな歴史的条件がむすびついてはじめて成功した作品といえよう。

＊テクストとして John Marston, *The Fawne, The Plays of John Marston*, Vol. II, Edited from the Earliest Texts with Introduction and Notes by H. Harvey Wood, (Oliver and Boyd, Edinburgh, 1938) を使用した

注

（1）L. L. Peck, "John Marston's *The Fawn*: Ambivalence and Jacobean Courts", *The Theatrical City: Culture, Theatre and Politics in London, 1576–1649*, eds. D. L. Smith, R. Strier and D. Bevington, (Cambridge U.P., Cambridge, 1995), p. 122

（2）A. H. Tricomi, *Anticourt Drama in England 1603–1642*, (Virginia U.P. Charlottesville, 1989), pp. 11–12

（3）*Ibid*., pp. 21–23

（4）Philip. J. Finkerpearl, *John Marston of the Middle Temple: An Elizabethan Dramatist in His Social Setting*, (Cambridge, Mass., 1969), p. 223

（5）リンダ・レヴィ・ペック著「宮廷のパトロン制度と政治——ジェイムズ朝のジレンマ」、ガイ・フィッチ・ライトル、スティーヴン・オーゲル共編、有路擁子、成沢和子、舟木茂子共訳『ルネサンスのパトロン制度』（松柏社、二〇〇〇）、三七—六六頁

（6）L. Stone, *The Crisis of the Aristocracy 1558–1641*, Abridged Ed., (Oxford Paperbacks, 1967), p. 41

（7）Peck, p. 126

（8）Tricomi, pp. 5–6

（9）Peck, p. 133

（10）Tricomi, pp. 22–23

（11）Castiglione, *The Courtier, trans. Sir Thomas Hoby, Three Renaissance Classics*, (Charles Scribner's Sons, New York, 1953), p. 542

（12）N.D. Solve, *Stuart Politics in Chapman's Tragedy of Chabot*, (Michigan U.P, 1928), pp. 21–62

（13）Tricomi, p.11

(14) Peck, pp. 118–20

(15) ペック、前掲書、四一—四九頁

(16) G. Davies, *The Early Stuarts 1603–1660*, Second Ed. (Clarendon, Oxford, 1959), p. 2

(17) Finkerpearl, "The Use of the Middle Temple's Christmas Revels in Marston's The Fawne" *Studies in Phiilology*, XLIVC (1967), pp. 199–209

(18) Tricomi, pp. 22–23

新天文学の受容
――マーロウ、ダン、ミルトンの作品をめぐって――

勝野　由美子

一

十七世紀科学革命とは、コペルニクスに始まりニュートンにおいて完成に至る天文学や力学分野における科学的発見を意味していると一般的には定義される。しかし、その革命が起こる発端を正確に理解するためには、準備段階としての十五、十六世紀の様々な発見、発達を看過してはならない。十七世紀科学革命を可能にした、前時代における最大の要因とは古代ギリシア・ローマにおける文献のラテン語への翻訳である。ローマのアレクサンドリアで活躍したプトレマイオスは、紀元後2世紀、地球から観測される天体の様々な運動や現象を、数学的モデルを用いて記述し、古代ギリシア・ローマ時代における天文学の集大成者となった。十二世紀になり、ヨーロッパにラテン語翻訳の形で紹介された二つの宇宙体系、すなわちアリストテレスの宇宙体系とプトレマイオスのそれはどちらも、月、水星、金星、太陽、火星、木星、土星の順に並んだそれぞれの「惑星」が、第五元素エーテルでできた天球に載って秩序正しく回転しており、恒星はすべての惑星天球を包み込む一つの天球に貼り付いて回転しているという基礎概念は共有していた。しかし、根本的には異なる体系であったため、中世の自然哲学者たちは二つの体系を折衷する形で受け入れた。[1] それ以来ヨーロッパにおける宇宙像は、不動の地球を中心に、七つの惑星が天球に載って地球を中心に回転し、その運行は、離心円と周転円の組み合わせなどを用いて天文観測データを見事に説明するものであったが、かなり複雑な天文学理論を確立していた。そして徐々に修正を重ねながら、コペルニクスの時代までには暦の季節と実際の季節はずれ、宇宙は不体裁なものとなっていたという。[2]

神の創った天はもっと美しいはずというキリスト教信仰と新プラトン主義の太陽崇拝がコペルニクスの内に、太陽中心の天文体系の可能性を芽生えさせた。折しも時はルネサンス、文芸復興の時代。古代ギリシアの文献を紐解くと、コペルニクスのキリスト教信仰と太陽崇拝の理念に合致した考え方があった。アリスタルコスの太陽中心体系である。コペルニクスによる太陽中心体系の提唱以来、ティコ・ブラーエやケプラー、そしてガリレオにより、地球は不動ではないこと、不変だと信じられていた月上界に変化があること、正円だと思われていた軌道は楕円であることなどが明らかにされていく。秩序を重んじるエリザベス朝の人々にとって、信じていたことが根底から次々に覆されるような事実は全くもって受け入れられなかったはずである。ティリャードは、エリザベス朝の人々の価値観について「彼らは混沌への恐怖や実際に起こる変化などへの強迫観念に取り憑かれていた。宇宙秩序への信仰が強かっただけに、この強迫観念も根強かった」と指摘している。[3] 老ガリレオが異端審問所に出頭を求められ、自説の撤回を余儀なくされたことはあまりにも有名であるが、[4] それも同じ理由による。望遠鏡による観測結果は、それはそれとして認めたとしても、地球を宇宙の中心から引き摺り下ろすわけにはいかないという拒絶反応であった。

旧天文学から新天文学への転換、すなわち、アリストテレス・プトレマイオス的地球中心体系から、今日我々が知り得ている太陽中心体系への移行は、やにわに起こったわけではない。科学史の先行研究においては、十七世紀における科学革命はしばしば暗黒の時代と形容される中世からの「突然変異」だと見なされていた時代もあったという。[5] しかし、今日の科学史研究においては、中世における自然哲学研究がルネサンスを引き起こし、ルネサンスがなければ科学革命は十七世紀よりもずっと遅くに起こったかもしれないとみなされている。十二世紀における古代文献のラテン語翻訳、中世における大学の発達と占星術や錬金術といったオカルト科学が、ルネサンス期における科学的発見の土台を準備し、実際の天文現象と地球中心説や暦などの受け継がれてきた知識の間に生まれていた齟齬が、ルネサンス人の猜疑心に触れ、キリスト教教義と折り合いをつけながら徐々に変化して行ったと考えられる。近代天文学の祖であるコペルニクスは、太陽中心を打ち出した点のみ近代的であるけれども、天球という考えを脱することはなかったし、等速円運動という概念から逸脱し楕円軌道を提唱したケプラーも、ブルーノの無限宇宙という概念には反対しており、コペルニクスもケプラーも占星術を信じていた。ティコの宇宙観は、宇宙の中心に静止する地球があり、その周りを月と太陽が回る、水星から土星までの五惑星は、地球を回る太陽の周りを回るというものであり、一見するとコペルニクスから後退したかのように思えるが、ティコは天球を想定していない点で近代天文学に一歩近づいたと考えられる。このように旧天文学から新天文学への移行は一進一退で容易ではなかった。ましてや新天文学の概念を受け入れることに関しては、一般の人々にとっては困難だった。当時の知識人の間では、まやかしを与える望遠鏡など決して覗かないという反応や、たとえ覗いたとしても見えたものをレンズのせいにして認めない者もいたという。[6] また新天文学の容認については、神学者や哲学者にとっては困難極まりなかった。ガリレオが木星の衛星にメディチ家にちなんだ名前を付けたことで一六一〇年、トスカナ大公付主席数学者の地位を得た際、彼は哲学者の役目を賜りたいと願い出ている。この行為は、観測した結果が受け入れられるということと、その解釈をすることは別であるということを象徴的に示している行為と考えられる。さらには、ルターやカルヴァンをはじめとするプロテスタントにとっては、聖書の内容と食い違うが故に新天文学は絶対に受け入れられないものだった。実際、ルターはコペルニクスを「成り上がりの占星術師」と批判したという。[7]

天上界という大宇宙における転換は、小宇宙である人間に宇宙観の転換のみならず、価値観の転換あるいは転倒という衝撃をもたらす。そのような一連の転換の中で詩人たちは徐々に変わりゆく変化のどの側面を捉え、どのような影響を受け、その影響はどのように作品へ擦り込まれたのだろうか。本稿は、十六世紀末という科学革命の黎明期から十七世紀科学革命の只中を俯瞰していく試みである。歴史的文脈の中で、詩人たちが時代の風をどのように受け、それをどのように作品へ描き込んだのか、あるいは描くまいと抵抗したのかを考察し、十七世紀科学革命が十六世紀末から十七世紀にかけての文学界に及ぼした影響を些かなりと明らかにしたい。各年代を代表する文豪として、マーロウ (Christopher Marlowe, 1564–93)、ダン (John Donne, 1572–1631)、そしてミルトン (John Milton, 1608–74) を取り上げる。一六世紀末を代表する劇作家としてのマーロウは、次世紀における科学革命の真髄を見ぬままこの世を去ったということになる。だが前述の通り、十七世紀科学革命の発端を中世まで遡るとすると、マーロウも充分に科学革命の土壌の中で生きていたことになる。コペルニクスがかの『天球の回転について』を発表し、太陽中心体系をこの世に知らしめたのは一五四三年。ティコ・ブラーエの新星発見は一五七二年。マーロウは早死にであるが故にガリレオの輝かしい業績を目の当たりにはできなかったが、それでも幼少期にはすでにアリストテレス・プトレマイオス体系に基づいたエリザベス朝の宇宙観は揺らぎ始めていたと考えられる。ましてや、ケンブリッジ大学を卒業した才人である。当代の最新宇宙理論に触れる機会がなかったはずはあるまい。幼少体験として宇宙観の転換に相対したマーロウはどのような宇宙観を形成し、それをどのように作品に描いたのだろうか。一方、ダンは、ティコの新星発見の年に誕生し、ガリレオが望遠鏡を用いた観測結果を『星界の報告』として月面の凹凸や木星の衛星などを発表し、コペルニクスの太陽中心説を裏付けた翌年の一六一一年、『第一周年追悼詩：世界の解剖』(*The First Anniversary: An Anatomy of the World*) において、新科学による価値観の揺らぎを表明した。ニコルソン女史は、そのように新天文学に対する反応を示したダンと早死のマーロウを比較して次のように述べている。「もしマーロウが円熟の域に達するまで長生きしていたならば、「新しい学問」の、イングランドにおける文学への受容に関してダンとは違う方法で良い手本を示したであろう」と。また、女史はこれに先立つ部分においてマーロウは「あまりに早く死んでしまい［新天文学を］知り得なかった」としているが[8]、果たして本当にマーロウは太陽中心の宇宙体系を知らなかったと言えるのだろうか。また、ミルトンは大陸旅行の際、イタリアを訪れガリレオに面会したと、政治パンフレット『言論の自由論』(*Areopagitica*, 1644) に書き残している[9]。それに加えて、晩年の大作『失楽園』(*Paradise Lost*, 1667) においてもガリレオと彼の望遠鏡について三度言及している。『失楽園』の執筆／口述年代は明らかになっておらず、また何巻から制作が始まったのかという問題を孕んではいるが、大陸旅行からかなりの時間を経ての言及である。年老いてからの盲目、囚われの身といったミルトン自身の晩年の境遇と老ガリレオとの共通点に親近感が沸き、懐かしむ気持ちだけでガリレオに言及したとは思えぬ天文対話が、『失楽園』において天使ラファエルとアダムの間で展開されている。ガリレオの著作が出揃い、社会問題を引き起こし、イギリスでは科学の発展に寄与するべく王立協会が設立され、科学的研究が促進される土台ができた時代のミルトンはどのような宇宙観を持ち、どのようにそれを作品に描いたのだろうか。

二

マーロウの『フォースタス博士』(*Doctor Faustus*)[10] は十五世紀末から十六世紀に実在したドイツのファウスト博士の実話に由来し、その死後およそ四十年後ごろには広く流布していたファウスト伝説を題材としたものである。マーロウはケンブリッジ在籍中にこのファウスト伝説に着想を得ていたとみられる[11]。そのことを伺わせる部分が一幕一場のフォースタス登場の場面に見られる。フォースタスは研究題目を決めるべく、書斎に籠もり独り言を言いながら、アリストテレスを引用しようとしてアリストテレス批判を展開したラムスを引用する (1. 1. 7)[12]。当時のケンブリッジ大学に在籍していた学生および教員の多くが、アリストテレスは当然のこと、ラムスの著作にも親しんでいたようだ。リーダムグリーンがまとめたケンブリッジ大学の遺言書財産目録によると、ラムスの著作だけでなく、フォースタスがこれに続く箇所（1. 1. 12-34）で言及するガレノスやユスティニアヌス関連の作品は、当時の学生・教員にとって極めて馴染み深いものであるということが分かる。[13] ケンブリッジ大学に在籍している者の多くが、ラテン語で書かれた作品やごく稀に母国語で書かれた著作を所持していたからである。ということは、先のフォースタスがアリストテレスを引用すべくラムスを引用した箇所は、マーロウが単に記憶違いから間違えたということではなく、もしかすると意図的に間違えた可能性もあり、そうなると当時の学識ある観客にとっては笑いを誘うものであったはずである。さらに、ホーナンは「フォースタスには、小さなコリッジに属しているケンブリッジの学者に漂う率直で親しみやすい佇まいがある」[14]とし、ドイツ風というよりは英国風と判断している。フォースタスは分析学、医術、法学を習得済みとし、最後に検討した神学は、当時のケンブリッジ大学においても学芸学士、修士を取得した学生にのみ許された上級課程であった。神学の下に自然哲学という階層付けがなされたことは、その後の自然科学の発達、ひいては十七世紀科学革命にとって重要であったという。[15] このように、フォースタスはマーロウの実体験と思われる要素を多分に含んでいる。

フォースタスは神学をも放棄し、最終的には魔術に手を染める決断をする（1. 1. 52-61）。この決断においてフォースタスは魔術をどのようなものと認識しているのだろうか。フォースタスは医術を放棄する理由として、自らの処方により多くの人々を病から救ったにも関わらず、「自分は今なお人間のままだ」（1. 1. 21）としている。つまり、多くの人々を救ったのだから、神の領域に引き上げられてしかるべきということを意味しており、この時に神性を得られなかった挫折感が彼に魔術を選ばせる。フォースタスは魔術や降霊術といった超学問を「天からあたえられるもの」（1. 1. 49）とし、「偉大な魔術師は半ば神に等しい」（1. 1. 60）という認識を示す。

神性を得たいという執着心によって、魔術に手を染め、試しに呪文を唱えたフォースタスの前に現れたメフィストフェレスにより、マーロウの考える地獄が明らかにされる。地獄から抜け出してきた理由を尋ねるフォースタスに対し、悪魔は「ここここそが地獄、抜け出して来たわけではない」(1. 3. 74) と答える。ここに見られるのはマーロウ独自の地獄観である。場所としての地獄から脱することができても、自らの内にある地獄からは逃れられない。天上での永遠の喜びという希望を奪われたメフィストフェレスが陥ったのは心理的な無限の地獄。この内的地獄は、ミルトンの『失楽園』におけるセイタンにも受け継がれている。ただし、セイタンの場合は天上の喜びを奪われ地獄を抱え込むわけではなく、ルシファーだった当初の自らの輝きが失われたことに対する苦しみから自らの内に地獄を抱く。セイタンが地獄に落とされる前には宇宙の中に地獄はまだなかったので、自らの内に地獄を抱えながら奈落の底に落ちていくことはまさに「ここここそが地獄」、内的地獄＝場所としての地獄となったわけである。[16] メフィストフェレスと正式に契約を結んだフォースタスは再び地獄に関する質問を行う。このやり取りにより、今度はマーロウが考える、場所としての地獄が明らかになる。メフィストフェレスは答える、「これら四元素のはらわたの中、そこで我々は苦しめられ、永遠にとどまる」(2. 1. 114-5) と。「四元素」すなわち地球の中心部に地獄があることを意味しており、マーロウの場所としての地獄はカトリック的で目新しさはない。では、天の様子はどうだろうか。

二四年間は自分の望むものは何でも手に入れられるはずのフォースタスだが、メフィストフェレスへの質問に対して満足いく回答が得られず、妻が欲しいという申し出も断られ、魔術を選んだことで地獄落ちになることを後悔し、葛藤を振り切るかのようにメフィストフェレスを天文学の議論へと誘い込む。この二人の天文対話は一見すると旧来の宇宙体系に基づいている。フォースタスは尋ねる。

> Speak; are there many spheres above the moon?
> Are all celestial bodies but one globe,

As is the substance of this centric earth? (2. 3. 33-5)

教えてくれ、月より上に多くの天球があるのか。／すべての天体は、宇宙の中心である／この地球の実体と同様に一つの球体なのか。

フォースタスの質問は、アリストテレス・プトレマイオス体系に基づいた地球中心の宇宙観である。これに対する悪魔の回答もまた旧天文学に基づいたものである。そのやり取りに満足できないフォースタスは「メフィストフェレスにはもっと偉大な知識はないのか」(2. 3. 48) と自分が知っている知識以上のことを要求する。この要求自体に別の知識体系、すなわち太陽中心の宇宙体系が存在することを示唆しているのではなかろうか。つまり、マーロウ自身は太陽中心体系を知っているが、フォースタスという人物は地球中心体系に立脚した知識の人物として描いていると考えられる。くだんの遺言書財産目録によると、マーロウが大学に入学した際に学長を務めていたと思われるパーン (Andrew Perne, 1519–1589) なる人物はコペルニクスの前掲の書を学寮に所持していた。[17] 新入生マーロウが学長から直接本を借りたり指導を受けたりという場面は考えにくいが、大学内に新天文学を研究する雰囲気ができていたと想像される。フォースタスもメフィストフェレスも地球中心体系に立脚していることが明かされた天文対話に続けて、「宇宙を創ったのは誰だ」(2. 3. 66) という宗教的哲学的問題を問うフォースタスの姿勢には、前述の哲学者の地位を要求するガリレオと同じ姿勢が垣間みられる。このように、マーロウ自身は新天文学を把握していたと考えられるものの、『フォースタス博士』に描かれる宇宙像は地球中心の旧来の宇宙観にとどまっている。このマーロウの姿勢には、ティリヤードが「詩人は、最も正統で時代に則している時が、最も個性的である」[18] と指摘するように、エリザベス朝の枠組みを脱することなく、あくまで時代の流れに従うマーロウのエリザベス朝人としての作法が見られる。

三

ダンはロバート・ドゥルリー卿の幼くして逝去した娘エリザベスに捧げて、『一周年追悼詩：世界の解剖』と『二周年追悼詩：魂の遍歴』(*The Second Anniversay: Of the Progress of the Soul*, 1612) を生前に出版した。この二詩に対するダンの自己評価は低く、また研究者たちの中に賛否両論を巻き起こしてきた。[19] 批判的意見の主旨は、エレジーでありながら死者に対する至誠あふれる悲嘆や喪失感が描かれていない点である。前述のニコルソン女史は、少女の死は、実在の人物の死というよりは、詩の出発点に過ぎないと指摘している。[20]『世界の解剖』では「彼女が死んだ」(183, 237, 325, 369, 428) という表現が繰り返されながら、非常に頻繁に引用される「新しい学問がすべてを疑念の中へと招き入れる」(205) という表現に示されるように、ケプラーやガリレオによってもたらされた宇宙像の転換に伴う宇宙秩序の喪失が、彼女の死になぞらえて語られる。詩人の言う「新しい学問」とは紛れもなく新天文学のことである。[21]『魂の遍歴』では「彼女が逝った」(21, 81, 247, 315–7, 448) という表現が少しずつ形を変えながら、「彼女は天へと逝った」(467, 507–9) となり、彼女の魂が徐々に遠ざかっていく印象を与えている。また、'thou,' 'how,' 'soul,' 'know,' 'though,' 'so' が連続的に多用されている部分 (254–60) について、グリアソンがダンの発音ではそれらの音に大した差異はなく、「それぞれの反復される音は打ち鳴らす鐘のように、詩行を貫いて響く」と指摘しているように、[22] 音声として弔いの鐘を鳴らしており、早すぎる死への嘆きを詠う。

この二作において、ダンはどのような宇宙像を描き出したのだろうか。『世界の解剖』では、「彼女が死んだ」という表現以上に、'proportion' という語を繰り返しながら「均整」が損なわれたことが強調されている。この世の美は朽ち果て消え去った。美とは色彩であり、均整に他ならない (249–50)。天体はそれぞれの天球と、すべてを包み込む均整のとれた円 (252) を享受しているのだと我々は思う (251–2)。すべての惑星や遊星の均衡はいびつとなり、調子はずれの動きをする (277)。地球は果たして丸い均整を保っ

ているのだろうか (285)。この世の均整はゆがめられている (302)。そして、

That beauty's best, proportion, is dead,
Since even grief itself, which now alone
Is left us, is without proportion.
She by whose lines proportion should be
Examined, ... (306–10)

美の最高の形であった均衡は死んでしまった／今や我々に残されたのは悲しみだけ／その悲しみにも均衡はない。／［死んだ］彼女は自らの線によって均整を／調べるはずだった……

偉い学者たちはノアの方舟は人間の均整に従って造られたと証言した (317–8)。何事も適切に、しかも均整を保って行われない限り賢者や良き傍観者を満足させることはできない (332–4)。世界がもし正確な均整を保ち、ずっと正円のままだったとしても、（世界を彩る）宝石はなくなってしまった (341–2) というように「均整」の繰り返しを通じて、「均整」を保つことへのこだわりが見られる。また「均整」という語の使用は宇宙秩序に関するものだけでなく、地上の事物にも使われていることから、詩人にとって宇宙の「均整」が損なわれたことは、地上の均整の喪失をも意味し、同時に一切をも失うことになると考えられる。旧来の宇宙像は美そのものであった。ところが、「太陽の軌道は正円ではない」(268) こと、「太陽は完璧な球ではない」(268–9) ことが「新しい学問」によって示された。前者はケプラーの理論を、後者はガリレオの観測結果を受けているのは明らかである。「均整」という美が潰え去ったことは、太陽の動きが美そのものから「蛇の動き」(serpentine, 272) へと成り下がるということが示される。蛇と言えば、

イヴを誘惑し人類に原罪をもたらした最も狡猾な動物で、ミルトンの『失楽園』では、悪魔セイタンがそれに身を窶す。新天文学は悪魔的であると結論するのは早計に失するが、少なくとも新天文学がもたらした知識は肯定的なものではありえず、詩人には受け入れまいとする態度が見られる。
太陽に対する失望感は『魂の遍歴』にも受け継がれている。

Since both this lower world's and the sun's sun,
The lustre and the vigour of this all
Did set; 'twere blasphemy to say, did fall. (4–6)

低いこの世の太陽も、太陽の中の太陽、／すなわちすべての光であり活力だった太陽もどちらも／沈んでしまった。口にするのは慎むべきだが、落ちたのだ。

詩人にとって新天文学がもたらしたのは闇であり、この世の死 (21) でもある。「この腐りきった世の中のことなど忘れてしまえ」(49) と言い放つと、それ以降およそ百行にわたって三十回以上の「考えよ」という命令文が続く。前述の弔いの鐘が鳴り響き、「上へ、上へ」(339) と今度は 'up' という語を七回繰り返しながら、まさに魂が天へと遍歴する様を詠う。「天へ行けば、天に関することはすぐにすべてが分かる。そして天に関係のないことはすぐに忘れてしまうだろう」(299–300)。つまり、新天文学によってもたらされた人々の心の闇も「疑念」もすべて天に行けばすぐに忘れてしまうこと。一方、太陽の軌道が正円ではないことも、完璧な球体ではないことも、その真相は天に行けばすぐに分かること。魂の遍歴は遂に天へと至り完成する。その魂の到着を喜び、'joy' という語が十回以上繰り返される。

このように、ダンの二つの『周年追悼詩』によって描き出されたのは、地球中心の宇宙体系への固執と均整を失った宇宙および地球であった。同じ語や表現を効果的に繰り返しているが、特に『世界の解剖』における「均整」の反復は、それまで保っていた秩序への執着心をも感じさせる。「新しい学問がすべてを疑念の中へと招き入れる」と言うものの、詩人の関心は、価値観が覆された人々の動揺というよりも、宇宙像の変化、すなわち宇宙秩序の崩壊の方にあるようにも思える。それ故、ダンの「新しい学問」に対する「疑念」は本物かどうか疑わしく感じられる。『周年追悼詩』に表明した懐疑心は、読者のそれであってダンのものではないかもしれない。前述の通り、エリザベス朝の人々にとって宇宙にもたらされた転換は、自らの価値観に迫る危機であった。この二作品が発表された当時、エリザベス朝からスチュワート朝への移行期であり、そのような変化もまた人々に動揺を与えたに違いない。つまり、ダンの示した「新天文学」への懐疑心は、宇宙像の転換と価値観の転換の両方を迫られた読者の反応が擦り込まれたものではないだろうか。

四

ミルトンの『失楽園』について、まずミルトンがガリレオおよびその望遠鏡に言及している三箇所を確認したい。第一はセイタンの巨大な楯が月に譬えられ、月を夜ごと観測した「トスカナの職人」としてガリレオに言及される (I, 286–91)[23]。第二に太陽に降り立ったセイタンが黒点に譬えられる (III, 588–90)。第三に天使ラファエルが天上から地球を見た様子を、ガリレオの望遠鏡に映ったものに譬えられる (V, 261–3)。ここで興味深いのは、いずれの言及もアダムとイヴの堕落前である点と、三箇所の言及すべてがガリレオの『星界の報告』に示された望遠鏡による観測結果に関わる点である。つまり、ミルトンは単なる噂としてガリレオの太陽中心体系を知っていたのではなく、自ら読んで内容を理解した上で、神が創った宇宙のありのままの姿として新天文学を了解し、受容しているからこそアダムとイブの堕落前の描写として利用したと考えられる。

一方、『復楽園』(*Paradise Regained*, 1671) においても、望遠鏡に言及している箇所があるのだが、こちらは悪魔が使ったかもしれない道具として登場する。セイタンがキリストに地上の王国と栄誉を見せる場面において、セイタンが救世主に見せた光景は拡大されて見え、望遠鏡を使ったかもしれない (IV, 40–2) と表現されている。今度は、堕落した者が手にした道具として望遠鏡が扱われている。ミルトンは一体、新天文学やそれを裏付ける観測を可能にした道具に対して、好意的なのだろうか、否定的なのだろうか。

天使ラファエルとアダムによる天文対話は、天地創造の話に続けて行われる (VIII, 15–178)。[25] この対話では、アダムは旧来の地球中心説に則して質問し、天使は旧天文学に基づいて話していたかと思えば新天文学を持ち出し、一貫しない態度の挙げ句に「隠されていることで思い悩むのはやめよ、それらのことは天高くおられる神に任せて、神に仕え、神を畏れよ」(VIII, 167–8) という忠告を残し、天文対話を切り上げる。ここにもまた疑問が残る。ミルトンはどちらの説を支持しているのだろうか。作品全体を見渡してみると、ミルトンの宇宙像には一貫性がない。旧来の地球中心説に則している部分もあれば、太陽中心説に則している部分もある。例えば、前者は、地を這う蛇に身を窶す決意をしたセイタンが大地、すなわち地球に呼びかけ、地球が宇宙の中心であることを賛美する場面 (IX, 103–9) や、天使の舞踏を天球の動きに譬える箇所 (V, 620–4)。また天地創造の際、神が「光あれ」と言って存在させた天からの光は第五元素エーテルの光である (VII, 243–4)。これらは、アリストテレス・プトレマイオス宇宙観を支える概念に基づいた描写である。一方で、太陽中心説に基づく表現も見られる。同じく天地創造の場面において、「明けの明星がその角を金色に輝かせる」(VII, 366) と表された金星であるが、金星にも月のように相があること、また「天の川」(VII, 579) について「敷石は星々」(578) ということも、いずれもガリレオによって報告された内容である。さらには、いくつかの恒星は遊星を伴わせるという説を唱道したクザーヌスの考えに基づいたと思われる「他のいくつかの太陽にもそれぞれに月が伴っている」(VIII, 148–9) という表現も見られる。

以上のように、ミルトンの宇宙像は複雑で、旧天文学にも新天文学にも基づいており、結果としてどちらとも取れるように描かれている。それはまさに第二巻において地獄が描写される際、撞着語法（オクシモロン）を多用することで可視化されない地獄を描き上げたのと同様の手法だと考えられないだろうか。新旧の天文学を交錯させることにより、読者はミルトンが想定する宇宙像を再構成するのが困難になる。まるで詩人は意図的に宇宙図が再構築されるのを拒んでいるかのようである。なぜミルトンは不可視の宇宙を描いたのであろうか。その理由は天使ラファエルがアダムとの天文対話の中で述べている。すなわち「天が動こうが、地球が動こうが重要ではない」(VIII, 70–1) ということである。宇宙の構造は一種の禁断の知識であり、これを知ろうと画策することで神への「畏れ」を忘れる危険がある。[26] 人間にとって重要なことは「神に仕え、神を畏れ」(VIII, 167–8) ることであるということを、曖昧な宇宙像をもって示したのではないだろうか。天使マイケルによる、楽園を去り行くアダムとイヴへの最後の言葉は、この禁断の知識に触れたものと考えられる。

hope no higher, though all the stars
Thou knew'st by name, and all the ethereal powers,
All secrets of the deep, all nature's works,
Or works of God in heaven, air, earth, or sea,
And all the riches of this world enjoy'st,
And all the rule, one empire; (XII, 576–81)

これ以上高い望みを抱いてはならない、たとえすべての星の名前、／すべての天使の名前、すべての重大な秘密、／すべての自然現象、つまり天と空と大地と海における／神の被造物を知り得たとしても／それにこの世のすべての富や、すべての支配権を／享受をし、一国を手に入れたとしてもだ。

この忠告は宇宙の神秘が禁断の知識に属していることを示唆している。ニコルソン女史は本作品を「最初の近代的宇宙詩」と位置づけている。[27]実際、近代的宇宙観を垣間みることができる表現が八巻の天文対話に限らず、作品全体に鏤められていると同時に、ミルトンの宇宙の大部分を占める広大無辺な混沌は、クザーヌスやブルーノの無限宇宙を思い出させる近代的なものである。その一方で、近代的宇宙観と同じくらい、いやそれ以上に多くの前時代的価値観を残すことで、神への信仰 (faith) を保とうとしたミルトン。彼もまた完全には近代的とは言えないところに留まっていると見ることができよう。

五

新天文学について、マーロウは知っていたと考えられるが、知らないものとして地球中心の宇宙観に基づいて『フォースタス博士』を描いているように思われる。一方、ダンは新天文学により価値観が覆されたことへの不信感や喪失感などを、死の喪失感に重ね合わせ追悼詩に込めている。そこに描き出した宇宙像は地球中心の中世までの宇宙観を基にしつつ、その歪められた宇宙の姿である。ダンの宇宙秩序への執着は、マーロウと同じようにエリザベス朝の枠組みに片足を残していると言えるであろう。ただし、ダンの「新しい学問」に対する不信感や秩序の崩壊に伴う悲壮感は読者の反応の擦り込みかも知れず、ダン自身の懐疑心の表れとは断定しがたい。

ミルトンは、新天文学を完璧に知り得ているが、作品に描き出した宇宙像は可視化できない曖昧なもので、どのような宇宙像かの判断は読者に委ねられていると言える。ミルトンの考えに従えば、宇宙の中心が地球でも太陽でもどちらでもよく、あれこれ理屈を捏ねて論争する人間は天から見れば笑止千万ということになるであろう。

このように新天文学の受容については、三者三様である。三人とも大学で学んだ才人であるがゆえ、おそらくそれぞれの時代における最新の宇宙論をそれぞれ把握していたと想像される。ただし、それを表明するかどうかはその時代の風潮に委ねられていたのではなかろうか。つまり、マーロウはエリザベス朝人として秩序を乱すことはしなかった。ダンはエリザベス朝からスチュワート朝への移行期ゆえの一般の人々の動揺を捉えている。ミルトンはキリスト教信仰を第一にしているので、もしかしたらどの時代に属していても不可視の宇宙像を貫いたかもしれない。いずれにせよ、新天文学の文学への受容は、その概念が社会一般に受容されるのが困難だったのと同様に困難、かつ心理的にも複雑なプロセスを辿ったと言えるだろう。

註

（1）アリストテレス体系とプトレマイオス体系の違い、および中世ヨーロッパにおいてどのように二つの体系が折衷し、了解されたかについては、E. グラント、小林剛訳『中世における科学の基礎づけ』（東京、知泉書館、二〇〇七）一六五―一八三頁参照。

（2）アリストテレスからプトレマイオスへの宇宙体系の変遷、およびコペルニクス時代までの宇宙体系の変化については、リチャード・パネク、伊藤和子訳『望遠鏡が宇宙を変えた：見ることと信じること』（東京、東京書籍、二〇〇一）六〇―三頁、およびジョン・ヘンリー、東慎一郎訳『十七世紀科学革命』（東京、岩波書店、二〇〇五）二〇―五頁参照。

（3）E. M. W. Tillyard, *The Elizabethan World Picture* (1943; rpt. New York: Vintage, 1959) p. 16.

（4）ガリレオの宗教裁判の進行と自説の撤回については、スティルマン・ドレイク、田中一郎訳『ガリレオの生涯3：二つの対話と宗教裁判』（東京、共立出版、一九八五）四三六―四六頁参照。

（5）科学史における十七世紀科学革命についての見解については、グラント、vii–x頁、およびヘンリー、三―八頁参照。

（6）望遠鏡に対する当時の人々の反応については、村上陽一郎『宇宙像の変遷』（東京、講談社、一九九六）一五二頁、実際に望遠鏡を覗いた人々の感想については、パネク、五六頁参照。

（7）村上、一二二頁。

（8）Marjorie Hope Nicolson, *Science and Imagination* (New York: A Division of Cornell University Press, 1956) pp. 41–2.

（9）ミルトンの大陸旅行におけるガリレオ訪問と『言論の自由論』におけるガリレオへの言及については、Dennis Danielson, "Astoronomy" in *Milton in Context*, ed. Stephen B. Dobranski (New York: Cambridge University Press, 2010) p. 216、および George F. Butler, "Milton's Meeting with Galileo: A Reconsideration," *Milton Quarterly* (2005) pp. 132–9 参照。

（10）『フォースタス博士』初演は一五九二年頃とされ、テクストには通称 A-Text（一六〇四年版）と B-Text（一六一六年版）があるが、本稿では B-Text を用いる。また二版の由来と違いについては、Park Honan, *Christopher Marlowe: Poet & Spy* (Oxford: Oxford University Press, 2005) pp. 200–2、また各批評家の見解については、J. B. Steane, *Marlowe: A Critical Study* (Cambridge: Cambridge University Press, 1964) pp. 122–6 参照。

（11）マーロウがケンブリッジ時代にファウスト伝説の素材を得ていたことについては、Honan, pp. 198–9 参照。また、マーロウが原典とした著作については、Vivien Thomas and William Tydeman, *Christopher Marlowe; The Plays and their Sources* (London: Routledge, 1994) pp. 171–248 参照。

（12）以下、『フォースタス博士』からの引用はすべて、David Scott Kastan, ed., *Doctor Faustus: A Two-text Edition (A-text, 1604; B-text, 1616) Contexts and Sources Criticism* (New York: Norton, 2005) に拠る。括弧内に幕、場、行を示す。

（13）E. S. Leedham-Green, *Books in Camcridge Inventories: Book-Lists from Vice-Chancellor's Court Probate Inventories in the Tudor and Stuart Periods* (Cambridge: Cambridge University Press, 1986) Vol. 1 参照。特に、マーロウと同時期にコーパス・クリスティコレッジに在籍していた者については、"Thomas Bound," "Abraham Tillman" の項目を参照した。

（14）Honan, p. 206.

（15）グラント、二七四―七頁。

(16) 小野功生『ミルトンと十七世紀イギリスの言説圏』（東京、彩流社、二〇〇九）三一七頁参照。
(17) Leedham-Green, pp. 419–79 参照。また、Perne については H. C. G. Matthew and Brian Harrison eds., *Oxford Dictionary of National Biography* (Oxford: Oxford University Press, 2004) Vol. 43, "Andrew Perne" の項目を参照した。
(18) Tillyard, p. 108.
(19) 岡村眞紀子『パラドックスの詩人　ジョン・ダン』（東京、英宝社、二〇〇八）一〇七―九頁参照。
(20) Nicolson, pp. 51–2.
(21) 以下、『一周年追悼詩：世界の解剖』と『二周年追悼詩：魂の遍歴』からの引用はすべて、Ilona Bell, *John Donne: Collected Poetry* (London: Penguin, 2012) に拠る。括弧内に行を示す。
(22) ハーバート・J・C・グリアスン、本田錦一郎訳注『形而上詩人論』（東京、北星堂、一九六九）二六―七頁。
(23) 以下、『失楽園』からの引用はすべて、Alastair Fowler, ed., *Paradise Lost* (London: Longman, 1971) に拠る。括弧内に巻、行を示す。
(24) 『復楽園』からの引用は、John Carey, ed., *The Complete Shorter Poems* (Rev. 2nd ed., Edinburgh: Longman, 2007) に拠る。括弧内に巻、行を示す。
(25) 対話内容に関する詳しい分析については、滝口晴生、「大天使ラファエルとアダムの天文対話：『楽園喪失』におけるミルトンの宇宙像」『十七世紀英文学と科学』十七世紀英文学会編（東京、金星堂、二〇一〇）二七―五八頁参照。
(26) 小野、三一六―七頁参照。
(27) Nicolson, p. 81.

参考文献（引用文献以外）

山本義隆『磁力と重力の発見』全三巻。東京、みすず書房、二〇〇三。

渡辺正雄「ミルトンと『失楽園』の科学的背景」『東京女子大学論集』一一・一（一九六〇）三三―五二頁。

――編著『科学と英文学』東京、研究社、一九六一。

――編著『イギリス文学における科学思想』東京、研究社、一九八一。

ダンの「蚤」とルターの聖像破壊批判

滝口　晴生

一五一七年一〇月三一日、マルティン・ルターがヴィッテンベルクの教会に贖宥に関する九十五箇条の提題を書き付けた紙を打ち付けた時から宗教改革の嵐がヨーロッパに吹き荒れることになったのは周知の事実であるが、ルター自身がそのようなことになるとはまったく予想していなかったこともまた事実である。彼はこれをラテン語で書いており、一般人にわかるように書き付けたわけではなく、聖職者たちに議論を喚起しようと思ったのである。ところがこの提題はカトリック教会が身にまとっていた衣装の一部にほころびを開け、そこからカトリック教会の、本来救いの神学とはなんら関係しない慣習にほころび破れ目を開けたのである。つまりカトリック教会というものの裸の姿をルターは垣間見ることになった。問題は次第に拡大し、ルターはそこで揉まれる内に、カトリック教会の裸の全身まで見えるようになったというわけである。

ルターは救いを制度ではなく、信仰という一点に置き、すべてをその観点で捉えてゆくという方法で、さまざまな欺瞞やまやかしを暴き、そして本当の信仰とは何かを説いた。ルターの後、いわゆる宗教改革者と呼ばれる人物が現れたけれども、ルターほど信仰を核心から光を放ちながら、影響を与えた者はいなかったといえるだろう。その光は著述という面からも、他の宗教改革者を圧倒している。[1] ルターの著作集は英語版で五十数巻に達している。ラテン語著作も含めたヴァイマール版は、百巻を超える。その量は膨大である。しかしその著作のどれが、またどういう形でイギリスの宗教家、思想家あるいは詩人に影響をあたえたのかというのは興味深い問題であろう。ここではその一人、ジョン・ダンを取り上げ、特にダンの聖職者になる以前の作品において、ルターの影響が見られるのかどうかを考えてみたい。ダンが聖職者になったあとでは、当然のことながら、ルターはいうに及ばず、カルヴァンやその他の宗教改革者への言及が彼の説教に見られることはいうまでもない。しかし、ルターやカルヴァンの名を挙げながらの言及はどうしても国教会聖職者の立場からの物言いになり、自己の意見を補強するものとして提出されていることが多く、ダンの思考の本質的な、あるいは基盤的な部分での影響は読み取れない。むしろここで考えたいのは、ルターの考え方そのものが、いわば隠れた形でダンの中に一体となって反映されているかどうかということである。そのようなものでなければルターのダンへの影響といえるものではないであろう。そのような影響は、聖職者になる以前も以後も実は存在し続けているかもしれないのである。そのような例として、本稿はダンの「蚤」(The Flea) に、ルターの聖像破壊運動への批判を読み取ろうとする試みである。すなわち、ダンの若き日の、つまり恋愛詩を書いていた時期にすでに彼の思考の一部にルターの思考の反映が見いだされるのではないかという指摘なのである。

一

近年ルターの思考の影響を文学に探る試みがなされており、ルターへの表面的な言及ではなく、ルターの考え方そのものの反映を分析するというものである。特にダンをも取り扱ったものに、リチィ (Richey) の研究がある。[2] 彼女は、ルターの『ガラテア書注解』(*Commentarie on the epistle to the Galathians*, 1575)[3] に注目し、スペンサー、ダン、ハーバートの作品に、キリスト者の絶望からキリストとの一体化という回復の過程を、「親しき他者」という観点から論じている。ルターは、神との一体化を婚姻の比喩を用いて述べている。

それゆえ信仰は純粋に教えられなければならない。つまりキリストと完全にほとんど結合するまでになって、キリストとあなたがいわば一つの人格になり、大胆にも自分は今キリストとひとつである、キリストの義、勝利、そして命が自分のものといえるまでにならなければいけない。そしてまたキリストは次のようにいえる。私はその罪人、つまり、その罪と死はわたしのもの、なぜなら彼は私といっしょになり、私と結合し、私は彼に結合する。というのも信仰によって私たちは一つの肉と骨になってしまうほど結合しているのであるから。エペソ人への手紙第五章、「[…]私たちはキリストの肉体の部分であり、彼の肉の肉、彼の骨の骨である。[…]」[4] だからこの信仰は、夫が妻に結ばれるよりもいっそう緊密にキリストと私を結ばせるのである。(Quoted Richey 346–47)

これは一五七五年の英訳を和訳したものである。とはいえ、この引用と、次のダンの説教に出現するキリストとの一体化の表現との類似は顕著である。

私の十字架が、私を、救い主の十字架まで運び上げたとき、私の手を、主の手に重ね、その釘に置き、私の眼を、主の眼に重ね、それまでの汚れた顔つきを洗い去り、主の涙から、神々しい顔色、あおあおとした生気、新しき生を、私の死んだ涙に受け入れる。私は、口を主の口に重ね、そうすると「主よ、主よ、なぜ私をお見捨てになったのですか」というのは私であり、気を取り直して「主よ、主の御手に私の心をゆだねます」というのは私である。(2: 300)

ダンは、ルターの考えをより具体的、また徹底的に表現しただけであり、根本にはまったく同じ思考があるといえるだろう。ダンが、この説教をする時点で『ガラテア書注解』を読んでいたかどうかは不明であるが、ルターのこの書物はエリザベス朝人にはもっとも人気があり、七ないし八種の版が出ていて(Pollard & Redgrave 123)、いわば当時のベストセラーの一つであった。したがってダンが読んでいた可能性は高いとおもわれる。もちろん原文のラテン語で読んだ可能性の方がもっと高いかもしれない。考えてみれば、ダンの恋愛詩のイメージとして特徴的なのは心身共の恋人との一体化であった。したがってそのような精神と肉体の一体化の希求は早くから認められるのである。それがルターの影響によるものかどうかは別にして、ダンにルターと共通の思考があったことは認められるし、またそうであるならば、この書を若いときにすでに読んでいたとすれば、この部分が脳裏に深く刻まれたことは確かであろう。リチーは、ダンのこの説教を引用していないが、「聖なるソネット」がエロティカルなシチュエーションを採りながら、絶望や不安の先に、神との一体化を見据えていることを分析している(359–66)。このようにルター神学の根本ともいえるものとの共通性が、ダンが聖職者になる以前にすでに認められるということになるだろう。

アンガス・フレッチャーの論文「フォースタス博士とルター派美学」("Doctor Faustus and the Lutheran Aesthetic")は、マーロウのフォースタスにルター神学の反映を論じたもので、ルター神学の本質を、聖餐に対する見解から解きおこし、それが死の恐怖に対する態度へと関連してゆくことを示し、フォースタスの態度こそその表れであるとしたのである。フレッチャーはダンを論じているわけではないが、ルターの聖餐にかかわる認識のあり方を述べている点が重要である。ルターの聖餐論は、一般にはカトリックの実体変化(あるいは化体説)(transubstantiation)に対して、共在説(consubstantiation)と呼ばれてきて、キリストの肉体とパンとが、パンにおいて同時に存在するというふうに考えられてきた。というのもルターは、聖餐が「本当のパンであり本当の葡萄酒であり、そのうちにキリストの本当の肉体と本当の血が現在している」といっているからである(『バビロン捕囚』*LW* 36: 28)。ところがルターの説明では、聖餐というのは、信仰の心で見れば、キリストであり、肉体の眼から見ればパンであるというのである。つまりルターは、「地上のものと神聖なるものとの存在論的違いではなく、認識論的な違いを見ている」のである(196)。しかし信仰の視点が安定的に持続するわけではなく、常に肉体の視点との相克がある。ルターの「存在に対する存在論的視点から経験に対する美的関心へのこの転換」によって、「宗教は知識を与える安定した教理体系とはもはや見なされず、特定の心理的状態を生み出すよう意図された表象の様式」となったのである。したがって絶対的な確信というものはなく、不断の信仰が必要なのである。それは「不完全な行為であり、いつも部分的に獲得され、部分的に獲得されるべき」ものであるとフレッチャーはルターを引用していう(197)。フォースタス博士の定まらない心理状態とはその反映なのである。

ダンの宗教詩、とりわけ「聖なるソネット」群が表現しているものも、そのような心理状態であるといえるであろう。「聖なる不満足」("holy discontent")や「聖なる渇きの水腫症」("a holy thirsty dropsy")という言葉遣い、[5]そしてとりわけソネット「私を苦しめるために対立するものがひとつになって」("Oh, to vex me, contraries meet in one")であらわされた震える恐れという不安定な心理状態である。リチーの言葉を借りればダンは「問いかけることで安心すべてを捨て、繰り返しソネットを弱さと放棄へと壊す」のである(360)。しかし、ダンが、ファースタス博士と異なるのは、信仰の心を持ち続けていたことである。リチーの言葉で言えば、「親しき他者」との一体化を常に見据えていたことである。この信仰の心を持ち続けることが、聖餐の物質性に埋没しない精神の強さを維持できるのであり、後で論じる聖像に対する態度にも反映されるのである。

二

ダンが、聖職者になる以前に、ルターのどのような著作を読んでいたかはわからない。フレッチャーは、マーロウが実際にルターの著作を読んだことの根拠として、一五七〇年代出版された『一五の詩編注解』(*A Commentarie upon the Fyftene Psalmes*) を始めとする英訳があったことと、マーロウが神学生としてケンブリッジ大学に在籍した三年間にルターのラテン語の著作に触れる機会があったと述べているにすぎない (198–99)。ダンは、マーロウがケンブリッジを去る頃 (一五八五年)、オクスフォードから移ってきたと思われる (Bald 47)。そもそもケンブリッジは、早くからイングランドでルターが議論された場所であり (Haigh 58)、それ故にルターの焚書がここで行われたわけだが、そのような自由な雰囲気があったのであろう。[6] そしてここでも、ダンは、あらゆる著作に眼を配っていたと考えられる (47–48)。またルターの著作もケンブリッジならばあったであろう。[7] してみるとマーロウが眼にした著作をダンも眼にした可能性は大いにあるといえるだろう。

そうすると、ダンの初期の詩に、ルターへの言及がいくつか見られるというのは当然のことであろう。たとえば「諷刺詩 II」(Satyre II) では、ルターが主の祈りを自分の都合で短くも長くもしたと揶揄している。

ルターが修道士の誓いを立てた最初の頃、
彼は「主の祈り」が短いことを望んだ
修道士として毎日唱えるときに。
しかし、その規則を離れてしまうと、
キリストの祈りに「力と栄光」という文言を付け加えたのだ。(92–96 行)[8]

このエピソードはダンのお気に入りだったようで、『廷臣の書斎』(*The Courtier's Library*) でも繰り返されており、その一三番目のアイテムが、「M・ルテルス　主の祈りの短縮について」(M. Lutherus de abbreviatione orationis Dominicae) となっているのである。また、『魂の輪廻』(*The Progress of the Soul*) では、「この魂にとってルターやマホメットは肉の牢獄であった」(66–67行) として、ルターはモハメッドと同列に扱われている。このように、ルターに対する揶揄をみれば、この時期ダンは基本的にはカトリックのままであったという意見がある (Flynn 185)。しかし、ダンは、弟のヘンリーが一五九三年に獄死してからは (Bald 58)、表面上はカトリックと距離を置く態度を採っている。ケアリー (Carey) は、この時期のダンの態度を次のように述べている。「宗教に関してはこだわらない態度を採り、このことが問題にもなった。なぜなら知り合い達は、彼には宗教がないのではないかと疑うようになったからである」(Carey 26)。ダンが、特定の教会ではなく、真の教会は何かを考えていたことは、「風刺詩 III」(Satyre III) や、たとえばソネット「愛しきキリストよ、あなたの輝かしく清楚な花嫁を見せてください」("Show me dear Christ, thy spouse, so bright and clear") に見られるような表明でわかるのである。また『廷臣の書斎』に言及された著者数とその広範さから、ダンが、カトリックやプロテスタントの著作を含めて広く当時の書物に触れていたことが推測される。さらに、ダンの神学的な著作の中では、ルターは「無限の行動力と勤勉と熱意と天からの祝福があるあの人」と呼ばれているのである (*Essays in Divinity* 9)。

ルターへの直接的な言及ではなく、ルターの神学に関わる用語が詩に用いられてもいる。単にルターの名を挙げるだけではないので、より本質的な部分でのルター理解が示されていることになるだろう。たとえば「エレジー十九番」では「転嫁する」"impute" という、キリストの救いに関わるルター神学の根本的理念の一つをあらわす用語を用いている。[9] もちろんこの詩では、エロティックな題材に宗教的な用語を用いているので、それ自体はパロディーといえるが、「彼女らの転嫁された恩恵」(四十二行) のみが、女性の裸体を見る資格を与えるということと、キリストの贖罪が罪人である人間の罪を蔽うことによって天国を見られるということと、アナロジーを成していることにより、用語的には正しく使っていることがわかるのである。もう少し宗教的な物言いの中では、たとえば韻文書簡「ロウランド・ウッドワード氏に」

(“To Mr Roland Woodward”)では、ルター的な理解に従っているのである。

もし我々の魂が当初の白さを汚したとしても、しかし
神が、生まれながらの純潔として転嫁してくださる
信仰と高貴な誠実で魂を包むことができるのだ。（13–15行）[10]

後の宗教詩ではまさにプロテスタントとして「私に転嫁して義としてください」（“Impute me righteous”）と神に呼びかけている。[11] したがって、ダンはルターの中心的な考え方については理解していたことがうかがえるし、それは彼の思考の中に持続していたことも看取されるのである。

三

これまでは、一見してルターと関連づけられる例を見てきた。しかし、ダンの「蚤」に関しては、直ちにルターと結びつくものはないし、そもそもルターと結びつくのかという疑問が湧くかもしれない。ところがルターの神学の中心的からはややずれるが、しかしルターの思考の一端を示す重要な側面と関連するものがあるのである。それは聖像破壊運動とそれに対するルターの批判である。そして、その反映が「蚤」に見られると考えられるのである。そこで、まず「蚤」においてどのような聖像破壊が行われ、またその論理がいかなるものか考察しなければならない。

「蚤」は、ダンの恋愛詩の中でも一、二を争うほど有名であるので、引用は最小限でよかろう。詩は、ベッドを前にして、語り手が女性をベッドに誘うところからはじまる。そのとき女性は自らの身体に蚤を

見つけ、それをつぶそうとするところである。そこで語り手はいう、

この蚤を見てみなさい、そしてこの蚤の中に
あなたが私に拒絶していることがいかに小さいことかに注目しなさい、
蚤はまず私を咬み、今あなたを咬む
そうすると、この蚤の中で私たちの血は混ざる、
はっきりいいなさい、これが罪でもなく、恥でもなく
いわんや処女性の喪失とは言えないということを。（1–6行）

この論理は三段論法で考えるとわかりやすいであろう。つまり、

大前提　蚤における血の混合は実際の肉体の結合の一部である
小前提　血の混合は恥でも罪でもない。
結論　したがって肉体の結合は恥でも罪でもない。

もちろんこの三段論法が成立するには大前提が真理であることが必須である。

女性の方は、しかし、そのような論理をおそらく鼻であしらうかして、蚤をつぶして殺そうとする。そこで語り手は、蚤を殺さないようにと蚤の神聖さに言及する。蚤は、語り手の血と女性の血と、そして蚤自身の血が混ざった、つまりは「三つの命」を持った蚤であるからである。だから、それは「あなたであり、私である」というように、男女の一体化を実現している。そこで蚤は「婚姻の床」、いやそれ以上に「神殿」となる。この神殿を壊すことは「瀆聖」（“sacrilege”）、すなわち聖別されたもの、聖遺物への冒涜行為とおなじことを意味すると語り手はいう。

このような説得にもかかわらず、女性は蚤を殺してしまう。そして彼女は勝ち誇ったようにいう。

しかし、あなたは勝ち誇っていう、自分自身も、
そして私も、そのことで少しも衰弱していないと…… (23–24)

女性は、さきほどの三段論法の大前提の虚偽を、蚤をつぶすことで証明したことになるだろう。このような態度はまさしく聖像破壊論者のそれを思い起こさせる。一五二〇年代にイングランドで聖像破壊運動が始まった頃、ドウヴァーコート (Dovercourt) の霊験あらたかといわれた木製十字架が燃やされたが、彼らは「それが持つ力が無いということを証明したくてそれを燃やした」のである (Aston 213)。それでも場合によっては、聖なるものへの恐れはあり、おっかなびっくりというところがあった。一五三〇年代にはロンドンでも像が取り払われ無価値なものとして捨てられるということが起こっていたが、なかには像が「血を流すかどうか見るため」千枚通しでつついてみるということをした者もいたのである (Duffy 381)。しかしそのうち何も起こらないということがわかってくると、その躊躇は消えてゆく。

一五三六年、いっそう強く確信したランカシャーの教師、ジョン・ヘンショウは自分の生徒にチャペルにある像を侮辱するよう焚きつけた。そこで一人の少年がひどく心を動かされ、聖ジョージの剣を掴み取り、「さあどうやって戦うか見せてみろ」と叫びながら、聖者の頭でそれを折ったと伝えられている。(Gilman 8)[12]

この少年の態度ほど挑戦的ではないにしても、「蚤」の女性や、像を破壊した者達に共通するのは、一抹の危惧を感じながらも、行動することによって聖なるものとされるものが何らの力も持たないということを証明したという気持ちである。それは聖像の力や意義を議論することそのものを拒否する聖像破壊論者の論理といえるものである。「破壊は、聖像破壊論者にとっての最後通牒である。すべての議論を終わらせる議論である」(Aston 215)。

「蚤」の女性は、まさしく聖像破壊論者のように、語り手の空しい蚤の擁護論に、破壊という行為で終止符を打つ。ところが、語り手は、そこで沈黙するのではなくて、むしろ女性の主張をそのまま受け入れるのである。

そのとおり、だから、恐れに根拠がないことを知りなさい。
あなたが私に身を許しても、
蚤の死が、あなたから生命力を奪ったのと
まったく同じだけ、あなたは純潔という名を失うに過ぎないのだ。（25–27行）

この語り手の切り返しの論理は非常にわかりにくい。なるほど蚤をつぶしても生命力の減退は見られなかった。ちょうどそのように女性が語り手に身を許しても純潔という評判（"honour"）が失われることはないというのである。蚤にある血の損壊とその血をもつ本人との関係は、聖像破壊論的にいえば、聖人と聖人の像の関係に置き換えることができるであろう。聖像破壊論は、この関係を破壊という行為で断ち切ったのである。そこで今度は、語り手が断ち切ろうとするのは、身を任せること、言い換えれば純潔の喪失と、純潔という名の喪失との関係である。つまり、このふたつに関係はないということであり、実際に純潔を失っても、純潔という名は失われないということである。この女性に聖像破壊者の姿を見たのはディパスカーレ（DiPasquale）が最初であると思われるが、彼女の説明を借りれば、蚤の中の血という「記号」(sign) とそれがあらわす人間を混同する考えを、女性は破壊的行為によって断ち切り、その関係を無力化した。だから、「プロテスタント的な論理」（聖像破壊論的論理というべきだろう）を配慮して、今度は、処女性の喪失が、純潔という名の喪失には繋がらないということを受け入れざるを得なくなるのである。

もし彼女が聖像破壊者でありたいとするならば、彼女は一貫しなければならないと男は主張する。なぜならば彼女自身も、記号をそれが意味するものそのものであるかのように扱っているからである。(85)

もし語りの手の論理を受け入れなければ、自己矛盾に陥ることになるだろう。もし純潔の喪失が、純潔という名の喪失になると考えているのであれば、心の内で二つのものに関係性を認めていることになる。ここでもう一度これを三段論法で考えてみよう。それが語り手の論理の根底にあるものである。

大前提　血の結合と肉体の結合との関係性と純潔と純潔の名との関係性はおなじである。

小前提　血の結合と肉体の結合との間に実体的関係はない。

結論　純潔と純潔の名との間に実体的関係はない。

したがって、純潔を失っても、純潔の名は失われないのである。小前提は女性自身が証明したものである。したがって、女性は結論を承認せざるをえないのである。もちろんこの三段論法が成立するためには大前提が真理でなければならないことはいうまでもなかろう。血の結合と肉体の結合との関係性と純潔と純潔の名との関係性というものは、観念的な記号関係があるだけである。その意味で大前提は真理といえる。女性にとって問題なのは、もしこの三段論法が受け入れられなければ、純潔と純潔の名との関係性を、自分がその断絶を証明したはずの語り手が主張した血の結合と肉体の結合との関係性と同じものとして心の中では捉えていたことになることである。もし女性がそのことに気づいていなければ、虚を突かれたことになるだろう。そのような聖像破壊論者における外面的な行為と内面との矛盾を指摘したのがルターであったのである。

ルターは、最初は同盟者であったアンドレアス・ボーデンシュタイン・フォン・カールシュタット(Andreas Bodenstein von Karlstadt)が、一五二二年から、ヴィッテンベルクで聖像破壊運動のリーダーとなり、カトリック的なものの一切を破壊し始めたことに危惧を覚え、破壊運動に対する反論として、『天来の予言者を駁す』(*Against the Heavenly Prophets*) を著わした。[13] ここで「天来の予言者」とルターが呼んでいるのは、カールシュタットを始めとする精神主義者達のことである。この著作でもっとも注目すべきは次の部分であろう。

私が像を破壊するという仕事に向かうのは、まず神の言葉によって心から像を打ち払い、像を価値のないもの、さげすむものにすることによってからであった。カールシュタット博士が像を破壊しようなどと思い付くまえに、そのことがあったのである。なぜなら像が心の中になくなっていれば、眼で見られても、像はなんの害もあたえないからである。しかし、カールシュタット博士は、心の問題には目もくれず、順序を逆にして、視界から像を取り去り、心にはそれを残したのである。……

なぜなら、人は信仰を通してのみ神を喜ばせるのであり、像の問題については、実りのない拝礼や努め以外、神にとって喜ばしきことは、何も生じないと、心が教えられているところでは、人々自身がすすんでそれを止め、像を軽蔑し、何の像も造らせないのである。しかし人がそのような教えを無視し、その問題を押しつけるところでは、理解もせず、自由な良心からでなく、律法の強制によってのみ行動する者が、冒涜を働くことになる。行いによって神を喜ばせることができるという彼らの考えが、本当の偶像、心の間違った確信になるのである。そのような律法主義は、結果として、心に偶像を満たしながら、外側の像を取り去るのである。(*LW* 40: 85)

聖像破壊者は、聖像を破壊するという行為、つまり「外側のことの問題、それはとるにたらないことなのだが、それを強制することによって、カールシュタットは良心を聖像破壊という〈行い〉に結びつけ、皮肉にも像を破壊するという行為を、偶像それ自体にしてしまった」のである (Eire 70)。[14] ルターの言葉で言えば、彼には「彼らがすることをしなければ、人はキリスト教徒ではないかのように、キリスト教徒をこの種の行いに向かわせている」ことに我慢ならなかったのである (*LW* 40: 68)。そうではなくて、聖像は、内面において囚われていなければ、なんの害もなさないのである。それはパウロがコリント人への第一の書 (8: 7–10) で教えているように、「私は良心の呵責なく偶像に捧げられたものを食べたり飲んだりし、偶像の神殿で座して居続けることができるように、なんということもないものとして、また私の良心と信仰を妨げもしないものとして、偶像に耐えられるし、放っておくことができるのである」とルターはいうのである (*LW* 40: 95)。ここにルターの信仰の心で見る態度が反映されている。

とはいえ、「蚤」の語り手は、ルター的なプロテスタントであることになるだろうか。最初、蚤を秘蹟的なものに高めて崇拝させようとする態度は、一見カトリックを思わせるものである。ところが、蚤がつぶされても「そのとおり」(“'Tis true”) というように、話し手は、実はそれが破壊されることをあらかじめ予期しているのであり、というより、蚤は、はじめから女性を論理の罠にはめるためにそこに提出されているともいえるのである。[15] 語り手は、外面の偶像的な関係性を否定させることによって、内面にある偶像的思考を女性に、そして読者に、気づかせている。ルターは批判の内に聖像破壊論者の矛盾を指摘しているのであるが、「蚤」の語り手は、そのことに気づくことを求めているのである。もちろん、このあと、女性がどういう行動を取ったかはわからない。

後年、ダンはその説教において、聖像崇拝についてカトリックの態度を廃するとともに、聖像破壊的態度をも廃することを述べている。

> ローマ教会はこの点で致命的な誤りを重ねた、つまり、存在しない人間の像を造るばかりでなく、人間の像をまさに人間にし、その像が話し、動き、泣き、血を流すようにさせ、また見られることは決してできない神の像を造り、その神の像をまさに神にした。彼らの像が日々奇跡を起こし、神にふさわしい栄誉を像に移し、そうして正当化できない、容認されない、ありそうもない大罪を正当化するために、ばかばかしい謎、唾棄すべき差別化で自らを身動きできないものにするのである。去れ、偶像崇拝者よ、像よりもキリストを投げ捨てるような像の

信奉者に災いあれ。しかし、聖像破壊者もまた去れ、そのような表面的な聖画忌避者に、聖画に意味を認めているすべての者を容赦もなく糾弾するあの者達、聖画があるよりは、むしろ教会を捨て去るような者達にも災いあれ。(7: 432–33)[16]

話したり、泣いたり、血を流したりする像への言及があるが、聖像破壊の中で信者を欺くインチキ像が、発見されたことに触れているのである。とりわけ有名なのは、ケント州ボクスリー (Boxley) の修道院で発見された十字架像で、捧げ物の価値によって、ワイヤーで眼を動かしたり、うなずかせたり、舌を垂らしたり、顎を動かせたりするような仕組みになっていたという (Foxe 5: 397; Gilman 8)。このような偶像は捨て去るべきであることは当然であるが、同時に、聖画があることだけが信仰に関係するかのように振る舞う聖像破壊者もまた去らせるべきである。聖画そのものにこだわるのでなければ、それは何の害もなさないからである。次のダンの意見はまさにルターの態度に通じるものであるだろう。

我らの説教において、これらの聖画の正しい使い方を教えられることによって、我々の内の誰も教会の壁や窓にある聖画を崇敬する気持ちになったり、危険にも崇敬してしまうことがないのは、もしそれを回廊で見たとしても、それはその場所を敬う飾りのためにあるにすぎないのとおなじである。聖画は、改革教会の大部分に、また正しくプロテスタントであるものすべてのものにあるように、ここにあってもよいのである。(7: 432)

このように、「蚤」の女性の思考は、聖像破壊論者の思考パターンを示しているのであるが、他方、語り手は、蚤といういわば「修道院の中の」(“cloistered”) インチキ像を提出しているともいえるであろう。だからそれは破壊されて当然だろう。しかも破壊されるべきインチキ像に作り上げたのは語り手の論理であり、蚤そのものは単に血を吸ったという事実があるばかりである。

いったい何の罪がこの蚤にあるのだろうか、
あなたから一滴あの血を吸ったということ以外。（21–22 行）

話し手ははじめからわかっていたのである。蚤は女性の血を吸ったということで、その意味では特別な存在であるが、それ以上でもそれ以下でもない。そのことが婚姻の一部を達成させているわけではないことは、すでに証明済みである。そして最後の論理は、純潔の名と純潔そのものも、そのような関係であるということである。このように「蚤」を考察してみると、とりわけ聖像破壊という文脈で考えてみたとき、ルターの聖像破壊論者への批判との類似が顕著なのである。

ダンが『天来の予言者を駁す』を読んでいたという証拠は、残念ながら、ないといえるだろう。ダンの残した蔵書のリストにはルターの著作は含まれていない。あるのは Ioannes Cochlaeus, *Historia de Actis et Scriptis Martini Lutheri* (Paris, 1565) というルターの伝記兼批判書であり、この中で『天来の予言者を駁す』からの引用があるが、主要な部分ではない。[17] そもそもこのルターの反論文は、ドイツ語で書かれ、ルター生存中は、ラテン語にも英語にも訳されていない (Benzing 243–44)。しかし『廷臣の書斎』のアイテム一七の中には「カールシュタットによる宣誓の後に妻を娶ることについての論文」(de uxoratione post vota per Carolostadium) というものが含まれており、ダンが、ルターとカールシュタットの関係についての知識があったことを示唆するのである。[18]

フラインケル (Freinkel) は、ルターのカールシュタット批判を分析しながら、その批判はツゥイングリなどのスイスの改革者にも通じることを示している。ルターの観点から見れば、スイスの急進的な改革も、エラスムスの穏健な改革も、「肉体を、それを超えようとするまさにその試みによって逆説的にも重要性が高められ、フェティッシュに変えて」いるという (142)。カールシュタットの行動が過激であるにもかかわらず、結局のところ「その神学は、新しいタイプの苦行 (mortification) を推進し、善行というカトリックの教理を再訪している」のである (144)。聖餐に関してもそのことがいえる。ルターは前に述べたように、キリストが聖餐のパンと葡萄酒に実際に存在しているといっているので、スイスの改革者たちはヨハネによる福音書第六章六十三節「命を与えるのは霊であり、肉体は何の益もない」を根拠にして、ルターをカトリックと呼んだ。しかし、彼らは、物質的なものと、精神的なものを完全に二分してしまうために、「外面的な、あるいは肉体的な儀式の魔術的な効果を暗示するどんな教理や慣習」も拒否する。しかしそうすることで、カールシュタットと同じように、ツヴィングリもエコランパディウス (Oecolampadius) も「破壊する以上に多くの偶像を作り出す」(147)。つまりは、カトリックも、エラスムスも、スイスの改革者も、過激派も、実は精神的に同根の誤りに陥っているということになる。ルターの考え方がいかにユニークであったかということになろう。ルターは次のように批判する。彼らは「キリストを、その庭から、十字架から、受難全体から取り出してしまうのである。それらは肉体的には起こらなかった、なぜなら、キリストはそのすべてに肉体的に存在しなければならなかったのはもちろんであるが、キリストの肉体が肉体的にそこにあったとしても、肉体は何の用もないのだからといいながら」(LW 37: 83; Freinkel 147)。すなわち、彼らはキリストから肉体を奪ってしまったのである。

　この批判こそ、実は七〇〇年の時を越えて、八世紀の聖像破壊運動に対抗した聖像擁護論者と響き合っているものである。八世紀の聖像破壊運動は、キリストの神性を重要視するために、キリストの像を造ることも、描くこともできないとしたが、擁護論者は、キリストは受肉したのであり、その意味で像が可能であるとした。「もしキリストの肉体が描くことができないものとしたら、キリストは人間の肉体を持っていないことになる」とコンスタンチノープル総主教ニケフォロスはいう (*Refutatio et Eversio*; Alexander 252)。七八七年のニケーア公会議での聖像破壊論への反駁では「だからキリストが歩むのに疲れ、サマリア人の女から水を求めた時、あるいは彼がユダヤ人から石で打たれた時、疲れ、石で打たれたのは神性ではなかった」、つまり人間だった、とされるのである (Sahas 86)。

後年、ダンは説教において、改革教会の正しさを述べるとともに、カールシュタットのような過激な運動がおごりに他ならず、またそのような「罠」が各自に常に待ち構えていることを警告している。

キリストの真実が誠意を持って説教される改革教会であなたは育ちました。そのことで神に祝福を。しかし、そこでもあなたは傲慢を、純粋さという見解を、持つにいたり、まだ無知や迷信の下で苦労しているものを容赦なくさげすむかもしれません。あるいは、あなたのマンナに倦み、エジプトのたまねぎのにおいを恋しがるかもしれません。国家や教会が偶像崇拝を破壊したことは……十分ではありません。それでもまだ草、種はあるのです。だから気をつけなさい。気をつけなさいということで、考えなさいということではありません。あなたの神がこの宗教を投げ捨て、神の右手が百年かけて準備した仕事を壊し、百年かけて清浄にした麦をまき散らすという、まがまがしい、あるいは陰鬱な預言で悩んだり、落胆してはいけません。この宗教を推し進めたのはルターの情熱と勇気、カルヴァンの野望と特異性に他ならず、今やそれが費え、その宗教が雪のように融けると私に言いに来てはいけません。そのようなことを考えず、神の真理が崩れてしまうとか、崩れることもあると恐れてはいけません。考えるということではなく、ましてや武器を取るということではありません。人は、準備することの間違った考え、偶像崇拝に再び至るよう敷かれた道を持っているかもしれません。……しかし、私たちの禁令とは、武器を取らないように、暴力に走らないように、献身と服従をゆるめることに気をつけよ、ということだけです。気をつけなさい、そして自分自身に気をつけなさい。一私人にすぎないあなたが、公共の監督者であるとか、協働によって神だけに責任を負い、国の高官とか、そこの総ての人民全体とか、あるいは隣国や君主や隣国そのものには責任がない者［キリスト?.］の統率者であると思い上がってはいけません。偶像崇拝は破壊されました。しかしそれでも危険があります。考えることをしないようにさせ、自分の主張を維持するために、神の力やあるいは神の意志を疑うという危険が。また天使の軍団の主が反逆者を必要としているかのように、武器を取ることではなく、人を出し抜く奸計を見張り、自分自身に、つまりあなたに責任があることすべてに注意するよう気をつけなさい。なぜならあなたの危険ははっきりとは見えないからです。それは罠なのです……。(4: 137–38)

ダンは、カールシュタットが行ったような運動の思い上がりに警告を出しつつ、それと同じように自分の心にいつしか偶像を作り出してゆくことに警告を発しているのである。なぜなら絶対的確信というものはないからである。この引用部分の前に「神のより大きな栄光のために、偶像崇拝者は私たちの間に居続ける。完全であるような破壊を神は意図されなかったし、約束されなかった。それは確信をもたらし、また引き起こすことになるからである」(4: 136) と述べており、ルターの説いた信仰が「いつも部分的に獲得され、部分的に獲得されるべき」ものであることを、ダンの言葉で述べているともいえるのである。「蚤」の女性が、その後どうしたかは詩の中では語られていない。むしろ虚を突かれたのは女性ではなく、この詩の読者であろう。読者こそが話し手の論理を突きつけられているのである。読者が自己の思考の有り様を振り返って態度を決めなければならないのである。それこそ、ルターがカールシュタットに求めたものでもあるだろう。

＊本稿は、JSPS 科研費 23520293 の助成を受けて入手した文献を一部使っています。

注

（1）ドイツ語著作に限ってみても、ルターの著作は、一七人の改革者の著作をひとまとめにしたよりも多く、カトリックの論争者すべてを足してもゆうにその五倍の量があったという (Edwards 1)。

（2）リチーは、ルターとイギリス文学の関係を論じたものとして、本稿でも言及するフレッチャーとフラインケルの他に、ストライア (Strier) らの論考を挙げている (353, ns. 23–26)。

（3）原典は *In epistolam sancti Pauli ad Galatas commentarius* (Wittenberg, 1535) である (Belzing 375)。

（4）一五七五年の英訳からの和訳である。ダンはラテン語原文を読んだ可能性もあるので原文を示しておく。“Verum recte docenda est fides, quod per eam sic conglutineris Christo, ut ex te et ipso fiat quasi una persona quae non possit segregari sed perpetuo adhaerescat ei et dicat: Ego sum ut Christus, et vicissim Christus dicat: Ego sum ut ille peccator, quia adhaeret mihi, et ego illi; Coniuncti enim sumus per fidem in unam carnem et os, Eph. 5.: 'Membra sumus corporis Christi, de carne eius et de ossibus eius.' Ita, ut haec fides Christum et me arctius copulet, quam maritus est uxori copulatus." (*D. Martin Luthers Werke* Weimarer Ausgabe 40–1. 285–86; *LW* 26: 168) 原文には「キリストの義、勝利、そして命が自分のもの」という部分がない。またウルガタ聖書では「自分の妻と接合し、二人はひとつの肉体になる」"et adherebit uxori suae et erunt duo in carne una" (5.31) となっているので、ルターはここの部分を改変してキリストと人間の結合を述べている。

（5）聖なるソネット、"O might those sighs and tears return again"、"Since she whom I love hath paid her last debt" にそれぞれある表現。各ソネットの詳しい分析は、滝口晴生『ジョン・ダンの魔術意識と神秘意識――宗教的言語表現の世界』（東京：金星堂、2001）第四章を参照。

（6）ケンブリッジ大学で学んだという記録はまったくないが、それは正式な入学手続きはおそらく行っていないからであろう。しかし後の交友関係から、ダンがケンブリッジにいたことはほぼ間違いないだろうとボールドはいう (47)。またダンは、マーロウの作品を最初に読んだ一人ではないかともいう (47)。

（7）ケンブリッジではないが、一五五八年から一六一八年にオクスフォードで亡くなった神学生が残した所蔵目録には、ツウィングリ、ベザ (Beza)、ピーター・マーター (Peter Martyr)、カルヴァン（全集）、ザンキウス (Zanchius)、ルター、メランヒトン、ブリンガー (Bullinger)、ピスカトール (Piscator) の著作が見える (Curtis 162, n. 37)。

（8）ダンの詩の和訳は A. J. Smith, ed. *John Donne: the Complete English Poems*, Harmondsworth: Penguin, 1976 を底本とする。

（9）この用語の意味については、Alister E. McGrath, *Reformation Thought: An Introduction*, 2nd ed. Oxford: Blackwell, 1993, 106–09 参照。

（10）"Like one who in her third widowhood doth profess."

（11）"This is my play's last scene"

（12）ディパスカーレ (DiPasquale) も、女性とこの少年の類似を指摘している (85)。

（13）これは一五二五年にドイツ語で出版されたものであるが、*A Short-Title Catalogue* によれば英訳が出版された記録はない。

(14) カールシュタットは、子供の頃から聖像を崇敬するよう教えられ、ルターと異なり、「髪の毛」のように自分の心に聖像が根付いていたかを述べている (Christensen 25)。

(15) ギルマンがいうように、ダンの傾向として、破壊するために、作り出す ("made and mard") というイメージパターンが見られる。そしてそれはダンの「アンビバレンス」を表わしているとする。ギルマンは、聖像破壊運動と関連づけてダンを論じた最初の研究者であるにもかかわらず、不思議なことに「蚤」自体を論じていない。

(16) この考え方は「風刺詩 III」においてもすでに表明されている（76–77 行）。

(17) Elizabeth Vandiver, Ralph Keen and Thomas D. Frazel, trans., *Luther's Lives: Two Contemporary Accounts of Martin Luther* (Manchester: Manchester UP, 2002) に、コクラエウスの伝記の英訳が含まれている。

(18) カールシュタットは『独身制について』(*Super Coeliba*) を書き、ルターは、それに対し異なる論点で『修道誓願についてマルチヌス・ルテルスの判断』(*De votis monasticis Martini Lutheri judicium*) を著している (*LW* 44: 245)。

引用文献

Alexander, Paul J. *The Patriarch Nicephorus of Constantinople: Eccesiastical Policy and Image Worship in the Byzantine Empire*. Oxford: Oxford UP, 1958.

Aston, Margaret. *England's Iconoclasts*. Vol. 1. Oxford: Oxford UP, 1988.

Benzing, Josef. *Lutherbibliographie: Verzeichnis der gedruckten Schriften Martin Luthers bis zu dessen Tod*. Baden-Baden: Verlag Librairie Heizt, 1966.

Christensen, Carl C. *Art and the Reformation in Germany*. Athens, Ohio: Ohio UP, 1979.

Curtis, Mark H. *Oxford and Cambridge in Transition 1558–1642*. Oxford: Oxford UP, 1959.

DiPasquale, Theresa M. "'The Flea' as Profane Eucharist." *John Donne's Religious Imagination: Essays in Honor of John T. Shawcross*. Ed. R.-J. Frontain and F. M. Malpezzi. Conway, AR: UCA Press, 1995. 81–95.

Donne, John. *The Courtier's Library, or Catalogus Librorum Aulicorum incomparabilium et non vendibilium*. Ed. Evelyn Mary Simpson. London: The Nonsuch, 1930.

——. *The Complete English Poems*. Ed. A. J. Smith. Harmondsworth: Penguin, 1976.

——. *Essays in Divinity. Ed. Evelyn M. Simpson*. Oxford: Oxford UP, 1952.

——. *The Sermons of John Donne*. Ed. George R. Potter and Evelyn M. Simpson. 10 vols. Berkeley: U of California P, 1953–1962.

Duffy, Eamon. *The Stripping of the Altars: Traditional Religion in England 1400–1580*. New Haven and London: Yale UP, 1992.

Edwards, Mark U. *Printing, Propaganda and Martin Luther*. Minneapolis: Fortress, 1994.

Eire, Carlos M. N. *War Against the Idols: Reformation of Worship from Erasmus to Calvin*. Cambridge: Cambridge UP, 1986.

Fletcher, Angus. "Doctor Faustus and the Lutheran Aesthetic." E*nglish Literary Renaissance* (2005): 187–209.

Flynn, Dennis. "Donne's Catholicism II" *Recusant History* 13 (1976): 178–95.

Foxe, John. *The Acts and Monuments of John Foxe.* With a Life of the Martyrologist by George Townsend. 8vols. London: Seeley, 1843.

Freinkel, Lisa. *Reading Shakespeare's Will: The Theology of Figure from Augustine to The Sonnets*. New York: Columbia UP, 2002.

Gilman, Ernest B. *Iconoclasm and Poetry in the English Reformation: Down Went Dagon*. Chicago and London: U of Chicago P, 1986.

Haigh, Christopher. *English Reformations: Religion, Politics, and Society under the Tudors*. Oxford: Clarendon P, 1993.

Keynes, Geoffrey. *A Bibliography of Dr John Donne, Dean of Saint Paul's*. Cambridge: Cambridge UP, 1958.

Luther, Martin. *Luther's Works on CD-ROM*. Ed. J. Pelikan and H. T. Lehmann. Philadelphia: Fortress, 2002. Referred to as *LW*.

Pollard, A. W. and G. R. Redgrave, eds. *A Short-Title Catalogue of Books Printed in England, Scotland, & Ireland, 1475–1640*. 2nd ed. Vol. 2. London: The Bibliographical Society, 1976.

Richey, Esther Gilman. "The Intimate Other: Lutheran Subjectivity in Spenser, Donne, and Herbert." *Modern Philology* 108 (2011): 343–74.

Sahas, Daniel J. *Icon and Logos: Sources in Eighth-Century Iconoclasm*. Toronto: U of Tronto P, 1986.

ジョン・ダンとMariana. de Rege.l.1.c.7[1]
――マリアナは「王殺し」論者か――

高橋　正平

序

ジョン・ダン (John Donne) の『偽殉教者』(*Pseudo-Martyr*) は一六〇九年十二月二日出版登録され、翌一六一〇年初めに出版された。それは、イギリス国内のカトリック教徒がジェームズ一世 (James I) の「忠誠の誓い」を拒否し、自らの命を投げ打ってもその死は真の意味において「殉教者」の名には値せず、単なる「偽殉教者」であることを論じている。『偽殉教者』は、ダンのジェームズ一世擁護の姿勢を決定づけた書でもあった。カトリック教徒の過激派ジェズイットがイギリス国内で大きな社会的政治的問題となっていた頃にダンは徐々にジェームズ一世擁護の姿勢を強め、一六一〇年の『偽殉教者』、翌一六一一年の『イグナティウスの秘密会議』(*Ignatius His Conclave*) と立て続けにジェズイットを批判する書を出版した。ダンは、特に『偽殉教者』第四章で殉教に関してジェズイットはカトリック教徒のなかで突出しているとジェズイットの殉教を批判している。ジェズイットの殉教偏向が「忠誓の誓い」拒否及びローマ・カトリック教徒の王権軽視、教皇権重視をもたらし、結局はジェームズ一世体制を揺るがすことになるからである。ダンは、同じく『偽殉教者』第四章でスペインの神学者・歴史家マリアナ (Juan de Mariana 1535–1624) の一節に言及し、王の毒殺について書いている。しかし、マリアナの書を読むとマリアナは王殺しは論じていない。なぜダンは『偽殉教者』のなかでマリアナを「王殺し」論者としたのか。興味深いのはダンが引用したマリアナの一節をジェームズ一世も取り上げていることである。ところがジェームズ一世は暴君の毒殺について論じている。両者はなぜ解釈が異なるのか。ダンもジェームズ一世もマリアナの『王と王の教育について』を読んでいたのか。本論の目的はダンのマリアナの一節への言及を中心になぜダンはマリアナを王殺し(regicide)としたのかを解明することにある。

一　マリアナの *De rege et regis institutione* とダン

ジェズイットの「王殺し」の理論的支柱であると言われたスペイン・ジェズイットのマリアナは *De rege et regis institutione*(『王と王の教育について』)を一五九九年に出版した。[2] 当時ジェズイットの評判は悪く、パリ国会が一五九四年にアンリ四世(Henri IV)への度重なる暗殺未遂事件後イエズス会員を危険人物とみなし、フランスから彼らを追放するほどだった。『王と王の教育について』の出版後の一六一〇年五月にアンリ四世が狂信的なカトリック教徒によって殺害されたが、マリアナの理論がアンリ四世殺害の原因と見なされた。十七世紀初頭にはマリアナの書は大陸の諸王にとっては危険な書であり、イギリスにおいても同様だった。ダンは、『偽殉教者』でジェズイットを初めとするカトリック教徒の「忠誠の誓い」拒否を批判するが、その批判にあたりマリアナの『王と王の教育について』の一節を『偽殉教者』で取り上げた。ダンは、『偽殉教者』第四章43で次のように書いている。

Mariana. de Rege. l.1. c.7　43　So also of the *Immunitie of the Church*, out of which, if it be denied to be by the Indulgence if it be denied to be by the Indulgence of the Prince, issues and results presently the diminution of the Prince, they [the Jesuits] have written abundantly, and desperately. So have they [written] of the *Institution of a Prince*; of which, one of them writing and presuming and taking it as vulgarlie knowne, that it is lawfull in some cases to kill a King, is carefull to provide, least when you goe about to kill him, by putting poison in his meat or drink, you make him, though ignorantly, kill himselfe.(3)

注はダンがつけた注である。その注には“Mariana.de Rege.l.1.c.7”と書かれている。これはマリアナの“*De rege et regis institutione*, Liber Primus, Caput VII”の省略である。引用文のなかでダンは「王を殺害することはいくつかの場合には合法的である」と書いている。“one of them”とは著者のマリアナを指している。ダンはこの引用文の四行目から五行目にかけて“the *Institution of a Prince*”と書いているが、これはマリアナの『王と王の教育について』の後半の“*regis institutione*”の英訳である。また後半の引用箇所では「(マリアナは)食べ物や飲み物に毒を入れて王殺害にとりかかるとき、(王自身は)知らないうちにではあるが、王に自殺させるといけないので慎重に(毒殺を)明記している」と書き、王毒殺について言及している。マリアナの毒殺は王ではなく暴君が対象なので、ダンは“kill a King”の“a King”を“a Tyrant”と書くべきであった。このダンの一節はマリアナの『王と王の教育について』の第一巻第七章の一節への言及であり、それを読むとダンの“a King”は“a Tyrant”であることが容易に理解できる。

Truly we think it cruel, and also foreign to Christian principles to drive a man, though covered with infamy, to the point that he commit suicide by plunging a dagger into his abdomen, or by taking deadly poison which has been put into his food or drink. It is equally contrary to the laws of humanity and the natural law; since it is forbidden that anyone take his own life.(4)

あるいは次の一節がより関係があるように思われる。

. . . it has been granted to proceed violently against his [tyrant's] life in any manner. Only he should not, knowingly or unawares, be forced to be an accomplice in his own death; because we judge it to be wrong to mix poison or any like thing in the food or drink to be consumed by the man who must die.[5]

ダンの毒殺に関する一節は上記の「我々は、……男を……食べ物や飲み物に入れられた致死的な毒をとることによって自殺を犯すまで追いやることは確かに残酷でキリスト教の信念には無縁であると考える」や「ただ彼（暴君）は知っていようが知っていまいが己の死の共犯者（自殺）になるよう強いられるべきではない。なぜなら死ななければならない男によって取られる食事や飲み物に毒や似たような物を混ぜることは間違っていると我々は判断するからである。」をふまえた言葉である。以上からダンはマリアナの『王と王の教育について』を直接読んでいた印象は強い。ところがダンが注に挙げたマリアナの『王と王の教育について』の第一巻第七章のタイトルは「毒で暴君を殺害することは合法的か」（Whether it is lawful to kill a tyrant with poison）であり、マリアナはダンが言うように「王（king）」とは言わず、「暴君（tyrant）」と言っている。マリアナの原著を読んでいたはずのダンはなぜ原文の“*An liceat tyrannum veneo occidere*”[6]の“*tyrannum*”（「暴君」）を「王」と訳し、“it is lawfull in some cases to kill a King”と書いたのか。それはダンの単なる誤読であったのか、それとも意図的な誤読であったのか。あるいはダンは実際にはマリアナの著作を読んでいなかったのか。自殺に至る恐れがある毒殺をマリアナは認めておらず、マリアナは「暴君によってとられる食べ物や飲み物に毒を混ぜることは間違っている」と書いている。[7]ただダンは論じないが、マリアナは椅子や衣服に毒を塗りつけることによって暴君を殺害することは容認している。[8]マリアナの毒殺対象者は「暴君」である。マリアナの原文通りならばダンは“it is lawfull to kill a

“Tyrant with poison”書くべきだったが“a Tyrant”を“a King”とし、“with poison”を省いてしまった（もっともこの省略は前後関係から理解できるが）。『偽殉教者』におけるマリアナへのダンの言及は上記の箇所だけである。(9) 既に指摘したようにダンが言及したマリアナの一節でマリアナは「暴君殺し」を論じているのであって、「王殺し」を論じているのではない。ただここで注意を要したいのは、マリアナは暴君殺しだけを論じているのではなく民衆の合意によるか正当な継承権によって統治権を有する君主が暴君になる場合についても論じているのである（一巻六章）。ダンが取り上げている毒殺の対象者は国家を武力によって簒奪した暴君で、正当な王ではない。興味深いことにジェームズ一世は『偽殉教者』から五年後に書かれた『王権擁護論』(*A Defence of the Right of Kings*) で、マリアナが暴君毒殺を論じた第一巻七章を取り上げている。この一節はダンが上記に引用した箇所とほぼ同じ箇所である。

> … he [Mariana] liketh not at any hand the poisoning of a Tyrant by his meat or drinke; for feare lest he taking the poison with his owne hand, and swallowing or gulping it downe in his meate or drinke so taken, should be found *felo de se*, … or culpable of his owne death.(10)

ジェームズ一世は、マリアナはどんな人によってでも食べ物や飲み物による暴君毒殺を好まないと言い、「暴君」毒殺を認めていない。ジェームズ一世は実際にマリアナの『王と王の教育について』を読んでいた印象が強い。上記の引用のすぐ後でジェームズ一世は次のようにも書いているからである。

> But *Mariana* likes better, to haue a Tyrant poisoned by his chaire, or by his apparell and robes, after the example of the *Mauritanian* Kings; that being so poisoned onely by sent, or by contact, he may not be found guiltie of selfe-fellonie, and the soule of the poore Tyrant in her flight out of the body may be innocent.(11)

ジェームズ一世は、マリアナは食べ物や飲み物に毒を入れて暴君を殺害することには反対しているが、他人によって暴君の椅子や衣服に毒を塗られて、暴君が殺害されるほうを好んでいると言っている。これはまさしくマリアナが言っていることである。更にジェームズ一世が直接マリアナの著書を読んでいたと思われる表現は "the *Mauritanian* Kings" である。マリアナの原文ではこれは "Mauris Regibus"[12] である。"Mauri" は現在の "Moors" であるが、"Mauritania" は "Mauri" の国を意味し、ジェームズ一世はそこから形容詞を作り、ほぼ正確に "Mauris Regibus" を "the *Mauritanian* Kings" と訳している。ちなみに Moore の英訳では "the Moorish kings" となっている。ジェームズ一世のマリアナへの言及は彼がマリアナの『王と王の教育について』を直接読んでいたことを示唆しているが、後半の「肉体から天国へと飛翔していくあわれな暴君の魂は無罪であるかもしれない」はマリアナの書には見られず、ジェームズ一世自身の表現である。ダンと異なり、ジェームズ一世は毒殺の対象が「王」ではなく「暴君」であること、食べ物や飲み物への毒注入による暴君殺害以外にダンが言及していなかった椅子や衣服に毒を塗りつけることによる暴君殺害を認めていること、これらはジェームズ一世がマリアナの著作を直接読んでいたことを示唆している。更にジェームズ一世は次のように言う。

> Are not *Bellarmine, Eudaemonoiohannes, Suarez, Becanuz, Mariana*, with such other monsters, who teach the doctrine of parricides, vphold the craft of Ianus-like Equivocation in Courts of Iustice, and in secret confession: are they not all Clerics?[13]

ここに列挙されている "*Bellarmine, Eudaemonoiohanes, Suarez, Becanus, Mariana*" はすべて当時のジェズイットで、彼らは皆「王殺し」を容認した人たちであった。ここでジェームズ一世は「"parricide" の教義」を教えた人物の一人にマリアナを挙げている。"parricide" は元々は「父親殺し」であるが，"one who "commits the treason against his country" (*OED*) でもあり、「国家への反逆を犯す者」は「暴君」である。また次の引用でジェームズ一世はマリアナの書に触れているが、マリアナによって"parricide"が推奨され、激賞されていると言っている。

. . . if the Pope doth not approoue and like the practice of King-killing, wherefore hath not his Holinesse imposed some seuere censure vpon the booke of *Mariana* the Iesuite (by whom parricides are commended, nay highly extolled) when his Holinesse hath beene pleased to take the paines to censure and call in some other of *Mariana*'s bookes?(14)

"parricide"はここでも「暴君殺し」を意味し、ダンと違いジェームズ一世はマリアナの真意をとらえている。ここで問題点が明確になってくる。それは、ダンの場合はマリアナが「王殺し」であり、ジェームズ一世ではマリアナが「暴君殺し」であるということである。ダンはマリアナの書を読んでいたように思われるが、なぜダンはマリアナの「暴君」を「王」としたのか。ラテン語の知識を十分身につけていたダンが「暴君」を「王」と誤読するはずがない。この問題の解明にあたり、マリアナの「暴君」、「暴君」殺害論を吟味したい。

二　マリアナの「暴君」

マリアナは「暴君」と書いたのに、なぜダンは「王」と書いたのか。ダンはマリアナの「暴君」殺しについては知らなかったのか。これは『偽殉教者』におけるダンのマリアナへの言及とその注から得られる極めて素朴な疑問である。『偽殉教者』執筆以前に出版され、ダンも目を通していたと思われるジェームズ一世の著作、特に『王道論』(*Basilikon Doron*)(1599, 16031 年出版)、『自由君主国の真の法』(*The Trew Law of Free Monarchies*)、『忠誠の誓い弁護』(1598, 1603)、(*An Apologie for the Oath of Allegiance*)(1607)やその他でジェームズ一世は幾度となく"tyrant"、"tyranny"、"tyrannicide"について論じているので[15]、ダンは「暴君」については十分知っていたと推察される。それなのにダンはなぜマリアナの「暴君」を「王」としたのか。そもそもマリアナは「暴君」をいかに定義し、「暴君殺し」をいかにして正当化しているかが問題である。マリアナの『王と王の教育について』は反暴君論、暴君殺害で知られているが特に第一巻五章~七章は物議を醸した章であった。ピューリタンが革命中にチャールズ一世(Charles 1)処刑の際に利用した書でもある。マリアナはそこで支配者と民衆の関係を論じ、暴君に反対する立場を明確にした。我々は、マリアナは二種類の暴君を『王と王の教育について』で論じ、それぞれについて反暴君論を展開していることに注意しなければならない。最初の暴君は、合法的正統的な王が暴君になった場合である。次は、合法的正統的な王でない者が王位を奪い、暴君となった場合で、これは王位簒奪者である。マリアナはこれらの二種類の暴君を論じる。最初に、正当な王が暴君になる場合を考えてみる。『王と王の教育について』第一巻一章~二章によれば王権は神に由来するのではなく民衆に由来する。原始的な自然状態にある人間が寄り集まって社会を形成し、彼らが権力を支配者に譲り渡す。それゆえ、支配者の権力は当然のことながら権力を譲り渡す民衆によって束縛されることになる。支配者の権力は民衆の同意を得ることから生ずる。マリアナの理論を最も端的に表しているのは次の一節である。

. . . the regal power, if it is lawful, ever has its source from the citizen; by their grant the first kings were placed in each state on the seat of supreme authority. That authority they hedged about with laws and obligations, lest it puff itself too much, run riot, result in the ruin of the subjects, and degenerate into tyranny.[16]

あるいは

. . . he who got his power from the people makes it his first care that throughout his whole life he rules with their consent.[17]

The king exercises the power received from his subjects with distinguished modesty, oppressive to none, molesting nothing except wickedness and madness.[18]

民衆の同意による王は、拡大する王権とともに自由奔放な行動をとり、最終的にそのような王には歯止めがきかなくなり、王は「暴君」となる。結果としてそれは臣民の破滅に至り、国家の破壊をもたらす。民衆は暴政へと堕落しないように王権を法律と義務で制限する。これは正当な王が暴君になった場合であるが、民衆から一時的に権力を譲渡された王がその権力の限界を越えた場合、つまり民衆の敵、「暴君」となった場合に、王はその権力を民衆に返すかあるいは極端な場合には殺害されることも可能となる。王は、社会の個々人の共通の利益を守るよう人々から選ばれているのである。この王が権力を私物化し、王権を盾に国家を危機に陥れ、民衆を弾圧、抑圧する場合に王は「暴君」と定義される。[19]

「暴君」が民衆の合意により、継承権によって統治権を有する正当な王である場合、彼への対応は寛容である。正当な王は徳性と礼節を無視するまでは寛大に扱わねばならない。また、正当な王は軽々しく廃位されるべきではない。なぜばら軽々しい王の廃位は「より大きな悪が生じて甚大な政変が起こったりする」[20]からである。それでも正当な王の暴君性には許容の限度がある。彼が国家を破滅させ、公的・私的財産を戦利品とし、国の法律と神聖な宗教を軽蔑し、神への傲慢、厚顔、不敬を美徳とする場合に彼をもはや無視することはできない。彼が悪に悪を積み重ね、悪で悪を罰することのないようにするためにいかにして彼を廃位すべきか。最初に公的な集会によって共通の見解を出さねばならない。最初の手続きは君主への警告である。君主が警告を受け入れ従来の生活を悔い改めれば、そこで彼への追求は終わり、厳しい療治は差し控えられる。問題は君主への警告を君主が無視する場合である。その場合国は王へ宣告を下し、王の権限を無効にする。王が武器に訴えれば民衆は自らを守り、王を国家の敵と宣言し、剣を持って合法的に彼を殺害することが許される。国家救済に身を投じる者には暴君殺害は許される行為となる。以上が正統的な王が暴君になり下がった場合である。いかに民衆の同意を得て王になったとしても国家を私物化し、民衆を軽視する態度をとる場合彼はもはや民衆を代表する支配者とはなりえない。王はあくまでも民衆から支配権力を委譲されており、王の権力は無限ではない。民衆の意に反する場合には彼はもはや王とは呼べなくなる。マリアナはネロ皇帝をこの種の暴君の筆頭に挙げている。

マリアナが『王と王の教育について』で最も精力的に論じているのは正式な権利もなく、武力によって王位に就いた簒奪者である。マリアナは『王と王の教育について』の第一巻第五章で王と暴君との違いについて論じているが、暴政は最悪の不利益な統治形態で、臣下への高圧的な権力を行使し、力によって形成される。暴君は外部からの侵入者で、武力、暴力によって王位を獲得する。暴君は「悪徳に傾き、特に貪欲、好色、残忍」をその特色とし、[21]「国家転覆」を目指し、暴力的な恣意的な権力行使を自らの利得、快楽、悪しき放縦のために行う。[22]暴君は民衆を信用せず、恐れ、彼らを絶えず恐怖に陥れる。一言で言えば暴君は「悪徳」そのものであり、暴君と言えども国家の安寧と民衆の幸福実現のために最大の努力を払わねばならない。ところが暴君は、「あらゆる卑劣さの染みによって汚された者で、……国家転覆を目指す者である。[23]彼は民主委あら権力を譲渡されているにもかかわらず、その権力を暴力的に行使し、民衆のためではなく己の利益、快楽、悪しき放縦のために使用する。暴君は最初は慈愛の仮面をかぶり、徐々に富と武力で身を固めていく。国家転覆が彼の最大の目標であり、すべての人に対して不正を行い、すべての人を打ち倒すことだけを考えている。権力が支配者に譲渡される場合、支配者が暴走しない役目をするのが「法」であり、「法」の尊重がまたマリアナの大きな特徴となる。王が法によって拘束されない権力を所有し、使用すればその王は暴君となる。祖先の慣習や制度へも尊敬を欠き、気まぐれに法律を破棄し、自分の放縦と利便に自分の行いのすべてをゆだねる者は暴君である。[24] 暴君はその最高権力を自らの上に打ち立て、力によって汚れなき者達を汚す。法を遵守する真の王と違い、暴君は絶えず市民を信用せず、権力を恣意的に行使する。更に、「暴君」は力によって国家の最高権力を手に入れるが、その権力は暴君の功績によるのではなく暴君の富、わいろ、武装権力のために彼に与えられる。私利・私欲のための権力使用、臣民への不信用、社会の共通利益の無視、国家の私物化、臣民からの離反等が「暴君」の特徴である。更に国家の私物化と関係があるが、マリアナはローマ初代の王、スペルブスを典型的な暴君としている。彼は元老院を無視し、一族の会議によって国家を治め、自らは法からの拘束を受けないと考え、国家を覆してしまった。民衆から権力を一時的に譲渡された者が以上のような支配者になるとき、彼はもはや民衆が求める理想的な支配者とはありえない。結果として、彼は「暴君」と見なされ、「暴君」殺しという大きな問題が生じてくる。マリアナが「暴君殺し」を正当化したのは以上の理由による。ここで言うマリアナの「暴君」は王権簒奪者である。正当な王と王権簒奪者は共に暴君になりうるが、正当な王の場合は毒ではなく剣によって殺害が認められる。マリアナにとって国家統治の主役は民衆であり、民衆のためを思う王は善王であり、民衆を無視する王は悪王、暴君と見なされる。

マリアナは、フランスのアンリ三世の殺害者、ジャック・クレマン (Jacques Clement) の行為は「特筆されるべき勇気の業であり、記念されるべき偉業」[25] であり、自らに「偉大な名声」[26] をもたらし、「フランスにとっての永遠の名誉」[27] として賞賛した。アンリ三世はクレマンにとっては「暴君」であった。また、王は「神聖」だと言い「暴君」殺しに反対する人々に対して、マリアナは、ギリシャ・ローマ及び聖書から様々な例を引き、「暴君」の廃位や殺害は「暴動」や「暴君殺し」を正当なものと見なす一般人の感情を表していると言う。そして過去の歴史を見ると「率先して暴君を殺した人は誰でも大いに尊敬され」、

「暴君殺し」は最高の賞賛に値する。[28] 第一巻第六章の冒頭で、「彼（暴君）は非常に幸福であるように映るかもしれないが、その恥ずべき行為は極刑に値する。肉体が鞭打たれるように、残忍、好色、恐れのゆえに、彼の邪悪な精神と良心とは引き裂かれ……いきりたった大衆の、支配者に対する憎しみはいかばかりの力をもつものなのか。為政者に対する民の憎悪は破滅にほかならず、古今を問わず幾多の例証によって説明することが容易である。」[29] と述べ、暴君の殺害を認めている。民衆への支配者の抑圧、及び支配者の悪が民衆を苦しめるとき、それは支配者が暴君となった場合であるが、「正当な意味でというばかりでなく、称賛と栄光をもって殺害されうるという条件の下に君主が置かれているのだと了解すべきだと考えるのは、健全な発想だと言える。」[30] 次の引用でマリアナは「暴君」の殺害を明確に容認している。

. . . both the philosophers and the theologians agree, that the Prince who seizes the State with force and arms, and with no legal right, no public, civic approval, may be killed by anyone and deprived of his life and position. Since he is a public enemy and afflicts his fatherland with every evil, since truly and in a proper sense he is clothed with the title and character of tyrant, he may be removed by any means and gotten rid of by as much violence as he used in seizing his power.[31]

「暴力と武器で国家を奪い取り、しかも何ら法的な権利も、市民の賛成もない君主」は暴君であり、その「暴君」はいかなる人によっても殺害される対象となる。暴君とはあらゆる悪で祖国を苦しめ、悪徳で覆われているので、暴君は権力を奪ったときに使用したのと同じ暴力で殺害されうるという彼の反暴君論の核心を述べる。マリアナの名前が全ヨーロッパに知れ渡り、ジェズイットが王殺し理論と実践によって各国の君主に恐れられたそもそもの発端は、『王と王の教育について』の第一巻六章のこの一節であると言っても過言ではない。ただこの文章をよく読んでみると一目瞭然であるが、マリアナは「王」ではなく、

「暴君」を論じている。マリアナは、暴力と武器を用い、法的な権利もなく、民衆の賛同もなしに国家を手に入れる王権簒奪者すなわち「暴君」について論じているだけなのである。ところがどういうわけかマリアナの「暴君殺し」が「王殺し」にすり替えられ、ジェズイットがあたかもマリアナの影響により「王殺し」を実践していると考えられるようになった。なぜこのようなことになったのか。一六一〇年五月、フランス王アンリ四世がフランソワ・ラヴァイヤックなる狂信的なカトリック教徒に殺害されたが、ジェズイットを敵視する人たちはマリアナの『王と王の教育について』がその原因であると決めつけてしまった。ラヴァイヤックはその事実を否定し、マリアナの本の名前すら聞いたことがないと言ったが、ジェズイットへの不信は一向に収まらず、マリアナの暴君殺しがジェズイットの考えを代弁していると見なされた。そしてマリアナと言えば「王殺し」、「王殺し」と言えばマリアナという図式が出来上がってしまった。マリアナの第一巻第六章、第七章はそれぞれ「暴君」の定義、「暴君殺し」の正当化を論じているだけなのであるが、マリアナは王一般の殺害を論じていると世間からは考えられるようになった。一六〇五年十一月五日の火薬陰謀事件とラヴァイヤックによるフランス王アンリ四世殺害はジェズイットの王殺し理論の実践と見なされた。このようなジェズイットによる王殺しの実践により一般の人々がジェズイットを王殺しと結びつけるのも根拠がないわけではなかった。しかしマリアナの『王と王の教育について』の中でも特に重要な第一巻第六章のタイトルを見てみると、それは“Whether it is right to destroy a tyrant”であり、ダンが『偽殉教者』で言及した『王と王の教育について』の第七章のタイトルは“Whether it is lawful to kill a tyrant with poison”である。また、第五章では「王」と「暴君」の違いが扱われ、それぞれ「暴君」と「暴君殺し」が論じられている。ところがマリアナの書に眼を通したはずのダンが『偽殉教者』第四章でマリアナについて言及したとき、ダンは“it is lawfull in some cases to kill a King”と書いた。「いくつかの場合」のなかに「暴君」が含まれるとも考えられるが、ダンは「tyrant（暴君）」とは書かなかったし、「いくつかの場合」についても詳しくは論じない。『王と王の教育について』はラテン語で書かれたが、ラテン語に堪能なダンが「暴君」を「王」と誤読することは考えられない。ダンが「暴君」とせず「王」としたことには何か特別な意図があったと考えることができる。その意図とは何であろうか。

三　ジェームズ一世とダン

ここで問題になってくるのがジェームズ一世である。ダンは、ジェームズ一世自らが読むことを意識して『偽殉教者』を書いたことは周知の事実であった。[32] ダンは、ジェームズ一世の「忠誓の誓い」を擁護し、その見返りに、宮廷での登用を期待していた。ジェームズ一世の「忠誠の誓い」を支持することは宗教界や学界での出世の近道であった。[33] ダンは『偽殉教者』を書くことによってジェームズ一世からなにがしかの報酬を期待していた。ジェームズ一世を支持するためにダンはジェズイットを批判する。自分をジェームズ一世に売り込む絶好のチャンスでもあった。ダンが『偽殉教者』を出版する前のジェームズ一世にとっての最大の危機は一六〇五年十一月五日のジェズイットによるジェームズ一世暗殺未遂事件、火薬陰謀事件であった。ジェームズ一世は事件を契機に国内のカトリック教徒に「忠誠の誓い」を立てさせたが、ローマ・カトリック教会側からは猛反発を受けた。カトリック教徒が「忠誓の誓い」を拒否した背景には彼らがジェームズ一世を王として認めないという大きな問題があった。とりわけ、ジェームズ一世とジェズイットは王の支配権をめぐって真っ向から対立していた。この問題はジェームズ一世とローマ・カトリック教会の間の論争、ローマ教皇はジェームズ一世を廃位できるのかという教皇の王廃位権とも密接に関わる大問題であった。ジェームズ一世は言うまでもなく、王権論者である。すでに述べたように、ジェズイットが民衆から支配者への権力譲渡説を主張したのに対し、ジェームズ一世の場合は征服による支配権である。ジェームズ一世によれば王は民衆よりも先に存在し、社会は王が民衆を征服したことから始まる。ジェームズ一世は、法や社会が王より先に存在しなかったことを『自由君主国の真の法』(1598年)で強調し、「王は法を作る人であって、法が王を作るのではない」[34]と法から超越した王の絶対的存在について論じ、また、「王を作る力を持つ人――神――が王を廃位できる」[35]とさえ言いきった。ジェームズ一世の『自由君主国の真の法』の「自由」の意味は、王があらゆる束縛から解放され、いかなるものからも制約を受けず、民衆はもちろん「法」にすら制約を受けないという意味での「自由」である。このようにジェズイットとジェームズ一世とでは社会の成立に関して異なる見解を持ち、それが結果として支配者と民衆の関係に対して全く異なる態度を取らせることになった。ジェズイットは民衆優位説を強く主張し、王の絶対権力に固執するジェームズ一世と激しく対立していた。ジェームズ一世はジェズイットの権力譲渡説や「暴君殺し」についてはよく知っており、彼の散文でそれらに言及している。[36]民衆に絶対服従を強いるジェームズ一世からすれば、王への民衆の優位を説くジェズイットの見解は全く受け入れられない。民衆が王を廃し、王に代わって別の王を立てることができると言う愚かな書き手どもは「不法で、神の布告」に反しているとジェームズ一世が言うが、[37]「愚かな書き手ども」とはマリアナを始めとするジェズイットの反君主論者を指していることは明らかである。ジェズイットの考えでは支配者と民衆との間には一種の「契約」が存在し、その契約によって民衆は王に権力を一時的に譲渡する。王は民衆のために定められるのであって、民衆が王のために定められるのではない。だから民衆の意に反することを行う支配者は民衆によって取り除かれるか極端な場合は殺害も可能となる。ジェームズ一世の著作の四分の三は「忠誠の誓い」の擁護にあったとマッキルウェインは言っているが、[38]「忠誠の誓い」の論点の一つはジェームズ一世が教皇によって廃位されるべきかであった。教皇からすれば廃位の対象は暴君であった。ジェームズ一世は自著や国会演説で自らがいかに「正当な王」であるかを繰り返し強調し、「忠誠の誓い」でも国内のカトリック教徒にジェームズ一世は「合法的な王」であることを誓わせており、ローマ教皇には王廃位権はないと強硬な態度を取っている。

以上見てきたようにジェームズ一世はジェズイットの王権観、「暴君殺し」理論については熟知していた。そして何よりも注目すべきはジェズイットの理論形成に与った最大の人物がマリアナであり、そのマリアナをもジェームズ一世は知っていたということである。ジェームズ一世の著作を読んでいたと思われるダンはジェームズ一世のマリアナへの理解を知っていたはずである。なのにダンはマリアナを論ずる時にマリアナを「暴君殺し」ではなく「王殺し」論者とした。それはなぜか。ダンがマリアナを「王殺し」論者としたのはジェームズ一世を意識した表現であった。ダンは、ジェズイットは「暴君」ではなく「王」殺害をも企てることをジェームズ一世に示しかったのである。言い換えればジェームズ一世の歓心を買うためにダンは故意にマリアナを「王殺し」論者とした。ダンが意図的に「暴君」を「王」にしたのは危険な集団ジェズイットがジェームズ一世の生命を狙っているかを王に言いたかったからに他ならない。ダンは実際マリアナの書を読み、マリアナを理解したが、当時の通俗的なマリアナ観に影響され、誤解とは知りつつも、マリアナを「王殺し」論者としたほうが都合よいのでマリアナを「王殺し」論者としてしまった。ジェームズ一世や一般の人々にジェズイットの脅威を植え付けるために意図的にマリアナの「暴君殺し」を「王殺し」へとすり換えたと考えることができる。そのほうがジェズイットはジェームズ一世をも殺害するかもしれないというジェズイットへの恐怖感を人々に煽るのに効果的であった。実際ジェームズ一世はジェズイットによって殺害されうるかもしれないとの噂が飛び交っていた。あるジェズイットがジェームズ一世に毒の塗られた服を送ることで王殺害を計画している報告が王にあった。サマヴィル (Sommerville) によれば、ジェームズ一世はアンリ四世殺害後特に暗殺への恐怖は強かった。[39] ジェームズ一世は自らへの暗殺が計画中であると疑っていた。ジェームズ一世が最も恐れたのはローマ・カトリック教会からの破門である。カトリック教会によれば破門された王がなお王に留まる場合王は "a usurping tyrant" と見なされ、いかなる人によっても殺害が許されるからである。だからジェームズ一世は国内のカトリック教徒に「ローマ教皇によって破門されるか王位を奪われる君主は君主の臣民かいかなる他の人によってでも退位させられ、殺害されるという忌まわし教義と見解を不信心で異端的であるとして心から憎悪し、憎み、放棄する」誓いを「忠誠の誓い」の一部としたのである。[40] カトリック教会による王廃位と暗殺は密接な関係にあったが、ダンは『偽殉教者』でカトリック教会側に対して反駁を試みている。ジェームズ一世は『偽殉教者』を読み、ダンに聖職につくよう勧めたほどであるから、ジェームズ一世は、ダンが『偽殉教者』で自分の考えに沿ってジェズイット反駁を試みたと思い、内心ダンの著作に喜んだに違いない。ダンは、『偽殉教者』でジェズイットの民衆優位説に反論し、王の支配権、君主制は神に由来し、人間に由来するものではないと王権の神聖さを主張し、ジェームズ一世に沿った発言もしている。ダンは，ジェームズ一世の主張を十分に意識し、王と歩調を合わせるがごとく王権の神聖、王権の由来を論じる。特に注目に値するのは、ジェズイットの権力譲渡説に対して王権の神聖、王への絶対服従擁護であり、ダンはジェームズ一世同様ジェズイットの反王権説への反対をはっきりと表明している。ジェームズ一世の「忠誓の誓い」擁護が『偽殉教者』執筆の目的であったとは言え、ダンのジェームズ一世支持は徹底している。[41]

ダンの王権擁護はすべてマリアナを初めとするジェズイットの王権論とは真っ向から対立する。マリアナの「暴君」定義はそのすべてではないにしろジェームズ一世に適応される可能性もある。「法」を無視する王は「暴君」と定義されるが、これはジェームズ一世にも適応されても不自然ではない。ダンは、マリアナ解釈に関してジェームズ一世を余りにも意識し、マリアナを「王殺し」論者としてしまったが、ダン自身はその「誤解」を十分自覚していたはずである。「誤解」と知りつつもダンはジェームズ一世の意向に沿った発言をし、王を擁護した。ダンがマリアナの書を読んだとすれば、そしてダンは読んだと思われるが、マリアナが「暴君殺し」を論じているのであって「王殺し」を論じているのではないことは容易に理解できたはずである。そもそもマリアナを「暴君殺し論者」と見なす方がダンには都合が良かった。なぜならジェームズ一世はマリアナの「暴君」には一致しないからである。ジェームズ一世は正当な王である。ジェームズ一世はマリアナの言う「暴君」にも王簒奪者はあたらない。だからダンは真剣にマリアナを取り上げる必要はなかったのである。しかしダンはマリアナを取り上げた。それはジェームズ一世の身に危険が迫っていたからである。一六一〇年のアンリ四世の暗殺後ジェームズ一世は特に自らの暗殺を意識した。ジェームズ一世は破門され、殺害されたとのうわさが広まった。[42] フランスでのジェズイットによるアンリ四世暗殺者は、マリアナの名前を知りもしなかったのであるが、マリアナの理論実践と見なされた。おそらくこのような通俗化したマリアナの理論が巷に流布されていた。一六〇二年に出版され、ジェズイットを徹底的に批判したウィリアム・ワトソン (William Watson) はジェズイットの「王殺し」をたびたび取り上げ、それに批判を浴びせている。[43] あるいは一六一〇年、フランスのジェズイットの大御所ピエール・コトン (Pierre Cotton) への反論書、*Anti-Cotton or a refutation of Cottons Letter* (1611) の第一章には「ジェズイットの教義は王殺し、臣民の反逆を認めている」が論じられ、マリアナの書は「殺人」と「王殺し」を教えていると言っている。[44] また、一六一二年に匿名で出版された *Jesuits Downefall* という書でもジェズイットは「殺人と大虐殺で有名で」、ジェズイットは王のみならず教皇や枢機卿までも殺害すると書かれている。[45] そのほかにもダンの『偽殉教者』出版前後の反ジェズイット書を見るとほとんどがジェズイットの「王殺し」に言及しているのである。[46] つまり「暴君殺し」が「王殺し」へと変化しているのである。

むすび

『偽殉教者』におけるダンのマリアナへの注から論を展開してきた。ダンの注をマリアナの原著と照らし合わせてみると実際はマリアナが言っていることとダンの解釈は一致しない。ダンはマリアナを「王殺し」論者としてしまったが、それはジェームズ一世を初め他の読者にいかにマリアナを初めとするジェズイットが英国にとって危機な存在であるかを知らせるためであった。ジェズイットが自らの生命をも奪う可能性のあることをジェームズ一世は知っていた。だからジェームズ一世は『自由王国の真の法』(1598, 1603)や『忠誠の誓い弁護』(1607)その他で王権神授説に執着し、王の神聖を訴え、民衆の王への優位を否定し、自らを擁護したのである。「王は神と呼ばれる」(47)とジェームズ一世は言うが、現世における神の代理人たる王への反逆、王殺害は決して容認できない。ジェームズ一世にもダンにも英国を混乱に陥れているジェズイットへの強い嫌悪・反感があった。そしてジェームズ一世を擁護すべく、ダンは自らのマリアナ解釈が「誤読」であることを知りつつも「王殺し論者」としてのマリアナを『偽殉教者』で取り上げた。特に注目したいのは、ジェズイットの権力譲渡説に対する王権の神聖、王への絶対服従であり、ダンはジェームズ一世同様ジェズイットの反王権説へは明確に異を唱えている。ダンの王権論、それはまたジェームズ一世の王権論でもあるが、それはジェズイットの王権論と真っ向から衝突し、王(暴君)殺害というジェズイットの理論はどうしても受け入れ難くなってくる。もっともダンは、ジェームズ一世と同様マリアナの「暴君殺し」を「王殺し」と誤解した当時の一般的なマリアナ観に意図的に従ったのであるが。そしてダンの反ジェズイットの態度が一段とその激しさを増すのは『偽殉教者』の翌年、一六一一年に出版された『イグナティウスの秘密会議』である。そこでダンはジェズイットを風刺、攻撃し、ジェズイットの「反王権」「王殺し」を特にその風刺の対象にした。

これまでジェズイットの王殺し理論をマリアナのなかに見、それが「王殺し」ではなく「暴君殺し」であることを論じた。ジェズイットの「暴君殺し」はヨーロッパ君主を震撼させた理論であったが、それを端的に述べたのはマリアナの『王と王の教育について』であった。なぜダンはマリアナを「誤解」したか、その背後にはマリアナ等のジェズイットの「王殺し」理論と実践があったからである。

注

（1）本論は第七四回日本英文学会（二〇〇二年五月二十五日：北星学園大学）での口頭発表に基づいている。

（2）Mariana の原著は、Juan de Mariana, *De rege et regisinstitutione* Libri III (Toledo, 1599) である。本論では次の英訳を使用する。Juan de Mariana, *The King and the Education of a King*, trans. G. A. Moore (Washington D. C.: The Country Press, 1948)。以下本論では『王と王の教育について』と訳す。なお *De rege et regis institutione* 第一巻の第四章から六章までには『編訳・監修　上智大学中世思想研究所『中世思想原典集成』二〇　近世のスコラ学（平凡社：二〇〇〇年）』の pp. 610–643 に日本語訳があり、本論ではそれを参照した。なお、マリアナの政治思想については以下の研究書から教えられるところが多い。G. A. Moore, op. cit., Introduction, Harald E. Braun, *Juan de Mariana and Early Modern Spanish Political Thought* (Hampshire: Ashgate, 2007), Thomas H. Clancy, *Papist Pamphleteers* (Chicago: Loyola University Press, 1964), Harro Höpfl, *Jesuit Political Thought: The Society of Jesus and the State, c. 1540–1630* (Cambridge: Cambridge University Press, 2004), Eric Nelson, *The Jesuits and the Monarchy: Catholic Reform and Political Authority in France (1590–1615)*(Hampshire: Ashgate, 2005), John Laures, *The Political Economy of Juan de Mariana* (New York: Fordham University Press, 1928), Alan Soons, *Juan de Mariana* (Boston: Twayne Publishers, 1982), Gerard Smith ed., *Jesuit Thinkers of the Renaissance* (Wisconsin: Marquette University Press, 1939).

（3）John Donne, *Pseudo-Martyr* ed. Anthony Raspa (Montreal & Kingston・London・Buffalo: McGill-Queen's University Press, 1993), p. 116.　この他にも Francis Jacques Sypher の序文つきの facsmile reproduction があり、それも参照した。John Donne, *Pseudo-Martyr* (Delmar, New York: Scholar's Facsmiles & Reprints, 1974)

（4）Mariana, p. 154.

（5）Ibid., p. 155.

（6）Juan de Mariana, *De rege et regis institutione* Libri III (Toledo, 1599) Rep. ed. Darmstadt: Scientia Verlag Aalen ,1969, p. 80.

（7）Mariana, p. 155.

（8）Ibid., p, 154.

（9）ダンは『偽殉教者』の一年後に書かれた『イグナティウスの秘密会議』でマリアナに触れて、". . . it was lawfull for

Mariana to depart from the Councel of Constance . . .” (John Donne, *Ignatius His Conclave* ed. T. S. Healy S. J. (Oxford: At the Clarendon Press, 1969), p. 51) と書いている。コンスタンス会議では王殺害が禁止されたが、マリアナはその決定に従わなかったのでマリアナは王殺し論者と見なされている。膨大な説教のなかでダンはマリアナに一回だけ言及しているが、そこでもマリアナは王殺し論者である。Evelyn M. Simpson and George R. Potter ed., *The Sermons of John Donne* (Berkeley and Los Angles: University of California Press, 1962),Vol. VII, p. 309 参照。

(10) Charles Howard McIlwain, *The Political Works of James I* (New York: Russell & Russell, 1963), 248.　ジェームズ一世の著作については他にも *Political Writings*: *King James VI and I* ed. Johann P. Sommerville (Cambridge University Press, 1994) と *King James VI and I*: *Selected Writings* ed. Neil Rhodes, Jennifer Richards and Joseph Marshall (Hants, England and Burlington, USA, 2003) があり、それぞれ参考にした。

(11) Op. cit.

(12) Mariana, p. 85.

(13) McIlwain, p. 177.

(14) Ibid., p.247.

(15) Ibid., pp. 18–9 や pp. 277–8 参照。その他にも “tyrant, tyranny, tyrannicide, regicide, parricide” の語はジェームズ一世の著作に頻出している。McIlwain, p. 353 を参照。

(16) Mariana, p. 156.

(17) Ibid., p.136.

(18) Op. cit.

(19) Mariana, p. 127.

(20) Ibid., p. 147.

(21) Ibid., p. 135.

(22) Ibid., p. 139.

(23) Op. cit.

(24) Ibid., 165.　なお『王と王の教育について』の第九章のタイトルは “The prince is not free from the laws” である。マリアナはそこで王は法によって拘束されることを繰り返し述べている。

（25）Ibid., p. 143.

（26）Ibid., p. 144.

（27）Op. cit.

（28）Ibid., p. 146.

（29）Ibid., p. 142.

（30）Ibid., p. 149.

（31）Ibid., p. 147.

（32）A. C. Bald, *John Donne: A Life* (Oxford: At the Clarendon Press, 1970), pp. 201–2.

（33）McIlwain, lix.

（34）Ibid., p. 62.

（35）Ibid., p. 57.　ジェームズ一世は一六一〇年三月二一日の国会演説で王による法の遵守について述べているが、これについてサマヴィルは次のように言っている。“If God’s law of nature gave the king sovereign power, and human laws were valid only inasmuch as they cohered with divine law, it followed that there could be no valid law against absolute monarchy.” [J. P. Sommerville, *Politics and Ideology* (London and New York: Longman, 1986), p. 133.] ジェームズ一世にとって王権はあくまでも神に由来する。

（36）上記注（15）参照。

（37）McIlwain, p. 62.

（38）Ibid., xlix.

（39）Sommerville, p. 198.

（40）McIlwain, p. 74.

（41）ダンのジェームズ一世擁護の姿勢は，たとえばカトリック教側の神学者ですら王の支配権や君主制は神に由来し，神や自然法によるものであり，国家とか人間には由来しないという主張にも見られる (Raspa, p. 130.)。そこではジェズイットの権力譲渡説，王の支配権が人間には由来せず，神聖なものであることを示している。又，神は，神が直接吹きこんだ権力に従うように人間の本性と理性に直接刻みこんだとも言っている (Raspa, p. 131.)。同じようにダンは，ジェズイットの民衆優位の説に対して次のように言う。“*Regall* authority is not therefore deriued from men, so, as at that certaine men haue lighted a King at their Candle, or transferr'd certaine *Degrees of Iurisdiction* into him: and therefore it is a cloudie and muddie search, to offer to trace to the first root of *Iurisdiction*, since it growesnot in man." (Raspa, p. 132) ダンは、王の支配権は人間に由来するのではないこと、又、王権が王に譲渡されたことを否定し、更には王権の由来をたどることは「不明瞭な、曖昧な探究」ですらあると言っている。これはジェームズ一世が、王権の神秘、国家の秘密は論じるべきではないと一六一六年の演説で述べたことと符号する。(McIliwain, p. 333.) 王権の根源がどこにあるかは理解を越えるが、君主への服従は「自然」と「聖書」からも十分に立証される。

(42) Sommerville, p. 198.

(43) William Watson, *A decacordon of ten quodlibeticall question, concerning religion and state wherein the author framing himselfe [sic]a quilibet to euery quodlibet, decides an hundred crosse interrogatorie doubts* (1602), The Ninth Generall Qvodlibet of Plots by Succession を参照。

(44) Pierre Cotton, *Anti-Coton, or a refutation of Cottons Letter for the apologizing of the Jesuites* trans. G. H[akewill?] (London, 1611), pp. 1–33.

(45) *The Jesuits Downefall* (Oxford, 1612), p. 32 の第十三番命題。

(46) 例えば *The Parricide Papist, or Cut-throat Catholicke* (London, 1606), Alexander Chapman, *Iesuitisme Described Under the Name of Babylons Policy* (London, 1610), Antoine Arnauld, *The Arrainement of the Societie of Iesuites in Fraunce* (London, 1594) 等である。日本では将棋面貴巳『反「暴君」の思想史』(平凡社、二〇〇二年)があるが、マリアナは論じられていない。なお、「暴君」論に関しては O. Jaszi and J. D. Lewis, *Against the Tyrant* (Illinois: The Free Press, 1957) や Franklin L. Ford, *Political Murder: From Tyrannicide to Terrorism* (Cambridge, Massachusetts, and London, England: Harvard University Press, 1985) がある。

(47) McIlwain, p. 54.

国王の像とイエス生誕詩
——一六三〇年から王政復古まで——

笹川　渉

一　はじめに

新年の到来を祝うにあたり、ホワイトホール宮殿を華やかに彩った演劇が開催されていた。一六一六年のクリスマスに宮廷で上演されたベン・ジョンソン（Ben Jonson）の『クリスマスの仮面劇』（*Christmas, His Masque*）をその一例として挙げることができる。劇作家や詩人は国王や貴族に作品を献呈し、これらの作品は娯楽として聴衆や読者の目を楽しませただけではなく、王侯の治世や美徳を称讃する道徳的かつ政治的な役割も担っていた。

私たちが一般に考えるのとは異なり、一二月二五日だけがイエスの生誕というテーマが描かれる日ではなかった。元旦にあたるイエス割礼祭（Circumcision Day）と、イエス生誕から数えて一二日目にあたる一月六日の公現祭（Epiphany）も幼子イエスの生誕が描かれる重要な祝祭日であった。これらの祝祭日をテーマとした作品では伝統的に、天球の音楽、天使の合唱、馬小屋や飼い葉桶、そして東方の三博士を導く星といった描写を用いるのが通例である。(1)

しかし、チャールズ一世とチャールズ二世の宮廷では、イエス生誕は宗教的敬虔さを示す伝統的なテーマであったばかりではなく、きわめて政治的な題材であったことを忘れてはならない。ロイ・ストロング(Roy Strong) が指摘する通り、[2] 仮面劇を中心とする宮廷の祝祭は権力者の支配を確認するため、政治的に利用をされてきた。それだけではなく、スチュアート朝において、「王の生誕詩はクリスマス詩であり、クリスマス詩は王の生誕詩である」という事実が存在していた。[3]

本論考では、内乱前から王政復古までに書かれたイエス生誕詩の政治的利用をたどりながら、チャールズ二世の表象がイエスの生誕と再臨になぞらえられる一方、クリスマスの弾圧とその復活が並行関係にあったことを論じる。二節と三節では、イングランドでのクリスマスの扱いと王党派によるイエス生誕詩を俯瞰することで、国王の生誕や内乱期における国王を表象するための手段として、イエスの言説が顕著に用いられていたことを確認する。次に四節では国王をイエスと同一視するレトリックから、イエスが民衆の娯楽の守護者として表象されていたことを指摘する。そこでは、国王が民衆の祝祭の守護者であったという歴史的事実が利用されていた。最後に、王政復古とともにイエス生誕のレトリックが復活することになった例を当時の文献から明らかにしたい。

二　クリスマスと国王チャールズ

まず一七世紀初頭にクリスマスを題材として選ぶことは、宗教的な伝統に基づきつつも、きわめて政治的な試みであったことを理解しておきたい。一六〇〇年代初頭、ジェームズ一世がスコットランド王ジェームズ六世であった時に執筆した『王の贈物』(*Basilicon Doron*, 1612) では五月の娯楽やクリスマスの歓楽を否定しておらず、[4] その当時はピューリタンの多くもクリスマスに寛容であった。一六三七年のスコットランド長老派によるチャールズ一世への反乱後、クリスマスに対する取り締まりが一転して厳格になったと指摘されているが、[5] クリスマスを祝うことに対する反感は、一六三〇年代前半からすでに強くなっていた。王党派詩人ジョン・テイラー (John Taylor) は一六三一年に、『クリスマスの嘆き』(*The Complaint of Christmas*) を書き、イングランドでクリスマスが軽視されていることを嘆きつつユーモラスに描いている。この作品では擬人化された「クリスマス」が、ヨーロッパ諸国を遍歴し、イタリアやスペインといったカトリック諸国では歓迎される一方、プロテスタント国オランダではローマ的という理由から冒瀆的とされイングランドにやってくるものの、そこでもクリスマスの祝祭が行われていないことを嘆くという散文物語である。これは、一六三〇年代初頭にはクリスマスへの取り締まりがある程度厳格になされていたことの証拠となるであろう。

四〇年代もクリスマスに対する議論は続いた。論争家としてしられるジョン・フィッシャー (John Fisher) は、『数ある祝祭の中の祝祭、あるいはわれわれの祝福された主であり救世主、イエス・キリストの聖なる生誕の祝賀』(*The feast of feasts. Or, The celebration of the sacred nativity of our blessed Lord and Saviour, Jesus Christ.* 1644) の中で、クリスマスの正当性を弁護し、イングランド国教会の祈祷やクリスマスの儀礼が教皇的であるとする批判に対し論陣を張った。一六四七年六月二二日にウスター包囲で王統派が降伏した際に、王党派軍の交渉人の一人であったトマス・ウォームストリ (Thomas Warmstry) は、『キリスト生誕の儀式を守ることの弁護』(*The vindication of the solemnity of the nativity of Christ*, 1648) を出版した。宮廷や教会でクリスマスは伝統的かつ壮麗な祝祭である一方、ピューリタンや反王党派にとっては、忌むべき教皇的な華美な装いをまとった祝祭であり、民衆が酒に溺れ大騒ぎをするといった不道徳な行いに陥る日としてとらえられていた。

ピューリタンや反王党派がクリスマス、すなわちイエス生誕の日の祝祭を嫌悪していた理由は他にも挙げることができる。それはイエス生誕に新王の誕生が重ねられるという言説が流布していたからである。例えば、ロバート・ヘリック (Robert Herrick) が描く羊飼いの対話では、一六三〇年五月二九日のチャールズ二世の生誕が、キリストの誕生になぞらえて提示される。羊飼いミルティッロは、アミンタスとアマリリスに知らせを届ける。

ミルティッロ「五月が終わる三日前のこと、
(この上なく白い羊毛でその日が冠を頂くように!)
喜ばしいことに、愛おしい顔をした子が生まれたのです
……
その子の誕生はいっそう変わっていました、
昼に銀色の星が見えたのです。
まるで東方の三博士の松明のように明るい星でした。
三博士をベツレヘムで生まれた
神の幼子のもとへと導いた星のように」[6]

「昼に銀色の星が見えた」('At Noone of Day, was seene a silver Star')とは、チャールズ二世が生まれた翌日の五月三〇日に観測された金星を表現している。当時の天体事象が、生誕したイエスのもとに東方の三博士を導くために現れたという星になぞらえられることで、「国王チャールズの誕生=イングランドに平和をもたらす救世主の生誕」というレトリックが生まれる。

最高位の法廷弁護士であり、「今は多くが失われたものの……ダンよりも多くの詩を書いた」[7]ジョン・ホスキンズ(John Hoskyns)は、チャールズ一世とともにこの昼の星を目撃した証人であった。彼の書いた短い六行詩にはその時の様子が次のように綴られている。

セント・ポール大聖堂の祭壇に向かって国王チャールズが
喜ばしい貢ぎ物をもって近づく間
昼間に星が現れた。謎を告げる神よ、
われに語り給え。なぜその星はその時に輝いたのか。
西洋に偉大なる王子が生まれたのだ。
明日東洋は日食の中で嘆くだろう。[8]

一六三〇年五月三〇日、チャールズ一世は前日に皇太子が生まれたことを感謝するために重臣達とともにセント・ポール大聖堂に赴き捧げものをした。その際に全ての者の前に昼間の星、すなわち金星が見えたという。ホスキンズの同行者はその星を驚嘆して見つめた後、彼に向かい「兄弟よ、君にとって大切なテーマを執筆する素晴らしい主題だ」と語ったところ、その日の国王の晩餐に、ホスキンズは上記の詩を捧げたと語られている。[9] 昼間の金星の出現は奇跡譚を語るための演出となった。

新たな世継ぎの誕生は、金星の出現ばかりではなく、当時観測された吉兆の印となる日食によっても彩られていた。リチャード・コルベット (Richard Corbett) はチャールズ二世生誕に寄せた詩を三篇作っているが、その一つは「新たに生まれた王子へ、星が出現し続いて起きた日食について」('To the New-Borne Prince Upon the Apparition of a Starr, and the Following Ecclypse.') と題された作品で、昼間の金星の出現とともに、その後の日食を描いている。

天は地上で敵わないのを恐れていたのか
あなた、偉大な王子が生まれた時に?
あなたの輝きによって太陽の輝きが負けはしないかと恐れて

天はもう一つの明かり［金星］を生み、年老いた太陽を助けたとは。
……
［チャールズ二世誕生の］知らせこそが、青白いシンシアを
かくも急がせ、太陽を妨げたのか？
そして嫉妬深くも、シンシアはあなたを見て、
自身が明かりを得ている太陽を曇らせたかったのか？
神がかった驚異、だが確かに、その驚異は
まれな幸運の予兆なのだ。[10]

チャールズ二世の誕生日の後、昼間の金星だけではなく日食も観察されたという歴史的事実に基づいた記述である。この出来事はチャールズ二世の誕生を歌った他の作品にもしばしば驚異として言及されている。[11] ヘリック、ホスキンズ、コルベットという当時著名な三人の王党派詩人が、昼間の星、すなわち昼間の金星や日食を作品に描き、それらを吉事の印としていることから、大きな話題となった天体現象に、イングランドに救世主が生まれたことへの大きな期待感がこめられていたことが窺えよう。これはジェームズ一世の治世から語られている「ハルシオン・デイズ」(Halcyon Days)、すなわち内外の戦争を治め、平和をもたらす国王への変わらぬ待望であった。[12] このように、クリスマスのイエス生誕はスチュアート朝の世継ぎの誕生と結びついた祝祭日であったのである。

三　内乱期における受難の国王

ヘリックやホスキンズが語るイエス＝イングランド国王という言説は、内乱期においても引き続き共有された。詩人であり医師としても知られる王党派のマーティン・ルエリン(Martin Lluelyn)の「一六四四年、公現祭である一二夜に国王に歌われた祝歌」('Caroll Sung to His Majesty on Twelfe-day being the Epiphany. 1644')もまた、昼間の星の記述と東方の三博士がイエスを訪れる場面を継承している。

金星の輝きがとまり、移動する
輝く光線が停止し、
貢ぎ物として光線を送る、
自身よりも明るく輝く光線をイエスの上に。
「明けの明星は早朝に太陽の先触れとして天駆け、
敬意であるその輝きを太陽に送る」(13)

本論冒頭で述べたように、一二夜にあたる公現祭もまたイエス生誕を語る日として用いられていた。この作品で明けの明星がその光を送る先は、「太陽」(the sun／サン)の掛詞となった「息子」(Son／サン)、すなわち幼子イエスであり、換言すれば、この歌が捧げられている国王、あるいは将来のチャールズ二世と解釈することが可能であろう。

ところが、救世主イエスの生誕は、手放しで祝福されるべきテーマとしてのみ語られていたわけではない。イエスの生誕は祝福すべき物語であると同時に、必ず受難も想起させる運命にある。ルエリンは、生誕と同時に人類のために死すべき運命を担っていたイエスの物語を巧みに用いて、内乱期の国王を描きだしている。

クリスマスのタイトルがついたルエリンの作品に目を向けてみよう。「一六四四年のクリスマスに国王に寄せて歌った祝歌」('Caroll, Sung to His Majestie on Christmas Day. 1644')では、伝統的な天球の音楽や天使の合唱といった描写から始まるものの、場面は突如暗転する。幼子イエスを見つける一団を「獰猛なやつら」('a giddie Rout,' 25)、「冒瀆者たち」('Sacrilegious Men,' 50)と呼び捨て、イエスを飼い葉桶に縛り付け、祭壇を顧みることもない姿を露にした暴力的な描写が続く。タイトルにある一六四四年には、マーストン・ムーア、次にニューベリーで、議会軍と国王軍が雌雄を決する激しい戦闘が繰り広げており、ルエリンの一六四四年の二作品は、公現祭からクリスマスまでの間に王の身が逼迫する様子を伝えている。

その祝歌の翌年に書かれた「一六四五年のクリスマスに国王に寄せて歌った祝歌」('Caroll, Sung to His Majestie on Christmas Day. 1645')では、イエスのいる厩におしかける暴徒が描かれていて、否応なしに王党派の視点から見た内乱を想起させる。

だが、あなたの宮殿に入るものもいた
脅威を与えんとする頭を上げる、
あなたの所有する牧草地で肥え、
あなた自身の飼い葉桶で食んだものもいたのだ。
……
全ての獣は御子の揺りかごへと来て、
飼い葉桶の側に立った
それは御子の凱旋門を立てるためではなく、
恥ずかしくも、自分たちの食料を手に入れるためであった。(14)

厩に侵入する軍勢は議会派の軍隊に他ならない。「あなた自身の飼い葉桶で食んだ」ということから、チャールズ一世の治世に恩恵を受けていたことを忘れ、今は賊軍となり国王に牙を向ける一団として激しく非難される。そして、この祝歌の最後では、語りが三人称から二人称へと変化し、逆境にありながら美徳を失うことのない国王を讃えることで締めくくっている。

だが鉱山に眠る宝物が
踏みつけられても宝であるように、
雲に隠れたわれわれの太陽であるあなたは光輝く。
「肉体をまとった神は神であった。
というのも神と国王はわれわれからは遠い場所を占め
かくも低く品位を落とされても、いつも最も高い場所におられるのだ」(15)

語り手は蔑ろにされる「あなた」を、踏みつけられる「鉱山に眠る宝物」と「雲に隠れた我々の太陽」に重ねながら、国王チャールズ一世をイエスにたとえている。かつて太陽が自らの光よりも輝かしいと讃えられたチャールズ二世の威光の比喩は、内乱期にあってはその父が体現する受難のイエス像の表象として用いられている。

このような迫害を受けても国王は慈愛を忘れることはない。ルエリンは国王に重ねられた受難のイエス像に、敵を赦す姿を表現している。「キリスト割礼祭に国王に寄せる祝歌」('Caroll, Sung to His Majestie on New-yeares day, being the Circumcision. 1643') はその一例である。

優しい神は八日間かけて

われわれの諍いに耐えるよう生長した。
そして血にまみれた聖職者を抱擁した。
彼の無慈悲なナイフで襲われたのにも。
その時、あなたの王座が平穏でなくとも不思議はなかった
王の中の王は血にそまって統治を始めたのだから。[16]

「八日間」とは、『ルカによる福音書』二章二一節にあるように、イエスは八日目に割礼を施されたとある記述を踏襲したものである。イエスが幼少期に割礼で血を流した後、この世界で統治を始めたように、チャールズ一世が血塗られた戦場に立つ現状を称讃しているのだ。しかも、迫害されながらイエスがその相手を抱擁しようとする描写は、国王に戦いを挑む議会派さえも許しをもって慈愛の国王を表象している。一六四九年一月三〇日、チャールズ一世が処刑されると、その翌月九日に国王が獄中で執筆したという宣伝のもとで出版された『国王の像』(*Eikon Basilike*) では、チャールズ一世に「彼らはその為すところを知らざればなり」(『ルカによる福音書』二三・三四) という言葉を発せさせている。[17] しかし、内乱の最中に書かれたルエリンの作品は、内乱を収束させることができる慈愛に満ちた国王を示すために、チャールズ二世生誕に用いられた言説を用いて、受難を予期させる「幼子」イエスとチャールズ一世を重ねているのである。

国王とイエスの同一視についての従来の研究では、チャールズ一世が受難のイエス像として表象されることばかりが注目されがちであった。[18] 例えば、ローラ・ランガー・ノッパーズ (Laura Lunger Knoppers) は、「磔刑のキリストとしてのチャールズ一世は、復活したキリストとしてのチャールズ二世に変化する」と述べており、国王が処刑されたことによって生まれた殉教者伝説にスチュアート朝のイエス像の起源を強調する。[19] 確かに喜ばしい王政復古をチャールズ二世が担うならば、受難のイエス像はその父チャールズ

一世であったが、[20]チャールズ二世をイエスと同一視した多くのイエス生誕詩がその機運を醸成していたことを忘れてはならない。

クリスマスは国王の生誕と結びつけられていたがために、ピューリタンたちは一年の暦からその痕跡を消さねばならなかった。クリスマスは一六四三年から非公式的に禁じられ、一六四五年一月のウェストミンスター会議で正式に禁じられた。ジャーナリストとして活躍したマーチャモント・ニーダム(Marchamont Nedham)は、ピューリタンがクリスマスを禁じたことに皮肉を込めて批判している。

クリスマスよ、さらば。(恐れていることだが)おまえの日と
楽しい日々は終わった。
ピューリタンは一年中祝日を守るが
わが救世主には全く祝日がない。[21]

オリヴァー・クロムウェル(Oliver Cromwell)は、不道徳な行いが見られるだけでなく、「聖書に根拠を持たない」教皇的習慣であるという理由でクリスマスを禁止したとされているが、[22]これまで見てきた経緯を考慮すれば、クリスマスがスチュアート朝と強固に結びついており、政治的な争いに基づいていたという事実が大きく影響しているといえる。

国王色の強い祝祭日を消そうとする試みが、クロムウェル政権のもとで外国語秘書官として働いたジョン・ミルトン(John Milton)の著作に認められる。『国王の像』の扉頁には、殉教者としてのチャールズ一世を描いた図版が掲載されているが、クロムウェル政権を担うミルトンは共和政府の立場からこの図版が収められた書物を反駁するために、『偶像破壊者』(*Eikonoklastes*)を同じ年の一〇月に出版した。

扉に付されたその絵はチャールズ一世を殉教者とし聖人に仕立て国民を欺こうとしているが、終わりに書かれたラテン語のモットー「彼は戦によってなしとげられなかったことを、瞑想によって達成する」は、国民が理解せず、あたかも、政治的に画策する人物とし、心地よいもっともらしい言葉で、軍隊が国王に対して認めなかった益を生み出しているかのようだ。しかし、ホワイトホール宮殿での一二夜の娯楽か何かの古い見世物からせがんでもらった、奇妙なエンブレムや精巧な図案は、チャールズを聖人や殉教者に仕立てるには害しか与えていないだろう。そして、もし国民がそのような聖者の列に加えることとして、チャールズ一世を聖人とするならば、私は国民の暦を、グレゴリア暦よりも疑わしいものと考えるだろう。[23]

『国王の像』に描かれた祈りを捧げるチャールズ一世の姿は、受難の運命に会う直前の、イエスのゲッセマネの祈りを想起させる。[24] ミルトンが、イエスと国王チャールズを結ぶレトリックがどれほど広まっていたかを十分に知っていたことは間違いがない。ミルトンの全集版の註では、「ホワイトホール宮殿での一二夜の娯楽か何か」('some Twelfthnight's entertainment') を一六二二年の一二夜に演じられたベン・ジョンソンの『卜占官の仮面劇』(*The Masque of Augurs*) である可能性を示唆しているが、[25]「一二夜の娯楽か何か」という表現からは、必ずしも特定の仮面劇を指しているのではないようである。ここには、クリスマス、割礼祭、一二夜といった祝祭で繰り返し持ち出される幼子イエスに国王を重ね讃美するという偶像崇拝的なレトリックを破壊し、国王色にそまったクリスマスを否定しようとするミルトンの心情が読み取れるだろう。

暦をめぐる争いは内乱期にすでに見ることができる。ルエリンは、「一六四三年新年の日、私の主人である B. of S. に寄せて」('To my Lord B. of S. on New-yeares Day, 1643') で次のように歌う。

戦闘がかくも急激に頻繁に生じているが

われわれは細かいところまで
日々の暦を制定し、
それぞれの日を良いとか悪いとか呼ぶ
祭壇ではなく日々の勝利によって。
そして、反逆者の血によってわれわれの祝祭を書き入れることができる。(26)

ルエリンは、王党派が勝利を収めた戦闘を記念した新たな暦を作り、議会派が流した血によって祝祭日を制定するという象徴的な行為を描き出す。ミルトンが「チャールズ一世を聖人とするならば、私は国民の暦を、グレゴリア暦よりも疑わしいものと考える」として退けるならば、王党派は逆に議会派の流した血によって新たな暦を制定するという。祝祭日をめぐる争いは当時の権力闘争に他ならず、その際たる一日がクリスマスであった。

四　民衆の祝祭とイエス・キリスト

イングランド王の衣をまとったがために迫害されたイエスは思わぬところに姿を見せた。チャールズ一世と重ねられた救世主イエスは民衆の祭の王として提示されたのである。ヘリックの「星の歌――ホワイトホール宮殿で歌う国王への祝歌」('The Star-Song: A Caroll to the King: sung at White-Hall') では、東方の三博士に扮した歌い手が登場し声をそろえて歌う。

その子が見える、よく見える、それでは踊って美しき聖なる地面に口づけをしよう。
そして喜ぼう、受胎する前に
王冠を頂いている王を見つけたことを。

きたれ、さあ、きたれ、
そして、われわれの可愛い一二夜の季節の王のもとへ
それぞれの贈りものを持って行こう。

夜が来たら、その子に祝いの宴を開こう。
三重の栄誉を見ることができるのだから、
その子を王とし、母を女王としよう。(27)

『聖なる詩集』(*His Noble Numbers*, 1647) に収められたこの作品の執筆時期については不明であるが、国王の前で演じられたことを考えれば、将来の国王チャールズ二世の生誕を讃える内容であることは間違いがない。そして、「祝いの宴を開く」('wassail') ことは、「踊る」('Round') ことと共にピューリタンが不道徳として攻撃した内容である。

そもそも、クリスマスを含む祝祭の書き換えをめぐる王党派と反王党派の権力闘争の端緒となったのは、ジェームズ一世の治世である一六一七年に初版が出版され、一六三三年にチャールズ一世が再版し、大きな議論を呼んだ『娯楽の書』(*Book of Sports*) にある。特にこの書の再版によって、祈りを捧げるための日として日曜日と祝祭日を考えていたピューリタンたちから、チャールズ一世とウィリアム・ロード (William Laud) は大きな反感を買うこととなった。『娯楽の書』によって奨励されたものの中には「男または女によるダンス、アーチェリー、跳躍遊び、馬跳び、五月の娯楽、聖霊降臨祭の酒盛り、モリス・ダ

ンス、メイ・ポール」等があげられ、再版で加えられたものには、「ウェイクと呼ばれる教区の毎年の祝祭」があった。[28]ヘリックが国民の祭りを宮廷の祝祭の中に併置させた理由は、チャールズ一世が民衆の祭りの守護者としてとらえられていたから、あるいは国王にそのような立場をとらせようとした王党派のプロパガンダとして機能させたかったからだと考えられる。

『娯楽の書』を考慮に入れれば、ヘリックの冬を背景とした季節の描写もきわめて政治的な色彩を帯びることになる。前の作品では「一二夜の季節」を舞台としながら、第二連では「花でできた櫃」('Ark of Flowers')に眠る幼子」が登場し春と冬を併置しているが、これも政治的なレトリックに他ならない。ヘリックは『聖なる詩集』に収められた、ヘンリー・ローズ作曲のホワイトホール宮殿で歌われた別の祝歌の中で、クリスマスの祝祭を五月の民衆の祝祭に変化させている。

暗く陰鬱な夜よ、ここから飛び去れ、
そしてこの日に敬意を与えよ、
一二月が五月になるこの日に。

われわれがその理由を尋ねるなら、語れ、
その理由を、そしてなぜ万物がここでは
一年の春のように見えるのかを?

……

御子が生まれたからだ、その子の活気を与える生誕は
生命と輝きと公共の歓楽を
天上と地下に与える。[29]

一二月の祝祭に五月の華やかさをもって彩らせる手法はここでも同じであるが、御子の誕生は「公共の歓楽」('publike mirth')をもたらすのみならず、結末では「この大騒ぎ('Revelling')の主人」とイエスを呼び、『娯楽の書』の著者であり民衆の娯楽を司るチャールズ一世の姿が重ねられていることが示唆される。こここには、ヘリックの享楽に対する嗜好が表されていると同時に、ピューリタンらの批判をかわし、民衆の娯楽を守る国王を正当化するというレトリックを見ることができる。[30]

一方、内乱時にオックスフォードにいたルエリンは、平和なクリスマスを描くかわりに、王侯が民衆の祝祭であるウェイクを楽しげに見守る演劇風の作品('The Wake')を執筆した。語り手である詩人は、酒を味わう楽しみを心待ちにしつつウェイクに足を運び、モリス・ダンスの踊り手やバイオリン弾きと出会う。

(村のバイオリン弾き入場)
バイオリン弾きの体が
風邪をひいて、しわがれた音色になる時
それより悲しげな音色は聴かないだろう、
円頂派の罪人が
首をくくる輪と梯子の曲にあわせて、
夕食の前に遺言を作成する時でさえ。[31]

「ウェイク」の執筆年代ははっきりしないが、この作品に簡単な解説を加えた『サウスウェルで見つかった国王とウィットニーのウェイクで演じ歌われたオックスフォードの余興』(*The King Found at Southwell, and the Oxford Gigg played, and Sung at Witney Wakes*)を参照すると、最後にオックスフォードが包囲された一六四六年と推測される。(32)「円頂派の罪人」('a Roundheaded sinner') は、議会派の人々が総じて髪を短くしていたのを、敵対勢力が嘲って呼んだことに由来する表現である。

その後、詩人は小太鼓奏者、バグパイプ奏者、竪琴奏者らと出会い、その姿を描写した後、作品は「ウィットニーの祈り」('Witney Prayer') で締めくくられ、この祭りがオックスフォードシャー郊外のウィットニーで開かれたことが明示される。

さあ、神がチャールズ国王を祝福し、国王が陽気になりますように。
そして、フェリーに乗った我らの気高き女王に安全をもたらしますように。
皇太子［チャールズ二世］を、皇太子の弟である公爵［ヨーク公］をお守りください。
祝福の光を公爵にお与えくださいますように。彼はもう一人の皇太子に勝るとも劣りません。
公爵様のために、公爵様が
ウィットニーとウェイクに少しの関心がありますように。(33)

皇太子やヨーク公がウェイクを見守るとすることで、ルエリンはウィットニーで開かれる民衆の祭りを、宮廷で開催することができなくなったクリスマスの催しのような、豪華な祝祭に代わる王侯の娯楽に変化させている。『娯楽の書』で奨励される民衆の祭りは、場所を変えた宮廷の娯楽を暗示するものとして表象された。

議会側はこのような祭りを繰り返し弾圧した。クリスマスの取り締まりと同様に、一六四一年以降も「主の日における娯楽を厳格に取り締まること、ウェイクによる冒瀆をやめさせること」の請願が出されることもあれば、一六四三年四月には、聖霊降臨祭の酒盛りと主の日に娯楽を好んだことが、イングランドで戦争が広がっている原因であり、神の罰であるという主張がピューリタンや議会派からなされることもあった。[34] しかし、チャールズ一世が処刑された後も、民衆の娯楽がなくなることはなかったため、一六五〇年に議会がダンスの禁止をあらためて通達し、一六五七年には「ウェイク、酒盛り、レスリング、狩猟、跳躍遊び、ボーリング、……教会での祭り、メイ・ポール、……他の娯楽」等の娯楽を禁止するに至る。[35] そのような命令にもかかわらず、一六五〇年代以降も村の祝祭が完全に取り締まられることにはならなかったようだ。例えば、一六五三年、残余議会が解散をした時、新しい政治形態を期待するためにスタッフォードシャーのウルヴァーハンプトン（Wolverhampton）でメイ・ポールが立てられて祝祭が行われた記録や、一六五五年にオリヴァー・クロムウェルが安息日を厳守するために、将校を派遣したという記録がその証左である。[36]

王政復古が訪れると、民衆の祝祭は王権の回復とともに公然と行われる傾向を見せ始めた。ルエリンが詩集を献呈したヨーク公（Duke of York）ジェームズは、一六四四年に取り除かれたメイ・ポールの代わりとなる巨大なメイ・ポールを、一六六一年に建てさせた。一六六〇年、チャールズ二世がロンドンを巡幸した折には、メイ・ポールがそびえ、モリス・ダンスの踊り手がいたといわれている。レスターシャーの村パッキントン（Packington）の教区牧師であったウィリアム・ペステル（William Pestell）はチャールズ二世が大陸から帰還したことを祝う詩の中で、「あたり一面にメイ・ポールは堂々と直立し、／その日は友好の花輪がかぶせられていた」[37] と国王の帰還を喜ぶ民衆を表現している。王座の回復と民衆の祝祭に密接な関係が認められる一例であろう。

また、クリスマスを復権させる声も聞こえはじめてくる。確かに、一六六一年にロンドンで出版された「クリスマスを守ることについての賛否を並列した詩」（'Poems annent the keeping of yule, pro and con'）のように、教皇的とされるクリスマスの自体の是非を問うパンフレットも存在している。しかし内乱中も脈々と続けられた民衆の娯楽とクリスマスは、完全ではないにしても、王政復古とともに復権するに至ったのである。[38]

五　星は再び輝く

チャールズ二世が国王としてイングランドに到来する願望は、内乱以前の詩的レトリックを用いて語られた。オランダのハーグにおいて匿名出版された「五月二九日、王の誕生日に寄せた記念のオード、二四歳になる一六五四年のために」('An Anniversary Ode upon the King's Birth day. May 29. Written for this Yeare 1654. being his 24 Yeare') を見てみよう。チャールズ一世亡き後、「翼を生やした合唱隊は／栄ある甘美さと技で歌をさえずらず」、「ニンフ」も踊ることなく、「平野はその娯楽の主を欲している」と語られ、チャールズ二世の待望が語られると同時に、チャールズ一世が「娯楽の主」であったことが暗示される。「太陽もまたあなたがやってくるまで光を欲し」と述べられる時、詩作品で太陽よりも明るい光と形容されたチャールズ二世の生誕を思い出さずにはいられない。そして、日食が言及されると、読者はコルベットらが詩に残した一六三〇年の天体事象を思い描く。

太陽が日食によって、われわれの目からみると
自らを引き立たせるように
あなたは勝利していっそう輝き立ち上がるだろう、
かくも長期の、かくも暗黒の年を経た後には。(39)

「かくも暗い暗黒の年」を経た後に到来する王政復古では、チャールズ二世生誕の際に輝いていた昼間の金星も作品の中で再び繰り返し姿を見せ、国王を称讃するレトリックとして用いられる。本論二節で見たホスキンズの詩を含む『国王チャールズ二世の真昼の星』(*Stella Meridiana Caroli Secundi regis*, 1661) は、そのタイトルが示すように一六三〇年の国王生誕の際に出現した星をテーマとした小さなアンソロジ

ーである。ホスキンズの他にジェームズ・パリー(James Parry)やジェームズ・シャーリー(James Sherley)らの作品が収められ、昼間の星についての作品を読むことができる。チャールズ二世の帰還を祝福してオックスフォード大学で編纂された『再生のブリタニア』(*Britannia rediviva*, 1660)の中にも「昼に輝いた星」が言及されている。[40] さらに、ジョン・ドライデン(John Dryden)も「アストライア再臨」('Astraea Redux,' 1660)でこの星にふれている(ll. 288–91)。また、サリー州リッチモッドの聖職者であったアビエル・ボーフェット(Abiel Borfet)は、「王に相応しい生についたチャールズ二世の復活、あるいは二度目の生誕。最初の五月二九日に寄せて」('Postliminia Caroli II. The palingenesy, or, Second-birth, of Charles the Second to his kingly life; upon the day of first, May 29.')の中で、再生の日に「理想の星」(The Platonick)が現れたとし、天球がかつての位置を取り戻したと語り出す(ll. 1–2)。イエスの生誕には天球の音楽が奏でられ、天使が合唱をしたという言説を読者に想起させ、まさに黄金時代への回帰である。

また、チャールズ二世の誕生日の先触れとして書かれた匿名の『ブリテンの勝利』(*Britains triumph*, 1660)でも星の描写が見られる。「五月が終わる数日前/イングランドの半球で昼間の星が現れた」とチャールズ二世誕生の際の天体現象が言及された後、[41] 続いて、イエスと重ねられる国王チャールズの受難と復活は予定されていたと表明される。

チャールズよ! チャールズ一世の息子はこのようにイングランドという舞台に入場する
その誕生は(彼の救世主のごとく)星が示しており
吉凶の前兆を告げるものであった。彼は最初に激しい迫害を受けねばならず
最初に苦しむことによって
次に栄光に包まれねばならぬという前兆を。
これがわれらの王子の運命であった、

地獄のような苦悶を経て王子は天国の門へといたったのだ。[42]

王党派にとって、チャールズ二世の王政復古は救世主の再臨であり、それはイエスがたどった道そのものであった。結末に近い第五七連では、「幕が引かれてそこに現れたのは誰だ？」という語り手の疑問の後、先の引用の一行目にあるイングランドという舞台に登場するのは『偶像破壊者』で殉教者チャールズの図像を破壊したミルトンである。語り手は、「なんとミルトン！　お前はこの光景を見るためにやってきたのか？／国王の像の破壊者よ！　哀れな悪党！」と驚きとともに嘲笑をこめて怒りを表明する。[43] 共和政府の急先鋒の一人として活躍し、すでに失明したミルトンはこの劇を見ることができないのだが、そのような彼が舞台の最後に登場するのは皮肉であると同時に、時代の趨勢を感じさせずにはおかない。

六　終わりに

当時の文献を紐解くことで、当時の王党派から国王チャールズ一世と二世には救世主イエスの表象が与えられていたことが明らかになった。特に、一六三〇年生誕当時に見られた天体現象に象徴されるチャールズ二世の誕生は、イエスの生誕と重ねられ国を挙げて称讃されていた。詩人たちは繰り返しその事象を奇跡として言及し、新たな世継ぎの誕生を言祝いだのである。そして、その舞台設定として選ばれたのがクリスマスであった。

一六四〇年代に入ると、仮面劇等の宮廷での娯楽の開催が困難となると同時に、クリスマスを含む民衆の祝祭に対する取り締まりも厳格化していった。いうまでもなく、宮廷でのクリスマスなどはすでに過去の栄華となっていた。すると、宮廷での祝祭が困難になる一方で、民衆の娯楽をつかさどる王侯という表象がヘリックやルエリンによって書かれており、それは王政復古後のパンフレットを見ても明らかである。スチュアート朝のイエス表象は、宮廷の中から場所を変えて、チャールズ一世が奨励する民衆の祝祭へと広がったのである。

イエス表象は王政復古後にあらためて隆盛を見ることになった。イエスが宣教を始めたとされる年齢である三〇歳の誕生日にロンドンに致着したチャールズ二世は、受難を経てイングランドで再生したイエスであった。[43] 生誕の時に輝いた昼間の金星は再び国王の頭上で輝きながら祝福を与え、詩人たちも回顧的に一六三〇年当時の修辞を繰り返すことで国王を祝ったのである。そして、イングランドにキリストが再臨したことによって、「われらの人生は祝祭／われらの日々はカワセミ('Halcyon')」[45] という言葉に象徴される祝祭と平和が、イングランドを再び彩ることとなった。

＊本稿は二〇一四年三月八日に行われた一七世紀英文学会東京支部例会での口頭発表、「王党派の詩と内乱期の祝祭——Martin Lluelyn を中心に」の発表原稿に大幅に加筆修正を加えたものである。

＊本研究は平成二五―二六年度科学研究費補助金（若手研究Ｂ）「一六二〇年代から五〇年代を中心としたイエス生誕詩の政治的多様性」（課題番号 25770103　研究代表者　笹川渉）の助成を受けた研究成果の一部である。

注

（1）例えば、ウィリアム・カートライト (William Cartwright) の「生誕について」('On the Nativity. For the King's Musick') は、クリスマスの伝統的なモチーフを提示した歌である。William Cartwright, *Plays and Poems*, ed. by G. Blakemore Evans (Madison: University of Wisconsin Press, 1951), p. 559.

（2）Roy Strong, *Art and Power: Renaissance Festivals 1450–1650* (Woodbridge: Boydell and Brewer, 1984).

（3）James Dougal Fleming, 'Composing 1629', in *Milton's Legacy*, ed. by Kristin A. Puitt and Charles W. Durham (Selinsgrove: Susquehanna University Press, 2005), pp. 149–64 (p. 152). 例えば、ロバート・ヘリックの「新年の贈り物、あるいは割礼祭の歌」('New Year's Gift, Or Circumcision Song') は、ヘンリー・ローズ (Henry Lawes) が曲をつけて、ホワイトホール宮殿において国王の前で歌われたが、最後の「聖母マリアのもとにこの幼子を連れて行こう」という部分が、ヘンリエッタ・マライア (Henrietta Maria) を指す可能性も否定できない。チャールズ二世が幼子イエスならば、マライアは聖母である。

（4）James VI and I, *Political Writings*, ed. by Johann P. Sommerville (Cambridge: Cambridge University Press, 1994), p. 31.

（5）Emma McFarnon, 'No Christmas under Cromwell? The Puritan Assault on Christmas During the 1640s and 1650s', *BBC Historyextra*, 22 December 2013 [accessed 1 September 2014], 5 paragraph, <http://www.historyextra.com/feature/no-christmas-under-cromwell-puritan-assault-christmas-during-1640s-and-1650s>.

（6）Robert Herrick, *The Complete Poetry of Robert Herrick*, ed. by Tom Cain and Ruth Connolly, 2 vols (Oxford: Oxford University Press, 2013), I, p. 518. 本論のヘリックからの引用は全てこのテクストによる。

（7）John Aubrey, 'Brief Lives', *Chiefly of Contemporaries, Set down by John Aubrey, between 1669 & 1696*, ed. by Andrew Clark, 2 vols (Oxford: Clarendon Press, 1898), I, p. 418.

（8）*Stella Meridiana Caroli Secundi regis, &c. verses written 31 years since, upon the birth and noon-day star of Charles, born Prince of Great Brittaine the 29 of May 1630: our now miraculously restored and gloriously crowned Charles the Second of Great Britain, France and Ireland King, &c* (London, 1661), p. 5, in *Early English Books Online* [accessed 18 July 2014].

（9）*Stella Meridiana Caroli Secundi regis*, p. 4.

（10）Richard Corbett, *The Poems of Richard Corbett*, ed. by J. A. W. Bennett and H. R. Trevor-Roper (Oxford: Clarendon Press,

1955), pp. 84–85.

(11) その他に、王党派詩人ヘンリー・キング（Henry King）の「小王子の幸福な生誕の機に」(‘By occasion of the Young Prince his happy birth’)、さらにはチャールズ二世の生誕を祝ってオックスフォード大学で出版された『ブリテンの生誕』(*Britanniæ natalis*, 1630) に収められた作品にも昼間の金星の描写が見られる。

(12) フィニアス・フレッチャー (Phineas Fletcher) による『アポルオンたち』(*Apollyonists*) の中の「キリストが汝の頭を／三つの美しい平和な王冠で飾ったのは無駄なことではない」という一節は、イングランド、スコットランド、アイルランドがカトリック国ローマに屈しないことを示していると理解することができ、ここにもチャールズ一世による平和な治世への願望を読み取ることができる。また、大陸で起こった三十年戦争と、それに巻き込まれなかったイングランドの平和を比較して、リチャード・ファンショウ (Richard Fanshaw) は、「一六三〇年の王の布告によせるオード」(‘Ode Upon Occasion of His Majesties Proclamation in the yeare 1630’) で「白い平和は（もっとも美しいものだ）／ここにとどまるために永遠の安らぎをとっているようで、／その柔らかな翼を広げる／巣の上に」とする鳥の比喩を用いている。Giles and Phineas Fletcher, *Poetical Works of Giles and Phineas Fletcher*, ed. by Frederick S. Boas, 2 vols (Cambridge: Cambridge University Press, 1902–03), I, p. 185; Richard Fanshaw, *The Poems and Translations of Richard Fanshawe*, ed. by Peter Davidson, 2 vols. (Oxford: Clarendon Press, 1997), I, p. 56.

(13) Martin Lluelyn, *Men-miracles. With other poemes* (London, 1646), p. 149, in *Early English Books Online* [accessed 9 January 2014].

(14) Lluelyn, pp. 145–46.

(15) Lluelyn, p. 146.

(16) Lluelyn, p. 147.

(17) Laura Lunger Knoppers, *Historicizing Milton: Spectacle, Power, and Poetry in Restoration England* (Athens; London: University of Georgia Press, 1994), p. 20. 王政復古後の例では、J.W. とだけ署名のある、*King Charles I. His imitation of Christ. Or The parallel lines of our Saviours and our kings sufferings, drawn through fourty six texts of Scripture, in an English and French poem* (London, 1660), p. 4, in *Early English Books Online* [accessed 20 February 2014] にも福音書のエコーが見られる。

(18) Lois Potter, *Secret Rites and Secret Writing: Royalist Literature 1641–1660* (Cambridge: Cambridge University Press, 1989),

pp. 174–75.

（19）Knoppers, *Historicizing Milton*, p. 32.

（20）王政復古後のチャールズ一世と受難のイエス像の表象については以下を参照。Lois Potter, 'The Royal Martyr in the Restoration: National Grief and National Sin', in T*he Royal Image: Representations of Charles I*, ed. by Thomas N. Corns (Cambridge: Cambridge University Press, 1999), pp. 240–62.

（21）Marchamont Nedham, *A Short History of the English Rebellion Compiled in Verse* (London, 1680), p. 9, in *Early English Books Online* [accessed 9 January 2014].

（22）William D. Crump, *The Christmas Encyclopedia*, 3rd edn (Jefferson: McFarland & Company, 2013), p. 207.

（23）John Milton, *Complete Prose Works*, gen. ed. by Don M. Wolfe. 8 vols (New Haven: Yale UP, 1953-82.), III, p. 343.

（24）Knoppers, *Historicizing Milton*, p. 21.

（25）Milton, *Complete Prose Works*, III, p. 343, note 17.

（26）Lluelyn, p. 96.

（27）Herrick, I, p. 352.

（28）『娯楽の書』の再版のテクストは以下を参照した。Alastair Dougall, *The Devil's Book: Charles I*, The Book of Sports *and Puritanism in Tudor and Early Stuart England* (Exeter: University of Exeter Press, 2011), pp. 166-68.

（29）Herrick, I, p. 349.

（30）ヘリックの民衆の祝祭擁護に対する姿勢は以下を参照。Jennifer C. Vaught, *Carnival and Literature in early Modern England* (Surrey: Ashgate, 2012), pp. 137-45; Leah. S. Marcus, *The Politics of Mirth: Jonson, Herrick, Milton, Marvell, and the Defense of Old Holiday Pastimes* (Chicago: University of Chicago Press, 1986), pp. 140–68.

（31）Lluelyn, p. 48.

（32）Martin Lluelyn (attributed to 'Mr Loyd'), *The King Found at Southwell, and the Oxford Gigg played, and Sung at Witney Wakes* (1646), p. 8, in *Early English Books Online* [accessed 20 March 2014].

（33）Lluelyn, p. 50.

（34）Dougall, pp. 157–58.

（35）Dougall, p. 160.

（36） Dougall, pp. 160–61.

（37） William Pestell, 'A congratulation to His Sacred majesty, upon his safe arrival and happy restauration to his three kingdoms, May 29th, being his birth-day, and our year of jubile, 1660' (London, 1661), p. 6, in *Early English Books Online* [accessed 18 July 2014].

（38） William D. Crump, *The Chirstmas Encyclopedia*, 3rd ed. (Jefferson, North Carolina: McFarland, 2013), p. 207.

（39） 'An Anniversary ode, upon the Kings birth day. May 29. Written for this yeare 1654. Being his 24 yeare. To his Majesty' (Hague, 1654), p. 5, in *Early English Books Online* [accessed 18 July 2014].

（40） *Britannia rediviva* (London, 1660) in *Early English Books Online* [accessed 18 July 2014]] に収められているジョン・アイルマー (John Aylmer) による作品など。

（41） *Britains triumph, for her imparallel'd deliverance, and her joyfull celebrating the proclamation of her most gracious, incomparable King Charles the Second, &c. defender of the faith. Being a happy fore-runner of the day of his nativity, and as is hoped of his coronation* (London, 1660), p. 5, in *Early English Books Online* [accessed 18 July 2014].

（42） *Britains triumph*, p. 5.

（43） *Britains triumph*, p. 15.

（44） しかし一六七〇年代になるとチャールズ一世を殉教者として崇拝する傾向に衰えが認められることが指摘されている。Peter C. Herman, *Royal Poetrie: Monarchic Verse and the Political Imaginary of Early Modern England* (Ithaca: Cornell University Press, 2010), pp. 204–6; Potter, 'Royal Martyr', p. 247. だがジェームズ二世が追放されると、スチュアート朝の王位継承を願うジャコバイトはチャールズ一世を再び神格化した。Laura Lunger Knoppers, 'Reviving the Martyr King: Charles I as Jacobite Icon', in *The Royal Image: Representations of Charles I*, pp. 263–87.

（45） Pestell, p. 7.

『パラダイス・ロスト』に見るミルトンの自然観を歴史的に読む

——日本とイギリスの比較文化的研究の視点から——[1]

中山　理

本論の目的は、『パラダイス・ロスト』に描かれた自然像を、ヨーロッパの自然思想の変遷の中に位置づけて眺め、さらに日本のものと比較文化的に考察することで、ミルトンの自然観をより浮き彫りにしようと試みるものである。筆者が日本人読者として『パラダイス・ロスト』を読むとき、当然のことながら、その自然描写には異質な側面が備わっていることに気づく場合があるが、その異質性を突き詰めてゆくと、西洋の文化的コンテクストにおける英語の「ネイチャー」(nature) と日本語の「自然」が、そもそもその概念からして根本的に異なる部分があるのではないか、という問題意識にたどり着くのである。もちろん、英語の「ネイチャー」と同様に、日本語の「自然」という言葉自体にも種々の意味があり、その意味にも様々な歴史的変遷が認められるけれども、[2] 本論では特に、日本語の「自然」に、中国の老荘思想を淵源とする「自(おのず)から然(しか)る」という思想とギリシア語の「ピュシス」(*physis*) を淵源とするヨーロッパの「ネイチャー」の訳語としての意味が並存し混在しているということをまず押さえておきたい。[3]

つぎに『パラダイス・ロスト』の自然観との関係で注目したいのが、ミルトンの庭園観である。ミルトンが描いた「エデンの園」を理想的な楽園としての「庭園」として見た場合、ミルトンのそれはヨーロッパの造園史上で異彩を放つ非整形式庭園、すなわちイギリス式自然風庭園の文学的な形而上学的源泉であると言われている。しかし、エデンの園から浮かび上がる庭園思想と日本のそれとを比較すると、同じように自然風とは言われるものの、造園のコンセプトはもとより、そのデザインにおいても両者は似て非なるものだということが明らかになる。言うまでもなく、両者の庭園観の相違は両者の自然観の相違の反映でもあるので、ここでもまたエデンの自然風庭園の特徴を浮かび上がらせるために、日本の自然風庭園の視点を取り入れて、両者を比較文化的に考察したい。この点を明らかにするために、日本の文字資料として『万葉集』と橘俊綱（一〇二八―一〇九四年）による日本最古の庭園論と言われている『作庭記』を用いたが、それはこの二書の中に日本的な自然観が典型的に表れていると思われるからである。具体的な論考に入る前に、まず、ヨーロッパにおける自然観の変遷を概観しておきたい。

ヨーロッパにおける自然

「自然」の比較思想的研究としては、伊東俊太郎氏の優れた論考があるので、まずそれをもとにヨーロッパの自然観の大まかな文明史的流れを管見しておこう。(4)

ギリシア語の「自然」を意味する「ピュシス」という語は、物の誕生、本性、本来的に備わる力、さらには森羅万象を包括する言葉であるが、これがローマ世界に入ると「ナートゥーラ」(*nātūra*) と訳され、この自然を意味する「ナートゥーラ」は、キケロによって万物を意味する「全自然」(*tota natura*) という表現で使われ始める。このようなローマ世界においては、神と人間・自然の分離対立はなく、すべてが同質（シュンピュィアー）な連繫の中にあると言える。

しかし、伊東氏がこのギリシア・ローマ的自然観を形容して名付けた「パンピュシズム」(panphysism) というべき神・人間・自然の一体性は、中世キリスト教世界に入ると崩れ、つぎのような変容を遂げることになる。

そこでは、世界の創造者と被造物は明確に切断・分離され、神―人間―自然のはっきりとした階層的異質的秩序が出現してくるのである。そこでは自然も人間も神によって創造されたものであり、神はこれらのものから全く超越している。……ここで注目すべきことは……神は全くの超越者として自然に内在することはなくなり、人間も自然の一部ではなくなったということである。自然も人間と同じく神によって創造されたものとして、今や人間の全くあずかり知らぬ「外なるもの」となる。人間は自然と同質のものではなく……その上に臨み、それを支配するものとなる。[5]

こうした中世キリスト教思想は、十二世紀のシャルトル学派、さらに続いてロジャー・ベーコンを経て、十七世紀のフランシス・ベーコンの自然支配の概念において明確な形をとるわけであるが、キリスト教的自然観の特徴としてとりわけ重要なのは、伊東氏が指摘するように、ここに「自然を人間と全く独立無縁なものとして客体化し、これに外から実験的操作を加えて科学的に把握しようとする、近代の実証主義的態度の形而上学的源泉が看てとれる」[6]という点である。「近代の実証主義的態度」と言えば、まず十七世紀にルネ・デカルトが創始した「機械論的」自然像に基づく自然哲学的態度が考えられるが、これが近代科学思想の成立において新時代の旗手ともいうべき役割を果たしたことは言うまでもないだろう。というのもデカルトによる科学革命によって打ち立てられた近代ヨーロッパの自然観は、「アリストレス＝スコラ的自然観を否定すると同時に……ネオプラトニズム的・ヘルメス的、魔術的自然観を克服することによって成立した」[7]と言えるからである。こうしてデカルトがその機械論によって自然から霊魂のような生命原理を全て奪い取り、自然の脱生命化（自然を「物質そのもの」[*matière même*]と捉える〔『宇宙論』第七章〕）を密かに目論んだ意図は何であったというと、『方法序説』の中で述べているように、人間を「自然の主人にして所有者」(*maîtres et possesseurs de la Nature*) にすることに他ならない (第六部)。デカルトのいう「自然」は、もはやアリストテレスのいう自己のうちに運動の原理をもつ存在ではなくなったばかりか、一切の自立性と生命的関連性を失った「死せる自然」と化したのである。そして前述したように、この人間による「自然支配」の思想を明示的に打ち出したのが、イギリスのフランシス・ベーコンであり、その思想的特徴をキリスト教学との関係で言えば、『ノヴム・オルガヌム』にも見られるように、自然に対する人類の権利を、「神の贈与による」(*ex donatione divina*) ものと考える点にある。しかもこの「人類が自然を支配する権利を神から授かっている」という発想は、「世界の文化圏にはあり得ないキリスト教的な考え方である」(8) という点にも注目したい。ベーコンの唱える自然支配は、発明や発見など、科学や技術を適用することによって可能となるが、その発見という行為を、再びキリスト教思想のコンテクストの中で位置づけると、「神の御業の模倣」(*divinorum operum imitamenta*) という概念に置き換えることが可能である。堕落した人間は、もはや直接的共感によって神の創造の機微に立ち入れないので、外部からの「光をもたらす実験」(*lucifera experimenta*) によって自然の原理・原因を明らかにし、「創造主の真実の印章」(*vera signacula creatoris*) を読み取るしか道が残されていないからである。

伊東氏はさらに西洋の詩歌、特にホメーロスの自然観と万葉集のそれとを比較し、西風のゼフュロス、虹のイーリス、暁のエオースなど、人間化された神々と人間が舞台の中心にある前者の自然観が「人間中心的」(anthropocentic) であるのに対し、『万葉集』における自然観は「自然中心的」(shizenocentric) であると述べ、後者の特徴をつぎのようにまとめている。

そこでは人間中心的ではなく、自然が中心にあって、人間はその自然ないし宇宙と融和し、それにとけこんでいる。そこでは神々が自然を吸収するのではなく、むしろ自然が神々を吸収している。人間が中心にあって、すべてがそれに擬(なぞら)える擬人主義ではなく、むしろ宇宙のなかで、人間と自然は共通の生命のリズム的連関のなかで、互いに照応している。したがってそこでは人間と自然の分離はなく、人間そのものが自然であり、人間の心や感情もそのまま自然の描写によって表現される。それゆえ自然による表現は、たんなる比喩ではない。そこでは自然と人間とは、いわば一つの「根源的紐帯」によって結ばれている。(9)

伊東氏はこれを日本的「自然主義」(shizenism)と名づけているが、この自然観は、古代のみならず、『古事記』、『源氏物語』、西行、芭蕉をへて現代の川端康成や永井荷風に至るまで受け継がれているという。『万葉集』はその自然観の原型ともいえるものである。たとえば、その中に、山上憶良が、着任後まもなく愛妻の大伴郎女を亡くした大伴旅人に送った、つぎのような一首が収載されている(神亀五年[七二八年]七月二一日)が、これはその自然と人間との「根源的紐帯」を詠んだ典型的な詩歌である。

「大野山　霧立ち渡る　わが嘆く　息嘯(おきそ)の風に　霧立ち渡る」(巻五、七九九)

大野山に霧が立ち込める情景を眺める歌人は、つぶさに自分の亡き妻を想って吐く深いため息が大野山一面に霧となって立渡っている、と詠っているのである。この詩歌では、「妻を失った自分の嘆きの息(いき)が流れて行って、そのままあの大野山の霧となっている」と詠われているのであり、ホメーロスやミルトンが用いた直喩に代表される「これはあたかも、嘆きの息のように霧が立ち込めている」といったような比喩的関係でない。(10)ここでは「自然と自己とのいっそう直接的な結び付き」が表現されており、歌人は、自己を取り巻く周囲の自然現象を見るやいなや、ただちに一種の情緒的共有性を実感しているのである。それは、人間の感情の内面的流動性がそのまま外的な自然現象と融合している様を心で感じ取っていることに他ならない。歌人と自然は「生」の宇宙的連関の中で根源的に相結ばれており、人間の心と自然との間には「根源的紐帯」というべきものが存在している。『万葉集』においては、心中を詠おうと思えば、自然を詠わざるをえず、自然を詠う時は、常にそこに心が詠われている。このようにして両者は親密な融合的一体性を保持しているのである。

ミルトンと近代西洋の自然観

以上のような比較文化的視点を踏まえて、近代西洋の自然観とミルトンのそれを比較してみたい。前述したように、ここでまず最初に当てるべき焦点は、ミルトンと十七世紀に出現した近代科学思想との関連であろう。言うまでもないことだが、『パラダイス・ロスト』における自然についての言説はキリスト教的宇宙観に基づくものであり、ミルトンは聖書の記述に従い、堕落以前のアダムを、他の被造物への支配権を保持する「既に造られた／すべてのものの目標である、最も重要なもの」("the master work, the end / Of all yet done" VII 505–6)[11]として描いている。その意味で、ミルトンにおいても、程度と質の差はあるが、ベーコンやデカルトと同じく、人間と自然は離接的な関係にあるといえよう。[12]しかしその一方で、ミルトンの描く自然は、デカルトのような能動性を欠いた機械論的な自然ではなく、またベーコンのいう、外からの実験や操作によって人間が利用するだけの自然でもない。『パラダイス・ロスト』に登場する万物は、特に堕落以前の世界においては、アダムとイーヴに代表される人間と統合されるような自然的環境としても描かれている。その意味で、ミルトンの楽園の動植物はもとより、その他の被造物も、機械論的自然像にはそぐわない存在であり、単なる人間支配の対象でもない、自律的、自己発展的な生命体として描かれている。この点に関する限り、端的に言えば、ミルトンの自然観は、デカルトに代表されるような近代の機械論的自然観とは対蹠的な関係にあると言えるだろう。

ただし、ミルトンの科学的見解は主として古典的、中世的性格を呈しているという、これまでの伝統的な見方については、現在、見直される方向にあり、[13] ミルトンは同時代の科学思想を知悉していたということが明らかになりつつあることには注目すべきであろう。その中で特にミルトン自然観と関連性の深いものとして、「生気論」(vitalism) あるいは「アニミズム的物質主義」(animist materialism) と呼ばれる哲学を挙げてよいかもしれない。[14]「生気論」とは、万物が霊魂と運動能力を備えているという古代の自然観に基づく十七世紀中葉の科学思想であるが、その淵源は、存在がその可能性を完全に実現し、その目的に到っている終極状態を「エンテレケイア」(*entelecheia*) と名づけ、それを霊魂の本質としたアリストテレスにまで遡ることができる。この「生気論」は、近世に入ると、デカルトの機械論やベーコンの自然支配的イデオロギーと対立する科学思想、あるいは哲学として表舞台に再度登場することになる。十七世紀を代表する生気論者としては、生命活動は超自然的な力によるという霊気説を唱えた近世の生気論の祖、ドイツの化学者で医者のG・E・シュタール (Georg Ernst Stahl, 1660–1734) を挙げることができよう。

ミルトンがどれほど当時の「生気論」の影響を受けていたかについては、これからのさらなる研究を待たねばならないけれども、「生気論」との関連で押さえておきたのは、『パラダイス・ロスト』の「自然の階段」(*scala natura*) とも呼ばれる「存在の大いなる連鎖」(the great chain of being) に基づく宇宙論である。宇宙は連続する無数の存在によって満たされており、それらすべての存在は、最も完全な存在 (*ens perfectissimum*) ないし神へといたる階層的秩序のなかに組込まれていると説く世界観は、あきらかに近代科学思想の機械論的宇宙観とは異なるものである。それと同時に、ミルトンの「存在の連鎖」は、万物が単に階層的秩序の中でしかるべき位置を与えられているという静的な中世的宇宙観ではなく、被造物が成長して神へと向かうという動的なネオプラトニズム的発想に基づいている。

To whom the winged hierarch replied.
O Adam, one almighty is, from whom

All things proceed, and up to him return,
If not depraved from good, created all
Such to perfection, one first matter all,
Indued with various forms, various degrees
Of substance, and in things that live, of life; (V 468–72)

これに対して翼もてる天使(もの)は答えて言った。「アダムよ、唯一人の全能なる神がこの世に在(いま)し給い、すべてはその神から生じ、また善より逸脱しない限り再び神へともどってゆく、――すべてはもともと完全に善きものとして創造(つく)られたものであるからだ。すべては一つの原質料から出来ており、様々な形相(かたち)、様々な段階をもつ内質、そして生けるものの場合には、様々な段階の生命、をそれぞれ与えられている。」

この引用箇所は、「翼もてる天使(もの)」（"winged hierarch" V 468）という、いみじくも「天上の階級」を意識した大天使と表現されたラファエルが、天使と人間とを比較したらどうなるかというアダムの疑問に対して答えた一節である。この中で、万物は「一つの原質料」から出来ているとする点については、次の引用文の「浄化され」（"refined" [475] には「精錬する」と言う意味がある）や、さらに後述する「樹木」の象徴性を用いた一節の「上昇してゆき」（"sublimed" [483] には「個体の状態から気体へ昇華させる」という意味がある）という二重の意味をもつ動詞の使用とともに、錬金術において卑金属を金へと完全に変容させる「大いなる業」（*Magnum Opus*）を暗示しているという指摘もあれば、[15] 精神と物質は不可分であるとする十七世紀の生気論者の考え方と一致するという見方もある。[16]

いずれにせよ、この「存在の連鎖」の中では、自然と人間は、それぞれの活動領域も違えば、その自然の階梯に占める定められた位置も違うけれども、ともに相互連関的で有機的な宇宙の中で、ネオプラトニズム的で霊的な循環運動を形成しているわけである。

But more refined, more spirituous, and pure,
As nearer to him placed or nearer tending
Each in their several active spheres assigned,
Till body up to spirit work, in bounds
Proportioned to each kind. (V 475-479)

しかし、各は
その独自の活動の領域を定められているが、神の近くに
位置を占めれば占めるほど、或は神の近くへと志向すれば
するほど、いっそう浄化され霊化され純化されてゆき、さては、
それぞれの定められた限界内においても、肉は霊へと上昇しようと
力めるのだ。

これは万物がより高い物質的・精神的存在の次元へ進化できるということを意味し、ここに創造神と被創造物とを繋ぐ、より直接的な関係性の概念が読み取れるわけである。プロティヌスに発するネオプラトニズムには、神と人間と自然とを結びつけようとする試みとして、神なる一者（ト・ヘン）から知性（ヌース）、霊魂（プシューケー）、自然（ピュシス）、そして質量（ヒューレー）へという上位から下位への「流出」(*emanatio*) の体系とともに、下位から上位への「帰還」(*remeatio*) の体系が存在するが、ミルトンの場合は、この後につづく「樹木」の象徴性を用いた描写のよ

うに、「帰還」あるいは「上昇」の体系が、当時としてはすこぶるダイナミックに、かつ生き生きと語られているのである。このような人間と被造物との関係性において見出されるのは、神が人間に与えた他の被造物を支配する権利というよりも、万物が共有する「神々しい善良性」(divine goodness) であり、人間の「権利」というよりも、人間が負うべき「他の被造物に対する責任」であるという指摘がある。[17] また、これは、エデンの園における「人間による支配」の思想を被造物の「世話」(care) という概念に置き換え、その目的は「すべての創造物に備わる、はっきりと異なった潜在的可能性を引き出し、その本性を保護すること」にあるというマッコリの解釈と一脈通じるところがある。[18]

『パラダイス・ロスト』の中で特にアダムとイーヴと被造物との直接的共感性がもっとも美しく描かれていると思われるのが、「おお、主よ、善を生み給う者よ、全能なる主よ、／これらの万象こそ汝の栄光を現わすものなれ！」("These are thy glorious works, parent of good, / Almighty," V 153–54) で始まる「毎朝規則正しく行っている朝の祈禱(いのり)」("Their orisons, each morning duly paid" V 145)、あるいは讃歌を捧げる場面である。これは旧約聖書（『詩篇』第一四八篇と第一九篇）や教会の礼拝などに用いられる頌歌である「万物の頌」(Benedicite, *ominia opera*) 5に基づいているが、アダムは自ら率先して祈りを唱えるだけでなく、天使、地の生きとし生けるもの、金星、太陽、遊星、四大元素、霧、風、泉など、すべての森羅万象に対しても、神を褒め称えるように呼びかけている（五巻　一五三―二〇八）。このくだりほど、アダムとイーヴとともに神への讃歌を奏でる自然物が、生気に満ちた、自己の意志を持つ存在として劇的に描かれている箇所はないであろう。

またミルトンのアニミズム的あるいは生気論的イメージは、人間の堕落に対して共鳴的な反応を見せる大地の描写にも見ることができる。イーヴが禁断の木の実を口にしたとき、「大地は／傷の痛みを覚え、「自然」もその万象を通じて呻き声を洩らし、／悲嘆の徴(しるし)を示した」("Earth felt the wound, and nature from her seat/ Sighing through all her works gave signs of woe" IX 782–83) のであり、アダムが己の善良な知識に逆らってその果実を食べた時も、「大地は、／またもや苦しみ悶えるものの如くその奥底から震え慄き、／「自然」も再び呻き声をあげた」("Earth trembled from her entrails, as again/ In pangs, and nature gave a second groan" IX 1000–2) のである。

ただし、日本的な自然観の視点から注目すべきは、神の讃歌を通して人間が他の被造物と融合することにしても、また堕落に対して他の被造物が人間と同じように深い喪失感と悲嘆感情を表現することにしても、ともに絶対の正義・愛・力に住するキリスト教的人格神との関係性があってこそ成立しているという点である。すなわち、毎朝の日課の祈祷は創造主たる神の栄光を称えて賛美することであり、禁断の果実と人間の堕落は、「神に対する最初の反逆」("man's first disobedience" I 1)、すなわち神の命に反して人間が原罪を犯すことだからである。善悪いずれの場合にも、自然と人間との架橋にあたっては、神が媒介するということである。これに対し、日本的な人間と自然との「根源的紐帯」においては、必ずしも神の媒介は必要とされず、『万葉集』の山上憶良の一首でも明らかなように、人間と自然との悲嘆感情の共有や結合の感覚は、神的な介在者のない、より直接的でアニミズム的な連繫関係を示すものだと言えるのではないだろうか。

ミルトンの楽園における自然と人間との乖離

先ほど言及したカミンズやマッコイらの批評家は、このようなエデンの動植物やその他の自然物が、ともにその「個性」(individuality) や「生来の善良性」(inherent goodness) を積極的に表現しているという見方を提示している。[19] もちろん、そのような自律的で有機的な然観を『パラダイス・ロスト』の動植物の描写から読み取ることに異論はないけれども、冒頭でも述べたように、老荘以来の「天法道、道法自然」という道徳的・倫理的側面を合わせ持つ自然思想を持ち出すまでもなく、自然自体の中に法則性や倫理性とも連繋する健全な生体恒常性、あるいは内的な均衡性が存在すると考える東洋的な自然観からすると、エデンの万物が常に「生来の善良性」を示しているという指摘には、にわかに同意しがたい部分がある。たとえば、ラファエルがアダムとイーヴに近づくときのエデンの自然描写はその一例といえよう。

　　for nature here
Wantoned as in her prime, and played at will
Her virgin fancies, pouring forth more sweet,
Wild above rule or art; enormous bliss.（V 294–97）

ここでは、実に、「自然」は力にはちきれんばかりに
生々躍動しており、その処女独特の空想に心ゆくまでふけり、
いかなる法則も規準も無視して、今では考えられないくらい
溌剌としていた――それは尋常一様ならざる祝福の世界であった。

ここで「処女」として擬人化されている自然は、著しく人間的であり、自律性や自己形成性が強調された独立的な存在である。しかし、ミルトンが描いているのは、自然そのものを主題とする「自然中心的」な自然像ではなく、「人間化された」自然が舞台の中心で躍動する、人間になぞらえた「人間中心的」な自然像であることに注目したい。そこには人間との自然との対立とまではいえないにしても、人間とは異質な「他者」としての自然の存在が全面に押し出されている。それを特徴づける表現の一つが“Wantoned”という語で、この動詞の“wanton”は、庭園、植物、自然などを主語としてとる場合、夥しく、途方もなく繁茂する、野放しで成長するという意味を包含する。[20] ここからは「力にはちきれんばかり」の生々とし

た躍動感という肯定的なイメージだけではなく、ファウラーも「不吉な言葉」だと指摘しているように、[21]内的均衡性の欠如した自然という否定的なイメージも共存しているように思えるのである。それは節度を超えて野生化した自然によって、宇宙の秩序が乱されているという感覚であり、「いかなる法則も規準も無視して」という表現によってその自然像がさらに増長されている。

　人間と自然との乖離的関係は、ミルトンが神を頂点とするキリスト教的な階層的秩序を明言することで、さらに顕在化しているように思える。この点については天使ではなく神自身が自らの口を通して、アダムに「獣には与えられていない、わが像（すがた）」("My image, not imparted to the brute" VIII 441) と語りかけているし、[22]「既に造られた／すべてのものの目標である、最も重要なもの」("the master work, the end / Of all yet done" VII 505–6) と形容されているように、人間は自然と同質な存在ではない。また人間には神から「地と空と海に棲むすべての生けるものに対する主権」("dominion given / Over all other creatures that possess / Earth, air and sea" IV 428–31) が賦与されている。人間は神のために存在し、他の創造物は人間のため存在する。人間と動物との関係も、神に朝の祈祷を捧げる時を除いては、両者が実質的に心を通わす機会は皆無に近い。たとえばアダムとイーヴが暮す「楽しい自分たちの四阿（あずまや）」("their blissful bower" IV 690) には、「獣類（けだもの）や鳥や昆虫その他の虫類蛇類など、他の生きものは／一切忍び寄ることはなかった」("other creature here / Beast, bird, insect, or worm durst enter none" IV 703–4) というし、その生きものたちの「人間に対する畏敬の念は、／それほど大きかったのだ」("Such was their awe of man" IV 705) と説明されている。昆虫ひとつをとっても、エデンおける生物と人間とがいかに乖離しているかを言うには、『後拾遺和歌集』に収載された和泉式部の一首、「物おもへば　沢の蛍も我が身より　あくがれいづる魂かとぞみる」をあげれば十分であろう。これは、恋に悩む歌人が、貴船神社を参詣したとき、川面に飛びかう蛍を見て詠んだ詩歌であるが、悲嘆に暮くれるあまり魂が自分の身体から抜け出てゆくような感を覚え、物思いに耽っていると、ふと目にした沢を飛び交う蛍の火も、その自分の身からさ迷い出た魂ではないかと見えたという気持ちを詠ったものである。ここには、人間の魂と蛍の間にさえ根源的な紐帯関係があることを感じ取ることができる。

ミルトンの「人工的」な自然風庭園

つぎに自然観と密接な関係にあるミルトンの庭園観を見てみたい。『パラダイス・ロスト』は、ミルトンの楽園が理想的な「庭園」としても描かれているので、庭園論史的な観点からしても興味深い作品である。ミルトンの描くエデンの園は、過去の種々様々な楽園思想を継承しているだけでなく、当時の庭園思想も反映し、かつ未来の庭園思想まで先取りしている点で、読者の注意をひきつける。具体的な特徴としては、まず、『パラダイス・ロスト』の楽園は、(1)過去の古代ギリシア・ローマの楽園やキリスト教のエデンの園を中心とする種々の楽園思想を集大成していること、(2)現在（当時）のイギリス専制政治に対する反発思想を、フランス・イタリア式整形庭園に対する自然風庭園として具体化していること、(3)未来のイギリス庭園の形而上学的源泉として、十八世紀に盛んになるイギリス式風景庭園と呼ばれるものを先取りしていることが挙げられよう。[23]

紙面の関係上、(1)と(2)についての詳細な論考は別の機会に譲り、(3)の未来を先取りしたミルトンの庭園について取りあげると、ミルトンの楽園は「木々や四阿や噴水や湖や滝がひとつの風景をつくりあげているミニチュアの自然という新しい概念であり、十八世紀の庭園公園において完成し、イギリス式庭園（ル・ジャルダン・アングレ *le jardin anglais*）としてヨーロッパ全土に広がった概念」であると喝破したヘレン・ガードナーの指摘が思い浮かぶであろう。[24] しかし、詩人の描く自然が必ずしも実際の自然をそのままモデルにした描写であるとはかぎらないことに留意する必要がある。それはミルトンの自然描写がしばしば「悦楽境」(*locus amoenus*)

として修辞学的に行なわれているというだけではなく、たとえば、スペンサーの『神仙女王』の「アドーニスの庭園」に登場する、植物が奇妙にからまった四阿のように（三・六・四四）、自然描写そのものがきわめて不自然で人工的な場合があるということである。たとえば、つぎの『パラダイス・ロスト』の川が流れるエデンを庭園の描写を見てみよう。

Southward through Eden went a river large,
Nor changed his course, but through the shaggy hill
Passed underneath ingulfed, for God had thrown
That mountain as his garden mould high raised
Upon the rapid current, which through veins
Of porous earth with kindly thirst up drawn,
Rose a fresh fountain, and with many a rill
Watered the garden; (IV 223–30)

　また、一つの大きな河が
エデンを貫いて南へと流れており、しばらく川筋を変えずに
流れていたかと思うと、突如地下に吸い込まれ、樹木鬱蒼たる
山の地底を潜って流れていった。これは、神がその山を
もち上げ、己の庭園の築山として急流の上に据えられたからだ。
そうやって地下に潜った水脈は、自然の渇きに応じて
上の方へ吸い上げられ、噴出して清冽な泉となり、そこから
さらに多くの細流（せせらぎ）となってこの園を潤していた。

これは自然風景であると同時に、神の「庭園の築山」("his garden mould")や「清冽な泉」("a fresh fountain")などの表現からも窺えるように、神を造園師に、エデンの園を噴水と水路を備えた「庭園」に、それぞれ見立てた風景描写であると言ってよいだろう。ローランド・M・フライは、この風景描写について、ミルトンがイタリア旅行で実際に遭遇したかもしれないルネッサンス趣味の噴水と特徴が一致し、十六世紀と十七世紀のエデンの園を描いた絵画で定番となったモチーフであると指摘している。[25] だとするならば、ミルトンは実際の自然をあるがままに描いたのではなく、人工的な庭園デザインをその詩的モデルにしたことになる。当時の科学的常識に照らしてみても、地下に潜った水脈が「自然の渇き」("kindly thirst")だけで山の上部へ吸い上げられるとは考えに難い。ファウラーは、自然現象だけでは水を吸収できないので、「急流」("the rapid current")の水圧によるものか、あるいはミルトンの誤認であろうと述べている。[26]

しかし、これが当時の王宮庭園を意識したものだと考えれば、ミルトンが自然界ではありえない科学的な水圧の原理を意識的に持ち込んだ可能性も否定できないのである。たとえば、当時のサマセット・ハウスやリッチモンド宮殿には、庭園設計家で水力技術者のサロモン・ドゥ・コーが手がけた、非常に精巧な地下水路や人工噴水があったことを思い出してもよい。[27] フランス人のサロマン・ドゥ・コーは、一五九五年から九八年までイタリアを訪れた後、一六〇七年から一六一三年までイギリスに滞在してイタリア風テラスや噴水をデザインしたり、サマセット・ハウス、グリニッジ宮殿、リッチモンド宮殿などで、庭園の管理や改造に従事した。その結果、趣向を凝らした泉、洞窟、自動機械による噴水装置など、マニエリスム的な庭園がイギリスにも出現することになったわけだが、たとえば、彼がデザインし「アポロとミューズの住む山、パルナッソス山」と名付けられた噴水は、まさにミルトンが描いたように、庭園の築山である「パルナッソス山」頂上から、自動機械の水力技術で吸い上げられた水が噴出するように工夫されていた。もしミルトンが自然の水流をわざわざ人工的とも思える水圧のメカニズムを用いて描写しようとしたならば、王宮庭園の人工的な噴水や水路に対抗しうるような、あるいはそれらを陵駕するような壮大な庭園をキリスト教思想と自然物で表現したとは考えられないだろうか。

故川崎寿彦氏は『庭のイングランド』で、この一節にも言及し、同時代の王侯貴族の庭園が「宏壮なるバロック様式の大整形庭園を、政治的記号として必要としていた」絶対王制の「一つの政治的メッセージ」に対して、ミルトが試みた「怪物的なる〈反・庭〉」の造型であると述べている。すなわちエデンは、絶対王政的政治メッセージに対するミルトンの「カウンターメッセージ」、あるいは「象徴的な庭園破壊行為」というわけである。[28] もちろん、ここに反国王貴族的な政治的メッセージを読み取ることには異論はないが、それは整形式庭園に対する自然風庭園、「人工」に対する「自然」という対極的な対立関係の中だけでは捉えきれないような視点を備えているように思える。というのも、前述したように、もしミルトンが壮大な王侯貴族の庭園に対抗するために、自然物を用いてそれに類似したものを描いたというなら、ミルトンは日本の庭園のように自然物をもって自然を造形するのではなく、人工物をもって自然を造形していることになるからである。あるいはそれは「自然」による「象徴的な庭園破壊行為」ではなく、「人工」による反国王貴族的な「自然風」の庭園創造行為だと言い換えても良い。つまり単純な〈整形（人工）〉対〈自然〉の対節法的関係の中ではなく、むしろこのようなミルトンの自然描写の人工性にこそ、散文集にも散見できるようなミルトン流の政治的メッセージが潜んでいるような感を覚えるのである。

アダムとイーヴの労働から浮かび上がるミルトンの自然観

ミルトンの庭園は、イギリス文化あるいは西洋文化のコンテクストの中では自然風に見えるかもしれないが、日本の伝統的な庭園文化のコンテクストの中では、必ずしも「自然風」とは言えない側面がある。一つには、日本の自然の概念が、西洋のそれとは根本的に異なっているからであり、それが造園のコンセプトにも反映されているからであろう。したがって、日本的な庭園の視点から、ミルトンの造園観をさらに浮き彫りにするために、今から九百年ほど前の平安時代に書かれた『作庭記』を取り上げてみたい。当時の庭園全体の意匠、各部の作庭法、石組、作庭の禁忌などを記した、この庭園論は、日本庭園の意匠の源流を伝える造庭法の秘伝書であり、現代でも造園の参考にされている名著である[29]『作庭記』のもっとも大切な点は、冒頭の立組の趣旨の中に「石をたてん事、まづ大旨をこゝろふべき也」として、「生得の山水をおもはへて、その所々はさこそありしかと、おもひよせ〳〵たつべきなり」とあるように、自然の山水を手本にするということにある。[30] 自然の風景は、人間が作る石組みよりも優れていると思えばこそ、模範たりえるのである。ここには、ありのままの自然を尊重する自然中心主義や、自然のように造形するのを美とする日本的な審美感が表現されている。この自然中心的な造園思想は「禁忌」においてさらに明確な形をとる。三十七ある禁忌の中でもっとも重いのは、「もと立たる石をふせ、もと臥る石をたつる也。かくのごときしつれバ、その石かならず霊石となりて、たゝりをなすべし」で、人の力で自然石の上下を変えてはならないという、反自然的行為を諌める規則である。これは「自から然る」という東洋的なアニミズム的自然観の反映であり、石が崩れ落ちている場合でも、それが自然力による自然現象、すなわち「をのれみづからしたる事」ならば許されるが、人為的な行為ならば、すなわち「人のしわざ」ならば、受け入れられないというのである。

つぎに重要なのは、同じく立石の際、「先石をたつることは……おも石のかどのあるを一つたてゝ、その石のこはんを、かぎりとすべし」という石組の手法である。立石では、主石の気の利いたものを立て、その石の欲するように、つまり主石の要求するままに、他の石も立てよという教えである。いうまでもなく、人間が自然石の乞うところを知り、その要求に従うには、まさに自然との「根源的紐帯関係」が成立していなければならない。後で見るアダムとイーヴの労働のように、自然を克服する相手と感ずるのではなくて、『作庭記』においては、自然が人間と融合し、自然に従いながら作庭する姿勢を持つことが、人間にとって何よりも大切なのである。すなわち、日本の石組は、無機物の力学的構成美を、その生物的主体性を構築する中で実現しようとしているのである。このように『作庭記』における作庭という作業は、人工の庭園内での自然美の復元という健全な創作活動を意味し、自然を手本として自然から学ぶことをもっとも重要と考える。

では、『パラダイス・ロスト』では、どのような庭仕事が行われているのであろうか。それはイーヴも言うように、「この庭を絶えず綺麗にし、草や木や花の／手入れを絶えずする」(“still to dress / This garden, still to tend plant, herb and flower” IX 203–4) ことであり、「命じられた楽しい仕事」(“Our pleasant task enjoyed” IX 205) だと詠われている。しかし、イーヴが、アダムと共同作業をするのではなく、互いに離れて働くことを主張すると、その楽しい仕事が変質し始める。人間が自然ではなく神のみに依存する『パラダイス・ロスト』では、庭仕事それ自体が、イーヴを堕落に到らしめる危険な行為になり得るのである。

> them she upstays
> Gently with myrtle, band, mindless the while,
> Her self, though fairest unsupported flower,
> From her best prop so far, and storm so nigh. (IX 430–33)

イーヴは天人花の茎を
紐がわりに用いてそっとそれを起こしてやった。だが、その間、嵐が
迫っているのに自分自身が大切な支柱から遠く離れた孤立無援の
美しい花であることには気づいてはいなかった。

ここではアダムがサタンによる誘惑の危険性について忠告したにも関わらず、「その間……気づいてはいなかった」("mindless the while") とあるように、庭仕事に没頭するあまり、我が身に降りかかる災難に気づかないイーヴの姿が描かれている。ジョン・R・ノッツも指摘しているように、ミルトンはイーヴの庭仕事そのものに疑問を呈したいと思っているのかもしれない。というのも、彼女が花々に夢中になっていること自体が危険であり、耽溺と不注意によって彼女の脆弱性が増大しているからである。[31]

この決定的な瞬間におけるこのイーヴの態度は、十二世紀のドイツの女子修道院長、ランツベルクのヘルラート (Herrad von Landsberg) が修道女の霊性の向上に役立てようと編纂した『悦楽の庭』(*Hortus deliciarum*) を飾る一枚の挿絵を想起させる。[32] それは「完徳の階梯」と名付けられた、作庭に潜む快楽の危険性を戒めた絵画である。【図版】そこに描かれているのは、地上から天上へと美徳の梯子を登って行く隠修士の姿であるが、頂点を目指して登りつめる途中で、うかつにも眼下を見下ろすと、自分が手塩にかけて手入れした修道院の庭園に目を奪われ、梯子から足を外し、まっさかさまに転落してしまうというモチーフである。その庭園への愛着が断ち切れず、誘惑に負け、天上の楽園（神）よりも地上の楽園（自然）を好んだ報いを表現しているともいえるが、キリスト教世界では、庭園や作庭作業そのものが、キリスト者を誘惑し、その積徳を妨げる障害となりうることを示す図像学的伝統が存在するのである。

実際、エデンの楽園における労働としての庭仕事には、自然と人間の文明や技術との間の葛藤、あるいは自然の野性と人間の秩序への要求との間の緊張が読み取れる。

We must be risen,
And at our pleasant labour, to reform
Yon flowery arbours, yonder alleys green,
Our walk at noon, with branches overgrown,

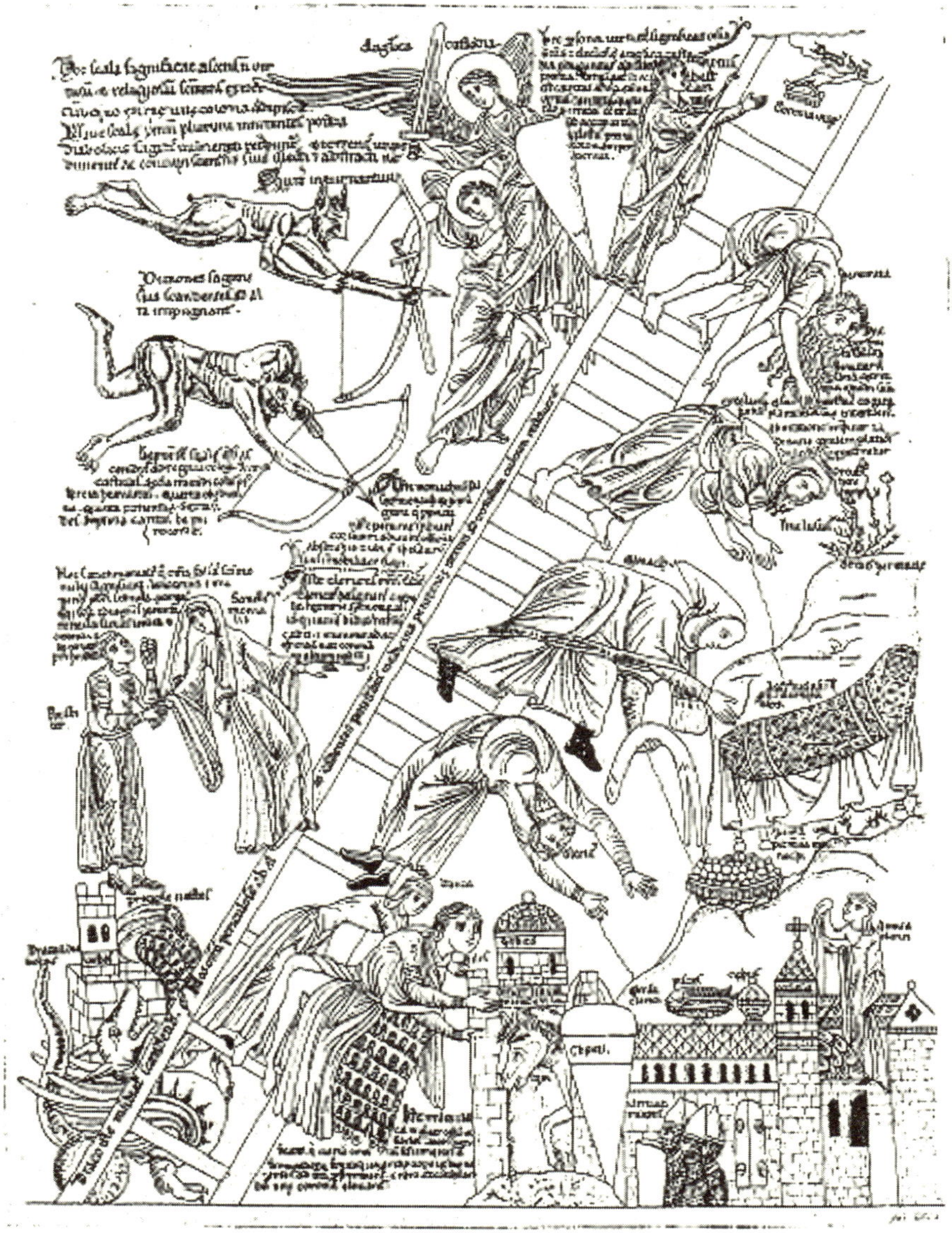

『悦楽の庭』（ランツベルクのヘルラート編）の挿絵「完徳の階梯」

That mock our scant manuring, and require
More hands than ours to lop their wanton growth:
Those blossoms also, and those dropping gums,
That lie bestrewn unsightly and unsmooth,
Ask riddance, if we mean to tread with ease; (IV 624–32)

そして、あそこにあるあの花の咲きこぼれている
四阿（あずまや）や、われわれの真昼時の散歩道（みち）であるかなたの緑の小道の
手入れをしたい。あの小道には枝葉が鬱蒼と生い茂り、
手入れ不足を嘲笑っている。あのように凄まじく成長する枝葉を
刈るためには、われわれだけでなくもっと多くの人手がいる。
この花も、この滴る樹液（ガム）も、見苦しいくらい乱雑に散らばり、
気持ちよくここを歩こうと思えば、どうしても剪定することが必要なのだ。

エデンの園の自然は外界からの侵入者を拒絶するだけでなく、園内に住む人間も悩まし、その労働を妨害する存在でもある。神が介在せず、人間が直接に対峙するときの自然は、人間にとって他者であるだけでなく、敵対的な存在でさえある。花の咲きこぼれる四阿や、散歩道の緑の小道を手入れするのは、その小道に枝葉が鬱蒼と生い茂り、自然が手入れ不足を嘲笑っているからである。このような「人を嘲笑う自然」と人間との間に根源的紐帯観が存在するとは思えない。その凄まじく成長する枝葉を刈るために、アダムとイーヴだけでなくもっと多くの人手がいるというとき、それは人間の集団的労働による自然の制御あるいは支配の必要性を意味し、その行為も合理化されることとなる。その剪定の理由も「この花も、この滴る樹液も、見苦しいくらい乱雑に」散乱しているので、気持ちを害するという、あくまでも人間の側

から見た美観に基づいており、人間の主観的感情や美的感覚が野生の自然美よりも上位にあるとする人間中心的な自然観である。これは自然の主体性を尊重し、「生得の山水」を想い、「石の乞はん」に従おうとする自然中心的な『作庭記』の自然観とはその性質を大きく異にするものと言えるだろう。

自然に対する人間の優位性は、『パラダイス・ロスト』の最後の場面になると、生命力が躍動するような荒々しい「自然」を喪失することで最高潮に達する。神の恩寵を知ったあとは、「自分の内なる楽園を、遥かに幸多き楽園」("A paradise within thee, happier far" XII 586) を持つほうが、外的で地理的な自然の楽園よりも喜ばしいというのである。日本の場合のように、自然と人間との根源的紐帯を前提として、人間の情感や精神を自然に同化させようとするのではなく、人間の内面性のほうが、外的な自然、あるいはキリスト教的な楽園を構成する自然よりも優位にあるというのであろう。ここにおいて、宗教的で生気論的な空間としての自然風庭園は、アダムとイーヴ、すなわち人間の前から消滅し、人間と自然の霊的な関係性も希薄化することになる。このことは、未来の自然風庭園を先取りしたと言われる『パラダイス・ロスト』で、ミルトンがエデンの園という極めて宗教的な庭園を描いたにもかかわらず、その後のイギリスでは、この影響を受けて日本の寺社のような宗教的精神性を備えた庭園が生み出されず、ケイパビリティー・ブラウンの造園のような世俗的な風景庭園が流行したことと無縁ではないであろう。

注

(1) 本論は二〇一二年八月二一日に青山学院大学で開催された第一〇回国際ミルトン・シンポジウムで発表した英文の論文、'Is Milton's Eden truly a "natural" garden?—From the viewpoint of Japanese conception of "sizen"—'に修正と加筆を施したものである。

(2) 新村出編『広辞苑』(第六版　岩波書店)によると、「自然」には以下のような意味がある。(1)(ジネンとも)おのずからそうなっているさま。天然のままで人為の加わらないさま。あるがままのさま。(2)（ア）［哲学］（physis ギリシア・natura ラテン・nature イギリス・フランス）人工・人為になったものとしての文化に対し、人力によって変更・形成・規整されることなく神の、おのずからなる生成・展開によって成りいでた状態。超自然や恩寵に対していう場合もある。（イ）おのずからなる生成・展開を惹起させる本具の力としての、ものの性(たち)。本性。本質。（ウ）山川・草木・海など、人類がそこで生まれ、生活してきた場。特に、人が自分たちの生活の便宜からの改造の手を加えていない物。また、人類の力を超えた力を示す森羅万象。（エ）精神に対し、外的経験の対象の総体。すなわち、物体界とその諸現象。（オ）歴史に対し、普遍性・反復性、法則性、必然性からの立場からみた世界。（カ）自由・当為に対し、因果的必然の世界。(3)人の力からは予測できないこと。（ア）万一。（イ）（副詞として）もし。ひょっとして。以上のことを総括すると、日本語の「自然」には、中国の老荘思想に発する「おのずから」の思想と、ギリシアの「ピュシス」に発するヨーロッパの「ネイチュア」の訳語としての意味が混在する。

（3）伊東俊太郎著『自然』（三省堂　一九九九年）一一六ページ。ヨーロッパの"nature"の訳語として「自然」という言葉を用い、最初に論を進めたのは、森鴎外の明治二二年の論文「『文学ト自然』ヲ読ム」であると推測される（九一―九二ページ）。

（4）本論のこの部分に関しては、伊東俊太郎著『伊東俊太郎全集　第一〇巻　比較思想』（麗澤大学出版会　二〇〇八年）第三章「ヨーロッパにおける自然」（二六四―七七ページ）、伊東俊太郎著『文明と自然』（刀水書房　二〇〇二年）を参照した。

（5）『伊東俊太郎全集　第一〇巻　比較思想』、二六六ページ。

（6）同掲書、二六六ページ。

（7）同掲書、二六七ページ。

（8）同掲書、二七四ページ。

（9）同掲書、「万葉集における自然と人間」、三四五―三四六ページ。

（10）同掲書、三五〇ページ。ミルトンの直喩については、Osamu Nakayama, *Images of Thier Glorious Maker: Iconology in Milton's Poetry* (MacMillan Language LTD., 2002) pp.22-76 を参照のこと。

（11）本論の原語の引用文はすべて Alastair Fowler ed., *John Milton: Paradise Lost* (London: Longman, 1981) からによる。

（12）本書の『失楽園』からの邦訳の引用文はすべて平井正穂訳『ミルトン　失楽園』（筑摩書房　一九七九年）による。

（13）たとえば *Milton and Science* (Cambridge, MA: Harvard Univ. Press, 1956) で、ミルトンの科学的後進性を指摘した Kester Svendsen、*Complete Prose Works of John Milton* (New Haven: Yale Univ. Press, 1953–82) 第一巻の序文 (Introduction) で、ミルトンは科学的方法の無限の可能性に気づいていないと述べた Don Wolfe、*Milton: a Biography* (Oxford: Clarendon Press, 1996) で、ミルトンは同時の世界を揺るがすような科学的発見に微塵も気づいていないとした William Riley Parker などが挙げられよう。

（14）Juliet Lucy Cummins, "The Ecology of Paradise Lost," p.162. Angelica Duran ed., *A Concise Companion to Milton* (Blackwell Publishing, 2006). 前注で述べた伝統的なミルトン批評に対する反論の一例を挙げれば、Karen L. Edwards が *Milton and the Natural World: Science and Poetry in Paradise Lost* (Cambridge: Cambridge Univ. Press, 1999) で、これまで正統とされてきた Svendsen の立場に異議を唱え、ミルトンのエデンの園の動植物の描写は、十七世紀の人々が得た自然界の新しい経験を認識したものであると述べている。

（15）Fowler, footnote, p.286.

（16）Cummins, p.164.

（17）Cummins, p.165.

（18）Diane Kelsey McColley, *A Gust for Paradise: Milton's Eden and the Visual Arts* (Urbana: University of Illinois Press, 1993), p.194.

（19）Cummins, p.161.

（20）"to flourish profusely or extravagantly; to grow unchecked" (OED)

（21）Fowler, footnote, p.275.

（22）訳書では「わが像（すがた）なるアダムよ、お前は、獣には与えられていない……自由な精神を見事に示しめしした」とあり、「獣には与えられていない」が「精神」にかかるように訳出されているが、筆者は「わが像」を修飾すると考えるので、この部分は筆者が訳出した。

（23）イギリスの庭園思想と歴史については、中山理著『イギリス庭園の文化史――夢の楽園と癒しの庭園』（大修館書店　二〇〇三年）を参照のこと。

（24）Helen Gardner, *A Reading of "Paradise Lost"* (Oxford : Oxford Univ. Press, 1965), p.79.

（25）Roland M. Frye, *Milton's Imagery and the Visual Arts* (Princeton: Princeton University Press,1978), pp.223–34.

（26）Fowler, footnote , p.206.

（27）Roy Strong, *The Renaissance Garden in England* (London: Thames and Hudson Ltd, 1998), pp.88–90.

（28）川崎寿彦『庭のイングランド』（名古屋大学出版会　一九九七年）二六一―六七ページ。

（29）飛田範夫『「作庭記」からみた造園』（鹿島出版会　一九八五年）では、『作庭記』を造園の原点にという提言がなされている。

（30）本文の『作庭記』からの引用はすべて、林屋辰三郎　校注『作庭記』（《リキエスタ》の会　二〇〇一年）による。

（31）John R. Knott, "Milton's Wild Garden" (*Studies in Philology*, 2005), p.79.

（32）Walter P. Wright ed. *A History of Garden Art* (London: J.M.Dent & Sons Ltd., 1928), pp.179–80.

劇場閉鎖と教育的エンターテインメント
——護国卿時代におけるウィリアム・ダヴェナントの自己保存——

大島　範子

はじめに

ジェームズ一世とチャールズ一世の治世において、国王の権威をより強固なものとするために「レクリエーション」が大きな役割を果たしたことは多くの批評家により指摘されてきたところである。[1] このことをもっとも端的に表わす資料が、『スポーツの書』(*The Book of Sports, formally The Declaration of Sports*)であるといってよいだろう。この書物は、ジェームズ一世によって書かれ、一六一八年に出版されたのち、一六三三年に息子のチャールズ一世の治世下において国王自身の命令によって再度出版された。ここにおいてジェームズは、国民に許されるべき「スポーツ」について以下のように述べている。

そして我が善良なる臣民の、法に適ったレクリエーションについては、国教会で定められた礼拝を終えた後であれば、我が善良なる臣民が、法に則ったいかなるレクリエーションを行う際に妨害や強制、あるいは反対を受けないのであれば、それもまた我が喜びとなるのだ。たとえば男女共に踊るなり、男であればアーチェリーや飛んだり跳ねたりの害のないレクリエーション、あるいは五月祭の出しものや聖霊降臨祭のビール、モリスダンス、五月柱やそれにともなう楽しみがこの、法に適った娯楽にあたる。[2]「レクリエーション」という言葉で括られる、民衆に許される伝統的な祝日の遊びは、国教会が制定した暦に基づきながら、スチュアート朝前期においていわば民衆に対する「餌」として機能していたのである。アンソニー・フレッチャーが説明する通り、当時の教会は大多数の無学な民衆にとっての唯一の教育機関であった。[3] レクリエーションは、ここにおいて「国教会で定められた礼拝 (divine service)」と関連付けられ、王の権威と結びついた国教会に民衆を集め、国教会の教えに基づいた説教によって民衆を教化するための有効な手段となった。国教会の考え方においてはいわば、礼拝は「苦い薬」であり、その後のレクリエーションは王権が民衆に与える「褒美の飴」ということになるだろう。

この時期におけるレクリエーションの政治的利用の最たる例として挙げられるのが、宮廷仮面劇である。脚本を担当したベン・ジョンソン (Ben Jonson, 1572–1637) と建築家で舞台デザイン担当のイニゴー・ジョーンズ (Inigo Jones, 1573–1652) の二人が、ジェームズ一世の援助を受けて確立したこの宮廷仮面劇は、十六世紀にロンドン市民たちの間で隆盛を極めた大衆演劇とは、明らかに一線を画すものであった。[4] この、豪奢な舞台装置や華美な衣装や音楽、さらには観客をも巻き込むダンスなどの壮麗な出し物においては、最終的にはイングランド国王(を暗に示している登場人物)が優れた指導者として讃えられるのが常であった。宮廷仮面劇は宮廷人たちや、さらには宮廷に出入りする諸外国の外交官に対して、イングランド国王の権威を絶対化して見せるプロパガンダとしての役割を果たしていたのだ。

しかし、このような宮廷仮面劇が全く批判の対象とならなかったわけではない。演劇とカトリック的偶像崇拝を結びつけるラディカルなピューリタニズムは、十六世紀から民衆の中に存在していたが、一六三〇年代には、華美で人目を引く演劇と宗教的偶像崇拝は、民間においては、時として王権そのものと分かちがたいものとして見なされるようになった。[5] この時期、チャールズ一世とカンタベリー大司教ウィリアム・ロード (William Laud, 1573–1645) は、非常に強く結びついて、国教会の典礼をアルミニウス主義に基づく、偶像崇拝とも受け取れるほどに視覚的な典礼重視へと導こうとしていた。[6] このような動向は、たとえば一六三二年に出版されたウィリアム・プリン (William Prynne, 1600–1669) の『役者懲罰』(*Histriomastix*, 1632) 出版と、それに続く煽動罪によるプリン逮捕という流れに顕著となる。このようなコンテクストを考えるならば、それに続く四〇年代の内戦期から王政復古期にかけて、クロムウェル政府のもとで演劇が禁止され劇場が封鎖されたのも、あながち意外なことではない。

しかし、その一方で、五三年一二月以降の護国卿時代になると、ロンドン市内の劇作家たち、特にかつてチャールズ一世の庇護下で仮面劇を書いた経験を持つ劇作家たちの間で、クロムウェル政府と繋がって、あらたな「エンターテインメント」を(それ以前の、クロムウェル政府が禁止した「演劇」とは異なることを前提として)開拓しようとする動きが見られたことも事実である。本論で特に注目するのは、そのような劇作家たちの中でも特に大きな動きを見せていたウィリアム・ダヴェナント (William Davenant, 1606–1668) である。本稿では、彼が五〇年代イギリスにおいて上梓したこの一連の諸作品を、クロムウェルの護国卿就任前後という歴史的文脈に載せながら考察する。かつては王党派を支持したこの劇作家が、いかにして護国卿政府の政策にすり寄りつつも、同時に変わらず王党派であり続けたかを、トマス・ホッブズの著作の影響を拾いつつ検討することを最終的な目的とする。

1

演劇に関する禁止令が議会から最初に出た一六四二年から王政復古の一六六〇年まで、大筋においてイギリスの演劇文化は中断されてしまったという事実は良く知られる通りである。この劇場封鎖令は、しばしば「娯楽嫌いで融通のきかないピューリタン」の所業の典型のような形で扱われるが、四二年に公布された実際の法令文は、演劇そのものをそこまで悪いものとして扱っているわけではない。たとえば、同禁止令の中では、「自らの血に染まったアイルランドの窮状と、内戦で流れる血の雲に脅かされるイングランドの混乱に際しては、神の怒りをなだめまた逸らしうる全ての方法をとる必要がある」と表明されている。しかしこれは、裏を返せば、演劇は「数多く考えられる神の怒りに触れる可能性あるもののうちのひとつ」に過ぎないということでもある。演劇の上演が問題として浮上するのは、あくまで内戦の危機という特殊な状況においてのみなのだ。事実、条文の最後には、「有益であり、またこのような折に相応しくもある、改悛・神との和解と和睦がきっと平和と繁栄を生み、もう一度幸福と喜びの時代をこの国にもたらすであろう」として、この劇場封鎖令があくまで一時的なものであることを示唆している。(7)

しかし、実際のところ、これでイギリス国民が大人しく従ったわけではなく、四〇年代には非合法な上演とその取り締まりの記録が多く残されている。(8) その結果、四七年に必要に迫られた議会があらためて出した法令では、俳優を罰せられるべき「悪党」呼ばわりするなど、明らかにその調子は強められている。「多くの罪と混乱が生じており、神の大いなる怒りと不興を招きやすい時代」という「特別な状態」がそもそもの問題であるという前提は崩していない。しかし、その一方で、「そもそも古代の異教徒たちによって非難されていたものであり、キリスト教徒の学者たちの間では更に容認されなかったのが演劇であり」と、演劇それ自体を宗教上の罪として告発する姿勢を強めている。(9) 演劇の上演自体に宗教的な罪を見出すこのような態度は、先に述べた通り、ここに始まったものではない。民間においては、一六三〇年代にプリンの『役者懲罰』という形である種結実するまでに、前世紀から続く背景を持つものであるが、四七年のこの法令では、最終的に、政権を持つ為政者の側が、同様の宗教的な根拠に基づき、演劇それ自体を罪とし禁止するに至ったことが特異である。

民間にあったラディカルなピューリタニズムが、四〇年代の終わりに向けて政治の表舞台に現れ始めるという事情を考える上で目を引くのは、四九年のイングランド共和国成立から五二年まで続く、スペイン・ハプスブルグ朝に対抗するための連邦形成に向けた、ネーデルラント共和国との交渉である。五〇年から五一年にかけてのダンバーの戦いとそれに続くウスターの戦いで、クロムウェル率いる議会軍は、スコットランド軍と王党派の残党を圧倒し、チャールズ二世を大陸へと追いやった。議会派にとっては、神の意志による後押しを最も確固たる形で感じることの出来る時期であったと言える。四〇年代に、スチュアート朝を支持し、ネーデルラントで大きな力を持っていた、オラニエ公ウィレム二世が一六五〇年に急逝したことも、議会派にとっては神意の明白な現れとしてうつったということは、ピンカスが論じる通りである。[10] この時期の議会軍におけるピューリタニズムの高まりは、五〇年代初めの共和国の外交政策に引き継がれていく。

共和国政府の外交団はこの勢いに乗って、親共和国路線をとる中で最も影響力の大きかったホラント州からまず交渉を開始するが、事態はそれほど順調には進まなかった。その理由として、当時のネーデルラント連邦共和国は独立した州の集合体としての色彩が強く、国家としてのまとまりが、イングランド側の想定ほど確固たるものではなかったことが挙げられる。それに加えて、五一年当時は、亡きウィレム二世の作りあげた反共和国ネットワークがネーデルラント内にまだ強く根差していた。ネーデルラントを訪れたイギリスからの外交官が「王殺しの反逆者」として罵られ、攻撃を受けたという記録が残っている。イギリスからネーデルラントに対してのプロテスタント同士としての期待は、「悪しきプロテスタント」への失望に徐々に変わり、さらにこの現地の外交官の失望は政府の広報紙『メルクリウス・ポリティクス』(*Mercurius Politicus*)などを通じてイギリス本土の国民にまで広がっていった。[11] こういう経緯の中で制定される五一年一〇月の航海法が、英蘭戦争の直接的原因となったと説明されることも多い。しかしピンカスによれば、外交官同士の間ではこの航海法制定後も、オランダとイギリスの仲をなんとかして修復しようとする努力が続けられていたという。それにも関わらず、最終的に開戦へと至ってしまった原因を、ピンカスは、コントロールしきれないほどに反オランダでヒートアップしてしまったイギリスの、そして反イギリスで凝り固まってしまったネーデルラントの、「一般民衆の憎悪の炎」に見出している。[12]

この後、イギリスは、五四年の四月にはなんとかオランダと和解し、またここでポルトガルとも同盟を組む。ポルトガルは当時カトリック国でありながら、スペインからの独立戦争の最中であったため、対スペインという点で、イギリスと共通の目的を持ちうる国であった。イギリスはこの段階においてようやく、目的を対スペインに絞った体制をつくりあげていくこととなる。そして五八年、フランス側に加担する形で西仏戦争に参戦してイギリスは、ダンカークの戦いでスペインに勝利を収めている。

この四〇年代後半から五〇年代までの一連の流れをここで概括したい。クロムウェル政府のピューリタニズムは一度、四〇年代後半から五二年にかけてピークを迎え、その後五三年以降はむしろラディカルで厳格なピューリタニズムとはある程度の距離を置こうとする方向にシフトする。ここには、一度「反オランダ」あるいは「反『悪しきプロテスタント』」で、手に負えないほどに燃え上がった民衆の感情を何とかコントロールしたいという意図が見える。そのことは、たとえば、青木道彦が言うように、五四年三月に創立された「公的説教者承認委員会」(Commissioners for the Approbation of public Preachers) を構成する人々の教派の内訳にも見て取れる。この委員会は、聖職者の質の統制をはかる目的で発足し、その人選にはクロムウェル自身も関わっている。具体的に言うと、総勢三八名からなる委員のうち、俗人一一名を除く聖職者二七名の内訳が、独立派一四名、長老派一〇名、バプティスト三名と、教会の在り方について考え方の異なる三種類の教派からなっていた。この事実は、「真のキリスト教徒は教派間の相違をこえて一致し得るという彼の考え方を示した」ものであるととらえることができよう。[13] このような、教会組織のありようにおいて、ある程度の信仰の自由を保障しようとする政府の動きは、ケヴィン・シャープが言う通り、ベアボーン議会の解散とそれに続く五三年一二月の護国卿就任によって、クロムウェルが強大な権力の中心地点となっていく過程と並行して起こっている。いうなれば、五三年以降は、政治的な不寛容によって宗教的寛容を保とうとしているように見える。

2

この時期に展開される反演劇論を、この政治的不寛容と宗教的寛容という観点から見ようとする際、たとえば五二年のウィットニー (Witney) での事例は興味深い。クロムウェルの護国卿就任の前年にオックスフォードシャー北西部の町で起きたこの事件を記録した書物『トラジコメディア』(*Tragi-Comaedia*) は、当時ウィットニーで説教師をしていたジョン・ロウ (John Rowe, 1626–1677) によって書かれ、翌五三年に出版されている。それによると、五二年の二月三日にウィットニーのある宿屋の二階で非合法の演劇が旅回りの劇団によって上演され、そこに多くの地元民が押し掛けたところ、劇を上演している最中に床が抜け、多くの人々が一階に落ちて大惨事となったという。ぱっくり開いた地面に飲みこまれるように下の階に落下した観客や役者たちの中には重傷者もいたが、一階の出入り口にはしっかりと鍵がかけられていたため、外に出ることが出来なかったとロウは書いている。そして、この劇は、「神に仕える全ての人々を、ピューリタンの呼び名において酷く罵る」箇所を含んでいたと糾弾しながら、この出来事を、神自身が冒涜行為に対して下した罰であると説明する。「下に落ちたある女は、恐れおののきながら、自分が地獄にいるのだと思ったという。確かに全ての状況を考え合わせれば、あの暗く惨めな場所に似ていないこともなかった」[14]という描写や、女性が舞台にあがることを殊更問題視している箇所に見出されるのは、三二年のプリンの劇場批判への強い類似性である。そして実際に、『トラジコメディア』の後半では、『役者懲罰』への直接の言及が見られる。彼はここで、『役者懲罰』に記録されている、劇場に演劇を観に行って「悪しき霊」にとりつかれて帰ってきた女性の例に言及しながら、「(これらの逸話について) より充分な知識を得たい者は、このような例の多く載っているプリン氏の『役者懲罰』を読むと良い」と勧めている。[15]

一五二一～五三年頃はまだ、ロンドン都市部から少し離れた地方において、三〇年代の民間のラディカル・ピューリタニズムと立場を同じくするような、演劇そのものを神に対する罪悪と見なす反演劇論が生き残っていたことが、このロウの著作からは見て取れる。興味深いのは、まさにこの『トラジコメディア』が出版された五三年から、ロンドン都市部の劇作家の間に政府と繫がろうとする動きが見え始めることである。たとえば五三年には、ポルトガルの外交官をもてなすために企画された「プライベート」な「仮面劇」[16]『クピドと死神』(*Cupid and Death*) の脚本を、劇作家ジェームズ・シャーリー (James Shirley, 1596–1666) が担当している。[17] さらに翌年の一六五四年にはリチャード・フレクノー (Richard Flecknoe, 1600–1678) がクロムウェルの娘エリザベス・クレイポールに捧げる形でやはり「プライベートな」演劇、『愛の王国』(*Love's Dominion, A Dramatique Piece, Full of Excellent Moralitie*) を書いている。この作品の序文でフレクノーは、「舞台、そして劇場とは、小さな世界であり、そして世界とは大きな劇場である」と始め、演劇は現実世界のモラルを顧みるための鏡であると説明する。そしてこの鏡＝演劇を、種々様々に「我々のお手本となり真似すべき良い例と、むしろそこから我々自身を遠ざけ避けるべき悪い例を」映し出す教育的なデバイスとして呈示する。ここでは、三〇年代の一般民衆のピューリタニズムやジョン・ロウのような、演劇自体を無条件に罪とみなすラディカルなピューリタニズムは影を潜めている。[18] 演劇を擁護する根拠となるのは、それが観客に示すとされる「モラル」であるが、この言葉は宗教的、教派的な意味合いを薄められているような印象を受ける。ここには、四〇年代まで宗教的な観点から批判をうけた演劇が、クロムウェルの集権的権力の根拠が宗教的なものからより政治的なものに移るにつれて獲得した、ある種の「自由」が現れていると見ることもできるかもしれない。演劇は既に、政府に対して自己弁護するにあたり、キリスト教の特定の宗派に根差す必要をなくしていたのである。

フレクノーが五四年にこのように書いたのとほぼ同時期に、もっとはっきりとした形でこのような、演劇と非宗教的なモラルとの関連を前景化しながら、一六四二年の禁止以前とは異なるものとして、演劇自体を復活させようとした作家がウィリアム・ダヴェナントである。彼は内戦中には王党派の貴族ニューカッスル公爵ウィリアム・キャヴェンディッシュの下で戦っていた。その後五〇年までフランスに亡命し、帰国の後、五三年の末に匿名で、『民衆のための新しいエンターテインメントによるモラリティ向上の提言』(*A Proposition for Advancement of Moralitie, By A New Way of Entertainment of the people*)(以下『提言』)なるタイトルのパンフレットを出版している。

民衆を静かにさせておくための(彼らは本質的に熱に浮かされやすく動揺しやすいが、抑えつけることは出来るものです)完璧な方法というものはなく、そしてまた(武力・法律による)強制だけでは十分でなく、説得こそが必要であるということから考えても、民衆の目や耳を驚嘆させること以上に良い方法はないのです。(中略)慣れ親しんだものによって魅了され、楽しみを与えられれば、民衆は容易に彼らの羊飼いの声についていくことでしょう――特に、英雄的な光景や場面の転換によって目を支配し、音楽と有益な台詞によって耳を教化する、何らかのエンターテインメントによるならば。(19)

ここでダヴェナントは、新しい演劇、四二年以前の演劇=プレイとは区別される「エンターテインメント」を、「感覚に訴えかけるものを総動員して人々をモラルへと『説得』するもの」と定義している。では、そのエンターテインメントの観客が「モラル」として刷り込まれるものは一体何であろうか。それについてダヴェナントは、このパンフレットの冒頭部分で明確に述べている。

自らが統率する軍隊を教化するということが司令官たるものの主要な仕事であるように、為政者による国民の教化についても同様のことが言えるのです。それによって支配層はより確かな安定を得ることが出来ますし、またそれは被支配層の利益にもつながります。国家を教化したからといって、民衆を、戦争において敵に立ち向かっていくことも出来ないほどに女々しく、弱くさせることにはなりません。むしろ、彼らに、互いに傷つけあったり権威者に背いたりというような行為をさせる、あの規律の乱れを、ぬぐい去るでしょう。[20]

つまり、ダヴェナントが、ここで国家の安定に有益なものとして呈示する「モラル」とは、権威を中心とした軍事国家の一員として勇敢に敵と立ち向かうように国民を教育し、育て上げることに繋がっているのである。ここにおいて、この「モラル」という言葉は、さらに宗教性を薄められているように見える。そして、実際にダヴェナントがその後、五〇年代後半から王政復古までにクロムウェル政権下で発表していく新しいエンターテインメントには、「勇敢なイギリス人」が劇中で讃えられる場面が散見される。たとえば、五八年作『ペルーにおけるスペイン人の残虐なる行為』(*The Cruelty of the Spaniards in Peru*)では、イギリスはスペインに制圧され虐げられるインカ帝国をくびきから解き放つ解放者として表象される。また、その翌年書かれた『サー・フランシス・ドレイク』(*The History of Sir Francis Drake*)では、スペイン人がパナマの原住民から奪った黄金を彼らから取り返し、英雄として意気揚々と故郷へと帰るイギリス兵の姿が描かれている。[21] これらの作品に限っていうならば確かに、ダヴェナントが『提言』で言ったような、新しいエンターテインメントが第一に目指すところが忠実に表わされていると見ることができるだろう。

さて、この五〇年代半ばにダヴェナントの言う「教育」、特に民衆への脱宗教化されたモラル教育について掘り下げてみる際、避けて通れないのがトマス・ホッブズ(Thomas Hobbes, 1588–1679)の著作である。ダヴェナントとホッブズは四〇年代、王妃ヘンリエッタ・マリアが亡命したフランスの宮廷で共に過ごしていた。五一年にダヴェナントは未完の叙事詩『ゴンディバート』(*Gondibert*)をロンドンで出版する。彼がホッブズに捧げたその前書きには、彼がこの詩をフランスで執筆しながらそれを毎日のようにホッブズに見せていたという経緯が語られており、[22]さらにこの本はそれに対するホッブズの返事までも含んでいる。[23]ホッブズは、五一年に出版された代表作『リヴァイアサン』(*Leviathan*)の第二巻で、民衆の教育について、「民衆を、彼自身の本質的な権利の基盤と理について、無知あるいは誤解した状態にしておくのは、君主の義務に反している。なぜならそれによって人々は、国家がその君主の権利の行使を必要とする時に、容易にそそのかされ、彼に抵抗するようになるからである」[24]と述べている。ここで見出せるのは、ダヴェナントの『提言』における、新しいエンターテインメントが推し進めるべき、民衆向けのモラリティとの類似である。ホッブズの教育観が五三年の『提言』に反映されているのではないかという指摘は、既にジェイコブとレイラーによってなされている。[25]王党派であれ共和国政府であれ、為政者であれば民衆を従わせることは必須である。元々王党派であった劇作家ダヴェナントが、生涯共和国を支持することはなかったホッブズの議論を、共和国において政府と上手に交渉し、自らの立場を固めながら劇作家として活動するために利用したということはあながち不自然ではないのではないだろうか。

3

しかし、ホッブズが元々展開していた議論に立ち返りながら、今度は五〇年代前半のダヴェナントの動きに目を向けてみると、先ほどの五八年の『ペルーにおけるスペイン人の残虐なる行為』や五九年の『サー・フランシス・ドレイク』などにはあまり見られないダヴェナントの別な面、あるいはホッブズの別な面との関わりが見えてくる。確かに、上に挙げた五〇年代末の二作品においては、対スペイン戦におけるイギリス兵の勇敢さを称えることにより国民をよき兵士へと育てようとする「教育的」意図が明らかである。しかし、ここにホッブズの教育論との関わりを見ようとするならば、それは本来決してクロムウェル政府が為政者として利用できるものではなかったという点には留意する必要がある。そのことは、王政復古後に書かれ死後出版された、内乱期を振り返る『ビヒモス』(*Behemoth*)(一六八二)で、より明らかとなる。ここで彼は、本など手に取ったこともなく「個人的な仕事や娯楽にその心全てを傾け」「教会の説教壇からしか、自らの義務を学ばない」民衆に、「大学の権威」をかさに着て「不服従」を教えた者たちであるとして、教会の説教者たちを槍玉にあげている。[26] さらに、続く箇所で彼は、

大学出の者たちこそ、その殆どが責めを受けねばならない。というのも、神性に関する奇抜な議論は大学で始まったものであり、世俗と教会統治に関する政治的な疑問もまた大学で始まったものだからである。その大学において彼らは、アリストテレスやプラトン、キケロやセネカ、そしてまたローマやギリシャの歴史から自由を支持する議論を身につけ、それによって統治者が持つべき必須の権力を攻撃したのだ。[27]

としている。このことからわかる通り、ホッブズの民衆への教育論の大前提は、大学における民間への高等教育の否定であった。王政に対して批判的態度を持つ大学出のインテリは、ホッブズにとって、宗教的な権威によって民衆を扇動し国家を揺るがす、反乱分子であったのだ。

この『ビヒモス』におけるホッブズの態度と通底するものを見出すことができるダヴェナントの作品が、『第一日目のエンターテインメント』(*The First Days Entertainment*)である。五六年にロンドンで初演されたこの作品は、演劇を否定するディオゲネスがまず舞台上で論じた後、演劇を擁護するアリストファネスが登場してそれを反駁するという構成となっている。ここでダヴェナントは、ディオゲネスに、「一人の時ならその美徳に報いるために花輪を捧げたいと思うような権威者を、お前たちは、ひとたび集まると、陶片追放の目にあわせるではないか?」とはっきり言わせている。集まることによって「獣」あ

るいは「怪物」のようになり、本来「長く権力の座にあることによってその知恵を増すのだから、ころころ変わるべきではない」為政者を追い落としてしまう民衆こそが、ここでは批判の対象となる。[28] 民衆を衆愚として攻撃するディオゲネスは、勿論この後、アリストファネスに反駁される。しかし、興味深いことに、演劇それ自体というよりはむしろ「民衆が公的な場所に集まり為政者に向かって歯向かうこと」の方に攻撃をむけた、ディオゲネスのこの台詞に対する明確な反論は、アリストファネスの台詞の中には見あたらないように思われる。もしそうであるなら、ここで暗に攻撃されているのはむしろ、王を処刑し政権を掌握したクロムウェル政府であるようにもとれてしまう。

このような揺らぎを引き継ぐように、同年五六年に、同じくラトランド・ハウスで上演された『ロードス島攻囲』(*The Siege of Rhodes*)もまた、その後の二作品とは少し異なる趣を呈している。第一には、具体的にイングランド人が登場するわけではないということが挙げられる。舞台はイスラム教徒の軍に包囲されたロードス島で、主人公はたまたまそこに居合わせたシチリアの貴族の青年アルフォンソである。イングランドという国家への言及は、ロードス島を援助するヨーロッパの列強の一国として名前が挙げられるに留まっている。第二には、主人公アルフォンソの性質が挙げられる。ダヴェナントが『提言』で、演劇によって民衆に浸透させることが出来ると論じていた敵国との戦闘における勇敢さを、彼のキャラクターは体現するように見えて、実際には全くそうはなっていない。それどころか、アルフォンソの周りの人間達も、こぞってアルフォンソに、戦場での名誉などには目もくれず、妻アイアンシーの待つシチリア島に帰ることを勧める。次に引くロードス島の最高司令官ヴィレリウスの台詞は、その最初の例である。

ヴィレリウス　行け、行け、そなたの花嫁の元へ！
そなたの婚礼の儀式からはまだたったの一か月だ。
そなたがここに来たのは、ロードス島の騎士達に名誉を与え、我等の恒例の神聖なる宴を威厳あるものとするためだ。
客人を泊めることは我等の喜びだが、埋葬したいとは思わぬ。
理性を働かせるべき場面では、名誉は譲歩しなくては。(29)

ヴィレリウスの説得を聞き入れず、アルフォンソは「私の名誉が失われれば、彼女の愛も即座に消えてしまう」と戦闘に参加する。このあたりは、彼がイギリス人ではないことを脇に置けば、それなりに観る者の勇気を鼓舞しているようにも見えなくはない。しかし、逆にいえば、アルフォンソはまるで考えなしに「名誉」の一点張りでヴィレリウスの好意を無下にして命を粗末にしているようでもある。同様の傾向は、アルフォンソの妻アイアンシーにも見て取れる。ロードス島で自らの夫が戦争に巻き込まれたと聞いて、物資に換えられそうな自分の宝石や財産を全て船に積んでロードス島にやってくる彼女は、その途中で、イスラム教徒の軍につかまってしまう。そうしてイスラムの王ソリマンの前に引き出されたアイアンシーは、そこでベールをとって顔を見せるように言われる。

アイアンシー　あなたの軍の司令官が、その厳格な法に則って誓ったのです。
私の夫の愛しい手以外の何ものも、このベールにはふれないと。
さらに、私をロードス島に連れて行ってくれるとも約束しました、
私が彼と運命をともにできるように。
それが守られないならば、私はすぐにでも、
傷を受ける確かな方法を探しましょう。
そうすれば死の冷たい腕に抱かれて、
私の名誉は即座に安全な物となるでしょう。

それを守るために、生きている限りは
休みなく見張っていなければならないものですけれど。[30]

夫同様に命よりも名誉を優先させようとするアイアンシーに対し、ソリマンは、彼女に危害を加えずこのままロードス島に送り届け、その後彼女とアルフォンソが共にシチリアに帰る際にも安全を保障しようと提案する。しかし、そのことをロードス島に到着したアイアンシーから伝えられたアルフォンソは、島を見捨ててしまっては彼の「名誉」が損なわれると考え、申し出を拒否する。[31] 戦局は砦を囲むイスラム軍に圧倒的に有利な状況で、アイアンシーとアルフォンソがいまだロードス島にとどまっていることを知ったソリマンが呼びかける対象は、まさに「名誉」そのものである。

ソリマン　安全に通してやろうと言うのにそれを拒否して死ぬのか。
仲間と運命を共にするために?
良心の呵責というやつの対価は大きいな!しかし私は、
この頑固者の『名誉』め、お前と同じだけ意固地になってやろう。
私の力をお前はねじ伏せることはできまい、
お前が殺そうとしている者たちを私はどうしても生かして見せるぞ。[32]

最終行の台詞もやはり、「命を大事に」というヴィレリウスの台詞と同様に、名誉を大事にするあまり命を軽んじる主人公の二人と対置されているように見える。ロードス島の軍は今のところ砦の中でもちこたえてはいるものの、このままでは物資が尽きて、最後には飢えて負けることは明白という状況である。
この作品においてアルフォンソを囲む「名誉よりも生きることを優先するべき」という言説について考

えてみると、これこそホッブズ的であると言うことが出来るだろう。ホッブズの『リヴァイアサン』は、第二巻で政治形態についての本格的な議論に入る前に、前提として、第一巻で人間という生物の特性について述べている。彼は、人間の行動の根底にある原理を、自己保存の欲求であるとする。彼の説明に拠れば、国家が存在しない状態において、「全ての人間は全ての権利、他人の身体に対する権利さえも持っている」のであるから、必然的に世界は「万人の万人に対する闘争状態」の様相を呈することとなる。平和を得るためには、一人一人がこの「全ての者に対する権利」を放棄し、またそれを実際に制限するため。一つの大きな権力を持つ国家を作らなくてはならない。国家の為政者は、国民一人一人の権利を監視し制限しながら、それと引き換えに国民全ての安全を保証する存在である。[33]これは国家と国民との間の実利を介した契約であり、国家への忠誠は、あくまでこの契約上のものとして解釈される。戦争が起こった場合、敗北した側の為政者は、国民の安全を保証出来ない以上、契約を果たすことが出来なくなる。そのような場合、ホッブズは、「庇護されることを望む者は、それをどこに求めてもよい。そしてひとたびそれを得た際には、（恐怖によって服従させられているのだなどと体裁を繕ったりせず）彼自身を庇護するものを可能な限り堅持するよう義務付けられる」として、負けた国の国民はあらためて次に忠誠を誓うべき庇護者を探すべきであるとする。[34]これにならうならば、アルフォンソは、そもそも自分の国ですらない敗色濃厚なロードス島には早く見切りをつけてシチリア島に帰るべきであり、ダヴェナントは、クロムウェル政府が権力を握っている間は、劇作家として活動するために、その政策にすり寄っていくしかなかったのである。五六年の『ロードス島攻囲』においては、一見護国卿政府にすり寄っていくようでありながら、実は、同じ王党派に対して、クロムウェル体制下での身の処し方を説こうとしているダヴェナントの姿を読みとることができるのではないだろうか。

おわりに

本稿では、五十年代に劇場が閉鎖されていた時代のウィリアム・ダヴェナントの活動を追ってきた。五三年のクロムウェルの護国卿就任以降保守化する政府は、ラディカルなピューリタニズムに基づく演劇批判との繋がりも弱くする。その時流に乗るように、五四年の『提言』でダヴェナントは、宗教にもとづくというよりはむしろ軍事国家が国民に求める、よき兵士としての「モラル」を国民に教化し得るデバイスとして演劇を擁護している。五〇年代末期の『ペルーにおけるスペイン人の残虐なる行為』や『サー・フランシス・ドレイク』では、このような軍事プロパガンダとしての役割を淡々とこなしているように見えるダヴェナントの新しい「エンターテインメント」だが、五六年の時点では、異なる側面も見せている。彼はまず、『第一日目のエンターテインメント』で演劇を擁護するポーズをとりながら、為政者に対し反乱を起こす衆愚化した民衆への批判を暗に加える。さらに、その後の『ロードス島攻囲』においては、同じ王党派に対して、いまだクロムウェルが権力を持ち続ける時代における身の処し方を、かなりあからさまな形で示しているように思われる。特に『ロードス島攻囲』において、「名誉のために死ぬ必要はないからとりあえず生きなさい」といろいろな人から言われるアルフォンソの姿は、クロムウェル政権下において表向き政府に従いながら生き残らなくてはならない王党派の境遇をしのばせる。ここでダヴェナントが呈示しながら自ら実際にとっている生き残るための戦略には、四〇年代後半に亡命していたフランスの宮廷で親交を深めたホッブズの影響が見られることをもう一度指摘して本論を終えたい。

注

（1）たとえば、Maryann Cale McGuire, *Milton's Puritan Masque* (Athens: U of George P, 1983) あるいは Martin Butler, *The Stuart Court Masque and Political Culture* (Cambridge: Cambridge UP, 2008) などを挙げることが出来る。

（2）*The Kings Majesties Declaration to His Subjects, Concerning Lawfull Sports to bee Used* (London: Robert Barker, 1633) (STC 9254.7) 10–11.

（3）Anthony Fletcher, *Gender, Sex and Subordination in England 1500–1800* (New Haven: Yale UP, 1995) 205.

（4）ジャンルとしての仮面劇のアウトラインについては、Stephen Orgel ed., *Ben Jonson: The Complete Masques* (New Haven: Yale UP, 1969) のイントロダクションを参考にした。

（5）Michael O'Connell, *The Idolatrous Eye: Iconoclasm and Theater in Early-Modern England* (Oxford: Oxford UP, 2000) 15.

（6）Butler, 332.

（7）*An Ordinance of Both Houses, for the Suppressing of Stage-Playes* (London, 1642) (Wing E1411)

（8）閉鎖されたロンドン市内の劇場における非合法な演劇の上演については、Glynne Wickham, Herbert Berry, and William Ingram eds., *English Professional Theater 1530–1660* (Cambridge: Cambridge UP, 2000) を参照のこと。

（9）*An Ordinance for the Utter Suppression of All Stage-Playes and Interludes* (London, 1648) (Wing E2070)

（10）Steve Pincus, *Protestantism and Patriotism: Ideologies and the Making of English Foreign Policy, 1650–1668* (Cambridge: Cambridge UP, 1996) 17.

（11）Pincus, 34–37.

（12）Pincus, 69.

（13）青木道彦「クロムウェルの教会構想――プロテクター政府の下の教会体制を中心に」『クロムウェルとイギリス革命』田村秀夫編（聖学院大学出版会、一九九九）四七頁

（14）John Rowe, *Tragi-Comaedia* (Oxford, 1653)

（15）Rowe, 43–44.

（16）シャーウッドによればこれは「共和国において生き残った真正の仮面劇の伝統の唯一の例」である。Roy Sherwood, *Oliver Cromwell: King in All but Name, 1653–1658* (Stroud: Sutton P, 1997) 23.

(17) James Shirley, *Cupid and Death* (London: T. W., 1653) (Wing S3464) sig. A2r.
(18) Richard Flecknoe, *Love's Dominion* (London, 1654) (Wing F1228) sig. A4r.
(19) William Davenant, *A Proposition, for Advancement of Moralitie* (London, 1654) (Wing P3774) 11–14.
(20) Davenant, *A Proposition*, 1–2.
(21) Janet Clare, *Drama of the English Republic 1649–1660: Plays and Entertainments* (Manchester: Manchester UP, 2002) 243, 294.
(22) William Davenant, *Gondibert, 1651* (Menston: Scholar P, 1970) 1.
(23) Davenant, *Gondibert*, 72.
(24) Thomas Hobbes, *Leviathan*, ed. J. C. Gaskin (Oxford; Oxford UP, 1996) 222.
(25) James Jacob and Timothy Raylor, "Opera and Obedience: Thomas Hobbes and *A Proposition for Advancement of Moralitie* By Sir William Davenant." *The Seventeenth Century* 6.2 (1991) 217–18.
(26) Thomas Hobbes, *Behemoth or the Long Parliament*, ed. Paul Seaward (Oxford: Clarendon P, 2010) 158–59.
(27) Hobbes, *Behemoth*, 179.
(28) William Davenant, *The First Days Entertainment at Rutland-House* (London: J. M., 1656) (Wing D323) 5–6.
(29) Clare, 201. なお以降、『ロードス島攻囲』のテクストは、Janet Clare の *Drama of the English Republic 1649–1660*（前掲）所収のものを利用した。
(30) Clare, 208.
(31) Clare, 215.
(32) Clare, 217.
(33) Hobbes, *Leviathan*, 86–87.
(34) Hobbes, *Leviathan*, 221.

終末の錬金術
――ヴォーンとマーヴェル――

吉中　孝志

For M.

初期近代の詩人たちが、錬金術の用語やそれに関連したイメージを自らのテクストの中に持ち込むのは特異なことではない。しかし、リンデン (Stanton J. Linden) が指摘したように、彼らの用法は、十七世紀初期に大きな変化を示す。すなわち、錬金術を諷刺的に扱う、少なくともチョーサーに遡りベン・ジョンソンまで続く伝統は、それ以降、浄化と変容という錬金術の神秘的な特徴に焦点の位置を移動させるとともに、その浄化と変容を人間の道徳的な、そして魂の霊的な変化と重ねる傾向を強くした。そしてミクロコスモスでの変容はさらにマクロコスモスでの変容に照応し、錬金術は終末論的、至福千年説的な大世界の変容と重ねられるようになる。リンデンによれば、十七世紀中葉の錬金術小冊子は、しばしば強い終末思想を表す。その傾向は、非常に人気のあったスイスの錬金術師パラケルスス (Paracelsus) やドイツの神秘思想家ベーメ (Jacob Boehme) の英訳本に見られ、その流行の要因は、それらの英訳本が一六四〇年代、五〇年代に盛んに出版され始めたことと、さらにそれがイギリスの作者たちの仕事に影響を与えたことにあったのである。[1] 本論考では、十七世紀中葉の清教徒革命を経験した詩人、特にヘンリー・ヴォーン (Henry Vaughan, 1621–1695) とアンドリュー・マーヴェル (Andrew Marvell, 1621–1678) の詩の中に錬金術と終末論との融合した表現を見出し、歴史と個々の文脈の中での意義について論じたい。

ヘンリーの双子の兄弟であり、錬金術師でもあったトマス・ヴォーン（以下、トマスと記す）は、ある箇所で真の錬金術と偽の錬金術を対比しつつ、後者に熱中する者たちをからかって「哲学者の石のつまらない我が詭弁家たち」('my small sophisters of the Stone') と呼び、次のように続けている。

[Y]ou that consume your time and substance in making waters and oils with a dirty *caput mortuum*; you that deal in gold and quicksilver, being infatuated with the legends of some late and former mountebanks: consider the last end of such men. Did they obtain anything by it but diseases and poverty? Did they not in their old age —"greybeards of an evil time" — fall to clipping and counterfeiting of coin?[2]

不純物を含んだケイプット・モルチュアムとともに多量の水と油を作り、時間と財産を浪費する君たち、最近の、そして以前の幾人かのいかさま師の伝説に夢中になって、黄金と水銀を扱う君たち、そのような者たちの末路を考えてみたまえ。それによって彼らは病と貧困以外の何かを手に入れたかね？　彼らは、老齢――「悪しき時の半白ひげの人」――になって硬貨の端を削り取ることや贋金作りに堕してしまったのではないかね？

本来、真の「哲学者の石」(Philosopher's Stone) はその効力として、若返りの力を持ち、全ての病を癒す万能薬としての特質と卑金属を黄金に変える特質を持つはずの物質であった。しかし、費やされた時間と資金に見合わず、偽錬金術師たちの得るものは病気と貧困、彼らの成れの果ては、せいぜい贋金作りの老人だ、というのである。「ケイプット・モルチュアム」とは、錬金術の専門用語で、物質を昇華させる際に蒸留器の中に残った滓のことであるが、ここでトマスが意図したのは、この言葉はラテン語ではしゃれこうべを意味するから、死を警告する象徴、メメント - モリとして偽錬金術師たちの欠陥や過ちを思い出させるはずだ、ということであろう。

トマスの言う真の錬金術、すなわち霊的錬金術では「石、つまり神秘的な薬」('the Stone or Magical Medicine,' *Lumen de Lumine* [1651], 303) とは、キリストであり、人間の魂を癒し、罪を浄化する力を持つものとして表される。神は、絶望と自らの罪に苛まれた患者である第一のアダムと人類の救いのために慈愛に満ちた医者である第二のアダム、キリストを召した、とトマスは述べる。

> God having ordained a second, eternal Adam did by some mysterious experience manifest the possibility of His coming to the first, who being now full of despair and overcharged with the guilt of his own sin was a very fit patient for so Divine and Merciful a Physician. (*Magia Adamica* [1650], 144)
>
> 神は、第二の永遠のアダムを召したので、ある神秘的な実証によって彼が最初のアダムに訪れる可能性を明らかにした。第一のアダムは、今や絶望に満ち自分自身の罪の意識に押し潰されているので、かくも神聖で慈悲深い医者にまさに相応しい患者である。

キリストの受肉も、人間の魂の浄化も霊的錬金術によって説明できる。「一言で言えば、救い自体は、変成以外の何ものでもない」('In a word, salvation itself is nothing else but transmutation,' *Lumen de Lumine*, 302) と言えるのである。さらに重要なのは、この救済、すなわち霊的錬金術における変成が、アダムとその子孫たちの魂と肉体に及ぶだけではなく、「世界」に及ぶ可能性が言及されている点である。卑金属の色を変えて黄金に変化させる「着色剤」(tincture) は、「哲学者の石」や「エリクシル」(elixir) とほぼ同義語として使われたが、トマスは、「ある特定の高貴なティンクチャー」('a certain exalted Tincture') によって「世界は、もしもそれが神に仕え、そのような賜物に値したならば、色づけられ、最も純粋な黄金に変わるだろう」('the world — if it served God and were worthy of such gifts — might be tinged and turned into most pure gold,' *Lumen de Lumine*, 262)と述べている。トマスが「世界」の救済を論じる時、それはヘンリーと共有する信念でもあって、万物、すなわち全ての被造物の救済のことでもある。アダムの堕落によって否応なくその鎖に引きずられるように囚われの境遇となった、人間以外の被造物もまた終末には救われる、と考えているのである。

And if it be true that we look for the redemption of our bodies and a new man, it is equally true that we look for a new heaven and a new earth, wherein dwelleth righteousness. For it is not man alone that is to be renewed at the general restoration, but even the world as well as man — as it is written: "Behold I make all things new."

(*Euphrates* [1655], 392)

そしてもしも我々が身体の贖いと新たな人になることを期待していることが真実ならば、そこに義が住まう新たな天と新たな地を待ち望んでいることも同様に真実なのである。なぜなら普遍的な救済の時に更新されるのは人だけではなく、「見よ、わたしはあらゆるものを新たにする」と書いてあるように、人と同じようにまさに世界もが更新されるのである。

トマスが引用しているのは、「ヨハネの黙示録」第二一章第五節で、「御座にいますかた」の言葉である。至福千年の後に最期の審判が行われ、その後、ヨハネは、イザヤが予言した神の言葉「わたしは新しい天と、新しい地とを創造する」(「イザヤ書」第六五章第一七節)が成就されるのを見る。その「新しい天と新しい地」(第一節)の出現に続いて、「聖なる都、新しいエルサレム」(第二節)が天から下って来るのを見ている。また、トマスは、別の箇所では「コリント人への第一の手紙」第一五章第五一節、五二節を引用して次のように言っている。

"Behold" — saith the apostle — "I shew you a mystery; we shall not all sleep, but we shall all be changed, in a moment, in the twinkling of an eye, at the last trump." God of His great mercy prepare us for it, that from hard, stubborn flints of this world we may prove chrysoliths and jaspers in the new, eternal foundations; that we may ascend from this present distressed Church, which is in captivity with her children, to the free Jerusalem from above, which is the mother of us all. (*Lumen de Lumine*, 302)

「見よ」と使徒は言う、「あなたがたに奥義を示そう。わたしたちすべては、眠り続けるのではない。終わりのラッパの響きと共に、またたく間に、一瞬にして変えられる。」と。偉大なる憐れみの神は、この世の硬く頑なな火打石から我々が新たな、永遠の土台をなす貴かんらん石や碧玉になるように、その子供たちと共に囚われている、この苦しめられている現在の教会から、我々皆の母である、天から下って来る自由なエルサレムへと上って行けるように、我々をそれに備えて準備するのだ。

トマスもヘンリーも清教徒革命下で、現在「苦しめられている」英国国教会の「子供たち」であった。彼らにとっての新エルサレムは、クロムウェルら清教徒たちから解放された「自由な」エルサレムでもある。この「都の城壁の土台は、さまざまな宝石で飾られていた」(「ヨハネの黙示録」第二一章第一九節)が、第一の土台は「碧玉」('jaspers')、第七の土台は「かんらん石」(chrysolite)で出来ていた。さらに、「終わりのラッパ」が響く時の世界の変成は、別の箇所では錬金術の「ガラス化」もしくは「透化」(vitrification)の過程として説明されている。ルーランド(Martin Ruland)の『錬金術辞書』(*Lexicon Alchemiae*, 1612)によれば、「石灰や灰を燃やして透明なガラスにすること」であるが、[3] トマスは、自然界には腐敗しない、不滅の原理があって、植物の灰は「激しい火によって……その土の部分において破壊されずガラス化する」（'by violence of the fire … their earth cannot be destroyed but vitrified', *Anthroposophia Theomagica* [1650], 30）現象を終末の世界が「純粋で、透明な物質」（'a pure diaphanous substance', *ibid*., 31）に変容することと結び付けている。それは、ヨハネが、「黙示録」第二一章第一八節で新エルサレムの「都はすきとおったガラスのような純金で造られていた。」（'the city was pure gold, like unto clear glass'）と言っているからである。

[The] terrestrial parts [of every species], together with the element of water — for there shall be "no more sea" — shall be united in one mixture with the earth and fixed to a pure, diaphanous substance. This is St John's crystal gold, a fundamental of the new Jerusalem, so called not in respect of colour but constitution. (*ibid*., 31)

［あらゆる種類の］地上の部分は、水元素と一緒に――なぜなら「海もなくなって」しまうから――一つの混合物となって大地と結合され、純粋で透明な物質に固定されるだろう。これが聖ヨハネの言う、色ではなく本質の観点からそう呼ばれる水晶のような黄金、新エルサレムの土台、である。

真の錬金術が変成する物質は、決して着色や金メッキのような表面上の変化ではなく「本質」（'constitution'）に関しての変容を遂げたものでなければならない。人間の魂の浄化も同じであり、神の光である恩寵のみがそれをなしうる。ヘンリー・ヴォーンは、「白い日曜日――聖霊降誕祭」（'White Sunday'）と題された詩において、「この最後の最も邪悪な時代」（'this last and lewdest age', 39）を嘆く。そして、自分たちは聖霊を通して神からの啓示を受けて革命を推し進めているのだと主張する清教徒たち、特にヴァヴァソール・パウエル（Vavasor Powell）やモーガン・ロイド（Morgan Llwyd）のような所謂ウェールズの聖人たちの「このごろの新しい光」（'these new lights', 9）や彼らが誇る「火」（'fire', 13）とは違って、かつての使徒たちに降った聖霊の「光」（'light', 3）と「あの炎」（'those flames', 5）による真の錬金術こそが自らの魂と肉体を浄化してくれることを望んでいる。

So let thy grace now make the way
Even for thy love; for by that means
We, who are nothing but foul clay,
Shall be fine gold, which thou didst cleanse.

O come! refine us with thy fire!
Refine us! we are at a loss.
Let not thy stars for Balaam's hire
Dissolve into the common dross! （'White Sunday', 57—64）[4]

そのように、あなたさまの恵みが、まさにあなたさまの愛ゆえに
今、道を作りますように。なぜなら、その方法によって、
僕たちは、穢れた土くれ以外の何者でもないのですけれども、
あなたさまが洗い清めた、精錬された黄金になるのですから。

ああ、来て下さい！　あなたさまの火で僕たちを精錬して下さい！
精錬して下さい！　僕たちは途方に暮れています。

あなたさまの星たちを、あてにならぬ預言者バラムの賃金と引き換えに
卑俗な浮きかすへと溶かしてしまわないで下さい！

最終連の詩人の「嘆願は」、リンデンが指摘しているように、「その含蓄において極めて個人的で、至福千年説的でもある」（'Vaughan's plea is intensely personal but also millenarian in its overtones'）[5]。霊的な神の光を宿す「星たち」である英国国教会の信者たちが「バラムの賃金」と引き換えに、つまり清教徒たちの買収工作によって裏切り、「民数記」第二二章の預言者バラムのように、神の怒りを買ってしまうことをヴォーンは憂慮している。終末の神の炎の中で溶かされ「卑俗な浮きかす」となってしまわないように、と願う詩人の状況には、金銭と引き換えに例えば清教徒側の手先となることを勧めるような何らかの申し出があったような、極めて個別の事情があったことを推測させる。それと同時に、十七世紀中葉の政治、宗教的動乱の中で、また、それに連動した終末思想の高まりの中で「途方に暮れた」ヴォーンの叫びは、キリストに向けられた再降臨を要請する声のように響く。ミルトンもまた『失楽園』（*Paradise Lost*）第一二巻の中で、天使ミカエルの終末に関する予言の言葉を借りて（ヴォーンとは正反対に、高教会派の聖職者たちを念頭に置きながら）「天のすべての聖なる秘儀を自分たち自身の邪悪な金銭的利益と野心に悪用する極悪な狼たち」（'grievous wolves, / Who all the sacred mysteries of heaven / To their own vile advantages shall turn / Of lucre and ambition'）を非難している。[6] フィラリーサ（Eyraeneus Philaletha）もまた錬金術と終末思想を融合させた彼の著作の中で、反キリストの教義を説明しながら、金銭の横暴を「あの反キリスト的獣の支柱」（'that prop of the *AntiChristian Beast*'）と呼んで断罪し、「金銭は浮き滓のようになるだろう」（'Money will be like dross'）時が、そして新エルサレム到来の時が、二、三年の内に実現することを待ち望んでいる。[7] 終末の金銭的な腐敗は、偽錬金術師の此の世的な富への執着や、トマスが描いたような彼らの贋金作りとも結びつく。神が真実の錬金術師ならば、ジーブマッハー（Ambrosius Siebmacher）が

『賢者の水砥石』(*The Water-Stone of the Wise Men*, 1659) の中で典型的に言い表したように、悪魔こそは、「あの恐ろしいそして嘘つきの偽錬金術師サタン」('that terrible and lying false Chymist Sathan') なのである。(8)

ヘンリー・ヴォーンにとって、もしも清教徒たちが偽錬金術師たちに喩えられるならば、彼らの宗教的熱狂 (zeal) は、トマスが錬金術の過程で第一質料 (prima materia) からの生成の際に必要とした「平和の霊気」と呼ばれる第五元素を逃がしてしまう、過度な熱に等しいのであろう。真の錬金術を行うためには生ける神の聖霊と共同作業を行わねばならないことを主張して彼は次のように述べている。

Have a care therefore that thou dost not hinder His work; for if thy heat exceeds the natural proportion thou hast stirred the wrath of the moist natures and they will stand up against the central fire, and the central fire against them; and there will be a terrible division in the chaos. But the sweet Spirit of Peace, the true eternal quintessence, will depart from the elements, leaving both them and thee to confusion. Neither will he apply Himself to that Matter as long as it is in thy violent, destroying hands. (*Coelum Terrae* [1650], 233)

故に、神の業を妨げることのないように注意せよ。もしも熱が自然の割合を超えるならば液体の性質の怒りを掻き立ててしまい、それらは中心の炎に対して、中心の炎はそれらに対して立ち上がり、混沌の中に恐ろしい分裂が生じるだろうからである。しかし、甘美な平和の霊気、真の永遠の第五元素は、その成分とあなたを混乱状態にしたまま、それらから去ってしまうだろう。その質料があなたの乱暴な、破壊する手の中にあるかぎり、神御自身もそれに作用されないだろう。

ここでのトマスの比喩表現が喚起する主張は、平和を作り出す神の力の不在こそがイギリス国内の内乱状態の原因であり結果であるということ、そしてその不在を招いたのは、この著作が出版される前年に国王をさえ処刑してしまった「乱暴な、破壊する」者たちだということである。王政復古後にヘンリー・モア(Henry More) は、「宗教的熱情／狂信」('*Enthusiasm*') とは「霊感を受けたという誤認以外の何ものでもない」('nothing else but a misconceit of being *inspired*') と書いたが、既に空位期間にトマスはしばしば、セクト集団や自らを「聖人」と呼ぶ清教徒たちが聖霊を受けたという虚偽の主張をしていることに言及していた。[9] ヘンリー・ヴォーンが、『火花散る火打石』(*Silex Scintillans*, 1650, 1655) の最後の詩「跋」('L'Envoy') の中で、「弱ることもなく、野火のように燃えることもない、何時も柔和に、勇気を持って真理を擁護し、悪を暴く、あの信仰深き熱心さ」('That faithful zeal, which neither faints / Nor wildly burns, but meekly still / Dares own the truth, and show the ill', 36–38) を願う時、それは、暴力的、革命的な、過度の人工的な熱によって世界の変成をなそうとする偽の錬金術ではなく、神の御心による穏やかで自然な熱による霊的錬金術を望む声ではなかっただろうか。そして詩人は、終末の神の光が、被造物を浄化し、「ガラス化」することを切望している。

then shine and spread
Thy own bright self over each head,
And through thy creatures pierce and pass
Till all becomes thy cloudless glass,
Transparent as the purest day
And without blemish or decay,
Fixed by thy spirit to a state
For evermore immaculate.（'L'Envoy', 9–16)

それから、御身(おんみ)自身の輝かしき本質を
おのおのの頭の上に輝かし、広げられよ。
そしてあなたさまの被造物たちを貫き通されよ、
あらゆるものが、御身の曇りなきガラスとなり、
最も純粋な日の光のように透明で、
汚点も腐敗もなく、
あなたさまの霊によってとこしえに
清浄な状態に定められるまで。

詩人は、「瀑布」('The Water-fall')と題された詩の中では、流れ落ちる間際の水に人の死を重ね、復活を前提とするならば、人は「ガラスのように透き通って」('clear as glass,' 8)死んで逝かねばならないことを示唆している。プラトンが『パイドン』で説明したように、「魂が汚れたまま浄められずに肉体から解放される場合」、それは此の世的な「目に見えるものを半ば引きずっている」ために「影のような幻」、即ち幽霊となって「人に見える」状態に留まっていることになる。[10] 見えない世界に行くために人生の終わりになされるべき魂の浄化が、ここでは世界の終末において、マクロコスモスのレベルで、「ガラス化」という錬金術の最終過程の一つとして表現されている。「固定される」('Fixed')という単語も錬金術用語である「固定」(fixation)や「凝固」(coagulation or congelation)を想起させる。

ここで、ヘンリー・ヴォーンの終末の「ガラス化」において注目すべきは、その変成が神の被造物の各々全てに及んでいることである。換言すれば、彼は、トマスと同じく、神の救済が人間のみならず全ての被造物に及ぶ、ということを主張しているのである。ラドラム(Alan Rudrum)は、アウグスティヌスやアクィナスが、人以外の動物、植物、鉱物は終わりの日の更新に与らないと述べていること、カルヴィ

ニズムの予定説や神の選びの教義も同様に人間のみの救いという教義を主張するということ、を指摘し、ヴォーンの考えは、反カルヴィン主義的な立場にあると論じている。特に、人間以外の被造物が永遠の生命を持ち得るという考え方を異端と看做したトマス・エドワーズ（Thomas Edwards）の例をあげて、ヴォーンの主張と「カルヴィン主義的長老派教会」（'the Calvinist Presbyterianism'）との間の対立軸を示唆している。[11] しかし、もしも終末論における「新しい地」への変成が、人間以外の被造物を含むものであり、それが反長老派的であるとするならば、マーヴェルの「ガラス化」の表現は非常に複雑な解釈を迫られることになる。

マーヴェル

ヘンリー・ヴォーンもマーヴェルも終末が近づいていることを感じていたこと、そう主張する人々が彼らの周りに多くいたことを示す証拠はある。[12] そしてヘンリーにとってのトマスほどの近い関係ではないにしても、マーヴェルにとっても錬金術に関する知識が自らの詩作に影響を与える経路が数多くあったことは間違いない。例えば、「庭」（'The Garden'）では、瞑想の中で詩人が「作られたもの全てを消滅させて」（'Annihilating all that's made', 47）いるが、[13] サー・トマス・ブラウン（Sir Thomas Browne）は、『医師の信仰』（*Religio Medici*）の中で自然哲学者、すなわち当時の科学者たちが世界の完全消滅を否定しつつ、その錬金術的「ガラス化」についてどのように論じているかについて次のように述べていた。

Philosophers that opinioned the world's destruction by fire did never dream of annihilation, which is beyond the power of sublunary causes; for the last and proper action of that element is but vitrification or a reduction of a body into glass; and therefore some of our chymics facetiously affirm that at the last fire all shall be crystallized and reverberated into glass, which is the utmost action of that element.[14]

世界の破壊は火によるものだと唱えた哲学者たちでさえ、世界が完全に消滅して無に帰するとは決して夢想しなかった。それは、地上の原因では起こりえない。なぜなら、火という元素の最終的で本来の作用はただ、透化、即ち物体をガラスに還元することだからである。故に現代の錬金術師たちの中には、終末の炎ですべては結晶化し、反射炉のような熱に晒されてガラスになる、それが火の究極の作用である、と機知を働かせて主張する者たちもいる。

もちろんここでの 'chymics' は、「錬金術師たち」のことで、「終末の炎」とは、「天体は焼けてくずれ、地とその上に造り出されたものも、みな焼きつくされる」とペテロの言った「主の日」(「ペテロの第二の手紙」第三章第一〇節)の火のことである。その火の持つ浄化作用は、ジョン・ダンによっても詩作に利用されている。ダンは、「マーカム卿夫人の死を悼む挽歌」('An Elegy upon the Death of the Lady Markham')において、ミクロコスモスである人間の死と復活の過程、マクロコスモスである世界の消滅と更新の過程を重ねながら、次のように書いていた。

. . . at this grave, her limbeck, which refines
The diamonds, rubies, sapphires, pearls, and mines
Of which this flesh was, her soul shall inspire
Flesh of such stuff as God, when his last fire
Annuls this world, to recompense it, shall
Make, and name then th'elixir of this all. ('An Elegy upon the Death of the Lady Markham', 23–28)[15]

……彼女の蒸留器は精錬する
ダイヤモンド、ルビー、サファイア、真珠を。彼女の肉体は
それらの宝庫だったのだ。蒸留器であるこの墓で、彼女の魂は
終末の炎が此の世界を、贖うために、終わらせる時、
神が造り、その時にこのすべてのエリクシルと名付けるだろう
物質で出来た肉体に霊気を吹き込むだろう。

「墓」を「蒸留器」に喩え、その中で死体が錬金術的変成を遂げるという比喩表現は、ダンの「ベドフォード伯爵夫人へ」('To the Countess of Bedford') と題された詩への脚注でロビンズ (Robin Robbins) が述べているように、彼の若かりし頃の信仰であるローマ・カトリックの教義の一つ、汚れた魂はその浄化が完了するまで煉獄に留め置かれるという教義を想起させるだろう。[16] 錬金術的変成という概念自体が、聖餐式の際の「実体変化」(transubstantiation) という極めてカトリック的な教理と相通ずるものがあることは、ラドラムも指摘している。[17] ダンは、「ベドフォード伯爵夫人へ」の中で、我々の肉体は、墓の中で「魂が私たちを高貴にして、ガラスにする」('souls dignify / Us to be glass,' 13–14) まで、「ここで黄金になるために私たちは横たわっている」('here to grow gold we lie,' 14) のだ、と書いた。その我々、一般の人間の肉体とは違って、「マーカム卿夫人の死を悼む挽歌」では、歌われている女性の死体は、彼女が生きていた時から既に、ヨハネが「黙示録」で語った新エルサレムの都を構成する宝石で出来上がっていたように書かれている。そしてさらに、「彼女の魂」が「息を吹き込み」、復活させるであろう彼女の肉体は、「終末の炎」で神が造り、「このすべてのエリクシル」と名付けるような物質の身体だ、と言う。換言すれば、マーカム卿夫人の復活体こそが、「哲学者の石」であり、万物を変成させる際の触媒となる、彼女がいなければ世界の救済はない、ということである。この賛辞は、ダンが別の詩「復活」('Resurrection') で、「哲

学者の石」としてのキリストに与えたものと同じものである。そこでは、既に「墓に横たわる時、キリストは全身黄金であった」('He was all gold when he lay down', 13) が、復活した彼は「ティンクチャー」('tincture', 14) となり、他の「罪深い肉体」('sinful flesh', 16) さえも変成し、救済する力を持つ、と書かれている。重要なのは、キリスト＝「哲学者の石」という、キリスト教と錬金術を融合させた表現方法が、「マーカム卿夫人の死を悼む挽歌」では世俗化して使われている、ということである。賛美のために人間の女性を、キリストと同じように「哲学者の石」として扱う。この表現方法をマーヴェルも「アップルトン屋敷によせて」('Upon Appleton House') の中で踏襲している。

トマス・フェアファックス卿 (Thomas, Lord Fairfax) の所領ナン・アップルトンを最終的に「楽園の唯一の具現化」('Paradise's only map', 768) として表現するために、[18] マーヴェルは、満を持して、所有者の娘メアリを登場させる。まず彼女は「慎ましきカワセミ」('The modest halcyon', 669) に喩えられ、そして周囲を静けさへ、周りの被造物の動きを静止へと導く彼女の力もまたそのカワセミの効力に重ねられ、ついに自然はガラス化する。

Maria such, and so doth hush
The world, and through the ev'ning rush.
No new-born comet such a train
Draws through the sky, nor star new-slain.
For straight those giddy rockets fail,
Which from the putrid earth exhale,
But by her flames, in heaven tried,
Nature is wholly vitrified. ('Upon Appleton House', 681–688)

マライアはそのよう。そしてそのように世界を
静かにさせ、夕暮れ時を貫いて勢いよく飛んでゆく。
新たに生まれたほうき星も、新たに殺された星も
空を貫いてそのような尾をたなびかせはしない。
なぜならすぐに、腐敗した地上から立ちのぼる
あのめくるめくロケット花火は消滅するけれど、
彼女の炎によって、天で精錬されて、
自然はあまねくガラス化するからだ。

ここでの詩人のイメージが極めて錬金術的であることは、もっと強調されていい。「カワセミ」は、錬金術関係の書物の中では、「哲学者の石」の一つの相を表す明確な専門用語として使われていた。この「哲学的水銀、天の青い色素の第五元素」('philosophical mercury, the quintessence of celestial azure hue')は、変化をもたらす物質、回春剤であり、パラケルススもこれを「一年ごとに季節が来ると更新され、新たな羽根を身に纏う鳥、ハルシオン、即ちカワセミ」に喩えている。[19] また、世界を浄化しガラス化するマライア＝カワセミの神聖な炎は、「腐敗した地上」から吐き出されて空を飛ぶ（と信じられていた）流星の炎と対比されている。後者は、パラケルススに影響を受けた神秘思想家フラッド (Robert Fludd) の『神聖な哲学』(*Philosophia Sacra*, 1626) の表紙に描かれた流星（図版参照）を想起させる。[20] フラッドが言及している流星は、「ヨハネの黙示録」で予言された流れ星で、この世の終わりを暗示する。マーヴェルの錬金術的イメージも「黙示録」の終末論的、世界の最終的ガラス化を読者に思い出させる。しかしマーヴェルの場合、状況的に、そして教義的にも、微妙な差異を内包させていることは留意しておかなければならない。

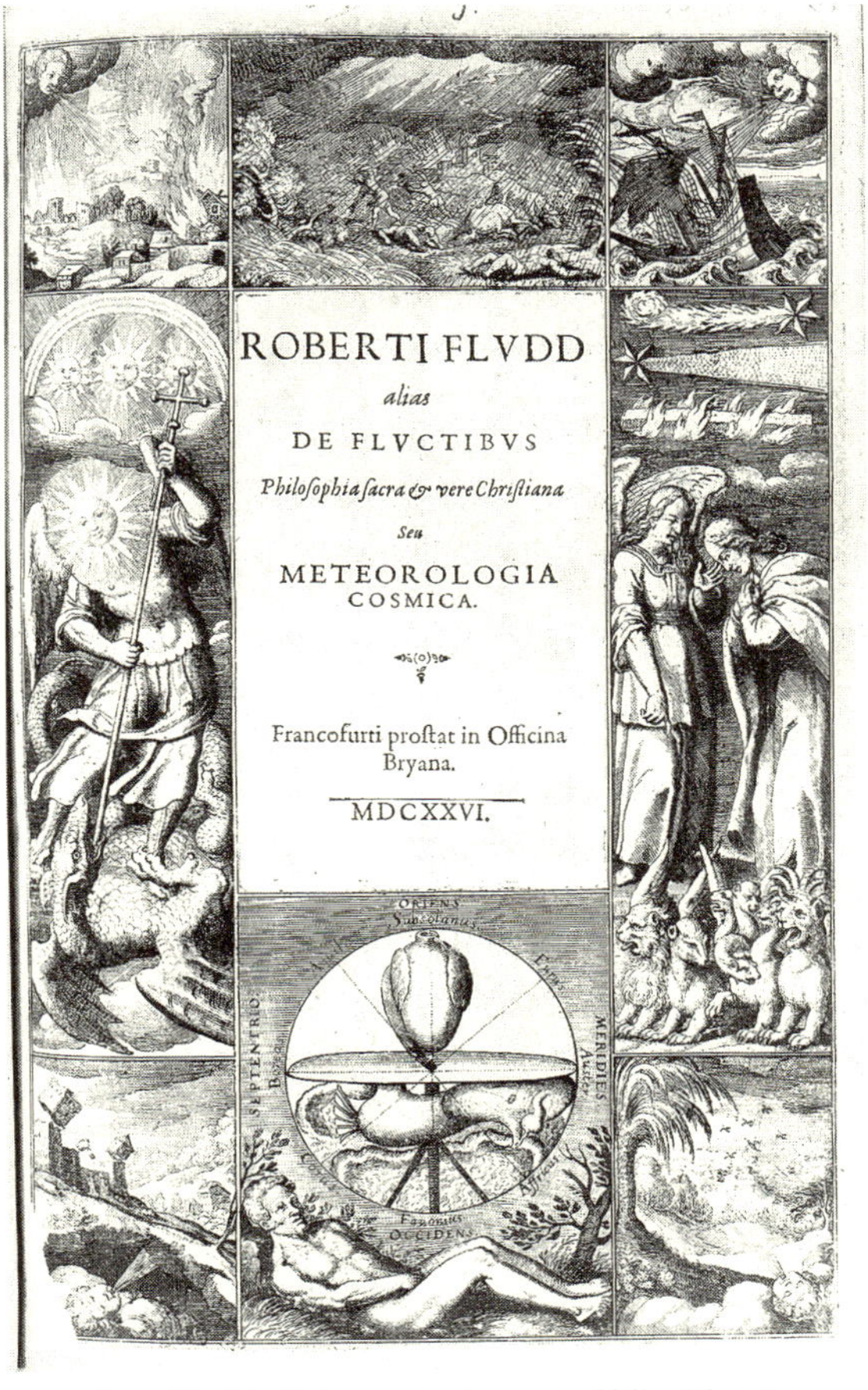

Robert Fludd, *Philosophia Sacra* (1626), title-page.
(Wellcome Library, London)

ロバート・フラッド、『神聖な哲学』、
タイトルページ（部分）

図版

ここでの「自然」とは、厳密にはフェアファックス卿の所領内の「すべての森、川、庭、牧草地」('all woods, streams, gardens, meads', 752) であって、ヴォーンが主張していたような、終末における一切の被造物のガラス化、すなわち人以外の被造物を含むすべての世界の救済を意味する表現ではない。あくまで所有物を賛美することでその所有者を称徳する詩歌の中でのこと。所有者の娘を「哲学者の石」に重ねて、その神秘的な力を称え、しかもそれを終末論的錬金術のイメージと重ねる詩人の思惑はいったい何処にあったのだろうか？　もうイギリス全土の、そして世界の変成など考える必要はない、今はこの所領の中だけを楽園に変えればよい、ということが詩人の伝えようとしていることだろうか。ならば一つには、やっと安らぎを得られる環境へと隠棲したフェアファックス卿への労いの気持ちを読ませようとしたのは確かだろう。しかし同時に、これまでクロムウェルと共に武力によって世界の終末論的更新を試みてきたフェアファックス卿への揶揄を読み取ることも可能であるように思われる。ひょっとして、忠実な長老派信徒であるフェアファックス夫人を中心とした敬虔な長老派家族に対して、ヴォーンと同じように、反長老派的用法としての意図を持って錬金術的イメージを使ったのだろうか。但し、その場合でもいつものマーヴェルのように、冗談めかして。フェアファックス卿は隠棲後、ヘルメス・トリスメギストス (Hermes Trismegistus) による著作の注釈書の翻訳を始めている。[21] その著作の「読者へ」には、ヘルメスが「全宇宙の第五元素、他の呼び方をすれば、哲学者の偉大なるエリクシル、の知識を獲得していた」('he attained to, … the knowledge of the Quintessence of the whole Universe … otherwise called, The great *Elixir* of the Philosophers')、と解説されている。[22] 錬金術をその部分的学問領域とするヘルメス哲学に興味を持っていた雇い主に対してそのイメージが使われていても、しかも称徳文の中で使われていても、深い意味があって戦略的に用いられているとは悟られない可能性の方が高い。ただ、雇い主の興味を引くような表現をしただけ。しかしそれでも詩人は、言いたいことを忍ばせているかもしれない。例えば、せいぜい人間ができることは限られた領域で楽園を作ることでしょ、とか。貴方がた長老派が異端扱いする教義もこの限られた領域では実現可能ですよね、とか。ともかく、マーヴェルの軽み、冗談の調子は、同時代の神秘主義と「宗教的熱情／狂信」とが共通して有していた非理性的な思想の危険性を自らの雇い主の興味に重ねることで生ずるかもしれない不都合を、カモフラージュする働きも持っていたように思われる。一六五一年に出版されたベーメの英訳本の序文でエリストン（J. Ellistone）は神秘主義思想を弁護しつつ、それに対する当時の二分した受け取り方を暗示している。

The proud Sophisters, and wiselings of this world, have always trampled it [i.e., the Highest Wisdome] under foot with scorn and contempt, and have called it Enthusiasm, madness, melancholy, whimsy, phancy, &c.(23)

高慢な詭弁家、そして此の世の知者ぶる者たちは、いつもそれ［つまり最上の知恵］を軽蔑と嘲りで足下に踏みつけてきた。そしてそれを宗教的熱情だの、狂気だの、鬱病だの、気まぐれだの、夢幻だのと呼んできた。

そして、トマスが指摘したように、聖霊に頼ることで知恵を得ようとする者は、現在では、喧騒派や再洗礼派といったセクト集団の中に数えられてしまうだろう（'he that will do so now shall be numbered amongst ranters and anabaptists,' *Euphrates*, 387）からである。

「アップルトン屋敷によせて」の錬金術的イメージが、何らかの党派的な偏向性を持っていたかどうかは、冗談のカモフラージュを纏ったマーヴェルのいつもの両面価値（アンビヴァレンス）が曖昧にしてしまう。しかし、メアリ・フェアファックスに「哲学者の石」が重ねられ、さらにその効力として「ガラス化」という錬金術的イメージが与えられた時、どうしても消しがたいのは、一六五七年に彼女と結婚するバッキンガム公爵（George Villiers, Second Duke of Buckingham）との関わりである。バラクレア男爵夫人（Winifred, Lady Burghclere）によれば、バッキンガム公爵は、一緒に育てられた若かりし頃のチャールズ二世と共に化学実験に時間を費やしており、同時代人であるギルバート・バーネット (Gilbert Burnet) の回顧録には、彼が長い間、「哲学者の石を捜し求めていた」('he has sought for the philosopher's stone[.]') ことや「しばしばそれを発見する本当に近くまで来たと思った」('he has often thought he was very near the finding it out[.]') ことなどが記録されている。[24] バッキンガム公爵は一六六一年に設立された自然科学者の学術団体である王立協会の会員であり、自らの館の一つには「哲学者の石」を発見するための実験室を作り、一六七七年にロンドン塔に収監された際にも自分の部屋で実験ができるようにしたという。[25] そして何よりも興味深いのは、彼が一六七〇年以降ロンドンのテムズ川南岸のヴォクソールにガラス工場を設立したことである。彼は錬金術の一過程を取り出して産業化したのである。マーヴェルは、『リハーサル散文版第２部』(*The Rehearsal Transpros'd: The Second Part*, 1673) で、論敵がこの工場の中を覗く様を描き、彼の作文過程をガラスの製造過程の比喩を使って嘲っている。[26]

マーヴェルの錬金術的表現は、バッキンガム公爵を読者の一人として想定すると非常に説明がつき易い。「ガラス化」に並々ならぬ興味を持っていたに違いない錬金術師であるバッキンガム公爵にメアリ・フェアファックスこそ彼が捜し求めていた「哲学者の石」だ、と詩人は読ませたかったのではないか。しかしそれにしても、「アップルトン屋敷によせて」の制作開始が一六五一年の夏である限り、[27] いくら後年になってマーヴェルが加筆修正をしたとしても、バッキンガム公爵が亡命から帰国しメアリと結婚する一六五七年近くにまでこの詩行の制作を遅らせて考えるのには無理があるように思われる。詩人が現状を反映して、つまり将来の夫と妻の関係がはっきりした時点で、詩のこの部分が書かれたと考えるよりも、むしろもっと積極的な働きを詩人が担っていた、つまりその婚姻に向けての働きかけを行おうとしていたとは考えられないか。

マーヴェルとバッキンガム公爵の接点は「アップルトン屋敷によせて」が書かれる前にほぼ確実にあったと思われる。共通の母校であるケンブリッジ大学のトリニティ学寮では同年の一六四一年に前者が去り、後者が入学しているから入れ違いになっていたとしても、一六四五年の冬から一六四六年、マーヴェルはローマ滞在中にバッキンガム公爵に会っていた可能性がある。彼が「フレックノー、ローマのイギリス人司祭」('Flecknoe, an English Priest at Rome')を書いたのは、当時同じくローマに滞在し、詩人たちの集会を主催していたバッキンガム公爵の後援を得るための活動の一環だったのではないかと時に推測されることもあるからだ。そして何よりも一六四八年、バッキンガム公爵の弟が戦死した時、マーヴェルは「フランシス・ヴィリアーズ卿の死に寄せる挽歌」('An Elegy Upon the Death of My Lord Francis Villiers')を書いている。[28]

チャールズ一世処刑後、クロムウェルから遠ざかったフェアファックス卿にとって、将来の政治体制の変化に備えて国王に近い友人との関係を確保しておくことは分別のあることに思われたに違いない。革命後、没収された王党派の財産のうち、多くのバッキンガム公爵関係の財産の受益者となったのは他ならぬフェアファックス卿であった。彼はそれを「決して自分自身の物と思ったことはない」と言ったという。[29]ラトランド伯爵を通じてバッキンガム公爵家とは遠い親戚にあたると信じていたフェアファックス卿は意図的にバッキンガム公爵の財産を確保しておいたとも考えられる。[30]また、バッキンガム公爵にとってもフェアファックス家の娘と結婚すれば、元来自分の物であった財産を合法的に回復できるということであるし、一六五七年、実際にそうなった。バッキンガム公爵にもフェアファックス卿にも利益のある縁談だったのである。ホッパー(Andrew Hopper)によれば、バッキンガム公爵がフェアファックス卿の娘に興味を持っている、という噂は一六五三年以来、流れていたらしい。[31]推測の域を出ないが、この縁談の構想はもっと早い時期にフェアファックス家の中にあったと考えられないだろうか。そして、もしも一六五一年の時点で亡命中のバッキンガム公爵とマーヴェルが連絡を取り合うことが可能だったとすれば、フェアファックス卿にとって娘の家庭教師は非常に便利な存在であったと考えられる。いや、むしろスミス(Nigel Smith)が示唆しているように、フェアファックス卿は、マーヴェルがバッキンガム公爵の人となりを知っているがゆえに彼を雇ったのではないかとさえ考えられるのだ。[32]だとすれば、一六五一年夏には既にこの連絡経路を通して縁談話が行き来していた可能性はないだろうか。そしてマーヴェルの「アップルトン屋敷によせて」の錬金術的イメージは、この縁談を詩人が取り持っていた、もしくは提案していた可能性を示唆しているのではないだろうか。

フェアファックス家にとって、娘の家庭教師とバッキンガム公爵との連絡経路には、もう一つ重要な意味があった。それは、後者が帯同している少年時代以来の友人、後の国王チャールズ二世の動きを知るさらなる諜報経路でもあったからだ。[33]一六五一年の時点で、フェアファックス家とバッキンガム公爵が結びつくことは、政治・宗教的な、そして立ち位置によっては非常に危険な、しかし極めて重要な意味を持っていた。チャールズ一世の処刑に断固として反対していたフェアファックス夫人は、既に長老派の王党員と通じていたが、一六五一年六月には王党派との共謀を謀った罪で長老派の聖職者クリストファー・ラヴ(Christopher Love)が処刑されてしまうという状況にあったからだ。[34]マーヴェル自身にも長老派の家族の中にいることの気まずさを独立派の友人に対して示唆しているかのような表現が「アップルトン屋敷によせて」の中に見出される。[35]チャールズ二世亡命後、彼の宮廷に加わったバッキンガム公爵は、スコットランド長老派との同盟を推進する現実主義者たちと共に国王を促し、彼自身、国王のスコットランド上陸に帯同した。その結果、一六五一年二月には王党派と長老派の連合軍が動員されている。[36]同年九月三日、再びチャールズ二世が国外へ逃れることになるウスターの戦いへ向かって時が流れて行く不穏な状況下で「アップルトン屋敷によせて」は書かれたのである。

少なくともフェアファックス夫人は、娘とバッキンガム公爵との縁談によって長老派と王党派とが結びつけられることを望んでいたに違いない。マーヴェルの錬金術的表現は、フェアファックス夫人を喜ばせる要素として書かれたとも考えられる。唯一の後継者であるメアリは、当時の家父長制度下では、結婚によってしかフェアファックス家を存続させていくことができない。そのことは、確かに重大な問題である。しかし、そのことを「アップルトン屋敷に寄せて」の中でマーヴェルが表す際の調子は、殊更大仰で、人事を超越した力に頼るしかない、という、少なくとも私的な結婚以上の、由々しき結果をも予測しているかのような書き方になっている。

… for some universal good,
The priest shall cut the sacred bud;
While her glad parents most rejoice,
And make their destiny their choice.（'Upon Appleton House', 741–744）

……何か普遍的な善のために、
司祭は聖なる蕾を切り取るだろう。
と同時に彼女のうれしがる両親は、歓喜し、
彼らの運命を彼らの選びとする。

「何か普遍的な善のために」という娘の結婚目的は、長老派と王党派が結びつくことによってのクロムウェル政権の打破を暗示していると解釈するのは深読みだろうか。詩人が提案している、両親の「運命を彼らの選びとする」という方針は、メアリとバッキンガム公爵との結婚という選択肢のその結果を、運命として受け止める覚悟が必要だ、ということをも含意しないだろうか。実際、王党員の中には、フェアファックス卿が王党派になることを期待する者たちがいる一方で、バッキンガム公爵を裏切り者と見做す者たちがいるという先の知れない状況であったし、バッキンガム公爵自身の立ち位置に関しても様々な憶測が流れていた。そして実際一六六七年、クロムウェルは、この結婚を妨害しようと派兵までしているし、結

婚後、バッキンガム公爵はついに投獄されるに至る。[37] この詩行が、ドルイド教の儀式を想起させるということは多くの注釈が指摘しているが、ともかくも留意すべきは、それが王党派文化と関連付けられる表現であり、しかも長老派の家族の結婚の儀をそれで表そうとすることが与えるかもしれない違和感である。[38]

後にフェアファックス卿は、「ドルイド僧が知るよりもより神聖な物事を読み解いた」('He red diviner things then Druids knew.')と評されるが、[39] ヘルメス思想に興味を示していた彼の所領の森の中で同じように詩人は「自然の神秘の本」('Nature's mystic book', 584)を読み、「不思議な予言」('Strange prophecies', 578)を織り成す。ヘルメス・トリスメギストスに言及しつつ('Thrice happy he', 583)、自分自身を「気楽な哲学者」('easy philosopher', 561)と呼ぶ詩人は、深刻な歴史的状況の中で、いつものマーヴェルらしく、冗談という逃げ道を確保しつつ、何らかの歴史的化学反応を期待していた、否、むしろ作り出そうとしていたのではないか。フェアファックス家と自らの友人バッキンガム公爵とを、教え子メアリという触媒を加えて融合することで、「普遍的な善」となる「ガラス化」が生じ、福千年後と同じような平和な時代が訪れることを。アップルトン屋敷にあったに違いないヘルメス・トリスメギストスの英訳本は、その原著者を'The thrice greatest Intelligencer'と呼び、彼こそが世界で最初のそれだった('he was the first Intelligencer in the World')と記している。[40] 我々が集めた状況証拠は、詩的錬金術を試みたマーヴェルもまた、フェアファックス家と王党派とを繋ぐ、ある種の「内通者」であった可能性を示唆している。

注

（1）Stanton J. Linden, 'Alchemy and Eschatology in Seventeenth-Century Poetry', *Ambix: The Journal of the Society for the History of Alchemy and Chemistry*, vol. 31, part 3 (November, 1984), 102–103, 116.

（2）Thomas Vaughan, *Anima Magica Abscondita: or A Discourse of the Universal Spirit of Nature* (1650), in *The Works of Thomas Vaughan: Eugenius Philalethes*, ed. Arthur Edward Waite (London: The Theosophical Publishing House, 1919), 94.　以下、トマスからの引用はこの版に拠り、本文中に作品名と頁数を記す。

（3）Martin Ruland, *A Lexicon of Alchemy*, trans. A. E. Waite (1612; n. p., U.S.A: Vitriol Publishing & Adam Goldsmith, 2012), 292: 'VITRIFICATIO — The Burning of Lime and Cinders into Transparent Glass'. Cf. 370: 'TRANSMUTATION — The Changing or the Alteration of the Form of Bodies in such a way that they no longer have any resemblance to that which they previously were, but have acquired another manner of being both inwardly and outwardly, even another colour, a new virtue, a diverse property, as when a metal is converted into glass by the power of fire, wood into coal, clay into brick, hide into glue, rag into paper.'

（4）*Henry Vaughan: The Complete Poems*, ed. Alan Rudrum (1976; rpt. Harmondsworth: Penguin, 1983), 249.　以下、ヘンリー・ヴォーンの詩の引用はこの版に拠り、本文中に題名と行数を記す。

（5）Stanton J. Linden, 'Mystical Alchemy, Eschatology, and Seventeenth-Century Religious Poetry', *Pacific Coast Philology*, vol. 19, no. 1/2 (November, 1984), 83.

（6）John Milton, *Paradise Lost*, Book 12, lines 508–511, ed. Alastair Fowler (1968; rpt. Harlow: Longman, 1986), 634.

（7）Eyraeneus Philaletha, *Secrets Reveal'd: or, An Open Entrance to the Shut Palace of the King* (London, 1669), 48.

（8）Ambrosius Siebmacher, *The Water-Stone of the Wise Men,* in Paracelsus, *Paracelsus his Aurora, and Treasure of the Philosophers as also The Water-Stone of The Wise Men; Describing the Matter of, and Manner How to Attain the Universal Tincture* (London, 1659), 189.

（9）Henry More, *Enthusiasmus Triumphatus* (London, 1662), in *A Collection of Several Philosophical Writings of Dr. Henry More*, 2nd edn., vol. 1 (New York: Garland, 1978), 2.　王政復古後の「宗教的狂信」については、Stanton J. Linden, *Darke Hierogliphicks: Alchemy in English Literature from Chaucer to the Restoration* (Kentucky: The University Press of Kentucky,

1996), Chapter 9を参照せよ。 Cf. Thomas Vaughan, *Magia Adamica* (1650), 178: 'a saint … with all his devotion knows not A B C, yet pretends he to that infinite spirit which knows all in all.' See also *Anthroposophia Theomagica* (1650), 6: 'these later intimations [of any sect] … produce some empty pretence of spirit'.

（10）プラトン、『パイドン――魂の不死について』、岩田靖男訳（岩波文庫、一九九八年）、八〇―八一頁。

（11）Alan Rudrum, '"These fragments I have shored against my ruins": Henry Vaughan, Alchemical Philosophy, and the Great Rebellion', in *Mystical Metal of Gold: Essays on Alchemy and Renaissance Culture*, ed. Stanton J. Linden (New York: AMS Press, 2007), 333–335.

（12）例えば、Takashi Yoshinaka, *Marvell's Ambivalence: Religion and the Politics of Imagination in Mid-Seventeenth-Century England* (Cambridge: D. S. Brewer, 2011), 189を参照。

（13）*The Poems of Andrew Marvell*, ed. Nigel Smith (2003; revised edn. Harlow: Pearson, 2007), 158.　以下、マーヴェルの詩からの引用はこの版に拠り、本文中に行数を記す。

（14）Sir Thomas Browne, *Religio Medici, Hydriotaphia, and The Garden of Cyrus*, ed. Robin Robbins (1972; rpt. Oxford: Clarendon Press, 1989), 53–54.

（15）*The Poems of John Donne*, ed. *Robin Robbins*, 2 vols. (Harlow: Pearson, 2008), ii. 279.　以下、ダンの詩からの引用は全てこの版に拠る。

（16）*Ibid.*, 260.

（17）Alan Rudrum, '"These fragments I have shored against my ruins": Henry Vaughan, Alchemical Philosophy, and the Great Rebellion', 335.

（18）Cf. *OED*, 'Map', 2. b: 'The embodiment or incarnation …; the very picture or image of'.

（19）Lyndy Abraham, *A Dictionary of Alchemical Imagery* (Cambridge: CUP, 1998), 95. See also Lyndy Abraham, *Marvell and Alchemy* (Aldershot: Scolar Press, 1990), 212–213.　しかしながら、Martin Ruland, *A Lexicon of Alchemy* は、'HALCYONIUM' に関して、それは「凝固した海抱石」('congealed seafoam' 149) だと言っているから、いつも「哲学者の石」を表すわけではないのも確かである。

（20）Robert Fludd, *Philosophia Sacra et vere Christiana seu Meteorologia Cosmica* (1626), title-page.

（21）Lyndy Abraham, *Marvell and Alchemy*, 22 にフェアファックス卿が Hermes Trismegistus の *The Pymander* への François de Foix de Candaleによる注釈書を翻訳し始めたことへの言及がある。

(22) J.F., 'To the Reader', in Hermes Trismegistus, *The Divine Pymander of Hermes Mercurius Trismegistus in XVII Books*, trans. John Everard (London, 1649), sig. A4.

(23) J. Ellistone, 'The Preface of the Translation to the Reader', in Jacob Behmen, *Signatura Rerum: or The Signature of All Things: Shewing the Sign, and Signification of the Severall Forms and Shapes in the Creation* (London, 1651), sig. A2v.

(24) Winifred, Lady Burghclere, *George Villiers: Second Duke of Buckingham 1628–1687: A Study in the History of the Restoration* (London: John Murray, 1903), 27–28: 'Charles shared to the full the Duke's passion for chemistry, and it was in the hours they spent together over the retort and crucible, that George Villiers acquired his great ascendency over his youthful sovereign.'; 'Burnet's Original Memoirs', in *A Supplement (from Unpublished MSS.) to Burnet's History of My Own Time*, ed. H. C. Foxcroft (Oxford: Clarendon Press, 1902), 63.

(25) Bruce Yardley, *ODNB*, s.v. 'Villiers, George, second duke of Buckingham', 504.

(26) *The Prose Works of Andrew Marvell*, 2 vols. Volume I, ed. Martin Dzelzainis, and Annabel Patterson (New Haven: Yale UP, 2003), 249–250. See also Martin Dzelzainis, 'Andrew Marvell and George Villiers, Second duke of Buckingham', *Explorations in Renaissance Culture*, 36, 2 (Winter, 2010), 155.

(27) *The Poems of Andrew Marvell*, ed. Nigel Smith, 210.

(28) Martin Dzelzainis, 'Andrew Marvell and George Villiers, Second duke of Buckingham', 162–163.

(29) John Wilson, *Fairfax: A Life of Thomas, Lord Fairfax, Captain-General of all the Parliament's Forces in the English Civil War, Creator and Commander of the New Model Army* (London: John Murray, 1985), 168.

(30) 例えば、Sir Henry Wotton, *A View of the Life and Death of George Villiers, Duke of Buckingham*, in *Reliquiae Wottonianae or, A Collection of Lives, Letters, Poems* (London, 1651), 121には、バッキンガム公爵の母親が'the Lady Katherine Manners, Heir general to the Noble House of Rutland'であることが記されている。

(31) Andrew Hopper, *'Black Tom': Sir Thomas Fairfax and the English Revolution* (Manchester: Manchester UP, 2007), 117.

(32) Nigel Smith, *Andrew Marvell: The Chameleon* (New Haven: Yale UP, 2010), 88–89.

(33) Bruce Yardley, *ODNB*, s.v. 'Villiers, George, second duke of Buckingham', 501: 'the Fairfax family were known to be in contact with royalist agents'.

（34）*The Poems of Andrew Marvell*, ed. Nigel Smith, 212.　また、John Wilson, *Fairfax*, 169 は、国王からの手紙をフェアファックス夫人が受け取っており、一六五五年にクロムウェル側の諜報員がそれを伝えた結果、フェアファックス卿がクロムウェルに宛てて謝罪の手紙を書かねばならなかったことに言及している。

（35）Takashi Yoshinaka, 'Two Verbal Echoes of John Hall in Marvell's Verse', *Notes and Queries*, 259, 3 (September, 2014), 369–371.

（36）Bruce Yardley, *ODNB*, s.v. 'Villiers, George, second duke of Buckingham', 501.

（37）John Wilson, *Fairfax*, 171.　ウィルソンは、一七〇―一七一頁で、この結婚がクロムウェルと後のクラレンドン伯エドワード・ハイド (Edward Hyde) に与えた驚きについても言及している。 Andrew Hopper, *'Black Tom': Sir Thomas Fairfax and the English Revolution*, 117. Bruce Yardley, *ODNB*, s.v. 'Villiers, George, second duke of Buckingham', 501.

（38）Cf. *The Poems of Andrew Marvell*, ed. Nigel Smith, 240: 'Larson, DUJ, 80 (1987), 27–35, notes that Druids were associated with royal culture, although M.'s reference here is exclusively concerned with the Fairfaxes.'

（39）Brian Fairfax, 'Upon cutting down the Woods at Nun Appleton, 1679', line 35, quoted in *The Poems of Andrew Marvell*, ed. Nigel Smith, 233.

（40）Hermes Trismegistus, *The Divine Pymander of Hermes Mercurius Trismegistus in XVII Books*, trans. John Everard, sig. A3.

ドライデンの翻訳論と中庸の修辞

大久保　友博

一

一六七〇年代に活発に筆をふるい名声を高めたジョン・ドライデンは、八〇年代に入る直前、まだ二十代であった野心的書肆ジェイコブ・トンソンと出会い、ふたりは協同で、とりわけ翻訳に特化した出版事業を手がけようとしていた。その最初の実験が、トンソンの持つ劇作家人脈を中心の訳者としてドライデンが編者的役割を務めたオウィディウス『ヒロインたち』(*Heroides*) の共訳『オウィディウス書簡集』(*Ovid's Epistles*) である。十七名の訳者を動員し一六八〇年に出版されたこの訳書は、当時の古典を求める空気と合致して異例のヒットとなった。(1)

ドライデンの残した翻訳に関する記述で、もっとも有名なのがその書に付された「『オウィディウス書簡集』への序文」('Preface to *Ovid's Epistles*') である。その冒頭では、翻訳が三つに分類される。

すべての翻訳は、この三つの題目にまとめるのがよいと思われる。第一は、逐語のもの、すなわち著者を語単位行単位で、ある言語から別の言語へと翻すことである。たとえば、この手法に近いのがベン・ジョンソンの訳になるホラーティウス『詩論』であった。第二の道は、釈意のもの、すなわちゆとりのある翻訳で、その場合、著者はけして見失われぬよう翻訳者によって目の届くところに置かれるが、その言葉は想念ほどには厳密に辿られず、また敷衍は許されても改変はされない。この種のものが、ウォラー氏によるウェルギリウス『アエネーイス』第四巻の訳である。第三の道は、模倣のものであり、この場合、翻訳者は（このとき当人がその名を失っていなければの話だが）ある自由を身にまとう。それは言葉や想念からの逸脱だけでなく、その両方を時に応じて捨て去ること、さらに原典から何か漠とした手がかりだけを取り出して、思うままそれを下地に変奏することの自由だ。この種のものとして、ピンダロスの頌歌を二つ、ホラーティウスのものを一つ英語へと翻したカウリー氏の実践がある。(2)

この三つの分類は、内容に関する反論こそあれ、これまでごく素朴に論として読まれること、あるいは内容そのままで紹介されることが少なくなかった。翻訳研究においては、「翻訳プロセスの簡潔な説明」をし、「翻訳が成功するためには何が必要かを提示するもの」と受け取られたり、(3) 理論として定式化（'formulate'）したとされたりしている。(4) 英文学研究においても、ドライデンの翻訳を扱った論考にもかかわらず、「この主題についてよく書けた」(5)、「よく知られた」(6) と簡単に片付けられることもあり、またドライデンの翻訳論を考察した単著としても重要なジュディス・スローマンの『ドライデン――翻訳の詩学』(7) にしても、T・R・スタイナーに依拠しつつ、(8) この文章をドライデンの出発点としてさして疑いを差し挟んではいない。また佐藤勇夫は、翻訳論の根本としてドライデンのものを高く評価し、その意義を認めてからでなくては翻訳の議論を進められないとまで言う。(9)

だが序文というのは、当時の出版にあっては何よりも自己弁護のためのもので、もっと積極的に捉えてよければ広告のメディアである。この序文が付されたのは、古代ローマの文人オウィディウスが『ヒロインたち』と題してものした架空の書簡集を訳した書籍であり、結果としてドライデンとトンソンの協同事業の成功第一号となったものだが、ドライデン単独の訳書ではなく、自他の人脈からなる大勢の劇作家たちの訳を集めた、いわば競訳とも言えるものであった。となれば、やはりそれぞれ訳の出来も方針も種々雑多で、これらをまとめて正当化しようとすれば、やはりそれぞれがある程度独自によろしくやってくればいい、という、何かしらの幅を許すような方向性になって当然である。ドライデンもトンソンも、この様々な文人が集って競うように訳すというあり方は、相当な売りであると自覚していた。むろんこれまでにも、誰かの訳を継いだり、個々に訳されたものを集めたりすることで、結果的に共訳書となるものはあったが、文芸出版として企画から共訳の形を取ることが新しいものだという自信が彼らにはあったと思われる。[10] そしてその第一号に翻訳論が付されるわけだが、そのことが事前の広告に特記されたくらいであるから、[11] それなりの意気込みをもって自分たちの企画の擁護にあたったはずである。[12]

序文の意図がこうした擁護にあったことがわかるのは、とりわけ末尾のところだ。

つまるところ、今までの話をこの当作品に適用すれば (To apply in short, what has been said, to this present work)、ここで読者は全翻訳の大半に、著者の想念からの自由なり変化なりを少しなり見いだすことだろう。

ここで用いられる 'apply [...] what has been said, to [...]' は、弁論上ありふれた言い回しでさえある——論じてきた以上のことを踏まえれば、自分たちの翻訳が素晴らしいものであることがわかるだろう、というわけだ。ドライデン自身、序文の機能が自己弁護にあると理解していたことは、一六八二年の『平信徒の宗教』(*Religio Laici*) の序文冒頭で「著者自身と自らの企てを弁護するうえで」[13] と述べたり、またその序文内で「反論」「反駁」といった法廷用語を用いたりしていることからもよくわかる。むろん擁護や弁護と聞いて、文学論ですぐに思いつくのは、一五九五年のフィリップ・シドニー『詩の弁護』(*The Defence of Poesy*) だろう。かつて法学院の学生であったシドニーは、後述する修辞学の教本や古典に基づき、弁論術を用いて詩論を著した。[14] 同様に、ドライデンの翻訳の弁護も当時の弁論的修辞から成り立っている。

本稿では、ドライデンが「『オウィディウス書簡集』への序文」で翻訳という案件を、どのような修辞でどのように弁護したかを見ながら、その弁論のなかにある詭弁性を明らかにしたい。

二

ドライデンも、良質な訓育を受けた子弟の例に漏れず、その素養の根幹には、グラマー・スクールやパブリック・スクールでの教育があった。とりわけウェストミンスター校に在学中、木曜日の夜に宿題としてペルシウスの翻訳をしたことは、殊に知られた逸話である。[15] こうした寄宿学校には、将来法曹界で活躍する者や、また弁護士にはならずとも議員や官僚、宮廷人になるための教養として法学の知識を必要とする者たちが多く通っていた。そしてまた寄宿学校の方でも（もちろん大学でも）、彼らに教えるべき読み書き論述の基礎として、法廷弁論術としての修辞学を盛んに教えていたのである。[16]

シドニーも依拠したという定番の教本たるトマス・ウィルソンの『修辞学の技術』(*The Arte of Rhetorique*) では、修辞学の目的は以下のように定義づけられている。

教えること
喜ばせること
そして説得すること[17]

教えることというのは、相手に分かる言葉で述べることであり、喜ばせるというのは文彩の領域であるが、最終的な目的は聞き手や読み手を説き伏せることにある。そのなかでウィルソンが最も重要とする技法が拡充法で、詩論の擁護でもまた同様のレトリックが活用されるのだが、ドライデンの論じ方もまた、この拡充法に則ったものであった。

ウィルソンによると、拡充法の要点はふたつある。ひとつは、語については転義させて比喩的に表現すること。そしてもうひとつが、物事を大げさに語ることである。たとえば「最初、考えを卑近な語で語り、その後で、もっと重々しい語を使うと、罪も同様にもっと大きく見える」と彼が述べる通り。(18) ドライデンはまず「逐語のもの、すなわち著者を語単位行単位で、ある言語から別の言語へと翻すことである」と説明してから、話を広げてゆき、そして強烈な比喩を持ち出す。

> それは綱の上で両足に枷をはめられ踊るようなものだ。用心すれば落下は避けられようが、華麗な動きなどは期待もできない。我々が最善とするものでも、それでもやはりつまらぬ仕事。なぜなれば、やりぬいた際の拍手ほしさに危険へ飛び込めば、素面の者でも首折ること免れぬ。

こうすれば、実際その比喩に当てはまるのが逐語のものに分類できるもののごく少数でも、まるで全体がそうしたもののようにイメージされるようになり、ことさらに悪く見せられるようになるわけだ。

だが逐語訳というのは、そもそも罪ではない。どうしてここで貶められるかというと、ここにもまた拡充法という技法が関連してくる。ウィルソンによると、

> 相反するものを並べて比べれば、物事は目立つことがよくある。例えば、リエージュ・ビロードをジェノバ・ビロードに対比させると、前者の方は前より良く見え、後者の方は前より悪く見えるだろう。［…］もし誰か自分の仲間に学問と知識を勧めたければ、その反対の側から、人間は裸のままでは何と惨めな者であるか、確かに学問が欠けたら人間はどんなに人間らしくないか、その生活はどんなに人間らしくない生活になるかを示すとよい。(19)

つまり極端な比較をして、一方の欠点短所を大げさに指摘すれば、もう片方は何もしなくてもよく見える、ということだ。ドライデンはこの技法の基本に忠実で、自分の正当化したい釈意のものとは極端に違う逐語のものと模倣のものを貶すことで論述を進めている。しかも、模倣のものの批判内容については、ドライデン自身「私はあえて二名の偉大な人物の権威に抗する形で自説を与えてきたが」と言うように、その一名であるジョン・デナムの「『トロイ陥落』序文」('Preface to *The Destruction of Troy*')にある説明を引き写した上での、拡充法的な否定である。模倣の付加的要素に対しては、「負債の支払いを期待している人が贈り物を贈られて、必ずしも満足するわけでないはずだ」と反論し、また次の比喩を持ち出してもいる。

> 概して、著者の想念というのは神聖不可侵なものとされる。オウィディウスの空想が豊かなものであるなら、その特徴もそうあるべきで、そこで私が切り詰めてしまうと、それはもはやオウィディウスではない。その無駄な枝を剪り落とされて本人も得したのではないかと、反論を受けることもあるだろう。だが私は、翻訳者にそのような筋合いはない、と抗弁する。画家が実物から写生をするときでも、絵がよく見えるからなどと口実をつけて姿形や顔立ちを変える特権などその者にはないと私は思う。ひょっとしたら、目鼻を変えた方が、描かれる顔がもっと的確になることもあろうが、その者の仕事は元のものに似せることであるのだ。

だが釈意のものについて、その美点長所などにはほとんど何も触れておらず、ドライデンは自分の意見らしいものすら提示していない。その意味では、弁論術の基本に忠実すぎるとも言える。

とはいえ、もしドライデンの翻訳論に新しいところがあるとすれば確かに、訳を三つに分類したことだろう。修辞学上の拡充法では、一般的に二元論や二項対立が扱われる。さきほど教本の記述を引用したように、二つあるなかの一方を貶めて、もう一方をよりよく見せるのだが、ここでは三つ取り上げて、両極端が悪い、という論法を用いている。しかし翻訳論の歴史を考えてみても、やはり二元論が普通である。いわゆる直訳と意訳であって、ドライデンに引用されたデナムの詩「当訳の筆者に寄す」('To the Author of this Translation')でも同じ対立を引き合いに出しているし、ヒエロニュムスがキケローの言説を二元論として紹介してから、この二つの対立は翻訳論においては、ありふれたものとなっている。もちろん模倣が持ち出されることもあるが、その場合もジョアシャン・デュ・ベレーのように翻訳と模倣の対立になってしまうのだ。[20]

三

しかしながらドライデンは翻訳を三つに分類し、拡充法によってそのうち二つを否定してこう述べている。

私見では、模倣と逐辞訳は避けるべき両極論である。ゆえに、そのあいだの中庸を私が提案しているとすれば、氏の主張の及ぶ範囲というものもわかるだろう。

つまり両極端('the two Extreams')を廃して、中庸('the mean betwixt them')をよしとするわけだ。翻訳論としては新規性があっても、こうした拡充法の使い方自体が新しいかというと、そうではない。むしろこの時代には政治宗教においてよく使われた論法であるし、ドライデン自身何度も用いていたものでもある。'mean' あるいは 'moderation'、ラテン語で 'via media' とも言われるこの中庸中道というあり方は、英国十七世紀において、そのただなかでは混乱や対立を生き抜く処世術として、そして二極化の進むなかでは、自己擁護のためのレトリックとして盛んに用いられ、発展してきたものであった。イーサン・H・シャガンの『中庸というルール』は、初期近代イングランドにおける中庸という考え方について、その成立から発展までをつぶさに調べ上げた労作であるが、彼によれば中庸とは単に穏健な主張ではなく、宗教や政治の面で極端な周縁に位置する者たちが、過激な排撃や高圧的な自己弁護として用いてきたものとされる。宗教改革以降、アリストテレス的な中庸中道の思想が倫理的な規範となると、その言葉や力は教会や国家体制を正当化するものとして使われるに至り、国教会の発展や内戦期を経てそのことが定着すると、いかに自らが中庸であるかと示すことが、ある種の理想として、宗教および国家を論じる際に権威的な位置を占めたのである。[21] そして実際にも、ホイッグ党とトーリー党の二大政党政治が深まっていくにつれて、この中庸と両極端のレトリックが、あたかも理性に訴えかけるといった形で、故意に政敵を貶める目的をもって歪曲的に用いられてきたことが指摘されている。[22]

つまり中庸が良いものと考えられていた十七世紀末の英国にあっては、自分が中庸であるという証明は何よりも強力なものであったのだ。だからこそ、対立する目の前の相手を極端な場所に置き、そして自分の後方にも何かしらの極端な存在を作り出すことができれば、両極端に挟まれた自分（たち）があたかもバランスの取れた存在のように映ることとなる。このことから歴史学者のマーク・ナイツは、後期ステュアート朝のことを詐称＝誤認（'misrepresentation'）の時代とも見ているほどだ。[23] そしてシャガンは、研究者もまたその中庸という言葉のために、初期近代の作家たちを理性的な調停者として誤認してしまい、その裏にある意図や過激性を見落としているのではないかと危惧する。[24]

ドライデンはこうした時代にあって、両極端を排する中庸という修辞を積極的に活用した人物のひとりであった。先にも言及した『平信徒の宗教』では、まず序文で二種類の敵としてカトリック教徒と非国教徒を引き合いに出したあとで、本文たる詩の末尾付近で、次のように言う。

それゆえ双方の極端なことを放棄しながら、無知と傲慢さの動きをせき止める以外にどんな方法が残されているのか？[25]

またドライデンが「翻訳病」[26]をわずらった原因のひとつとして知られている一六八三年の『カトリック同盟史』(*The History of the League*) 翻訳の序文でも、今度は非国教徒とイエズス会士が持ち出され、同様の修辞が用いられつつ、ともに極端なものとして排撃されるべしとされている。

［非国教徒とイエズス会士は］双方とも過度に暴力的である。彼らは宗教上において互いを頑固なほど忌み嫌っているが、政治体制の原理においては一致している。[27]

こうして両極端としたものを排し、自らの所属する英国国教会を中庸としてよしとするのが、当時のドライデンが採用した基本的なレトリックであった。

確かに「『オウィディウス書簡集』への序文」でドライデンが釈意訳を弁護するのは納得できる。共訳や競訳という幅を許すためには、ゆとりのある訳をよしとするのが最善であるからだ。ただドライデンはその正当化に、自らの得意とする中庸の修辞を用いた。すなわち、自分の主張したい意見の両側に極端なものをふたつ作り、あたかも自分の立ち位置がバランスを取ったもっとももなものであるように見せかけたのである。実際の程度は関係なく、ただそう見えるものがあればいいわけで、そこで選ばれた両極端が逐語訳と模倣のふたつであったというわけだ。

ただし翻訳の程度を分類する場合、この三つが自然で妥当かというと必ずしもそうではない。ここで意訳と直訳という対立を温存したまま、それぞれの先に極端なものを作って、胡訳・意訳・直訳・死訳とした言語学者の林語堂の例を思い出してもいいだろう。林はその「翻訳ヲ論ズ」で、翻訳を文字や意味に対する忠実性の度合によって四つに分類し、死訳を直訳の過激派、そして胡訳を意訳の過激派として否定的な意味を担わせた。[28]だが、ここでたとえば胡訳と意訳をひとまとめにすれば、両極端は意訳と死訳になって、直訳が中庸のように見え、また直訳と死訳を一緒にすれば、意訳が中庸となってしまう。つまり三つの分類というのは、自分の立場がどこにあるかによって任意の中間点を設定できるため、修辞としては効果的であっても正しさとはほとんど何の関係もない。であれば、むしろこの三つを並べるやり方はジョージ・スタイナーの言うように必然性のない「不毛な三つ組」であり、[29]単なるレトリックがドライデンの権威ゆえに後世へ影響を及ぼしてしまった呪縛のようなものだと見るのが妥当だろう。

実際に自分（たち）がどのように翻訳したかを解説すらせず、当時流行の（自己薬籠中の）修辞に忠実に語り下ろした文章は、その出版事業の意気込みとは裏腹に、小手先だけで書かれたように見える。広告としてはまっとうでありながら、詩論としては不誠実という指摘を免れ得ないものであり、詐術の修辞という意味では、キケローの『弁論家について』で引用された一節を思い起こさせる。

人の心を曲げ、万事を統べるものであるこの弁論[30]

四

こうした文章上の詐術は、同テクストのホラーティウス引用部分にもある。

これらの方法の第一に関わるのが、我らが名詩人ホラーティウスの授けたこの戒めである。

Nec verbum verbo curabis reddere, fidus

Interpres——
「一語を一語で再現することにこだわるな、忠実なる
訳者のごとく——」

「語単位の忠実すぎる翻訳をするな」、とここをロスコモン伯爵が見事に訳している。事実、忠実すぎるとは衒学の謂いである。これは一つの信仰であり、もの見えぬ熱狂的な迷信に起因するものと似ている。

（傍線は筆者による）

ドライデンはこれを第一のものと関わる、つまり逐語訳への戒めとして引いているが、原典の文脈を考慮すると恣意的だと言わざるを得ない。そもそもホラーティウスの『詩論』(*Ars Poetica*) では、ここは条件節の一部であり、禁止する目的を限っている。文意としても無条件で何かを戒めているのでないし、何よりもこれは詩論である。本来‘*Ars Poetica*’が詩作のコツ程度の意味であるように、その分かりづらいコツを比喩的に述べたくだりであって、そもそも翻訳における逐語訳を否定しているのではない。検討のためにも長くなるが引用部分の前後を示そう。

語り継がれてきたものを採ること、もしくは首尾一貫したものを造りなさい、
筆者たろうとする者よ。もし仮に、従来讃えられたアキッレースをまた取り上げるのなら、
やはり手が早くて、短気で、容赦がなく、残忍で
どんなルールも受け入れず、何でも武力にものを言わせる人物でなくては。
やはりメーデアなら凶暴で剛情、イーノーは涙もろく、
イクシオーンは不誠実で、イーオーはさまよい、オレステースなら懊悩だ。
もしまだ試みられていないものを舞台に上げ、思い切って
新しいキャラクタを形作ろうとするのなら、最後まで、

初めに登場した際のキャラをそのまま守って、貫き通させるべきだ。
共有されているものを、自分なりに詠じるとなると難儀する。とはいえ、
トロイアの歌を小分けして紡ぎ出した方がうまくいく、
まだ知られずまだ語られていないものを初めて世に出すよりは。
公有財も自分の手中のものとなるだろう、もし
大した値打ちもない開けっぴろげの環のなかにとどまらず、
忠実な仲介役気取りで一語を一語で再現することに
つとめたりせず、真似をしようと狭いところに飛び込んだばかりに
ひるむなりジャンルのしばりを気にするなりでそこから踏み出せなくならなければ。[31]（傍線は筆者による）

この部分は、いわゆる翻案や本歌取りについての話である。同時に、創造論で言うところのキャラや題材の話でもある。長く人々に語り継がれてきたキャラクタというものには、一定のイメージがある。たとえば、シャーロック・ホームズと言われれば、たいていの人がそれなりに共通の探偵像を思い浮かべるはずで、そこから外れると文句を言われるなどするだろう。近年なら、イギリスＢＢＣ製作の『SHERLOCK』やハリウッド映画『シャーロック・ホームズ』の成功が参考になるだろう。どちらもホームズという広く世の中に（法的にも人気面でも）共有されているキャラや物語を、原典の引き写しや猿まねに陥らず、あるいはジャンルや伝統におもねることなく、見事に独自の作品へと昇華させている。

このくだりでは、法的な用語（たとえば‘commune’＝共有物、‘proprium’＝私有、‘publica materies’＝公有財、‘privatum jus’＝私権）を多用しつつ、いかに文化的に共有された題材やキャラを自分のものにしていくか、が語られている。人口に膾炙した芸術作品は一種の公有材として、誰でも自由に借りて模倣して、芸事の手本や土台にすることができるというこの議論は、現在の文化論および創造論におけるパブリ

ック・ドメインやコモンズの概念と重なるところでもある一方で、初期近代や近代における翻案の役割を強調するものでもある。ここでいう題材としての「トロイアの歌」や「共有されたもの」とは、ひとつにはもちろんホメーロスの『イーリアス』であるが、そのほか叙事詩の環とも言われるトロイア戦争の歌一般も意識される。ホメーロスの叙事詩とて、長大なトロイアの戦の一部を語っているにすぎない。戦争を採り上げた既存あるいは先行の歌から一事件や部分的記述や設定を取り出して、その小さな綿を長い糸に紡ぎ出す、という翻案のあり方を、詩作のコツとして奨めているのである。

そして'nec verbo verbum curabis reddere fidus / interpres'の一節が出てくるのは、その翻案を自己の作品としてうまくやり遂げるにはどうすればいいか、という条件のところだ。記述によれば、既存のものをうまく自家薬籠中にして翻案するためには、誰でもできるような面白くもないことはしないこと、オリジナルの引き写しをしないこと、ルールや模倣を意識しすぎるあまり萎縮してしまわないこと、である。このあとには、それまでに挙げられた戒めが具体例を出しつつ語られるが、誤解してはならないのは、'nec verbo verbum curabis reddere fidus / interpres'が、翻訳の教訓でもなければ、ただ逐語訳そのものを否定するものでもないし、単独で成立しているものでもなく、比較して優劣をつけているのでもない、ということだ。比喩的に持ち出された翻案の条件のひとつにすぎない。[32]ましてやこの一節で現れる有名な'fidus interpres'という表現について、忠実な翻訳を示すとするにはラテン語としても不自然だという説さえあり、[33]確かにこのフレーズには二点二者を仲介する者として役職の面でも多義性がある。たとえば一言一句もとのままを伝えようとする使者伝令も想起できるし、あるいは神託を預かって人々に述べ下す預言者や巫女のような存在もこの語の意味するところだ。それこそホラーティウスの父がまさしく仲介人の職にあったことを思い出してもいいだろう。[34]またその直前にあって通常訳すという行為に解される'reddere'という語は、元来、元へ置く、戻す、元通りにする、再現するというニュアンスで用いられ、英語'translate'の語源'transferre'やフランス語'traduire'の語源'traducere'に見られるような、向こうへ運ぶという語釈とは異なるものであることも、注目すべき点である。さらに‘verbo verbum’を単に（イメージや設定ではなく）言葉で言葉をと読めば、翻案とは区別された（意訳を含めた）真摯な翻訳一般と捉えることもできる。そもそも文脈上、原典の筋や物語を写すという観点で見れば、ここで取り上げられるのが意訳でも直訳でも、どちらであっても主旨に大差はない（忠実な意訳という言い回しに我々がさしたる違和感を抱かないことを思い出してもよい）。

しかし‘nec verbo verbum curabis reddere fidus / interpres’だけが取り出されると、前後の文脈や含意が失われてしまう。英国初期近代でも全体のなかでこの箇所を「忠実な翻訳のように逐語訳してはいけない」の趣旨で訳すのは、十七世紀初めのベン・ジョンソン訳（一六四〇年）、同後半のロスコモン伯訳（一六八〇年）ともに同様であるが、ジョンソンでは最初の条件文の詳説（あるいは言い換え）となっており、[35]ロスコモンでは「〈共通の題材を我がものにするための条件〉が〈過去のものを書き換え自分の作品にする際のべからず集〉へと恣意的に変えられ」ている。[36]とはいえ、ここまではまだ前後を読めば誤読は避けられる範囲の改変であるが、ドライデンと親しく訳稿にアドバイスする関係であったはず[37]のトマス・クリーチの訳（一六八四）に至っては、前後も含めほぼ正確に条件節のひとつとされている。[38]さらに同じくドライデンと近しいばかりか、彼から賞賛された夭折の詩人ジョン・オールダムの翻案（一六八一）では、‘Be not too nice the author's words to trace’と、翻訳者のことではないとする解釈がすでに打ち出されてすらいた。[39]

しかも何よりこの『書簡集』そのものが、他作品に出てくるヒロインたちが手紙を書いたなら、という想像の元に書かれた翻案であった。だがドライデン本人は『詩論』の文脈を削り、まるで逐語訳者そのものを責めるものであるかのようにして、あからさまに第一の分類を貶める意図をもって掲げている。都合よく自己弁護に用いたと取られても仕方がないやり口である。

むしろこの一節を無理にドライデンの分類に当てはめるとすれば、これは第三の場合に限った戒めとするのが妥当だろう。デナムもホラーティウスの同じ箇所を引いているが、彼がドライデンの第三に分類される人物とされていることを考えれば、デナムの引用は間違っていないことになる。だが「これまでホラティウスを研究してきた」[40]と自ら述べるドライデンが、この古典の内容を知らぬわけがない。この翻訳史上でも重要な一節を'nec verbo verbum ...'ではなく'nec verbum verbo ...'と引いているところを見ると、いち早くこの一節を抜き出して引用したヒエロニュムスの影響があるかもしれない。

Sed et Horatius, vir actus et doctus, hoc idem in Arte poetica erudito interpreti praecipit: *nec verbum verbo curabis reddere, fidus interpres.*

［しかしまた活動的で博識な人物たるホラーティウスが、（キケローと）同様にこのことを『詩論』で、教養あるようにと訳者に戒めている……］[41]（傍線は筆者による）

上記の引用はヒエロニュムスが翻訳の所感を述べた「書翰五七」であるが、ここではキケローの翻訳論と同一視されており、またあたかもこの部分だけが独立した箇所として読めるような形にされてしまっている。これだけであれば、確かに逐語訳への戒めのように見えるし、その孫引きをしたなら誤解もまだ理解できる。だがドライデンはこの部分だけではなく、その直後にある一節も引用しており、その用い方も照らし合わせると、明らかにわかった上で論旨を曲げているのではないかとすら思える。ドライデンが同じくホラーティウス『詩論』から引いているのが、ほかにも二箇所ある。ひとつは、ホラーティウスが逐語訳を避けたとして、逐語訳批判の最後にドライデンが紹介している。

事実ホラーティウスはホメーロス『オデュッセイア』冒頭三行の翻訳でこれらつまずきのどちらをも避け、二行につづめている――

Dic mihi Musa Virum captæ post tempora Trojæ
Qui mores hominum multorum vidit & urbes.
［歌え我に、詩神よ、かの男を、トロイア囚われの折以後、
人々の習俗あまたと、街々を見たかの者を。］

詩神よ、かの男を語れ、トロイの包囲以後、
多数の町を、習俗さも様々を見たあの者を。――ロスコモン伯爵［訳］

が、その文章の少なからぬ部分であるオデュッセウスの受難はやはり省かれている。

Ὅς μάλα πολλὰ πλάγχθη.
［さも長々とさまよいし者を。］（傍線は筆者による）

そしてもうひとつは、先に引用した絵の比喩の直後、もう一方の極端である模倣を否定する文脈から用いられている。

そういう場合、そういったものは翻訳されてはいかんのだ。
――Et quæ
Desperes tractate nitescere posse, relinquas.
［――しかして
汝触れども輝かせらる望みなきものは、捨て置け。］（傍線は筆者による）

どちらも原典では先に引いたところの直後、共通の題目のところにあるものだが、そもそも前者は、ホラ

ーティウスは翻案の正しさとしてホメーロスの『オデュッセイア』を引き合いに出したかったから書かれ

たのであって、自分の訳し方の正しさを証明したかったからではない。そして後者は、翻案の題材として

不適切なものは選んではいけない、というのが原典の主旨であるが、こちらについてはドライデンの引用

が原典の文脈に照らしてほぼ正しいものとなっている。

前後する箇所の文章を、かたや正しくかたや誤って引用するというこの矛盾は、少なくともドライデンは原典の文脈を知った上で、それぞれの箇所を自説の都合のいいように切り取ったことをほのめかす。こうした文章の綴り方は、若い頃から出版のための序文や広告を仕事として請け負い、数多くの論争に巻き込まれてきたドライデンの筆致が、当時すでにじゅうぶん商業的であり、詭弁的技術に満ちていたということにあらためて気付かされるものでもある。にもかかわらず、ドライデンのこの「『オウィディウス書簡集』への序文」は内容そのままに受け取られ、さらに権威としても機能したために、ホラーティウス『詩論』までもが現代の翻訳研究においてはある種の逐語訳批判として、ホラーティウス自身がその意図で発言したもののように捉えられてしまう。[42]

こうしてドライデン「『オウィディウス書簡集』への序文」の本文について、当時の修辞という観点から検証してきたが、記述の疑わしい点がいくつも出てきてしまうと、この論に対する素朴な見方というものをやはり捨てなければならなくなってくる。とはいえローレンス・ヴェヌーティのように、極端なものとしての逐語訳をプロテスタントの急進派を指しているとした深読みも、内戦期の翻訳をあまりにも政治的に単純化しすぎており、説得力に欠けるものであるし、[43] ポール・デイヴィスのように中庸を修辞以上に国教会へと接近させる読みも、[44] その後のドライデンの翻訳を考えると安直ですらある。ましてや、実際には三つの手法いずれをも組み合わせて使ったとして考慮しないのは、[45] 翻訳そのものを読む上では仕方ないところもあるが、そこまでテクストを軽視してもいいのか疑問が残る。むしろ考察すべきは、この（よく

言えば理詰めの）翻訳論だけでなく、ドライデンがそののちにいくつも書き続けていく序文と、そして訳し続けていく実践との関連であろう。この翻訳論が実践に即していないことを理解した上で、ドライデンが晩年ひたすらに打ち込んだ翻訳が彼の言説をどのように変容させていき、いかに本人の実感や経験が論として明確化されていったのか——すなわちレトリックの外側に出た翻訳観を丹念に読み解いていくことこそ、必要なのではないだろうか。疑われることのない「原理」[46]としての翻訳論の権威を解体し、翻訳者の営みに近づかせる試みが、ドライデン研究にもまた求められるのである。

＊本稿は、日本翻訳通訳学会翻訳研究育成プロジェクトの『翻訳研究への招待』七号および十一号において発表された翻訳に解題、研究ノートとして付されたものを発展させ、大幅に改稿したものである。

注

（1）Stuart Gillespie, 'The Early Years of the Dryden-Tonson Partnership: the Background to their Composite Translations and Miscellanies of the 1680s', *Restoration* 12 (1988): 10–19; Paul Hammond, 'Dryden, John,' *Oxford Dictionary of National Biography*, vol. 16 (Oxford: Oxford UP, 1988) 1018–1027.

（2）本稿では「『オウィディウス書簡集』への序文」の底本に、H. T. Swedenberg, Jr., ed., 'Preface to Ovid's Epistles,' *The Works of John Dryden*, v. 1 (Berkeley: U of California P, 1956) 109–119. を用い、Paul Hammond, ed., 'Preface to Ovid's Epistles', *The Poems of John Dryden*, vol. 1 (London: Longman, 1995) 376–391. も適宜参考にし、筆者による邦訳を提示した。

（3）ジェレミー・マンデイ『翻訳学入門』鳥飼玖美子監訳（みすず書房、二〇〇九）三九—四〇頁。

（4）Susan Bassnett, *Translation Studies*, 3rd ed. (New York: Routledge, 2002) 64; Lawrence Venuti, 'Neoclassicism and

Enlightenment', *The Oxford Guide to Literature in English Translation* (Oxford: Oxford UP, 2001) 55–64.

（5）William Frost, *John Dryden: Dramatist, Satirist, Translator* (New York: AMS, 1988) 123.

（6）Robin Sowerby, *The Augustan Art of Poetry: Augustan Translation of the Classics* (Oxford: Oxford UP, 2006) 159.

（7）Judith Sloman, *Dryden: The Poetics of Translation* (Toronto: U of Toronto P, 1985).

（8）T. R. Steiner, 'Precursors to Dryden: English and French Theories of Translation in the Seventeenth Century', *Comparative Literature Studies* 7.1 (1970): 50–81. および *English Translation Theory, 1650–1800* (Amsterdam: Van Gorcum 1975).

（9）佐藤勇夫編訳『ドライデンと周辺詩人の翻訳論』（ニューカレントインターナショナル、一九八八）Ⅱ頁。

（10）Stuart Gillespie, *ibid.*; Stuart Gillespie and David Hopkins, 'Introduction', *The Dryden-Tonson Miscellanies, 1684–1709*, vol. 1 (London: Routledge, 2008) xv–lxix; Paul Hammond, *John Dryden: A Literary Life* (New York: St. Martin's, 1991) 144–145; David Hopkins, *John Dryden* (Cambridge: Cambridge UP, 1986) 97–98.

（11）Swedenberg, ed., *ibid.*, 324.

（12）同様の指摘が Lawrence Lipking, *The Ordering of the Arts: in Eighteenth-Century England* (Princeton: Princeton UP, 1970) 331.

（13）佐藤豊著訳『ドライデン『平信徒の宗教』と『メダル』――近代イギリス史の中の詩と政治』（彩流社、二〇一二）四七頁。

（14）Kieran Dolin, *A Critical Introduction to Law and Literature* (Cambridge: Cambridge UP, 2007) 79–80.

（15）James Kinsley, ed., *The Poems of John Dryden*, vol. 2 (Oxford: Clarendon, 1970) 758.

（16）M.L. Clarke, *Classical Education in Britain 1500–1900* (Cambridge: Cambridge UP, 1959) 61–62; Dolin, *ibid.*, 21–22; Rosemary O'Day. *Education and Society 1500–1800* (London: Longman, 1982) 67–68, 106–107; Foster Watson, *The English Grammar Schools to 1660: Their Curriculum and Practice* (London: Cass, 1968) 440–467.

（17）トマス・ウィルソン『修辞学の技術』上利政彦ほか訳（九州大学出版会、二〇〇二）一六一一七頁。

（18）前掲書、一四六頁。

（19）前掲書、一五七一一五八頁。

（20）Joachim du Bellay, *La Défense et Illustration de la Langue Française* (Niort: Sansot, 1904) 73–80.

（21）Ethan H. Shagan, *The Rule of Moderation: Violence, Religion and the Politics of Restraint in Early Modern England*

(Cambridge: Cambridge UP, 2011).

（22）Mark Knights, *Representation and Misrepresentation in Later Stuart Britain* (Oxford: Oxford UP, 2005).

（23）Knights, *ibid*., 3.

（24）Shagan, *ibid*., 9, 16–17, 20–21.

（25）佐藤、前掲書、九八頁。

（26）大久保友博「近代英国翻訳論——解題と訳文 ジョン・ドライデン 前三篇」『翻訳研究への招待』七号（二〇一二）一一六頁。

（27）佐藤、前掲書、一二八頁。

（28）林语堂「论翻译」『林语堂名著全集 第十九巻 语言学论丛』（东北师范大学出版社、一九九四）三〇四—三二一頁。

（29）George Steiner, *After Babel: Aspects of Language and Translation*, 3rd ed. (Oxford: Oxford UP, 1998) 319.

（30）キケロー『弁論家について（上）』大西英文訳（岩波書店、二〇〇五）一八二頁。

（31）訳は筆者のもので、底本はD. R. Shackleton-Bailey, ed., *Q. Horati Flacci Opera* (Stuttgart: Teubner, 1985) に拠った。

（32）同様の指摘に、Howard D. Weinbrot, *The Formal Strain: Studies in Augustan Imitation and Satire* (Chicago: U of Chicago P, 1969) 54.

（33）C. O. Brink, *Horace on Poetry: The* 'Ars Poetica' (Cambridge: Cambridge UP, 1971) 211.

（34）Robin Nisbit, 'Horace: life and chronology', *The Cambridge Companion to Horace*, ed., Stephen Harrison (Cambridge: Cambridge UP, 2007) 7.

（35）George Parfitt, ed., *Ben Jonson: The Complete Poem* (London: Penguin, 1988) 354–371.

（36）Wentworth Dillon, *Horace's Art of Poetry made English*, 2nd ed., (Menston: Scolar Press, 1971). および大久保友博「ロスコモン伯『訳詩論』と翻訳アカデミー」『関西英文学研究』六号（二〇一二）一七頁。

（37）James Anderson Winn, *John Dryden and His World* (New Haven: Yale UP, 1987) 387.

（38）Thomas Creech, tr., *The Odes, Satyrs, and Epistles of Horace*, fifth ed., (London: Tonson, 1720) 333–352.

（39）John Oldham, *The Works of Mr. John Oldham, Together with his Remains*, 2nd ed. (London: Brown, 1710) 99–126.

（40）佐藤、前掲書、六七頁。

（41）G. J. M. Bartelink, ed., *Liber de Optimo Genere Interpretandi* (Epistula 57) (Leiden: Brill, 1980) 13.

（42）Bassnett, *ibid.*; Mona Baker ed., *Routledge Encyclopedia of Translation Studies* (London: Routledge, 1998); マンデイ、前掲書など。

（43）Venuti, *ibid.*, 56.

（44）Paul Davis, *Translation and the Poet's Life: The Ethics of Translating in English Culture, 1646–1726* (Oxford: Oxford UP, 2008) 134–135.

（45）Paul Hammond, *Dryden and the Traces of Classical Rome* (Oxford: Clarendon, 1999) 146.

（46）Maurice J. O'Sullivan Jr., 'Dryden's Theory of Translation,' *Neophilologus* 64.1 (1980): 145; David Hopkins, 'Dryden and his Contemporaries,' *The Oxford History of Literary Translation in English*, eds. Stuart Gillespie and David Hopkins (Oxford: Oxford UP, 2005) 59.

自伝風ロマンス、ロマンス風自伝
——マーガレット・キャベンディッシュの〈わたし語り〉——

齊藤　美和

十七世紀における伝記とロマンスとの関わり合いを論じようとすれば、二つのジャンルの顕著な相違がまず問題となろう。すなわち第一に、ロマンスはフィクションであるのに対し、伝記は事実を扱うべきものである。「べき」としたのはそれが一般的前提であって、実際に書き手がそれを忠実に貫こうとしたかどうかはまた別の問題であるからだが、少なくとも近代の伝記作家たちは、自分たちが語る人生の記録が真実であると口をそろえて強調してきた。第二に、伝記は道徳的・宗教的教導を目的とし、偉人伝や聖人伝に代表されるように、読者の鑑となるような人物の生き様、そして死に様を示すジャンルである。自伝においても、たとえば内的自伝 (Spiritual Autobiography) がそうであるように、読者に手本として自らの人生を示すという意識が顕著にみられるのである。これに対し、ロマンスは若い娘の恋愛と結婚を軸に展開する、極めて世俗的かつ娯楽的な読み物であった。つまり、両者は異質であるというよりは、むしろ真っ向から対立するといえよう。しかしながら、この性質を異にする二つのジャンルが、相互に作用し合い、互いの常套やモチーフを取り込み、いかに分かち難く絡み合っていたかを示すテクストが、十七世紀には存在する。Paul Salzman は、ロマンスが当時の様々なジャンルにおける語りのスタイルに影響を与えていたことを看破し、自伝もその一つであるとして、ロマンス風自叙伝を物した例としてケネルム・ディグビー（Sir Kenelm Digby）やエドワード・ハーバート（Edward, Lord Herbert of Cherbury）といった書き手の名を挙げる。[1]

近年においては、特に女性による自伝が注目され、宗教的色彩の濃いジャンルばかりではなく、世俗的なロマンスもまた、彼女たちの〈わたし語り〉に影響を及ぼしたことについては、特筆すべき研究がなされている。[2] 出版を念頭に置いていたという点で、十七世紀の女性の世俗的自伝としては異彩を放つマーガレット・キャベンディッシュ（Margaret Cavendish）の"A true Relation of my Birth, Breeding and Life"（1656）は、伝記研究において必ずといってよいほど言及されてきた作品である。[3] しかしながら、このように自伝という観点からクローズアップされるあまり、常に単独で取り上げられ、*Natures Pictures Drawn by Fancies Pencil to the Life*（1656）という著書のなかの一編の作品であるという事実が顧みられてこなかったために、この自伝がもつ本来の特質が見過ごされてきたといえる。"True Relation"は、後世の編者が好んでそれを促してきたように、マーガレットによる夫の伝記 *The Life of the Thrice Noble, High and Puissant Prince William Cavendish*（1667）と対の（あるいはその補遺的な）自伝として読まれるべきではなく、あるいはこれまで研究者たちがそうしてきたように、著書から切り離し、独立した自伝として扱うべきではなく、まずはマーガレットが意図したように、*Natures Pictures* に収められた作品のひとつとして読まれるべきであるというのが、私の見解である。[4] 本論考では、*Natures Pictures* の前書きを手掛かりにしつつ、そこに収められたロマンス"The Contract"と自伝"True Relation"を取り上げ、異なる二つのジャンルの相互補完的な関係を明らかにしたい。[5]

I. マーガレット・キャベンディッシュ—Anti-Romantic Romance Writer—

マーガレット・キャベンディッシュという存在は、これ丸ごとロマンスなり、と辛らつな揶揄を込めて断じたのは、サミュエル・ピープス (Samuel Pepys) その人であった。一六六七年四月十一日付の彼の日記に記されたマーガレット評は、同時代人の目にこの自称女流作家がどのように映じていたかを物語って余りある。「この婦人にまつわる話はすべてロマンスであり、婦人のすることなすこと、どれをとってもロマンス風である。」[6] 当時、ロマンスといえば、不義、駆け落ち、誘拐といったセンセーショナルなモチーフをふんだんに盛り込み、年若い娘を堕落させる有害な読み物の代名詞であった。ロマンス作家たちが読者に女性を想定しているというポーズをとったこともあり、十七世紀の諷刺家たちにとってロマンスを好んで読む女は彼らの毒舌の格好の標的であった。さらに、マーガレットがそうであったように、ロマンスとは女によって読まれるだけではなく、女によって書かれる物語であると捉えられることもあったため、この「女々しい」ジャンルは真っ当な文学として評価されなかったのである。[7] マーガレットはロマンスを書くことに伴うリスクを十分に理解していた。特に、メアリー・ロウス (Mary Wroth) が *Urania* (1621) の出版によってエドワード・デニー (Edward Denny) から浴びせられた手酷い悪態はしっかりと彼女の胸に刻まれており、著書 *Poems and Fancies* (1653) の前書きでデニーを引用しつつ、攻撃の矛先が今度は自分に向けられるのではないかという不安を綴っている。「ロマンスを書いたかのご婦人に対して言ったように、人々はきっと私にこう言うでしょう。他になすべきことがあろう、著作から手を引きたまえ／賢明な女が本を書いたためしはないのだから、と。」[8] *Urania* の出版によってロウスが引き起こした「書く女」に対する激しい攻撃を前に、物することを躊躇した女性は少なくあるまい。しかしそれでも、マーガレットはロマンスを書いた。そして、書いただけではなくそれを出版したのである。マーガレットをロマンスそのものであるとしたピープスは、こうした彼女の所業もすべてひっくるめてそう呼んだのであろう。

Natures Pictures は実に雑多な書き物のアンソロジーである。少し長くなるが、表題をすべてここに記してみよう。"Natures Pictures Drawn by Fancies Pencil to the Life. *In this Volume there are several feigned Stories of Natural Descriptions, as Comical, Tragical, and Tragi-Comical, Poetical, Romancical, Philosophical and Historical, both in Prose and Verse, some all Verse, some all Prose, some mixt, partly Prose, and partly Verse. Also, there are some Morals, and some Dialogues; but they are as the Advantage Loaves of Bread to a Bakers dozen; and a true Story at the latter end, wherein there is no Feignings.*" マーガレットには *The Worlds Olio* (1655) という表題の著書があるが、「ごた混ぜ」は彼女の著作を特徴づけるスタイルであるといえる。*Natures Pictures* には著者による献辞のあと、例によって夫ウィリアムが妻の弁護を展開する前書きが二編、そしてそれに続く著者マーガレットによる前書き六編が冒頭に添えられているが、こうした前書きの最も重要な目的のひとつは、どうやら表題で"Romancical"とされているロマンス作品の弁護にあるようだ。ウィリアムは最初の前書き (B1$^{r\text{-}v}$: "To the Lady Marchioness of Newcastle, on her Book of Tales") で妻の書の宣伝に取りかかるや否や、「求愛したり、されたり」する作法を教えて若い娘を毒する世のロマンスものとは異なり、妻のそれがいかに「無害」であるかを力説し、ロマンスの卑俗なイメージを打ち消すためにその対極にある宗教界をもちだして、「純潔な修道女もこれを読んでよしと請け合うであろうし、カルトジオ修道会の贖罪司祭も是認するであろう。」(B1^{v}) とする。さらに彼は言葉を続けて、この書に収められたロマンスは「みだらな色香などではない、貞潔な愛の物語であって、太陽のように光り輝き、鳩のように無垢な、悪徳を遠ざける」(B1^{v}) 物語であると説く。次の前書きで、夫は女の作品そして執筆活動そのものに向けられるであろう男からの批判を見越した弁護を行うことになるが、それよりも前にまず、書にロマンス作品が含まれることに対する弁解の必要性を感じていたようである。

　マーガレット自身、ロマンスものに向けられた当時の厳しい視線を非常に強く意識していた。「私がロマンス風と呼ぶところのこうした物語については」で始まる彼女の三番目の前書き (C2^{r}-C3^{r}: "To the

Reader")は、ロマンス作家の自己弁護といってよい内容である。ロマンスを書くのは、「読者を楽しませるためでも、めそめそと嘆くばかげた恋人たちを描くため」でもなく、「美徳と美質の素晴らしさを表現するため」であると、このロマンス作家は主張する。さらに彼女が、そもそも世にいうロマンスを書こうにも、これまで読んだことがほとんどないので書き方がわからない、とうそぶくとき、マーガレットは自分がロマンスに毒された女ではないことを、併せて読者に印象づけようとするのである。

> ロマンスものの約束事にも手法にも、私は全く通じておりません。これまでの人生において、ロマンスを最後まで読んだことなどないからです。私がロマンスといっておりますのは、倣うべきようなことはおよそ書かれておらず、避けねばならない愚かしい色事や無茶な愚行ばかりで、気高い恋の分別ある徳や真の勇敢さといったものとは無縁の書き物です。これまで三冊のロマンスを読んだことがありますが、ごく一部に過ぎず、うち一冊については三部まで、残りの二冊については半分のみで、それ以外は全く読んだことがありません。仮にたまたま内容を知らずに手に取ることがあっても、最初の五、六行を読んでそれがロマンスとわかれば、教えるところも、導くところも、愉しませるところもない無益な書として、すぐさまそれを放り出すでしょう。($\mathrm{C2^{r-v}}$)

前書きからすでにマーガレットの〈わたし語り〉は始まっている。この念の入った弁解において、ロマンスとはすなわち、そこから得る人生の教訓が何もない「愚かしい色事や無茶な愚行」の物語であるという、当時広く流布していたロマンス観をそのまま踏襲し、ロマンスものを「無益な」書と断じる一方で、マーガレットは自分の作品が有閑婦人の淫らな恋心を掻き立てるようなロマンスとは一線を画した、あるいは真っ向から対立する、アンチ・ロマンスであると主張する。「ですが、私のロマンスは、恋の情熱を燃え立たせるのではなくむしろそれを静め、慎み深い考えを生み出し、徳への愛を育み、慈悲深い憐憫の情を起こさせ、温かい思いやりをもたせ、礼節の心を高め、忍耐が失われつつあるときにはそれを鍛え、気高き勤勉さを推奨し、美徳に栄冠を授け、人生を教示するであろうと考えております。」(C2^v) このように、マーガレットはいってみれば当時のロマンス観をちょうど裏返しにすることによって自らの作品を定義し、その道徳性を強調するのである。なるほど、「悪徳を糾弾し、愚行を滅ぼし、過ちを防ぎ、若者に警告し、不運に備えて人生を武装させる」(C2^v-C3^r) という彼女のロマンスには、ロマンスを読むことを許されない、あるいは読むことを自ら拒む、ヒロインたちが登場する。ロマンスのなかでロマンス否定を行うという、このような屈折した自己撞着的スタンスは、前書きで展開されるアンチ・ロマンス作家としての自己定義と呼応し合うのである。

Ⅱ. 創作と自伝

先に引用した *Natures Pictures* の表題に話を戻したい。収録された作品は「偽りの話」、つまりフィクションとして一括りにされているのに対し、著者は巻末第十一編の自伝“True Relation”だけは他と明確に区別して「巻末の、いかなる偽りもない真実の話」であると断っている。この短い自伝の中で、“true”あるいは“truth”といった語を彼女はくど過ぎるぐらい繰り返し用いており、ことこの自伝に関しては、あくまでいささかの偽りもない真実として読者に示そうというマーガレットの強い意識があるのは明らかである。Sharon Cadman Seelig が分析してみせた自己の「万華鏡のように次々と姿を変えるイメージ」[9]を創出するその独特の文体は、受ける可能性のあるあらゆる批判を予めかわそうとする戦略であると同時に、読者からの「嘘」であるとの非難を避けようとする著者の過度に用心深い試みから生じているという言い方もできるであろう。

“True Relation”が嘘のない自伝であるというアピールは、しかしながら一方で、*Natures Pictures* の前書きによって骨抜きにされている。伝記というジャンルに対するマーガレットの姿勢を窺う上で、マーガレットの四番目の前書き（C3^{v}-C4^{r}: “To The Reader”）は示唆に富む内容である。なぜなら、そこで明らかになるのは、著者の気質がいかに伝記作家に向かないか、ということであるからだ。「私の天性の才能は、作り話を書くことです。」（C3^{v}）と言い切る彼女は、写実が自然を模倣することであるならば、空想はそれを創造するのであって、両者の違いは「被造物と造物主」の違いに等しいとする。*Natures Pictures Drawn by Fancies Pencil* というタイトル自体からも窺えることであるが、マーガレットはこれを努めて「人生の営みや運命の浮き沈みを写実し真似る」書にしようとしたようであるが、自らの「生まれつき空想に心が惹かれる傾向」に抗うのは易しいことではなかったと告白する。マーガレットは彼女の二番目の前書き（C1$^{r\text{-}v}$: “An Epistle To my Readers”）で、ひとりの王室御用達画家の名を挙げて、自分はヴァン・ダイクのような肖像画家には向いていない、肖像画家というのは実物を写すことで「本物のように描写する」ものだが、私が描き出すのは「空想物」だからだ、と語る（C1^{v}）。こうした言葉は、リアリズムよりもロマンティシズムに向かう作家としてのマーガレットの自負を示すものだが、真似るより創ることこそ自らの本領と宣言する芸術家が描く自画像が、どれほど実物に忠実であるかについては、疑いが生じざるを得ない。さらに自伝“True Relation”には、*Natures Pictures* 巻頭の前書きとはまた別に、個別の前書き（Aaa2^{r}-Aaa4^{r}: “An Epistle”）が付されており、ここで展開される記憶と創作の関係についての考察は、「いかなる偽りもない」という表題の文言とは裏腹に、自伝を真実であると言い切ることを避けようとするマーガレットの姿勢がみられる。彼女によれば、記憶とはすなわち他人の知識の「澱んだため池」のようなものであって、自分の脳から湧き出た泉ではない。「脳が記憶を保ちつつ創造することは不可能である」（Aaa2^{v}）から、忘却によってこそ、創作は可能になるのであり、それはちょうど自然界において死こそが新たな生命をもたらすようなものである。こうした主張は、著書にみられる広範な知識が他人の借り物ではないと弁解するためになされているのだが、この前書きにより、あとに続く「真実の報告」を標榜した自伝が著者の記憶に厳密に基づく記録であるとは考えにくくなり、内乱期を生きる〈わたし〉の波乱に満ちた物語と *Natures Pictures* の他の「空想の筆による」作品との境界は、極めてあいまいになるのである。[10]

Ⅲ．自伝のヒロインとロマンスの〈わたし〉

Emily Griffiths Jones は、"True Relation" の約十年後に出版されたマーガレットによる夫ウィリアムの伝記を "Historical Romance" と呼び、国王チャールズに対するウィリアムの報われることのない自己犠牲的忠節を 'fin amour' として描きだすことで、著者マーガレットが夫の内乱期から王政復古に至る人生をひとつのロマンスに仕立てていると指摘する。[11] この伝記は、のちにホレス・ウォルポール（Horace Walpole）の嘲笑を招くことになる。「自分の夫を度々ジュリアス・シーザーに譬えたり、アムステルダムにどんな馬車で乗りつけたかといった逸話を語ってみせたりと、これまた笑止千万」の伝記であると語るとき、ウォルポールが抱いた不快感は、伝記で何が語られているかということよりも、どのように語られているかに起因しているように思われる。[12] 彼を苛立たせたのは、歴史を語るにはそぐわない、そのいかにも「ロマンス風」のスタイルであったと思われるからだ。[13] マーガレットの自伝 "True Relation" は、ウィリアムの伝記とはまた性質は異なるが、同様にロマンスと歴史／伝記が緊張関係を孕みつつ、融合した作品であるといえる。

"True Relation" は、マーガレットがアントワープで夫と亡命生活を送っていた折に書かれたため、亡命者としての当時の心境が色濃く反映されている。[14] 先に引用したように、マーガレットは前書きで自らのロマンス作品を「不運に備えて人生を武装させる」物語だと定義したが、自伝 "True Relation" はまさに「忍耐という鎧を身に着けて」(Ccc4ᵛ) 不運に立ち向かったという〈わたし〉の苦難を物語るのである。綿密に組み立てられているとは言い難いこの自伝に、構成というものが認められるとするならば、まず著者の生い立ちについて、次いで彼女の性格・気質についての二部立てと考えることができるだろう。伝記というものはまず、その人物の出自を示すために、簡潔に家系図をたどることから始めるのが常套であるが、マーガレットもまた、冒頭で父親であるトーマス・ルーカス (Thomas Lucas) が「紳士」であったと述べることから始める。紳士とは、その徳ゆえに紳士であって、爵位をもたなかったトーマスを、金で買える爵位に興味のなかった高潔な人物であったと語る。平和な時代ゆえに英雄には活躍しようにもその場がなかったとし、勇者でありながら、父親は「英雄的行為」(Aaa4v) を披露する機会に恵まれなかったわけであるが、戦場での功績の穴埋めをするかのように、ウィリアム・ブルック (William Brooke) との決闘については言葉を費やして語る。ブルックを決闘の場に呼び出すと、「名誉をかけて相手に挑み、勇敢に戦い、正義を以て負かした。」(Aaa4v) 結果、彼は国外追放の憂き目に遭うのであるが、このエピソードは自身の（あるいは恋人の）名誉を守るために決闘に及ぶ騎士的な役を父に負わせている。[15] マーガレットは父親ばかりではなく、母親に対しても「英雄的」という語を用いる。寡婦となっただけではなく、生き延びてルーカス家が内戦によって没落するのを目の当たりにしなければならなかった母親について、マーガレットはその忍耐強く耐え忍ぶ姿を指して「英雄的」(Bbb4v) であったというのであるが、これは Mary Beth Rose が“the male heroics of action”と対比して“the heroics of endurance”と呼ぶところのヒロイズムの一例であろう。[16] 母エリザベスの“Heroick Spirit”はあくまで貞淑な妻が家庭で発揮する類の精神として描かれ、愛する夫を失った悲しみから、「母は屋敷が自分の尼僧院であるかのようにそこに引きこもって生活し、教会へ行く以外は外出することもめったにありませんでした。」(Bbb4v)

幼くして保護者である父親を亡くし、尼僧院に引きこもったように外の世界と交わらない母の監督下で暮らしたという幼少期の〈わたし〉の生活は、*Natures Pictures* 第六編のロマンス“The Contract”のヒロインのそれと多分に重なり合う。ヒロインの父は「高貴な紳士」(Aa4v) であり、再婚相手の若い妻が娘を産んで亡くなったのち、後を追うようにしてこの世を去り、後には一歳にもならないヒロインが残されるのである。叔父夫妻に引き取られ、育てられることになるヒロインだが、この叔父は「ひっそりと人と交わらずに生活しており、屋敷には使用人も少なく、ほとんど知り合いもおらず、修道士さながらの隠遁生活を送っていた。」(Bb1″) このように、自伝とロマンスの一節をそれぞれ入れ替えても変わらないほど似通った表現で、世捨て人のような隠遁生活を送る保護者と、ごく限られた内輪の人間のなかで育つ〈わたし〉/ヒロインが描かれる。結果、両者は俗世の穢れに全く染まらぬ無垢な娘に成長するのである。自伝のなかで、外界のみならず邸内の使用人に悪影響を受けることからさえ、母親によって用心深く守られていたのだとマーガレットは自身の純粋培養ぶりを語る。「また母は、素行の悪い下男が子守女たちと一緒に子ども部屋にいることも、お許しになりませんでした。淫らな色恋で見苦しい行いをしたり、子どもたちの前で聞くに堪えない言葉を発するようなことがあってはならないからです。」(Bbb1″) 田舎の屋敷で暮らす折も、ロンドンで暮らす折も、姉妹たちは他人を避けるようにぴったりと身を寄せ合い、非社交的な暮らしをしていたことが強調される。「姉妹だけで行動して他と交わろうとすることはなく、結婚相手の親戚たちであっても、他の兄弟姉妹たちにとっては全く面識のない人たちでしたので、親しく会話をしたり、親密な関係になったりということはありませんでした。」(Bbb3″) 一方、"The Contract" のヒロインは、彼女に田舎暮らしでは得られない教養を身につけさせようと考えた叔父と大都市で暮らすことになるが、叔父は、社交界デビューまでは人付き合いを徹底して避けながら、世の中についての知識を姪に得させる心づもりである。「二、三年は人前には出ず、外出時には常にヴェールで顔を覆ってお前だと人に知れないようにするのだよ。知り合いもつくらず、人づき合いもよそう。人には知られずに、こちらはできるだけ多くのことを観察し、聞き、見ることにしよう。」(Bb1″)

互いに呼応する自伝の〈わたし〉とロマンスのヒロインであるが、特に二人が当時の女性にしては高い（むしろ高すぎる）教育を受けている点は注目に値する。許婚の心を姪に惹きつけるためというにしては、叔父がヒロインに施す教育の充実ぶりは、度を越している。叔父は姪の歳にあわせて適した書物を与えるのであるが、「姪を賢明にし、色恋に夢中にならないような書物を選び、ロマンスやその種の軽薄な書物は一切読ませようとはしなかった。」(Bb1ʳ) 姪が七歳のとき、叔父が最初に手渡したのは道徳哲学に関する書であるが、これは、「道徳的な素地を養い、情熱を抑えることを教え、恋心を御することを学ばせるためであった。」(Bb1ʳ) 続いて叔父は、歴史書、そして詩集を与え、姪が理解できないところは指導してやる。都会に出てからは、自然科学や物理学、化学や音楽、その他さまざまな学問の講義を聴き、法廷に裁判の傍聴に出かけて司法を学び、住まいに帰れば叔父が家庭教師を務めて学問を教える、といった具合である (Bb2ʳ)。許婚の男の心を虜にしたのはヒロインの美しさであって、彼女の「学」とは無関係である以上、ロマンスにおいてこのようにヒロインが身につけた学問が詳細に語られることに違和感を覚える読者も少なくあるまい。マーガレットが「学のある者」として振る舞い、当時最先端の自然哲学を含む多領域の学問についての所見を出版し、また、一六六七年に自らの希望で王立協会を訪れた最初の女性であることには、今更言及する必要はあるまい。しかしながら、自伝のなかでは彼女の教養や学問への情熱は非常に抑えられた調子で語られる。例えば、幼少期の家庭教育に関する箇所では、良家の子女が習得すべき通り一遍の作法が並び、加えてそれが実用のためではなく単なる「たしなみ」であったことが強調される。「家庭教師については、私たちが歌やダンス、楽器に読み書き、裁縫やその他、あらゆる教養を身につけられるようにと雇われておりましたが、あまり厳しく叩き込まれたわけではなく、ためになるからというよりは、たしなみとして習いました。」(Bbb1ᵛ-Bbb2ʳ) 読書について触れた一節でも、学問は彼女にとって暇つぶし以上のものではなく、「無邪気で罪のない」趣味の一つに過ぎないと語られる。「私は書物を学びましたが、かじった程度にすぎず、時間のあるときには他の何をするよりも書を読むことを好み、理解できないことが書かれているときには、学のある兄のルーカス卿にその意味を尋ねたりしておりましたが、あまり真剣に学問に身を入れることはありませんでした。」(Ddd2ʳ) “True Relation” が自著の後記として添えられた自伝であることが、学のある〈わたし〉をこのように中途半端にしか描くことのできない主たる原因になっていると思われる。彼女の前書きがそうであるように、己の学識不足に対する弁明がここにも用心深く織り込まれているからである。自伝では差し控えねばならなかった博学な〈わたし〉の顕示を、マーガレットはロマンスのヒロイン描写では安全に行うことができたのである。

家系、幼少期と続けば、伝記に記される次のステージは青年期である。箱入り娘として成長した〈わたし〉/ヒロインを特徴づけるのは、引っ込み思案で自信のない内向的な性格である。娘たちがいよいよ社交界に姿を現し、人目に触れる日が来る。マーガレットの場合、社交界デビューは王妃ヘンリエッタ・マリアの宮廷に侍女として上がったときであった。マーガレットは自身を世慣れていない、シャイで非社交的な娘として描き出す。内乱が激しくなるなか、一六四二年にコルチェスターからオックスフォードに逃れ、その地で国王チャールズ一世と合流するが、王妃の侍女となることを強く望み、母を説き伏せて宮廷に上がることとなる。初めて家族からひとり離れ、不慣れな宮仕えで宮廷作法の心得もなく、「無知から宮廷の作法に反するのではないかと気後れし、どう振る舞えばよいのか分からなかった」("lest I should wander *with Ignorance out of the waies of Honour, so that I knew not how to behave my self*" [Bbb3^{v}] イタリックスは筆者)と萎縮する〈わたし〉は、悪意に満ちた宮廷人たちの笑いものになる道化のように描かれる。「さらに、世間というものは純真無垢な者さえ中傷の標的にするものだと聞いておりましたので、視線を上げることも、話すこともできず、どう見ても社交的とは言い難い様子をしておりましたので、正真正銘の愚か者("a Natural Fool")だと思われていました。」(Bbb3^{v})純真無垢で野暮ったい田舎娘の〈わたし〉は、このように洗練された宮廷の悪徳と対比され、ひたすら自分の殻のなかに身を丸めて防御態勢を取る蝸牛のようである。宮仕えによって粋な会話や優美な作法を習得することもできたかもしれないが、「愚鈍で、臆病で、引っ込み思案な」("dull, fearfull, and bashfull")〈わたし〉は、自分の軽率な振る舞いが家族の名誉を傷つけることを恐れ、「不品行だとか身持ちが悪いと思われるくらいなら、愚か者だとみなされるほうがよかった」(Bbb3v)のだと語る。修道院に喩えられた幼少期の生活と同様に、ここでも人との交わりがないことによって、性的穢れのなさが示唆されている。侍女にとって、宮廷はふさわしい結婚相手を見出す求愛の場であったが、〈わたし〉は結婚に関心をもてないというよりは「恐れ」を抱き、男を寄せつけずに暮らしていたと綴る。「私は結婚というものに恐れを抱き、殿方との同席をできるかぎり避けてきました。」(Bbb4v)しかしながら、こうした奥手な娘であったからこそ、夫ウィリアムのお眼鏡に適ったというわけである。

さて、都会で教養を磨いてきた"The Contract"のヒロインであるが、いよいよ顔を隠していたヴェールを取って、社交界デビューすることになる。叔父の勧めるままに宮廷仮面劇に行くことに気の進まぬヒロインは、自分は華やかな場にそぐわないと、次のような不安を叔父に向かって吐露する。「私は人の目にどれほど愚鈍に映ることでしょう……取り乱してどう振る舞えばよいかもわからないことでしょう。家庭のなかのみで養育されてきた私は、粗野で、滑稽に見えることでしょう。……無知から間違いをしでかし、きっと愚行で人の注目を集めるだけです。」("I shall appear so *dull* ... *I shall be so out of Countenance, that I shall not know how to behave my self;* for private Breeding looks mean and ridiculous ... I may *commit Errours through my Ignorance,* and so I may be taken notice of onely for *my Follyes.*" [Bb2v]イタリックスは筆者)箱入り娘の気後れ、引っ込み思案な恥じらいを示すヒロインの言葉は、自伝の〈わたし〉のそれと単語レベルにおいても響き合う。ヒロインは宮廷を「虚栄の戦」(Bb3v)が絶えぬ戦場と呼び、キューピッドが恋のさや当てを繰り広げる場であるとたじろぎつつも、弾丸が耳元をかすめて怯える若い兵士のように恥ずかしがって下を向いているべきではないと、勇気を奮い立たせる。さらにヒロインには結婚する意志はなく、それどころか、美しい人妻に心惹かれた許婚の偽誓によって男というものが信じられなくなったと異性に敵意さえ示す(Bb3v)。人目を(特に男の視線を)避けたいヒロインは、叔父の言葉に耳を貸さず、美しく着飾って人目を引いても、それで自分の学識が深まるわけでも知識が増すわけでもない、と全身黒ずくめの装いで宮廷仮面劇に向かうことを決めるのである。

マーガレットのファッションへの関心が度を越したものとして世間の口の端に上っていたことは、彼女の奇抜な出で立ちを見ようと人が群がったというピープスの証言からだけではなく、自伝からも知れる。[17]「私は身を飾ることに何ら喜びを感じませんでしたので、着飾ることも稀でした。……ですが、噂では、私は様々な趣向を凝らした装いをしていたことになっているのです。」(Ccc3ᵛ) 一旦はこのように悪意による噂として否定するのであるが、マーガレットはすぐさま翻って事実であったと自ら認めるのである。「私は装うこと、華やかな衣装やファッション、なかでも自分で意匠を凝らしたものに大いなる喜びを感じ、他人が考案したファッションにはそれほどの喜びは感じませんでした。また、人に自分のファッションをまねされるのも嫌で、私は自分が唯一無二であることに喜びを感じ、それは衣服の装身具についてもそうでした。」(Ddd2ᵛ) 一貫性のある自己を語りによって構築するのが自伝であるとするならば、マーガレットのそれは、Rose の言葉を借りるならば、「興味深くも最も例証的な失敗作」であるが、[18] ファッションに関する〈わたし〉の姿勢も二転三転する。「私は世間の視線にさらされて暮らすときにはできる限り引き立つ装いをしたいと願いますが、生涯夫以外誰とも会わずに一人でいることが何よりの望みで、隠者のように粗布のガウンに腰紐を結び、引きこもって隠遁生活を送りたいのです。」(Ddd3ᵛ) いったい、〈わたし〉は無比の存在として世間の注目を集めたいのか、それとも隠者のように世間から忘れ去られたいのか。この真逆を向く願望の、どちらが真実であると自伝作家は語っているのか。判断を下すことができない読者は、宙ぶらりんのまま取り残されることになるが、ロマンスにその答えがある。つまり、本人は人目を避けたいのだが、彼女の卓越性がそれを許さず、世間（特に夫となる男）が彼女を見逃さない——それがマーガレットの示すシナリオである。"The Contract" のヒロインが人の注目を浴びないようにと自ら選んだ黒いドレスによって、彼女の美しさはかえって「雲間にのぞく太陽」(Bb3ᵛ) のように素晴らしく引き立つ。宮廷人たちの目を、そして許婚の男の目をも釘付けにするヒロイン初登場のシーンは、このロマンスで最も熱のこもった劇的な描き方がなされる場面の一つである。さらに、二度目に総督の舞踏会に姿を現すとき、豪華に着飾らせ、宝石を買ってやろうとする叔父に対し、ヒロインは衣服に金を浪費することはないと告げ、今度は銀の刺繍が施された白づくめのドレスを選び、これがまた「星のちりばめられた天」(Cc1r) のように眩く、男たちの心を虜にし、女たちの嫉妬を招く。それまで一切劇場や舞踏会に出向くことなく、外出の折には常に用心深く顔を布で覆い、隠してきた ("masqu'd, muffl'd, and scarf'd" [Bb2r]) のは、この瞬間のためであり、人の視線を避けるのは、最大限の効果でそれを浴びるためなのである。

自伝のなかで「引っ込み思案」であると繰り返される〈わたし〉の内向的な性格は、それゆえに夫ウィリアムの目に留まり、彼の心を射止めたのだと語られる。「わが夫ニューカースル侯爵は、多くの者が非難した私の引っ込み思案な臆病さをよしとされ」(Bbb3v-Bbb4r)、彼にふさわしい妻として〈わたし〉を選んだ。"The Contract" のヒロイン同様、虚飾の宮廷のなかにあって、真実の輝きにより男心をつかむのが地味で目立たぬ〈わたし〉というわけである。女の一生において、結婚は最大のクライマックスであるが、ウィリアムとの出会いについてはほとんど何も具体的に語られることはない。それどころか、マーガレットは彼との「初恋」を愛の情熱を一切否定するかのような冷淡ともいえる調子で物語る。「それは色恋ではなく、私はそのような恋は患ったことがなかったのです。色恋とは病であるか、情欲であるか、あるいはその両方であり、人の話で聞いたことはありますが、私自身は経験したことがないのです。」(Bbb4r) *Natures Pictures* の前書きで、自分のロマンス作品は一般に流布した「愚かしい色事や無茶な愚行」についての話とは異なり、「恋の情熱を燃え立たせるのではなくむしろそれを静める」物語であるとしたマーガレットであるが、自らが主人公となる自伝 "True Relation" において、このように前書きをなぞるようにアンチ・ロマンス的〈わたし〉の恋愛と結婚を描く。"The Contract" のヒロインは、「賢明にさせ、色恋に夢中にならない」ような書物を読ませようという叔父の教育理念から、ロマンスものを与えられることはないが、一方で若く美しい許婚と出会い、彼への情熱から保護者である叔父の段取りした高齢の総督との結婚話を受け入れない。姪に恋の情熱を育ませまいとする叔父の企ては、見事に失敗したともいえる。だが、自伝においては、ロマンス作家である〈わたし〉が実に全く"romancical"ではないことが、夫との情熱を排した恋愛と結婚についての語りによって描き出されるのである。前書きで打ち出されたマーガレットのアンチ・ロマンス的ロマンスの実践は、ロマンス作品そのものより、自伝のなかでより徹底して示されているといってよかろう。[19]

さて、"The Contract"のヒロインの恋であるが、法廷の場における彼女の卓越した答弁によって実ることになる。ヒロインの許婚である公爵は、まだ幼かったヒロインとの婚約を反故にして、高官の美しい妻と契りを交わし、高官の死後、彼女を妻としていた。美しく成長したヒロインと出会い、彼女が自分の許婚であると知った公爵は、彼女と結婚するために、妻との結婚が無効であると主張する。公爵と公爵夫人、そしてヒロインが、公聴会の場で証言することとなる。注目したいのは、公爵夫人とヒロインの弁明の応酬である。公爵夫人はヒロインの生まれ育ちや若さに侮蔑の言葉を浴びせる。「この狡猾で媚びた裏表のある小娘は……生まれが賤しく、公爵の妻にはあまりに育ちが悪く、……自分で判断したり同意したりするには幼過ぎます。」(Ee2)ヒロインはこれに対し、「相手に無礼を働くことなく」(Ee2)弁明したいと裁判官に申し出ると、公爵夫人のいわれのない揶揄一つ一つに対し、裁判官や傍聴人たちが感嘆するような雄弁さと真摯さで以て反論し、堂々と自分の権利(つまり、妻の座)を主張するばかりではなく、いったん奪われていたそれを見事、取り戻す。

自伝"True Relation"に記された最も具体的なエピソードの一つは、議会によって没収され、売却される夫ウィリアムの所領のうち、当時法で妻に認められていた割り当て金を請求するために、亡命先からイングランドへ夫の弟チャールズ・キャベンディッシュと共に帰国したエピソードであろう。マーガレットの議会への訴えは功を奏さず、割り当て金の請求が認められなかったことは、当時困窮を極めていた彼女を落胆させるに十分であったが、加えて彼女の申立人としての奔走ぶりが世間の噂になり、彼女を悩ませたようである。自伝におけるこの出来事についての記述の狙いは、議会の理不尽さを告発すること以上に、こうした噂を根も葉もなきものと打消し、〈わたし〉が世の荒波に対して無力であり、世渡りのいろはについても全く心得ていない、慎み深い妻であることを主張することにある。マーガレットは、当時確かにいた、「訴状を携えて駆けずり回り、苦情を申し立て、敵の非を鳴らし、有力者の後ろ盾があると吹聴する」(Ccc2ᵛ) 女性の申立人を批判し、自分がそのような女の一人ではないことを強調する。さらに、こうした女たちの弁じ方——「まくし立てて相手の言葉を遮り、阻み、横槍を入れ、野次を飛ばしてこき下ろし、侮蔑の言葉を浴びせて互いに相手を貶め、そうすることで自分が優位に立とうと考える」(Ccc2ᵛ)——に対し、苦言を呈する。ここでやり玉に挙げられている婦人たちの品性を欠いた弁じ方は、"The Contract"の公爵夫人のそれを思わせる。マーガレットは"The Contract"において、仮に自分に公の場で正当な申し立ての機会が与えられていたならばどのようなスピーチを行ったかということを、公爵夫人との対比によってヒロインの姿に重ねて披露し、現実では果たし得なかった自身の権利の奪還をロマンスのなかで実現している。自伝ではもっぱら不運を耐え忍ぶ〈わたし〉の"heroics of endurance"が描かれるが、ロマンスではヒロインの"heroics of action"が示されて、大団円となるのである。

マーガレットが前書きで展開した反ロマンス的ロマンス観は、ロマンス作品そのものよりもむしろ自伝"True Relation"を語る〈わたし〉により色濃く反映されていた。幼少期にあっては家族以外の者とは交わらず、宮廷に上がってからは宮廷人たちを臆病に避け、結婚後は恋の情熱を経験せぬまま夫婦になった夫以外の者とは付き合いのない隠者のような生活を求めていると語る〈わたし〉が主人公の自伝は、「愚かしい色事や無茶な愚行」とは無縁の物語として語られる。一方、ロマンス"The Contract"は、マーガレットが自伝で語らなかったこと、語りえなかったことを、ヒロインの描写を通じて明らかにする。当時のあらゆる学問を習得し、天性の美しさで人々の注目を一身に集めるヒロインは、自らの正当な権利を申し述べる機会を与えられるばかりではなく、奪われていた権利をその気高い振る舞いと卓越した弁術によって見事奪還するのである。マーガレットは、自伝においてアンチ・ロマンティックなヒロインとしての著者像を提示する一方で、ロマンスにおいては、実人生においては叶わなかったヒロイックな〈わたし〉を、主人公の描写を通じて実現しているといえよう。

＊本論考は、平成二十五〜二十七年度科学研究費助成金（基盤Ｃ）「近代英国における女性の〈偉人伝〉研究」（JSPS KAKENHI 課題番号 25370284　研究代表者　齊藤美和）の助成を受けた研究成果の一部である。

注

（1）Paul Salzman, *English Prose Fiction 1558–1700* (Oxford: Clarendon Press, 1985), 289–290.　以下も参照。Margaret Bottrall, *Every Man a Phoenix: Studies in Seventeenth-Century Autobiography* (London: John Murray, 1958), Ch4; Dean Ebner, *Autobiography in Seventeenth-Century England: Theology and the Self* (Paris: Mouton, 1971), Ch2; Paul Delany, *British Autobiography in the 17th Century* (London: Routledge & Kegan Paul, 1969), 123–132.

（2）ロマンスというジャンルが当時の伝記に及ぼした影響に関する近年の研究については、Julie A. Eckerle, "Recent Developments in Early Modern English Life Writing and Romance," *Literature Compass* 5/6 (2008): 1081–1096.

（3）Donald A.Stauffer, *English Biography Before 1700* (Cambridge, Mass.: Harvard University Press, 1930), 206–209; Delany, *British Autobiography in the 17th Century*, 158–161; Mary G.Mason, "The Other Voice: Autobiographies of Women Writers," *Autobiography: Essays Theoretical and Critical*. Ed. James Olney (Princeton: Princeton University Press, 1980), 207–235; Sidonie Smith, "The Ragged Rout of Self: Margaret Cavendish's *True Relation* and the Heroics of Self-Disclosure," *A Poetics of Women's Autobiography: Marginality and the Fictions of Self-Representation* (Bloomington: Indiana University Press, 1987), 84–101; Helen Wilcox, "Margaret Cavendish and the Landscapes of a Woman's Life," *Mapping the Self: Space, Identity,*

Discourse in British Auto/Biography. Ed. Frédéric Regard (Saint-Étienne: Publications de l'Université de Saint-Etienne, 2003), 73–124. 以下、"True Relation" を含む *Natures Pictures* からの引用は、次の版に拠る。Margaret Cavendish, *Natures Pictures Drawn by Fancies Pencil to Life* (London, 1656) English Short Title Catalogue r35074.

（4）*Natures Pictures* の二版 (1671) からは、"True Relation" は除かれている。

（5）Elspeth Graham は、マーガレットの "autobiographical impulse" がフィクションや科学論考などの諸作品をも貫いていると論じるが、本論考ではフィクション（ロマンス）のなかに自伝的要素を見出すだけではなく、両者の双方向的な関係を明らかにしたい。Elspeth Graham, "Intersubjectivity, Intertextuality, and Form in the Self-Writings of Margaret Cavendish," *Gender and Women's Life Writing in Early Modern England*. Eds. Michelle M.Dowd and Julie A.Eckerle (Farnham: Ashgate, 2007), 131–150.

（6）Samuel Pepys, *The Diary of Samuel Pepys: A new and complete transcription*. Eds. Robert Latham and William Matthews. 11vols. (Berkeley: University of California Press, 1974), 8:163.

（7）Helen Hackett, *Women and Romance Fiction in the English Renaissance* (Cambridge: Cambridge University Press, 2000), Ch1.

（8）*Poems, and Fancies* (London, 1653) English Short Title Catalogue r20298, A3v.

（9）Sharon Cadman Seelig, *Autobiography and Gender in Early Modern Literature: Reading Women's Lives, 1600–1680* (Cambridge: Cambridge University Press, 2006), 140–141. Sara Mendelson はこれを "a series of parallel selves" と評する。Sara Mendelson, "Playing Games with Gender and Genre: The Dramatic Self-Fashioning of Margaret Cavendish," *Authorial Conquests: Essays on Genre in the Writings of Margaret Cavendish*. Eds. Line Cottegnies and Nancy Weitz (Madison: Fairleigh Dickinson University Press, 2003), 203.

（10）"True Relation" を記憶と創作の観点から論じた論考としては、Line Cottegnies, "The 'Native Tongue' of the 'Authoress': The Mythical Structure of Margaret Cavendish's Autobiographical Narrative," *Authorial Conquests*, 103–119.

（11）Emily Griffiths Jones, "Historical Romance and *Fin Amour* in Margaret Cavendish's *Life of William Cavendish*," *English Studies* 92 (2011): 756–770. その他、ウィリアムの伝記については以下も参照。James Fitzmaurice, "Margaret Cavendish's *Life of William*, Plutarch, and Mixed Genre," *Authorial Conquests*, 80–102.

（12）Horace Walpole, *A Catalogue of the Royal and Noble Authors of England, with Lists of Their Works*. 3rd ed. (Dublin: George

Faulkner, Hulton Bradley, 1759) , 2: 153.

（13）女が歴史を書くにあたっての、マーガレットの自己弁護的スタンスについては、Natalie Zemon Davis, “Gender and Genre: Women as Historical Writers, 1400–1820,” *Beyond Their Sex: Learned Women of the European Past*. Ed. Patricia H. Labalme (New York: New York University Press, 1984), 163–165.

（14）Helen Wilcox, “Selves in Strange Lands: Autobiography and Exile in the Mid-Seventeenth Century,” *Early Modern Autobiography: Theories, Genres, Practices* (Ann Arbor: The University of Michigan Press, 2006), 131–138.

（15）二人の諍いは、トーマスの恋人で当時彼の子を身籠っていたエリザベス・レイトンをブルックが侮辱したために起こったともされる。Katie Whitaker, *Mad Madge: Margaret Cavendish, Duchess of Newcastle, Royalist, Writer and Romantic* (London: Vintage, 2002), 8.

（16）Mary Beth Rose, *Gender and Heroism in Early Modern English Literature* (Chicago: The University of Chicago Press, 2002), xv.

（17）Whitaker, *Mad Madge*, 299–301.

（18）Mary Beth Rose, *Women in the Middle Ages and the Renaissance: Literary and Historical Perspectives* (Syracuse: Syracuse University Press, 1985), 250.

（19）“The Contract”で、高齢の総督が年の離れた男と結婚することの利点について滔々と熱弁をふるうくだり (Dd3^{v}-Dd4^{r}) は際立って具体的であり、三十も歳が離れていたウィリアムとマーガレットの夫婦関係を思うとき、興味深い。

マーガレット・キャヴェンディッシュとオリジナリティの問題

川田　潤

一

マーガレット・キャヴェンディッシュ (Margaret Cavendish) は、一六六四年に本人の署名入りで出版された『社交書簡集』(*Sociable Letters*) の中で、「亡くなった人物で自分が愛するのは三人」しかいないと告白し、「一人目は、その勇気ゆえにカエサル、二人目は、その機知ゆえにオウィディウス、そして三人目は、その喜劇的・悲劇的な性質ゆえに、わたくしの同国人たるシェイクスピア」(Cavendish, *Sociable Letters* 173) だと述べている。そして、シェイクスピアの特長について、「彼は自分が描いたあらゆる登場人物になったことがある」ようで、「男性から女性に変身したことすらある」ようだ、とその人物の描き方を高く評価している (Cavendish, *Sociable Letters* 130)。このようなシェイクスピアへの賞賛は、『社交書簡集』の二年前、一六六二年にフォリオ版で出版された彼女の『劇作集』(*Playes*) の序文でもたびたび言及されており、例えば、「強固な頭脳をもつベン・ジョンソン」と比較した上で、「柔和なシェイクスピアは流麗な機知をもち／学識は少ないが、とてもすばらしく筆が立った」(Cavendish, *Playes* A7ᵛ) としている。

しかしながら、マーガレットはシェイクスピアの演劇の上演を観た上でこのような評価を下しているわけではない。「彼［シェイクスピア］の劇を読むことができて、それをけなすことができるほど愚かな者はいないでしょう」（Cavendish, *Sociable Letters* 131、傍点引用者）と述べていることからも、彼女が、一六二三年、あるいは一六三二年のシェイクスピアのフォリオ等を読み、その劇作を賞賛していることは明らかである。[1] 劇作家として偉大な先達であり、「恋の対象」でもあったシェイクスピアの劇とは、彼女にとって「観る」ものではなく、「読む」ものであった。[2] そして観劇と異なり何度もくり返し読むこと、そして、複数のテクストを併置することを可能とする読書行為を通じて形成されたシェイクスピア評において、マーガレットはオリジナリティの問題を以下のように提起している。

……シェイクスピアの機知と雄弁は全般的で、あらゆる主題について書いており、彼の機知と雄弁にふさわしい主題が足りないぐらいです。そのため、彼は歴史からそのプロットを取らざるを得なかったのです。ですが、歴史からは最低限の構想を借りただけで、機知とことばは彼自身のものです。そして、彼は他の作家よりもはるかにすぐれているため、後代の作家たちは、彼から借用、あるいは盗用せざるを得なくなりました。わたくしは、我が国の有名な詩人たちがシェイクスピアから借りたり盗んだりした様々な箇所を指摘できます。ですが、そのような箇所や部分を具体的に挙げることで、誰がそのようなことをしたかわかるといけないので言及はいたしません。彼の劇とその他の人の劇を読んだ人がそれをみつければいいでしょう。（Cavendish, *Sociable Letters* 131）

ここでは、シェイクスピアが劇のプロットを歴史からとることは許される一方、彼以降の劇作家は彼から借用、あるいは、盗用していると批判されている。しかしながら、これだけでは、どのような立場、そして根拠からこのようなことを主張しているのか判然としない。ここで確認できることは、シェイクスピアを読むという行為が、マーガレットの中では、作家とその劇を愛し・評価するにとどまらず、作家としてのオリジナリティをめぐる借用・盗用という問題と密接不可分であったということである。『社交書簡集』

出版から約二〇年後の一六八八年、ジェラルド・ラングベイン (Gerald Langbaine) は『英国演劇の新カタログ』(*New Catalogue of English Plays*)、一六九一年にそれを増補改訂した『英国劇作家一覧』(*An Account of the English Dramat-ick Poets*) を出版し、借用と盗用の問題を扱うことになるが、本論は、大量の印刷テクストが溢れ始めるこのような時代において、マーガレット・キャヴェンディッシュという作家が、シェイクスピアという先行する劇作家を意識・賞賛する一方で、それに伴う借用と盗用という問題をどのように意識し、どのように自らの作品のオリジナリティの構築を目指したかを考察することを目的としている。(3)

二

一九八〇年代、マーガレット・キャヴェンディッシュは、女性の想像力を駆使して物語を紡ぎ出し、あるときは女性の虐げられた地位に抗議の声を上げ、女性の新たな可能性を提示した存在として、その劇や散文が再発見され、フェミニズム批評の観点から多くの研究がなされ始め、同時代の政治的文脈にも位置づけられてきた。(4) さらに近年では、文学以外の学問分野の研究者によって、さまざまな内容の数多くのテクストが検討されることで、その新たな側面が次々と明らかにされている。初期のフェミニズム批評では、彼女の作品が、他の作家、とりわけ男性作家の作品とはまったく異なる特徴を備えたものだとされ、先行する、あるいは同時代の文学的伝統の中での影響関係はあまり議論されてこなかったが、現在では、たとえば、彼女の自然哲学は夫ウィリアム・キャヴェンディッシュを介したホッブズ (Thomas Hobbes)、デカルト (René Descartes)、ガッサンディ (Pierre Gassendi)、スピノザ (Baruch Spinoza) など同時代の哲学者との影響関係が指摘され (Mendelson xi)、詩・劇作においても、エドモンド・スペンサー (Edmund

Spencer）ジョン・ダン（John Donne）、ベン・ジョンソン（Ben Johnson）などからの影響も指摘されている（Whitaker 19–20）。そのような中でも、近年、シェイクスピアからの影響については、多方面からの検証がなされ、そこにはマーガレットにおけるシェイクスピアの肯定的な影響を強調する研究と、批判的な継承を強調する研究という、二つの立場が見られる。たとえば、前者として、マーガレットは、自らをシェイクスピアの後継者として位置づけるためにフォリオ版での作品集出版にこだわったとするシャノン・ミラー（Shannon Miller）の研究、あるいは、王政復古期のロンドン王立協会が主導した理性と感覚を分離し、理性中心へと向かう傾向に対して、シェイクスピアの中にその両者を結合した状態を見いだし、その重要性を説いているとするブランディ・R・ジークフリート（Brandie R. Siegfreid）の研究などが挙げられる。一方、単純にシェイクスピアの肯定的な継承だけでなく、批判的な継承を読み取るものとして、シェイクスピアの劇で描かれる、試練から逃れる女性というプロットを意識しつつも、その実現不可能性を描いたとするアレクサンドラ・G・ベネット（Alexandra G. Bennett）の研究や、エルナ・ケリー（Erna Kellye）のように、マーガレットがシェイクスピアの悲劇と喜劇を単純に継承するだけではあきたらず、両ジャンルを混淆させ、悲喜劇という王政復古期に流行するジャンルをいち早く自らの劇にとりいれていたことを強調する研究などが挙げられる。

肯定／否定いずれの立場にせよ、このようなシェイクスピアからの影響を考えるとき、オリジナリティが問題になる。ミホコ・スズキ（Mihoko Suzuki）は、『劇作集』に収録されたマーガレットの『愛の冒険』（*Loves Adventures*）について、この劇のメーン・プロットでは、トルコと戦うヴェニスを舞台に、愛する男性に仕える異性装の女性、戦場で軍隊を勇敢に指揮して戦う女性、男装して判事となる女性、溺愛する乳母、女性の貞節に関する男性の不安など、シェイクスピアの劇の登場人物を思わせる特徴が多々見られることを指摘する。[5] このようにだけ述べると、マーガレットの劇がシェイクスピアの登場人物を借りてきているだけと評価されてしまう可能性があるが、ミホコ・スズキは更に、マーガレットがシェイクスピアの劇を分割・切断 (dismemberment) した上でつなぎ合わせる（パスティーシュ） (pastiche) ことによって、公的な立場で活躍する女性が、同時に、妻として結婚することも可能になるような物語を作り上げているとする。さらに、学究一筋のまじめな夫が誘惑に負けて堕落した生活を送るものの、最終的には妻の説得に応じて家庭に戻るというサブ・プロットと、最終的には無口な男性と結ばれるものの、結婚など隷属にすぎないと、ロマンティックな結婚観を拒絶するもう一つのサブ・プロットによって、メーン・プロットにおける、私的な空間より公的な空間を重視する女性主体、そしてロマンティックな結婚観を重視する姿勢、この二つを批判的に見る立場を提示しているとする。[6] ミホコ・スズキの分析の特徴は、断片的なキャラクター設定やプロットだけではなく、参照枠としてのシェイクスピアの断片化とパスティーシュ、そして、公的空間を重視する女性主体と、それを批判するサブ・プロットという全体の構造に注目している点である。このように読解するとき、もはやマーガレットの劇の断片、部分的プロットにシェイクスピアの影響を読み、そのオリジナリティに疑義を呈するという読み方にはあまり意味がなくなる。以下、本論では、このようなシェイクスピアをベンヤミン的な意味で「翻訳する」マーガレット・キャヴェンディッシュというミホコ・スズキの議論を踏まえた上で、断片性について異なる角度から考え、マーガレットのオリジナリティの特徴の一端を検討していく。[7]

三

演劇とオリジナリティに関する問題点を考察するとき、一七世紀中盤から後半にかけて、ブックセラーたちが、宣伝を目的とし、しばしば出版された劇の巻末に、既刊、あるいは、出版予定の劇のカタログを付すようになったことが重要である (Kewes 99–101)。このようなカタログは、やがて独立して単独で出版されるようになり、フランシス・カークマン (Francis Kirkman) のカタログを経て、一七世紀後半、ジェラルド・ラングベインによって体系化される。『英国劇作家一覧』で、ラングベインは、前書の『英国演劇の新カタログ』からの変更点を四点挙げているが、その第三の変更点として、歴史に基づいている劇については、その主題を扱っている歴史家をできるだけ載せるようにしたと述べ、そして、その理由について、「読者がオリジナルのストーリーとその劇を比べることができる」(Langbaine a5^{v}) ようにするためである、としている。しかしながら、ここでは「盗作」ということばは用いられておらず、その点はあまり問題化されていない。つまり、『英国劇作家一覧』は、しばしばそう考えられているように、もっぱら元ネタがある劇を批判するために書かれたものでは必ずしもなく、この本を買うことによって、読者が劇とオリジナルのテクストを併せて「読み」、それらを見比べることで、いろいろな発見の楽しみを味わうための、テクストの副読本のような意味合いももっていたと言えるだろう。

だが、この本において盗作が問題となっているのも事実である。ラングベインは、以下のようなドライデン批判の文脈で盗作に関する定義をしている。

> 私は……詩人全般、あるいはドライデン氏がとりわけ、プロットを借りてきたことを批判しているわけではない。それは、スカリゲル、ドービニャック、その他の学者たちに認められている……。私は、どこが歴史、ロマンスに基づいているかを示し、それぞれの劇の主題について扱っている作家を引用し、その結果、読者がそれらを比較することによって、詩人の能力の優劣、そして、詩人の場面の作り方の巧拙を判断できるようにしたのだ。だが、詩人は他の著作からその基盤を借りることは許されているが、ことばは自分自身のものでなくてはならないと考えている。そして、どこかで、詩人が他の著作からシーン全体を写していることをみつけたら、疑いなく、彼を剽窃者と呼んでもいいと考えている。(Langbaine 162、傍点引用者)

ラングベインは、先行する著作からプロットを借りてきた劇全般を批判しているわけではなく、劇の材源をあげているのは、読者がそれをもとに、作家の才能などを判断するためだとし、そして、劇作家は、劇の基盤を借りることは許されるが、ことばは自分のものでなくてはいけなく、また、シーン全体を引き写した場合は、はっきりと盗作だと判断して良いとする。このようなラングベインの盗作の定義は、先述したマーガレットの『社交書簡集』における、プロットの借用については許容し、重要なのは「機知とことばは彼［シェイクスピア］自身のもの」(Cavendish, *Sociable Letters* 131) とするオリジナルの定義と一致していることがわかる。ラングベインとマーガレットの盗作を語る場合の語彙は重なり、両者とも劇が出版物として流通し、それを読む読者の存在が重要な意味をもっていたこの時代の文化的な前提のもとに、オリジナルの問題を論じている。このような観点からすると、ミホコ・スズキが指摘するように、マーガレットの『愛の冒険』は、キャラクター、舞台設定、おおまかな（サブ）プロットなど、多くのものがシェイクスピアと重なってはいるが、両者の基準からすれば、そこには盗用の問題は発生せず、重要なのは登場人物たちの対話であり、そのときに用いられることば、相手のことばに対する返答こそが重要ということになる。

　しかしながら、マーガレットの自分の作品に対するオリジナルの概念は当初からこのようなものではなく、「ことば」を重視し、プロットの借用を認めるとするオリジナルの概念は、マーガレットが後年になって強調するようになったことにも注意すべきである。実際、ラングベインも、マーガレットを「批判的な意見はあるが、その劇のことばとプロットが彼女自身のものであるということを考えれば、他人の基盤に基づいて名声をつくりあげた他の女性作家よりもはるかに評価されてしかるべきだ」(Langbaine 391、傍点引用者）としている。[8] 問題はここではプロットもオリジナルだとされている点である。ここでプロットの独自性の根拠としてラングベインが引用しているのは、マーガレット自身の、一六六二年の『劇作集』で述べた、自分はギリシア語、ラテン語で執筆している詩人や歴史家の著作は読めず、英語で書かれたジョン・スピード (John Speed) の歴史書しか読めないのだから、ギリシア・ラテン語の書物から取ることなどできず、自分の劇はプルタルコスからも、ロマンスからも、『ドン・キホーテ』からもプロットをとっていないということばを引用したものである (Langbaine 391–92 / Cavendish, *Playes* A7ᵛ)。実際には、プルタルコスなどについては既に出版されている英訳で読むことは可能であり、ここでの主張を額面通り受け取るわけにはいかず、それをそのまま引用するかたちで、マーガレットのプロットもオリジナルだとしているラングベインの判断もそのまま信じることはできないだろう。しかしながら、このようなプロットのオリジナリティの主張は、マーガレットの王政復古期以前に書かれたテクストでは、とりわけ繰り返し主張されてきたもので、たとえば、一六五六年出版の『自然の絵姿』(*Natures Pictures*) でも、「それらは真のオリジナルからコピーしたものではなく、空想力(ファンシー)が作りあげたものです。というのも、わたくしは、過去の時代を教えてくれる歴史をほとんど読んでいないのです」(Cavendish, *Natures Pictures* c1ᵛ) と述べている。ここで問題としたいのは発言の中身の真偽ではなく、少なくとも、一六五六年、そして、一六六二年の段階では、プロットのオリジナリティもマーガレットによって重視されていた、ということである。一方、一六六四年の『社交書簡集』でのシェイクスピア論では、プロットがオリジナルであるかはさほど強調されず、オリジナリティのポイントはことばにあるとされている。以下、『社交書簡集』以降のプロットの重要性の低下と、ことばに重点を置くというマーガレットの劇作の過程を確認していきたい。

四

『社交書簡集』の後、一六六八年に出版された『未刊行劇集』(*Plays, never before Printed*) になると、マーガレットにとってプロットの重要性はますます低下する。彼女は、ここに収録されている自分のテクストは、劇と呼ぶには、古の法則（たとえば、三一致の法則）に従っておらず、また、自分は同時代の王政復古の特徴、雰囲気にも反感をいだいており、自分のテクストを劇と呼ぶのがふさわしいかどうかわからないとすら述べ、「空想のおもむくままに、いくつかの話題について多くの会話を書き、それから、その会話を順番に組み合わせて、アクトとシーンを作り上げた」と述べる (Cavendish, *Plays Never before Printed* a1ᵛ)。つまり、もはや物語を統括するプロットが重要なのではなく、異なる話題について断片の会話を書くことが重視され、その後、一応、劇としての形式に近づけるためにそれらを組み合わせる、というのが、一六六八年時点で述べられるマーガレットの劇作の手法となる。

このようなプロットを重視しない姿勢は、『未刊行劇集』の巻末に『劇の断片』と題した未完の劇が収録されていることからも明らかである。この劇の前置きとして、マーガレットは、この未完成の劇の断片は、二年前の一六六六年に出版された、『光り輝く世界』(*The Blazing-World*) という散文作品とセットで出す予定で書いていたが中断してしまったものだとし、今回、新たな劇集を出すことになったので、この書きかけの劇も収録したのだとしている (Cavendish, *Plays, never before Printed, A Piece of a Play* 1)。また、同じく『未刊行劇集』所収の『プレゼンス』(*The Presence*) の最後にも、その劇に組み込むはずであったが、「劇が長くなりすぎる恐れがあるので、独立させて印刷するのがよいと考えた」(Cavendish, *Plays, never before Printed, The Presence* 93) 二九ものシーンが収録されている。マーガレットにとって重要なのは、完成したプロットをもつ作品ではなく、異なる内容の断片のことばのやりとりだということはこのような編集方針からも明らかである。

『劇の断片』は断片とは言え、劇の完成過程で中断されたものだが、個々のシーンは、まさに、断片化されている。例えば、一幕一場で、レディ・フェニックス (Lady Phoenix) という人物のうわさ話に盛り上がるレディ・バザード (Lady Buzzard) とレディ・イーグル (Lady Eagle) という女性たちの会話が次のように交わされる。

バザード　彼女［レディ・フェニックス］を見たことがないけど、彼女を見たことがある人には会ったことがあります。

イーグル　私も聞いたことはあります。彼女はこのシティに、世界中の誰もみたことがないような豪華な様子でやってきたそうですね。

…中略…

バザード　彼女の馬車は船の形をした空気でできています。その空気の船は太陽で黄金に彩られているのです。彼女には多くのお付きがいて、彼女の先触れとなるのは多くの輝く彗星、炎を放つ流星が後を付き従っています。

…中略…

イーグル　彼女はどんな食事をしているのですか？

バザード　彼女は思索だけを食べているようです。

(Cavendish, *Plays, never before Printed, A Piece of a Play* I. ii. p.4)

しかし、このようなロマンス的な、あるいは、ネオプラトニズム的な話題はすぐにとぎれ、一幕二場ではベアマン卿 (Lord Bearman) の求婚へと話題が移るが、二〇行程度で話題がまた変わる。さらに、続く二幕一場では、サー・パピー (Sir Puppy Dogman) とサー・ポリティック (Sir Politick Fox-man) との間で次のような会話が交わされる。

サー・パピー　……けど、どうか教えてくれ。僕は流行の当世風紳士ではないのかい。

サー・ポリティック　まちがいなく、君は町で一番流行に遅れている。僕が見る限りはね。行動においても、身なりにしてもね。
サー・パピー　なるほど。では、少し改めることにしよう。僕はコーヒーハウスにも、タバーンにも通った。そして、女遊びもした。きっとすぐに、愛人がたくさんいることを自慢できるだけでなく、梅毒に罹ったことを威張ることもできるだろう。

(Cavendish, *Plays, never before Printed*, "A Piece of a Play" II. i. p.12)

一幕一場とはうってかわって、最近、流行に目覚めた愚か者が描かれるという王政復古演劇の常套的な滑稽なやりとりだが、こちらも特に話が展開するわけではなく、すぐにシーンは終わり、続く第二幕二場では、同様の王政復古演劇的なやりとりが続き、突如、劇は中断してしまう。このように『劇の断片』は、まさにマーガレットが述べていたように、異なる状況の異なる人物の会話が先行して書かれ、それを組み合わせようとして、挫折したものであることがわかる。しかし、このように中断された作品であるが、それを残す意味があるとマーガレットは考えていたのだ。そして、このような断片性は『劇の断片』という未完成の作品だけに見られる特徴ではなく、一応、劇として完結した他の劇にもみられる特徴でもある。たとえば、同じく『未刊行劇集』所収の『社交仲間または女性才人たち』(*Sociable Companions or the Female Wits*) と題された劇は結婚をめぐる女性たちの策略の話である。そこでは、まさにミホコ・スズキが『愛の冒険』に読み取ったようなシェイクスピアの断片を探ることができる。たとえば、ある女性が複数の求婚者のうちの四番目の男ムッシュ・ヴァニティとの会話で、「あなたの名前から、あなたの気質は愚かで、行動は放蕩三昧だということがわかります」(Cavendish, *Plays, never before Printed, Sociable Companions* III. ii. pp.66–67) と求婚者をあっさりと拒絶し、最終的にも結婚をしないプロットには、ポーシャ的モチーフ（のパロディ）を読みとり、更にシェイクスピアでは最終的に与えられるハッピーエンディングが与えられないことに、ロマンティックな結婚観に対する批判を読み込むことができるかもしれない。あるいは、同じ劇の中で男装して弁護士の書記として仕えていたジェインが「閣下、告白いたします。わたくしは女です。愛のためにしたこの変装をどうか皆様お許し下さい」と最後にその変装を明かして、恋する弁護士と結婚をする（Cavendish, *Plays, never before Printed, Sociable Companions* IV. ii. P.80）プロットに、同じくポーシャ、あるいはヴァイオラの異性装とロマンティックな結婚モチーフを読み取り、シェイクスピアが提示した女性の可能性をさらに広げ、女性同士が連帯し、男性を完璧に手玉にとることで理想の結婚を可能にする新たな女性主体の可能性を見ることも可能かもしれない。そして、この両者が同時に存在していることに、シェイクスピアの改変を見ることも可能だろう。しかし、重要なのは、このようなシェイクスピアの断片化とパスティーシュというミホコ・スズキと同方向の解釈には収まりきれないものが同じ劇中に存在していることである。例えば、元軍人の間で「機知は男性の心を柔らかく、甘く、穏やかに、そして女性化してしまうのでふさわしくない」とし、それに対し、「詩人と兵士（すなわち、機知と勇気）の違いは凪と嵐ほどの違いがある」（Cavendish, *Plays, never before Printed, Sociable Companions*, II. v. p.46）と、ジェンダーの問題を滑稽なやりとりで描く場面などがそうである。更に、このような断片的会話が異なる階級の中でのみ交わされ、劇としてはまとめられてはいるが、部分部分が相関的に全体としてのプロットに収斂することはないことを考えるとき、『未刊行劇集』では少なくとも、断片性を断片として重視する読み方をする必要もあるだろう。

そして、このような断片性というマーガレットの劇の特徴は、より劇としての形式が整っている作品を収録した一六六二年の『劇作集』にも見ることができる。先述した『愛の冒険』も、全体のプロットというよりは、各プロットがそれぞれの結末をもっていて、ミホコ・スズキが分析したように、そこに対立する意見を読み込むこともできるが、むしろ、対立とは読み取れないものも同時に存在している。トルコ軍の話から、性病、イタリアという話へ展開し、ピューリタンをあざける話へと脱線する軍人の会話があるかと思えば（Cavendish, *Loves Adventures*, Part II, II. ii. p.74）、二人の商人が軍人や乞食や司祭など、すべての職業が商人的だという話など（Cavendish, *Loves Adventures* Part I, II. ii. pp.32-33）、まったく話題が異なる同時代的要素を扱うシーンがこの劇には多々存在している。こうしてみると、マーガレットの劇で、このような会話が描かれる意味とは、ミホコ・スズキがパスティーシュによる効果を読み取る主張の中身より、異なる階級や性質の人々の多種多様な話題に関する会話を記録することにこそあると言うことも可能であろう。更に、この会話は、多くの場合、先述したように、きまった階級の内部でのみ生じるもので、たとえば、貴族なら貴族、軍人なら軍人、商人なら商人、レディならレディと、対話において階級間の横断性がほとんど存在していない。『愛の冒険』第二部の場合、三九のシーンから構成されているが、その中で、主人公アフェクショナータ（Affectionata）は一五のシーンに登場し（あるいは、一五のシーンにしか登場せず）、シンギュラリティ侯（Lord Singularity）とのシーンが一二なのに対し、他の人も含めた会話はわずかに三つのシーンだけである。これ以外のサブ・プロットについても、基本的に会話の相手は決まっており、それぞれ対立する意見を述べているとミホコ・スズキが解釈した、アフェクショナータ、レディ・バッシュフル（Lady Bashfull）、レディ・イグノランス（Lady Ignorance）などがプロットの中で交錯することはなく、それぞれが独立したかたちで、劇は進行する。つまり、混交と評されるマーガレットの劇だが、プロットにおいて登場人物は実際は混じり合うことはなく、ほとんどの場合、それぞれが独立したかたちで、それぞれの話題と階級の中でしか会話はなされない。確かにそれによって異なる意見をぶつからずに提示しているということもできるかもしれないが、むしろ、さまざまな主題について会話をまず描き、それを後から結びつけるという劇の作り方をすることによって、対話で成立している異なる空間は、ほとんど結びつくことなく、断片化して、異なる階層ごとに記述されることが重要である。その階層ごとの人々の会話におけることばのやりとりこそが、マーガレットが自分のオリジナルな特徴、すなわち、ことばの力・魅力の記述という能力を発揮できる場所となる。プロット、登場人物の祖型としてシェイクスピアを継承しながらも、その会話のことばと会話の場面設定にこそ、そのオリジナリティは存在している、とマーガレットは考えていた。シェイクスピアの設定を借りて、なじみの登場人物に、異なるシチュエーションと異なる設定を与えて、新たなことばを語らせることが、マーガレットの演劇が目指していたものである。そして、会話における階級の固定化は、実際の階級が固定化されているという「事実らしさ」を作り出すことに寄与する。彼女の考える現実空間（実際に、マーガレットがそれを経験したのではなく、想像で描いているのだから、真の現実ではないが）に置かれた主体のことばの想像／記録こそ、マーガレットが目指していたものなのだ。過去の作家という歴史を踏まえることの重要性と、登場人物を主体として「現実空間」に独立させること、この両者を併存させることこそが、シェイクスピアと対峙した上でのマーガレットのオリジナリティの意識ということになるだろう。

五

冒頭で断片的に引用したが、マーガレットのシェイクスピア評は次のように述べられている。

……シェイクスピアは機知に不足してわけではありません。異なる階級、職業、位階、出自の人を表現する機知を欠いてはいませんでした。もちろん、人間の様々に異なる気質や性質や感情を表現する機知にも不足していませんでした。そして、自分の劇に、あらゆる種類の人間を巧みに表現していました。まるで、彼が描いた全ての人物に変身したかのように。……まるで、男性から女性に変身したかのようにすら思えるほどです。いったい誰が、シェイクスピアほどにクレオパトラ、そして彼が作り出した女性たち、例えば、ナン・ページ、ページ夫人、フォード夫人、医師の使用人、ベアトリス、クイックリー夫人、ドル・ティアシート、その他、ここに書ききれないほどの女性たちを描写することができるでしょうか。（Cavendish, *Sociable Letters* 130–1）

マーガレットが重視していたのは、異なる階級、職業、位階、出自の人であれ、人間の様々に異なる気質や性質や感情を描く、人物の多様性を描き出す言語ということになる。冒頭で確認した「喜劇的、悲劇的な気質」が好きだということばは、プロットとしての喜劇と悲劇ではない。喜劇的、悲劇的状況にあるときのさまざまな人間のことばにこそ、マーガレットは魅了され、そして、その特徴を受け継ごうとしていた。その意味では、そもそもは、シェイクスピアをある意味誤読して、プロットではなく、自分がもっとも興味をもった、さまざまな人間のやりとりの巧妙さとおかしさこそがシェイクスピアの特長なのだとする読みの行為を基盤に、彼女のオリジナリティは形成されたと言うことができるだろう。当初は、亡命先でシェイクスピアという同国人の劇を書物で読み、その衣鉢を継ぐべく、シェイクスピアに言及しながらも自らのプロットの独自性を唱えていたマーガレットは、王政復古に伴い、さまざまに行われるシェイクスピアの翻案、盗作を目にするようになり、シェイクスピアの読解方法を『社交書簡集』などで吟味した結果、徐々にプロットからことばへと強調点をうつしていったのだ。

同時代的な文脈の中で、ミホコ・スズキの考えるようなマーガレットとシェイクスピアの関係を捉えるならば、「読者諸氏がここに見いだすのは、数人の過去の作者からとった集成で、それを（いささか苦労して）、私が注意深く勤勉に集め、時間があるときにこの小冊子にまとめたのです」(Crouch A2ʳ) とする、ナサニエル・クラウチ (Nathaniel Crouch) 等、新しい時代のブックセラーたちによる、先行する多数の作者の書物から、さまざまな情報の断片を集め、それを組み立てることによって、全体としてはオリジナリティが形成されるのだという主張につながり、確かに、そのような側面も存在していただろう。[9] そして、一方、本論のように捉える場合、プロットのオリジナリティではなく、さまざまに異なる人間像からなる断片的な会話にオリジナリティを求める態度は、もう一つの彼女の同時代的文脈、マーガレットの原子論に基づく世界観とつながる。彼女の原子論は、機械論的で原子を統合する全体性を強調した内乱期のものから変化し、王政復古後には、全体性を背後に見つつも、個々の差異を重視したものとなる。しかしながら、同時に、その個々の部分とは、それぞれ運動によって性質や特質の差異が生じたものであり、差異がありながらも同時に統一ではない形での全体性、すなわち「自然という無限の全体性の一部」でもある(Cavendish, *Observations upon Experimental Philosophy* L2')。[10] マーガレットの原子論の比喩を用いるならば、彼女の劇作は、断片のシーンの会話という部分が重視されるが、その部分の背後には、物語としては統一されない無限の自然／現実という全体としての世界が広がっていたのである。

＊本論は二〇一一年一〇月二二日聖心女子大学で開催された第五〇回シェイクスピア学会での発表「シェイクスピアに恋して――Margaret Cavendish と Originality の問題――」を元に、加筆修正を加えたものである。

注

（1）一六二三年生まれのマーガレットは一六四四年にチャールズ一世妃ヘンリエッタ・マライア (Henrietta Maria) に付き従って大陸に亡命し、一六四五年、ウィリアム・キャヴェンディッシュ (William Cavendish)、後のニューカースル公爵と結婚し、それ以降、王政復古まで大陸での長い亡命生活を余儀なくされる。『劇作集』に収録された劇のほとんどが、この亡命中に執筆されたものである。

（2）同じく「恋の対象」となったカエサルは、一六三一年にフォリオ版で出版されたプルタルコスの『ギリシア・ローマ偉人伝』の英訳版（Sir Thomas North Knight 訳）、オウィディウスは、一六三二年に同じくフォリオ版で出版された『変身物語』の英訳版（George Sandys 訳）などで「読ん」だと推測される。

（3）一七世紀後半のオリジナリティの研究についてはKewesが詳細な研究を行っており、とりわけ、現在の意味でのオリジナリティとは異なるとする議論に、本論は多くを負っている。Kewesが強調するのが、演劇批評と商業というコンテクストであるのに対して、本論は、作家の劇作におけるオリジナリティへの意識が文化的なコンテクストの中でどのように形成されているのかという点に注目している。また、オリジナリティと作家の主体性の問題についてはJagodzinskiを参照。とりわけ、マーガレットの演劇の内容に注目し、その出版こそがマーガレットを弁護する機能を果たしていたとしている第四章を参照(Jagodzinski 94–130)。

(4) マーガレット・キャヴェンディッシュの初期の重要な研究としては、当時の政治状況を踏まえて、絶対王政と絶対的な女性主体の関係を論じたGallagherと、それとは逆に、むしろ平等主義的な思想を読み込んだKahn、また、フェミニズム的な視点から、女性主体の自由を読み込んだTomlinsonが挙げられる。

(5)『愛の冒険』のメーン・プロットは以下の通りである。両親を亡くし乳母とその夫に育てられたレディ・オーファン(Lady Orphant)が、恋する年上の男性シンギュラリティ卿(Lord Singularity)を追って、男装をして従者として仕える。彼女は、ヴェニス・トルコ間の戦争に出陣し、武勲をあげることで、他の貴族、教皇から従者となることを求められるが断り、シンギュラリティ卿に仕え続ける。しかし、育ての親たちが、自分を殺害したという罪を着せられそうになっていると知り、男装をとき、正体を明かし、最終的にシンギュラリティ卿と結ばれる。ここに、ミホコ・スズキは、異性装をして愛する男性の従者となる女性に『十二夜』(*Twelfth Night*)のヴァイオラ(Viola)、戦場で戦う女性に『ヘンリー六世第一部』(*1 Henry VI*)のジャンヌ・ダルク(Joan of Arc)、男装して裁判官となる女性に『ヴェニスの商人』(*The Merchant of Venice*)のポーシャ(Portia)、無実の罪を着せられる女性に『オセロー』(*Othello*)のデズデモーナ(Desdemona)、溺愛する乳母に『ロミオとジュリエット』(*Romeo and Juliet*)の乳母(Nurse)、女性の貞操への不安を示す男性に『冬物語』(*The Winter's Tale*)のレオンティーズ(Leontes)などを読み取っている。

(6)『愛の冒険』のサブ・プロットは以下の通りである。第一のサブ・プロットでは、サー・ピーサブル・ストューディアス(Sir Peaceable Studious)という家にこもっていたまじめな学者が、突如、外の世界の生活に目覚め、女性たちの誘いにのって放蕩生活を過ごすが、最終的には妻のレディ・イグノラント(Lady Ignorant)との隠遁生活へと戻る。第二のサブ・プロットでは、無口なレディ・バッシュフル(Lady Bashfull)が多くの男性に求婚されるが、結婚が女性にとっての隷属だとして、拒否を続け、最終的には、当世風の男ではなく、寡黙(というか、ほとんど話さない)サー・シリアス・ダム(Sir Serious Dumb)と結ばれることとなる。

(7) ミホコ・スズキはベンヤミンの「翻訳者の使命」中の、翻訳とはオリジナルと翻訳の類似性を作り上げるのではなく、オリジナルも翻訳も、より大きなものの断片にすぎないということを示す、という概念を援用し(Mihiko Suzuki 106)、シェイクスピアによる材源の断片化と改変と同じ行為を、マーガレットがシェイクスピアに関して行っていると考えている。

（8）ここで暗にラングベインに批判されているのは、「彼女は非常に多くを、自国の人だけでなく、フランスの詩人からも借用している……好んでというよりは、自分自身の機知の深みが足りないために、他人の蓄えから借りているのだ」(Langbaine 17–18) と、その借用を批判的に言及されている、同時代の女性作家アフラ・ベーン (Aphra Behn) だと推定される。

（9）ブックセラーであるナサニエル・クラウチが用いた、無断借用による書籍の構成という手法は、まさに、盗用・借用によって「作家」と「作品」が形成され、その書籍が売れるという文化が当時存在していたことを示す好例である。詳しくは Mayer を参照。

（10）王政復古期以前のウィリアム・キャヴェンディッシュの周囲に集まった人々と原子論の関係については、Clucas を参照。王政復古前のマーガレットが絶対王政支持者でありながらも、原子の自由意志に基づく運動を許容する彼女の原子論に、共和主義的な傾向もあることを読み取りとる研究もある (Rogers)。一方、個々の原子は独立して運動することによってその性質をつくりあげるが、同時にそれは全体の一部でもあるとする王政復古後の原子論には、個々を束縛する絶対王政でもなく、個々の自由を許容する共和主義的でもない、別な形での全体性への志向を読み取ることも可能であろう。

参考文献

Bennett, Alexandra G. “Testifying in the Court of Public Opinion: Margaret Cavendish Reworks *The Winter's Tale*.” Eds. Katherine Romack and James Fitzmaurice. *Cavendish and Shakespeare, Interconnections*. Aldershot: Ashgate, 2006. 85–102.

Cavendish, Margaret. *Love's Adventures*. Ed. Anne Shaver. *The Convent of Pleasure and Other Plays*. Baltimore and London: Johns Hopkins UP, 1999. 21–106.

——. *Natures Pictures*. London, 1656.

——. *Observations upon Experimental Philosophy*. London, 1666.

——. *Playes*. London, 1662.

——. *Plays, never before Printed*. London, 1668.

——. *Sociable Letters*. Ed. James Fitzmaurice. New York and London: Garland P, 1997.

Clucas, Stephen. "The Atomism of the Cavendish Circle: A Reappraisal." *Seventeenth Century* 9 (1994): 247–73.

Crouch, Nathaniel. *Miracles of Art and Nature*. London, 1678.

Gallagher, Catherine. "Embracing the Absolute: The Politics of the Female Subject in Seventeenth-Century England." *Genders* 1 (1988): 24–39.

Jagodzinski, Cecile M. *Privacy and Print: Reading and Writing in Seventeenth-Century England*. Charlottesville and London: UP of Virginia, 1999.

Kahn, Victoria. "Margaret Cavendish and the Romance of Contract." *Renaissance Quarterly* 50 (1997): 522–66.

Kelly, Erna. "Drama's Olio: A New Way to Serve Old Ingredients in *The Religious* and *The Matrimonial Trouble*." Eds. Katherine Romack and James Fitzmaurice. *Cavendish and Shakespeare, Interconnections*. Aldershot: Ashgate, 2006. 47–62.

Kewes, Paulina. *Authorship and Appropriation: Writing for the Stage in England, 1660–1710*. Oxford: Clarendon P, 1998.

Langbaine, Gerald. *An Account of the English Dramatick Poets*. Los Angeles: William Andrews Clark Memorial Library, 1971.

Mayer, Robert. "Nathaniel Crouch, Bookseller and Historian: Popular Historiography and Cultural Power in Late Seventeenth-Century England." *Eighteenth-Century Studies* 27(1994): 391–419.

Mendelson, Sara H. "Introduction." *Ashgate Critical Essays on Women Writers in England, 1550–1700*. Vol. 7. Ed. Sara H. Mendelson. Farnham: Ashgate, 2009. xi–xxi.

Miller, Shannon. "'Thou art a Moniment, without a tombe': Affiliation and Memorialization in Magaret Cavendish's *Playes* and *Plays, never before Printed*." Eds. Katherine Romack and James Fitzmaurice. *Cavendish and Shakespeare, Interconnections*. Aldershot: Ashgate, 2006. 7–28.

Rogers, John. *The Matter of Revolution: Science, Poetry, and Politics in the Age of Milton*. Ithaca: Cornell UP, 1996.

Suzuki, Mihoko. "Gender, the Political Subject, and Dramatic Authorship: Margaret Cavendish's *Loves Adventures* and the Shakespearean Example." Eds. Katherine Romack and James Fitzmaurice. *Cavendish and Shakespeare, Interconnections*. Aldershot: Ashgate, 2006. 103–20.

Siegfreid, Brandie R. "Dining at the Table of Sense: Shakespeare, Cavendish and *The Convent of Pleasure*." Eds. Katherine

Romack and James Fitzmaurice. *Cavendish and Shakespeare, Interconnections*. Aldershot: Ashgate, 2006. 63–83.

Tomlinson, Sophie Eliza. "'My Brain the Stage': Margaret Cavendish and the Fantasy of Female Performance." Eds. Clare Brant and Diane Purkiss. *Women, Texts and Histories 1575–1760*. London: Routledge, 1992. 134–63.

Whitaker, Katie. *Mad Madge: The Extraordinary Life of Margaret Cavendish, Duchess of Newcastle, the First Woman to Live by Her Pen*. New York: Basic Books, 2002.

叙述と視覚芸術の融合
――書物史の観点から考察するフランシス・サンドフォードの著作――

高野　美千代

はじめに

十七世紀イングランドの紋章官 (herald) で系譜学者 (genealogist) のフランシス・サンドフォード (Francis Sandford, 1630–94) は生涯に四編の作品を出版した。いずれも王室に関連するものである。紋章官ならではの調査研究に基づく著作は十七世紀後半の系譜学研究を代表するものであると同時に、芸術性の高い挿画を取り入れたフォリオは近世書物史において意義深いものである。本論考では、サンドフォードの著作全体を概観し、書物史上の位置づけを試みるとともに、彼の系譜学研究の集大成である *A Genealogical History of the Kings of England, and Monarchs of Britain*（『イングランド王およびブリテンの君主の系譜』、以降『系譜』と省略して記す）に特に注目し、この本が特筆すべき価値を持つ書物であることを証明したい。

サンドフォードに関する情報は多くは残っていない。伝記作家のアンソニー・ウッド (Anthony Wood, 1632–95) が *Fasti Oxonienses*（『オックスフォード大学の行事暦』1691）において簡潔に記したことが最も有力な情報源であると思われる。生い立ちから紋章官に就任した背景、オックスフォード大学（ボドリアン図書館）での調査研究の経験、それによる昇進などが説明されている。また、著書四点の紹介およびサンドフォードの近況が書かれている。近況と言っても、ウッドはその当時サンドフォードがロンドンのブルームズベリ地区に住んでいること以外は知らなかった。同時代のその他の文献では、同じ紋章官のウィリアム・ダグデール (Sir William Dugdale, 1605–86) が日記の中に彼の名を出している部分が数か所見受けられる。また、やはりほんの数回ではあるが書簡の中でサンドフォードについて言及している。その後、ウッドの情報を基にいささかの追加が施され、紋章官としてのサンドフォードの経歴等の記事が含まれる文献としてはマーク・ノーブル (Mark Noble) による *History of the College of Arms* (1805)、およびアンソニー・ワグナー (Sir Anthony Wagner) による *Heralds of England: A History of the Office and College of Arms* (1967) を挙げることができる。この二冊はともに英国紋章院の歴史をその発祥から扱う書物であり、とくにサンドフォード個人あるいは十七世紀の紋章官を詳述するものではない。著作の研究に関しては、サンドフォードによる最後の作品 *The History of the Coronation of James II*（『ジェームズ二世戴冠式の歴史』1687）のコメンタリーをスティーヴン・ツヴィッカー (Steven N. Zwicker) が書いているが、[1] 時代背景や書誌的情報を含む比較的短い論文となっている。それ以外の三点の著作に関して十分な研究は行われていない。

本論考では、書物史上の位置づけを行うことを目的とするため、サンドフォードによる四点の作品について複数の視点から考察を行う。サンドフォードは王政復古期英国の紋章官であり、チャールズ二世、ジェームズ二世と信頼関係を築いた。彼が紋章官を務めていた一六六〇—八〇年代に発表した四点の書物はいずれも王室に関連した内容のものである。一六七七年にはチャールズ二世の命によって十五年の歳月をかけて完成させたウィリアム征服王以来一六七七年までの英国王室の『系譜』を発表したが、その他三作品は年代順に *A Genealogical History of the Kings of Portugal*（『ポルトガル国王の系譜』1662）、*The Order of Ceremonies Used for, and at, the Solemn Interment of the Most High, Mighty and Most Noble Prince George Duke of Albemarle*（『アルバマール公ジョージ・マンクの葬儀の次第』1670）、*The History of the Coronation of ... James II ... and of his Royal Consort Queen Mary* (1687) である。本論考においては、各作品が出版されるまでの経緯、背景を正確にとらえたい。サンドフォードが執筆に至った事情を探ると同時に、出版当時の作品をめぐる状況、さらには出版後の作品の受容についても取り上げる。また、各作品についての詳細な研究が今日に至るまで存在しないため、それぞれの著作の概略を示すことも必要と判断する。とくに『系譜』に関しては、十七世紀書物史上の主要な動きである銅版画挿絵の使用について詳述したい。そのためには十七世紀イングランドの印刷文化、版画作家とその作品について言及していく。こういった事項を分析し、サンドフォードの作品、とくに『系譜』の書物史上における意義、テクストと視覚芸術の融合について考察する。

I

フランシス・サンドフォードは一六三〇年アイルランドに生まれ、母方の祖父の故郷で育ったが、その後一六四一年に発生したアイルランド暴動の際にサンドフォード家の祖先が代々住むイングランドのシュロップシャ、サンドフォードに移住した。サンドフォードという地名が物語るように、長い歴史を持つ由緒正しい名門一族である。サンドフォード家は代々王党派であり、革命期にはチャールズ一世を支持していたために罰金を科せられたこともあった。幼いフランシスはシュロップシャにおいては学業の機会にあまり恵まれなかったようで、グラマースクール程度の教育しか受けられなかった。その後ふたたびアイルランドに渡り、ダブリン大学トリニティカレッジを卒業しているが当時の生活についてその他詳細は明らかではない。彼の人生にようやく光が差したのは一六六〇年の王政復古後のことである。サンドフォード家が王党派として労苦を重ねてきたことへの報償として、勅許状 (Letters Patent) により彼はロンドンの紋章院（College of Arms）に招かれることとなった。そして一六六一年六月六日、紋章院のルージュドラゴン紋章官（Rouge Dragon Pursuivant）に就任した。彼の人生の転機はそこにあった。サンドフォードは、当時、上級の紋章官（Norroy King of Arms）を務めていたウィリアム・ダグデールに出会い、彼を補佐する役割を担うことになったのである。両者は一六八〇年代まで紋章官を務めたため、その後二十年以上の年月を身近な関係において過ごしたことになる。サンドフォードがダグデールから得た影響は計り知れない。

サンドフォードが紋章官に就任するころまでに、ダグデールは英国を代表する好古学者（antiquary）として緻密な調査研究に基づいた作品を次々と発表していた。一六三八年に紋章官となり、共和制下の一六五五年には *Monasticon Anglicanum*（『英国の修道院』第三巻は一六七三年に出版）、一六五六年に *The Antiquities of Warwickshire*（『ウォリックシャの故事』）、さらに一六五八年に *The History of St Paul's Cathedral*（『聖ポール寺院の歴史』）という大作が世に出た。王政復古後もダグデールは引き続き好古学者としての研究を行い、のちに *Baronage of England*（『イングランドの貴族』1675–76）も完成させた。書物史におけるダグデールの大きな貢献として挙げられるのは、文字主体であったフォリオ判書物に視覚的要素を盛り込んだこと、しかもそれまでになく卓越した芸術性の高い作品に作り上げたことである。これは友人の版画家ウェンセスラウス・ホラー（Wenceslaus Hollar, 1607–77）との協働によるものである。ホラーの作品はほかに例を見ない繊細な挿画となり、ダグデールの好古学書に芸術的価値を付与した。故事題材へのアプローチや書物の構成など、様々な面でサンドフォードはダグデールからインスピレーションを受けることになった。

サンドフォードは一六六六年のロンドンの大火の後、ロンドン再建のための調査隊のメンバーとして市内の状況を観察した。そこで彫刻家のホラーと協働することになる。また、彼は大火で失われ、そのまましばらく放置されていた紋章院を、元の場所にあらたに建築することを国王に嘆願し成功した。現在の紋章院はサンドフォードのデザインで建立されたものである。一六七六年に一段階上の紋章官であるランカスター紋章官（Lancaster Herald）に就任した彼は、常に国王と近い関係であった。チャールズ二世亡きあと、ジェームズ二世とも密接な関係にあったサンドフォードは、名誉革命後に紋章院を去る決意をし、一六八九年ランカスター紋章官の地位を友人グレゴリー・キング（Gregory King, 1648-1712）に譲り引退した。彼は紋章官そして系譜学者としての生涯を二人の国王に捧げたと言っても過言ではない。

サンドフォードは紋章官になってまもなく最初の作品を発表しているが、彼の作品はいずれも紋章官であったからこそ執筆され完成された作品である。それではこの紋章官とはいったいどのような存在であるのか。英国における紋章（Coat of Arms）の歴史は古く、十二世紀ころに遡る。戦いの際にお互いに身分が知れるよう盾や陣羽織／陣中着に紋章をかたどった。それが一族のシンボルとして残るようになり、広まっていった。その紋章をいわば管理し登録するのが紋章官の職務であり、紋章官は紋章院という機関に属している。紋章院は一四八四年、リチャード三世の時代に設置され、現在もなお当時と同様の機能を果たしている。紋章官を集合的には"Officers of Arms"（あるいは"Heralds"）という。サンドフォードが紋章官であったのは一六六一年から一六八九年のことであるが、当時から現在も変わらず紋章官には三つのランクがある。上から順に"Kings of Arms"、"Heralds"、"Pursuivants"という。合計で十三のポストがあり、基本的には終身制である。サンドフォードは最初"Rouge Dragon Pursuivant"として紋章院に着任した。"Pursuivants"には四種あり、サンドフォードが務めた"Rouge Dragon Pursuivant"は一四八五年ヘンリー七世によって設置されたものである。のちにサンドフォードは"Lancaster Herald"になっている。"Heralds"の中ではランカスター紋章官が最も古く、その歴史は十四世紀に遡る。もっとも上の位のヘラルドは"Norroy King of Arms"であるが、これを務めた人物の中にはウィリアム・ダグデールのほか、エリザベス朝の好古学者ウィリアム・カムデンがいる。カムデンは一五九七年から"Clarenceux King of Arms"を務めた。彼は紋章官として地誌学、好古学、系譜学の研究を盛んに行い、その分野の第一人者として長く影響力を持つ作品を著した。カムデンは、後に続く紋章官が好古学、系譜学研究を行う礎を築いた。現在も紋章官らは同じ分野の研究を行っている。全十三名（Kings of Arms 三名、Heralds 六名、Pursuivants 四名）の紋章官を統括し、採用する際に影響力を持つのが"Earl Marshal"（紋章院総裁）である。一六七七年から紋章院総裁はノーフォーク公（Duke of Norfolk）の世襲となっている。紋章院総裁の身分は高く官職の中では宮内長官（Lord Chamberlain）に次ぐとされ、権力は非常に大きい。晩年サンドフォードが紋章院を一時追われたことがあったのも、紋章院総裁との不和によるものであった。

紋章官の任務のひとつには紋章の管理がある。紋章が間違いなく使用されているかを確認したり、新たな紋章を作成したりする。紋章官は国内各地を訪問して地域の一族が使用している紋章の正統性を確認するが、ダグデールは一六六〇年から一六七七年にかけて"Norroy King of Arms"としてイングランド中部のトレント川以北の地域を担当していた。(2) その頃サンドフォードはダグデールの補佐として訪問に同行している。もう一人の"King of Arms"である"Clarenceux King of Arms"の担当地区はトレント川以南である。さらに別の主要な業務として、紋章官は戴冠式や葬儀など王室儀礼や国家的行事の準備・司式を担う。サンドフォードがジョージ・マンクの葬儀の詳細な記録を残したのも、ジェームズ二世の戴冠式の詳細を一冊の書物に首尾よくまとめることができたのも、実際にそれら式典全般にかかわった経験があったからだと言えよう。

Ⅱ

十七世紀イングランドにおいて書物は絶大な発展を遂げ、出版される書籍数、その部数、ともに飛躍的に増加した。書物は洗練さを増し、とくに装丁においては見事な美観を備えるものが現れるようになる。書物史におけるこのような動きに大きく寄与したもののひとつが挿画である。十六世紀までの木版画から、主流は銅版画へと変化し、十七世紀英国では密で細やかな芸術性の高い版画作品が挿絵として書物に含まれるようになった。書物と版画の融合を推し進めた第一人者として挙げられるのはジョン・オグルビー（John Ogilby, 1600–76）の名前である。オグルビーはイソップ寓話の翻訳を行い、一六五一年に数多くのイラストレーションを施したフォリオを出版している。一六五四年にはウェルギリウスの作品を翻訳し、当時の著名な版画家による作品を挿絵として使用した。それらの版画家の中でも、ウェンセスラウス・ホラーとは王政復古後に再び活動を共にすることになる。王政復古を祝うように、オグルビーは *The Entertainment of His Most Excellent Majestie Charles II in His Passage through the City of London to His Coronation*（『ロンドン市内を通り戴冠式へ向かうチャールズ二世への歓待』1661/62）を執筆したが、この挿絵もホラーに委嘱している。オグルビーはホラーの銅版画をふんだんに挿絵として使用し、その後も協働して書物を出版した。

　ホラーはまた、ウィリアム・ダグデールによる *Monasticon Anglicanum*（1655–73）、*Antiquities of Warwickshire*（1656）、そして *History of St Paul's Cathedral*（1658）の挿絵として幾多のプレートを作成している。これらの作品においては、ダグデールの学識と緻密な研究の成果をもっとも効果的に読者に伝えるのに、ホラーの作品が相乗的に作用している。版画は現代の写真と同様に対象物の姿かたちを正確に読者へと伝えるものであり、その一方で、対象物の理想化された姿を読者に示すためにも使用されるものであった。[3]（【図版1】）

　銅版画家ウェンセスラウス・ホラーはボヘミアの版画家であったが、ロンドンに工房を構えて主要な仕事のほとんどを英国で成し遂げた人物である。彼の功績は枚挙にいとまがないが、本稿では彼が晩年に関わった作品を使用した書物を取り上げることになる。ホラーが没した年に出版されたサンドフォードによる『系譜』には、一六七六年までのホラーの版画が多数収められている。とは言え、ホラーはそもそも書物の挿絵を専門に制作した芸術家ではなく、多様な版画を世に送り出していた。中でも彼が一六三〇年代

［図版 1］中世の聖ポール寺院の西側正面、ホラーによる見開き 2 ページにわたる版画。
William Dugdale の *History of St. Paul's* (1658) より

から手掛けた様々なロンドンの風景や地図はあまりに有名である。十七世紀中期のロンドンにおいては一枚刷りプリントが人気を博し、印刷が盛んに行われ、多様な作品が世に出回っていた。とくにピーター・ステント (Peter Stent, 1613–1665) の工房では、実に五百種以上の版画が制作され、流通したのである。ステントが好んで取り扱った版画の中にはホラーの作品が数多く含まれている。

　サンドフォードとホラーの関係は、本の書き手と挿絵を委嘱される版画家というものに限定されなかった。前述したとおり、サンドフォードの上司にあたる紋章官のダグデールもホラーと親交があった。ダグデールは英国史上に残る好古学書を一六五〇年代より複数発表しているが、いずれにおいてもホラーの版画が挿絵として使用されていて、書物に付加価値を与えている。ホラーの繊細で独特な線の使い、光と影の表現はモノクロの挿絵における至芸と呼ぶにふさわしい。ダグデールとホラーの協働した作品群をサンドフォードが熟知していたのは当然だろう。これに加え、サンドフォードとホラーの二人は一六六六年、ロンドンの大火の直後にチャールズ二世からロンドンの検査官を任ぜられている。サンドフォードはホラーとともに大火による被害の調査にあたった。少なくともこのころから、より直接的な交流があったものと考えることができる。

　ホラーはボヘミアのプラハに生まれ、若いころから芸術の才能を発揮し、特に優れた風景画で名を知られるようになる。大陸各地で創作活動を行い、一六三六年にアランデル卿トマス・ハワードと出会う。アランデル卿は宮廷人であり有数の美術愛好家でもあり、ホラーの才能をすぐに見抜いた。これをきっかけにホラーはロンドンのアランデルハウスで生活することになる。チャールズ一世に絵画の手ほどきを行ったこともある。一六三〇年代から四〇年代は風景に加えてコスチュームプリント[4]や著名人の肖像を多数制作した。その後いったんロンドンを離れるが一六五一年ころには再びロンドンに戻った。本格的に書物の挿絵を手掛けるようになったのはそれからのことである。口絵部分の著者の肖像を扱ったものとは別に、一ページあるいは見開き二ページを使うなどして大きな版画を挿入した本が、ホラーの作品によってこの時代から定着し始めるのである。一六五四年にはジョン・オグルビーによるウェルギリウスの作品集を手掛けた。つづいて一六五五年にダグデールの *Monasticon* 第一巻、一六五六年に *Antiquities of Warwickshire*、一六六一年に *Monasticon* 第二巻などがつぎつぎと発表された。中でも一六五八年の *The History of St. Paul's Cathedral in London* にはまさしく名人技と呼ぶべき微細な線画を施したホラーの作品が数多く含まれている。ここに記録された中世の聖堂は一六六六年のロンドンの大火で失われてしまっているだけに、この書物はゴシック様式の聖ポール寺院の内と外を今日まで伝える貴重な資料となっている。ホラーはたびたびダグデールからの仕事の依頼を受けていた。そのためダグデールの日記の中でもホラーの名前がたびたび言及される。一六六一年からサンドフォードはダグデールの下でヘラルドの業務を行っていたため、ホラーと出会う機会があったと考えることができる。つまりその頃にはサンドフォードはホラーの作品を間近に見ることがあったはずだし、互いにその人となりを知っていたことが推測される。

サンドフォードの『系譜』では歴代の君主のポートレイトとロイヤルシール（国璽）が時代別に紹介されている。しかし『系譜』におけるホラーの貢献はむしろ墓碑や霊廟などのモニュメントである。これはダグデールの *History of St. Paul's* と同様である。*St. Paul's* ではあらゆる角度から聖堂をとらえた外観図が圧倒的で見る者に強い印象を与えるが、その一方で、中世からの聖ポール寺院内の数十点のモニュメントの版画が含まれている。『系譜』においてはロンドンに限らずウィンチェスターやカンタベリーなど、地方の聖堂あるいは教会に存在する王室関連のモニュメントの挿絵が使われている。特に繊細なタッチで作成されているのがウェストミンスター寺院にあるヘンリー七世のモニュメントである。見開き二ページの大作で、本を手に取る人の心に強く訴える力を持つ仕上がりとなっている。

系譜学の書物における挿絵は系図あるいは紋章にとどまり、通常テクストが主体となっている。たとえばサンドフォード自身が翻訳して出版したポルトガル王室の系譜にしても、『系譜』に見るような芸術性の高い挿絵によって説明が補強されてはいない。ポルトガル王室の系譜は一六六二年の作であり、つまりサンドフォードがヘラルドとして紋章院に所属して間もないころ執筆したものである。チャールズ二世の結婚を祝うために一日も早い出版を目指して作成に励んだことが推測される。サンドフォードはサンマルテ兄弟による原本に忠実にあるいはごく近いものに作り上げることが、速やかな出版を行うために最善と判断したのではないだろうか。ポルトガル王室の系譜は、結果的には国王成婚と同年に出版が実現した。一方、母国の王室の系譜を作成するにあたっては、出版までに十五年の歳月をかけている。紋章官としての上司にあたるダグデールがそうしたように、ホラーによる挿絵を使いたいという考えがサンドフォードの頭をよぎった可能性は否定できない。ホラーの作品の完成度は、同時代のその他作家の作品と比較して明らかに高く、絶対的な存在感を持っていたのである。しかし新たな版画制作を委託し、作品を書物に挿入するためには非常に多くの費用と時間が必要となる。最終的には国王より命を受けてから十五年を経て出版の運びとなり、ポルトガル王室の系譜執筆の際にかなえられなかった幾多の版画を挿入した『系譜』が世に出された。サンドフォードにとっては、ホラーによる版画を豊富に取り入れることができた唯一の書物となったのである。ホラーは一六七七年に逝去しているため、ここに収められた版画が彼の最晩年の作品群でもある。

王政復古によってチャールズ二世がロンドンに戻り、英国は再びスチュアート朝となった。サンドフォードはヘラルドに就任した同年の一六六二年、チャールズ二世の結婚を記念する書物を発表している。チャールズ二世の妻となったキャサリン・オブ・ブラガンザの出身国であるポルトガルの王室の系譜を扱うものである。英国王室とポルトガル王室の関係は長く、一三八七年にイングランド王子ジョン・オブ・ゴーントの娘フィリパ・オブ・ランカスターがポルトガル国王ジョアン一世に嫁いで以来のことである。チャールズ二世は花嫁をポルトガルから迎えるにあたり、ポルトガル王室の系譜を紋章官のサンドフォードに上梓させることとした。この作品は「著作」でありながらもその多くの部分が「翻訳」からなり、一六二三年までをフランスの歴史家・系譜学者ルイ・ド・サンマルテ、セヴォル・ド・サンマルテ兄弟によるフランス王室の系譜を基にしている。それ以降の部分は、作者によればヴェネチアのフランチェスコ・ロレダーノ（Francesco Loredano, 1607–61）の書簡集（1660）が近年英語訳されたもの基づいている。[5] これ以外にも複数の文献を参照し、さらには自身で加筆を施して完成に至った。第一部ではポルトガル最初の王家であるボルゴーニャ家の祖アンリ伯（1066–1112）からポルトガル王アントニオ二世（1531–1595）を扱い、第二部はブラガンザ家の系統を詳しく説明する内容になっている。チャールズ二世への献辞においてサンドフォードが祈念することはポルトガルとイングランド両国の王家の発展であり、（叶えられることはなかったが）この結婚による子孫繁栄である。つぎにサンドフォードは自身を「翻訳者（translator）」と呼び、読者に対してこの系譜の原本であるフランス語の書籍について紹介している。つづいて二名の上級の紋章官からは翻訳の内容に齟齬はないこと、紋章の使用に間違いがないことが宣言される。名を連ねる紋章官の一人はダグデールである。同じページの欄外部分には、この本がサンドフォード自身によりセント・ベネット・ヒルの紋章院に隣接する彼の住居において販売されていることが書かれている。印刷者は紋章院近くのエドワード・モターズヘッド (Edward Mottershead) であり、彼からも書籍の購入が可能とされていた。(6)

外国の文献の翻訳を基にしたこの書物であるが、目的はチャールズ二世とキャサリン・オブ・ブラガンザの結婚を祝うものであるため、サンドフォードが加筆した部分があって然るべきである。約二ページを割いて、サンドフォードはキャサリンの生誕から結婚まで詳しい記載を行っている。そこには、キャサリンがポルトガルを出てイングランドに到着し、結婚式が行われるまでの一部始終が記録されている。さらには八月二十三日、ロンドン市が主催してテムズ川上で繰り広げられた祝祭の様子が詳細に述べられている。

サンドフォードはその後ふたたび国王の命によって書物を著している。一六七〇年のその作品は比較的薄めのフォリオで、王政復古の立役者ジョージ・マンクの葬儀を記録したものである。タイトルは *The order and ceremonies used for, and at the solemn interment of the most high, mighty and most noble Prince George Duke of Albemarle, Earle of Torrington, Baron Monck of Potheridge, ... 1670 Collected by Francis Sandford gent: rouge-dragon, one of His Maties. officers at armes; and published by His Maties: especiall command*（『全能で貴きアルベマール公ジョージ、トリントン伯、ポサリッジ男爵の厳粛な埋葬における次第と儀式（一六七〇年）ルージュドラゴン紋章官フランシス・サンドフォード編、国王の特別指令により出版』）である。マンクはチャールズ二世が一六六〇年五月二十五日にドーヴァーに上陸した際、初めに彼を出迎え抱擁した人物で、翌日には恩賞としてガーター勲章を授けられた。その後まもなく軍最高指令官、寝室係侍従、アイルランド総督、主馬頭等の役職に任ぜられた。さらに、公爵の位は王族との血縁がなければ与えられないのであるが、マンクはエドワード四世の血を引いていたことから七月にはアルベマール公という爵位を得ることになった。一六六〇年代もなおマンクは海軍を率いて活躍し、晩年は第一大蔵卿 (the First Lord of Treasury) を任ぜられていた。チャールズ二世にとってマンクはあまりに重要な人物であったがため、彼が没するとその直後に王は盛大な葬儀を行うよう周囲に指示を出した。国葬を執り行うのは紋章官の職務でもあるので、サンドフォードは葬儀当日の詳細を記録するのにふさわしい人物であった。サンドフォードはまず、葬儀までの間マンクの遺体が安置されることになったサマセットハウスの内装の具体的な様子を説明している。そして四月三〇日に行われた葬儀についてはウェストミンスター寺院までの行列を、参列する人物の氏名・肩書などを順に記録している。つづいてウェストミンスター寺院で行われた葬儀の次第が説明される。サンドフォード自身の名前もあり、彼が紋章官として司式に参加していたことがわかる。

この書物の挿絵となった版画を制作したのはホラーではなく、フランシス・バーロウ（Francis Barlow, 1626–1704）とロバート・ホワイト（Robert White, 1645–1703）であった。バーロウはホラーと協働することも多かった人物であり、オグルビーのイソップ寓話はその例である。一方、ホワイトはポートレイト版画家としてよく知られている。十七世紀後半の本では、扉絵に彼の名前をたびたび目にする。前作のポルトガル王室の系譜のケースとは異なり印刷者の名前は不明で、おそらく限られた範囲の読者層を想定して制作された書物であったことが推測できる。(7)

『系譜』はサンドフォードによる第三作目の作品で、国王チャールズ二世の求めでウィリアム征服王から続く英国の君主の系譜を正当な歴史として内外にアピールするため制作された。冒頭部分には南部担当国務大臣ヘンリー・コヴェントリが伝達する、チャールズ二世からの警告を含むメッセージが掲載されている。(8) その内容は、著作権に関わるものであり、国王は『系譜』の印刷・複製を著者の許可なく今後十五年間は一切認めないことを強調し、関係各所にもこの指令に従うために特別な注意を払うように命じている。このことは、サンドフォードが国王から特別な配慮と信頼を得ていたことを示すものである。(9)

チャールズ二世とサンドフォードの親密な関係は『系譜』における献辞からもうかがうことができる。サンドフォードは十五年の年月をかけてこの作品を完成させたが、構想の段階で王にかけられた言葉を支えにして懸命な調査・執筆活動に取り組んだことを振り返っている。そこでは国王へのサンドフォードの態度があらわになっている。献呈文には当然のことながら美辞麗句が並ぶのが常であるが、サンドフォードの場合は必ずしも口先の言葉だけに限らない。過去に王党派として憂き目にあい、王政復古後に引き上げられ、紋章官に任命されたという背景があったゆえ、千二百年に及ぶ英王室の系譜を約六百ページのフォリオにまとめることによって、チャールズ二世の王としての正統性を世に知らしめ、あくまでも国王に忠実な下僕として務めを果たそうとしたのではないだろうか。

『系譜』はウィリアム征服王からチャールズ二世までの君主およびその配偶者・子らについての詳細を記録したものである。『系譜』のタイトルページには黒と赤の文字でこのように書かれている。

A Genealogical History of the Kings of England, and Monarchs of Great Britain, &c. From the Conquest, anno 1066. to the year, 1677. In Seven Parts or Books. Containing a Discourse of their Several Lives, Marriages, and Issues, Times of Birth, Death, Places of Burial, and Monumental Inscriptions. With their Effigies, Seals, Tombs, Cenotaphs, Devises, Arms, Quarterings, Crests, and Supporters; All Engraven in Copper Plates. Furnished with Several Remarques and Annotations. By Francis Sandford Esq; Lancaster Herald of Arms.

（イングランド王およびグレートブリテンの君主の系譜。一〇六六年のノルマン人の征服から一六七七年までを扱う。七部構成。国王らの生涯、結婚、子孫、誕生、死、埋葬の場所と墓碑の銘文などを含む。肖像、国璽、墓、記念碑、紋章のデザイン、徽章、組み合わせ紋、頂飾、サポーター[10]などは、すべて銅版彫刻による。注釈つき。ランカスターヘラルドであるフランシス・サンドフォード著。）

本文は七部構成となっている。時代順に第一巻がノルマン期（The Norman Dynasty）のウィリアム征服王からヘンリー二世まで、すなわち一〇六六年から一一五四年までを扱い、第二巻では プランタジネット朝のヘンリー二世からエドワード一世（1154–1272年）、つづく第三巻ではプランタジネット朝のエドワード一世からヘンリー四世の一二七二年から一四〇〇年まで、第四巻ではヘンリー四世からエドワード四世（ランカスター家）の一三九九年から一四六一年まで、そして第五巻はエドワード四世からヘンリー七世（ヨーク家）の一四六〇年から一四八六年まで、第六巻は「ばら戦争の終わり」としてヘンリー七世からジェームズ王（チューダー家）の一四八六年から一六〇三年まで、最後の第七巻においては「王国の統一」と題してジェームズ王からチャールズ二世までの一六〇三年から一六七七年までと区分している。各巻の冒頭部分には系図、ロイヤルシールの版画、主な君主の肖像が見られる。モニュメント（墓碑）に関してはその在処や構造の説明が、ときには一ページあるいは見開き二ページの挿絵とともに紹介されている。使用された版画はホラー、バーロウ、そしてリチャード・ゲイウッド（Richard Gaywood）による。ゲイウッドは伝記的資料がほとんど残っていない銅版画家であるが、一六四四年から六八年ころまでに多くの作品を世に送り出しており、それらはホラーやバーロウと同様にピーター・ステントによる販売もされていた。『系譜』はフォリオ判で全五九〇ページという大作である。印刷者はトマス・ニューコム（Thomas Newcombe, 1625?–81）で、一六七八年当時の王室付印刷者である。

サンドフォードによる『系譜』はウィリアム征服王からチャールズ二世までを扱っているのだが、サンドフォードはチャールズ二世に宛てた献辞の中で、特に四人の王に言及している。それはエドワード三世、ヘンリー七世、そしてジェームズ一世とチャールズ一世である。エドワード三世についてはその勇気と雅量（courage and magnanimity）、ヘンリー七世については賢明と熟考（prudence and policy）、ジェームズ一世は平和的性向（peaceable inclination）、「幸いなる殉教者（blessed martyr）」チャールズ一世は敬虔と寛容（piety and clemency）という美徳があり、チャールズ二世はこれらの特性を受け継ぐ王であるとしている。ジェームズ一世とチャールズ二世は前期スチュアート朝の君主であり、むしろ同時代史的な記述となる。そこで、中世の二人の王についてのサンドフォードによる記述にまず注目してみたい。

『系譜』第三巻においては二十ページ以上を割いてエドワード三世（1312–77）の生涯が叙述されている。彼が歴史に残した足跡の中で特に忘れがたいものは一三三七年にフランスとの百年戦争を開始したこと、そして一三四八年にガーター騎士団を創設したことがまずは挙げられよう。フランスの王位継承をめぐる百年戦争におけるエドワード三世の活躍ぶりに対する評価は十七世紀においても大変高く、王は有能な戦士として人々から崇められていた。父王であるエドワード二世があまり華やかな武勲を挙げられなかったのに対して、エドワード三世は特にその治世前期においてスコットランドそしてフランスに対する数々の戦いに勝利を収めるなどして、国に高揚感をもたらすことに成功したのである。武勇に注目が集まるエドワード三世の「雅量」を裏付けるのは彼の篤信が現れたつぎの部分であろうか。サンドフォードはエドワード三世の生涯についての記述をこのように締めくくっている。

Those Lawrels placed upon his Head in his Life-time became wither'd with Age, and faded in his Death. But now let us take Notice of him crown'd with the immortal Bays of his Charity, and Works of Piety, which follow'd him after Death, and those were many, as the Founding of Eastminster, an Abbey near the Tower of London, a Nunnery at Deptford, King's-Hall in Cambridge for poor Scholars, an Hospital for the Poor at Calais, and St Stephen's-Chappel at Westminster, (now the House of Commons) with the Endowment of 300 l per Annum to that Church. He also augmented the Chappel at Windsor, with the Provisions for Church-men and 24 poor Knights.(11)

（生涯彼の頭を飾った桂冠は年と共に萎れ、彼の死によって色あせてしまった。しかし今、彼は自身の慈愛と信心による業という、死後も彼について回る不滅の月桂樹の冠を戴いている。その業はロンドン塔近くの寺院イーストミンスター、デトフォードの修道院、困窮する学生のためのケンブリッジ大学キングズホール、カレイの施療院、ウェストミンスターの聖スティーブンチャペル〔現在の庶民院議場〕の設立および聖スティーブンチャペルへの年間三〇〇ポンドの寄付を含む。彼はまたウィンザーにチャペルを創建し、聖職者と二十四名の退役騎士への給付を行った。）

エドワード三世はウェストミンスター寺院に埋葬され、ゲイウッドによる版画がそのモニュメントの詳細を伝えている。[12]

ヘンリー七世（1457–1509）はチューダー家初代の王で、エドワード三世そしてジョン・オブ・ゴーントの血をひく。すなわちチャールズ二世の妻となったキャサリン妃の祖先にもつながることになる。ヘンリー七世の最大の功績は、ばら戦争を終結させ、ヨーク家のエリザベスと一四八六年に結婚することによって長年に渡って対立してきたヨーク家とランカスター家に和解をもたらしたことだ。さらに一五〇二年には、スコットランド王国と平和条約を結んで、娘のマーガレット王女をスコットランド国王ジェームズ四世と結婚させている。これによりヘンリー七世は、約一世紀後の一六〇三年にジェームズ一世によってイングランドとスコットランドの王冠が統一されるための礎を築いたことになる。

ヘンリー七世はウェストミンスター寺院に埋葬された。イタリア人彫刻家ピエトロ・トリジアーノ（Pietro Torrigiano, 1472–1528）が墓の制作を任ぜられ、英国においてもっとも荘厳な墓が一五一九年に出来上がった。モニュメント全体（外観）とその内部に置かれたヘンリー七世と王妃エリザベスが並んで横たわる棺の双方が『系譜』には挿画として収められている。それぞれが見開き二ページである。とくにモニュメント全体の版画は、一六六五年のホラーによる緻密で優美な傑作である。叙述と挿画が一体化して、ヘンリー七世の功績を称え、読者に相乗的なインパクトを与える、この上ない例である。（【図版２】）

ジェームズ一世とチャールズ一世は前期スチュアート朝の王で、チャールズ二世にとっては時代的にも血縁的にも最も近い存在となる。サンドフォードは『系譜』第七巻においてジェームズ一世からチャールズ二世までを取り上げている。一六〇三年に即位したジェームズ一世によってイングランドとスコットラ

［図版 2］ウェストミンスター寺院にあるヘンリー七世のモニュメント。スクリーンの隙間を通して、内部に国王と王妃の墓が置かれているのが見える。右上に刻まれた紋章部分では、このプレート作成にはカンタベリー大主教ギルバート・シェルダン（1598–1677）が費用を負担していることが示されている。
Francis Sandford, *Genealogical History of the Kings of England and Monarchs of Britain* (1677) より

ンドは同君連合となった。第一章ではジェームズの生誕から結婚、即位、戴冠式、その後の内政その他について言及される。また、十八歳で夭折した皇太子ヘンリーの墓、さらには幼くして亡くなった二人の娘のために作られた胸を打つようなモニュメントが挿画に収められている。イラストレーションはこの部分が最終となり、チャールズ一世については一六四〇年代の革命期の出来事が順に述べられ、「殉教者」として亡くなる日までの描写が細かくなされている。そして最終の第三章でチャールズ二世の生誕からの波乱に満ちた生涯が、キャサリン妃を迎える一六六二年まで記される。

むすび

サンドフォードの晩年は寂しくあっけないものであった。名門の家系に生まれ、紋章官として国王からも信頼され、書物史上に残る貴重な文献を残した彼が没したのは一六九四年、ロンドンの債務者監獄（debtor's prison）においてである。あまりに悲劇的であり、時代の流れに翻弄されたサンドフォードは大変不運であった。

サンドフォードの最後の作品 *Coronation of King James II* はジェームズ二世の依頼で制作された。稀に見る美しい挿絵が一大行事を華やかに記録した、芸術性の高い作品である。数々の版画が一六八五年のジェームズ二世の戴冠式のすべてを今日にまで伝える。ジェームズ二世時代は英国史上でも有数の短い治世となったが、彼の名は兄チャールズ二世とともに人々には長く知られていた。エッジヒルの戦いでの敗北、フランスへの亡命、そして王政復古までを、兄であるチャールズ二世の傍らで体験していたからである。しかしジェームズは一六七〇年代にカトリックに改宗したため人々から警戒される存在となり、カトリック陰謀事件の際は一時亡命し、その後一六八二年に帰国した。そしてチャールズ二世が没した一六八五年、五十一歳で国王に即位した。

多くの版画を挿絵として使ったことが災いした部分もあり、この書物の完成までには長い時間がかかった。戴冠式は一六八五年二月であったが、この本は二年を経過しても世に出されなかった。その間、サンドフォードは、紋章院総裁との確執により人生の窮地に追い込まれることになる。当時の紋章院総裁ノーフォーク公ヘンリー・ハワード (Henry Howard) は、書物を上梓していないことを理由にサンドフォードに対して紋章院からの休職を命じた。その後サンドフォードが出版にこぎつけると間もなく名誉革命が起こった。いまや亡命した国王の壮大な戴冠式イベントを扱った書物は当然時代にそぐわないものとなり、著者に借金だけを残した形となってしまった。サンドフォードは一六八九年、ランカスター紋章官の身分をグレゴリー・キングに譲り、紋章院を去る。

『系譜』は一七〇七年に増補版が出版された。サンドフォードによる系譜のつづきを執筆したのは、同じく紋章官のサミュエル・ステビング (Samuel Stebbing, ?–1719) であった。ステビングの名前はこれ以外に取りざたされることがほとんどなく、彼の伝記的情報は少ない。そもそもランカスター紋章官のグレゴリー・キングに長年仕えており、その能力を評価されて紋章院に入ったという人物である。キングはサンドフォードとは書物の執筆を協力して行うような親交があったヘラルドで、前述したように、サンドフォードは一六八九年にランカスター紋章官の職位を彼に譲り引退している。また、キングは『系譜』作成の際（そして*Coronation* に関しても同様に）、著者として名前は出していないが多くの部分の執筆に力を添えている。このような関係を考えれば、サンドフォードの業績をキングのプロテジェとも言えるステビングが引き継いだのも自然な展開であったことがわかる。ステビング自身は一七〇〇年から約二十年間サマセットヘラルドを務めた。

ステビングによる『系譜』増補版は約三百ページ増、新たな版画プリントも十四点挿入された。ホラーやバーロウによるオリジナルの版画の質は二度にわたる印刷によるプレートの傷みと経年の劣化のため残念ながら当初の美しさを失っているように見受けられる。一方で、増補版では一七〇七年までの王族を扱うため、ロイヤルシールなどの版画挿絵は新規に取り入れられた。新たな版画を作成するために資金を提供した面々にはジェームズ一世の孫にあたるソフィア王女の名も含まれる。[13] ソフィア王女は祖父ジェームズ一世のカタファルクの版画挿入に寄与した。[14] 当時ソフィアは実際に王位継承者とされており、この『系譜』増補版の締めくくり部分は八ページを割いてソフィア王女の家系を詳細に扱っている。しかし実際にはソフィアは英国の地を踏むことなく逝去し、その直後、一七一四年にアン女王が没したときにはソフィアの息子ジョージが王位に就いた。ジェームズ一世のモニュメントの版画はジョゼフ・ナッティング (Joseph Nutting, 1660–1722) による。新たな挿画を使用した点にはもちろん意義があるのだが、ナッティングの版画をホラーの作品と比較すれば見劣りすることは否定できない。『系譜』はホラーの遺作となった本のひとつで、十七世紀イングランドで花開いた叙述と芸術の融合を体現する最後の作品と言うことができる。[15]

サンドフォードの『系譜』は一六七七年に出版された後、一六八三年に再版されている。そして第二版となる増補版が一七〇七年、紋章官であるステビングにより発表された。その後、三世紀を経た今日においても、『系譜』はウィリアム征服王から続く英国王家系譜研究に寄与している。

注

（1）Steven N. Zwicker, "Introduction and Commentary," to Francis Sandford, *History of the Coronation of James II* (1687), CD-ROM (Palo Alto: Octavo Press, 1999).

（2）一九四三年からは北アイルランド地域の管理を含む職務となり、タイトルは "Norroy and Ulster King of Arms" に変わっている。

（3）このことについては、高野美千代「Sir William Dugdale を取り巻くアンティクエリー理解者たち～ *The History of St. Paul's in London* (1658) の出版に関して～」山梨県立大学国際政策学部紀要『山梨国際研究』七号、九〇—九九ページ、二〇一二年を参照されたい。

（4）コスチュームプリントは、時代や地域の特徴的な衣装あるいは流行のファッションをまとった人物を描いたものである。たとえば、ホラーによる *Ornatus Muliebris Anglicanus* (1640) は、二十六枚の版画で構成されている。各一枚に一人の女性が、流行のドレスやアクセサリーを身につけている姿で描き出されている。

（5）Francis Sandford, "The Translator to the Reader," *A Genealogical History of Kings of Portugal* (1662).

（6）モターズヘッドはパートナーのトマス・ラトクリフ (Thomas Ratcliffe) と共に出版業を展開しており、一六四九年にはチャールズ一世の霊的自伝と言われる *Eikon Basilike* の出版を扱っている。

（7）*The Term Catalogues* においては、一六七一年の Michaelmas Term（十一月）号に新刊本としてこの本の紹介があり、販売を取り扱う書籍商はトマス・ソーニクロフト (Thomas Thornicroft) とされている。さらに、一七二二年には、この本の抜粋がロンドンで出版されている。

（8）ヘンリー・コヴェントリは、当時チャールズ二世の声明を代弁する役割を果たしていた。

（9）『系譜』の再版は一六八三年で、ロンドンの主要書籍商リチャード・チズウェル (Richard Chiswell) が販売を扱っている。初版発行から再版まで間もないため、初版の売れ行きが好調であったことが推測される。初版の序文において、この本は十五年の間、著者の同意なしに再版は認められないという宣言がコヴェントリからなされていた。したがって、この再版はサンドフォード自身が望んで踏み切ったものと判断される。『系譜』のようにふんだんに版画が挿入されたフォリオ判の書物印刷にはかなりの費用がかかるものであるため、再版しても間違いなく捌けるという確信があってリプリントが行われたと考えることができる。

(10) このサポーターは、紋章を支える一対の動物を指す。

(11) Francis Sandford, *Genealogical History of Kings of England and Monarchs of Britain* (1677), p. 177.

(12) 版画作成費用を負担したのはガーター勲爵士サウサンプトン伯トマス・ライアスリ (Thomas Wriothesley, 1608–67) と考えられる。

(13) このエディションでは、冒頭にサブスクライバーリストが掲載されている。それによって版画プレート作成費用を提供した面々を知ることができる。その他一般の予約購読者も同様にリストアップされているため、初版と比較すれば容易に購読者の内訳を知ることができ、読者層を知ることにもつながる。

(14) このカタファルクはジェームズ一世の葬儀のためにイニゴ・ジョーンズ (Inigo Jones) によって制作された仮設モニュメントである。

(15) ロバート・サラトン (Robert Thoroton, 1623–78) による好古学書 *The Antiquities of Nottinghamshire*（『ノッティンガムシャの故事』1677）も『系譜』同様にホラーの最晩年の版画を複数含んでいる。

主要参考文献

一次資料

Sandford, Frances. *A Genealogical History of the Kings of Portugal*. London, 1662.

——. *The order of ceremonies used for, and at, the solemn interment of the most high, mighty and most noble Prince George duke of Albemarle*. London, 1670

——. *A Genealogical History of the Kings of England, and Monarchs of Great Britain*. London, 1677.

——. *The History of the Coronation of … James II … and of his Royal Consort Queen Mary*. London, 1687. (CD-ROM 1999)

その他

Dugdale, William. *Monasticon Anglicanum*. London, 1655–1673.

——. *Antiquities of Warwickshire*. London, 1656.
——. *History of St Paul's Cathedral*. London, 1658.
——. *The Life, Diary, and Correspondence of Sir William Dugdale*. Edited by W. Hamper. London, 1827.
Globe, Alexander. *Peter Stent, London Printseller circa 1642–1665*. London, 1985.
Griffiths, Anthony and R. A. Gerard, *The Print in Stuart Britain, 1603–1689*. London, 1998.
Noble, Mark. *A History of the College of Arms*. London, 1804.
Parry, Graham. *Hollar's England*. Salisbury, 1980.
Pennington, Richard. A *Descriptive Catalogue of the Etched Work of Wenceslaus Hollar, 1607–1677*. Cambridge, 1982.
Thoroton, Robert. A*ntiquities of Nottinghamshire*. London, 1677.
Wagner, Anthony. *Heralds of England: a History of the Office and College of Arms.* London, 1967.
Wood, Anthony. A*thenae Oxonienses*. 2 vols. London, 1691–92.

編集後記

まずは編集責任者として、恒例になってしまった締め切りの延長と、それに伴う発刊の延長についてお詫びしたい。(特にきちんと九月の締め切りを守っていただいた投稿者の方々には大変ご迷惑をおかけした。)編集サイドのプロモーションが足りなかったものと反省している。が逆にその分、一月の第二次締め切りに論文が数多く投稿された時は、とても感動した。投稿者のご協力とエネルギーに心から感謝したい。結果として、ご覧のように全十三編の論文が掲載された立派な一冊となったと自負している。

本書のテーマについては、編集で相談の結果、「十七世紀英文学を歴史的に読む」とした。もちろん「歴史的に読む」といっても、「歴史」という言葉がこの数十年でその意味合いを大きく変えたように思えるので、少し幅が広すぎるかとは考えたが、なるべく執筆者がアプローチしやすいものが良いという視点からこれに決定した。先回りして予防線を張る形になるが、「歴史」という言葉はそのような幅広い意味を包含する、と解釈していただければ幸いである。

考えてみれば、前編集責任の吉村伸夫先生がご逝去され、その後の総会当日に「次は東京支部だからお前がやれ」と某先生に言われ、一度はお断りしたものの、その後勢いで引き受けてしまった。失敗だった。その結果このような重責に全く向いていない私が、他の五名の編集委員の方々に多大なご迷惑をかける結果となってしまった。ここでお詫びしておきたい。そして、そのご協力に感謝の言葉を述べたい。特に編集の最初の段階で関西支部に論文が集中したため、東北支部に査読をお願いした事をここに付記しておきたい。

さて最後に、次号の編集チームに申し送るという意味で、自分が編集にかかわって感じた事をいくつか挙げておきたい。(一)編集について、地方分権なので最初戸惑った。今後担当される方の事を考えると、もう少し編集の段階から各支部の委員が情報を共有し、編集作業を進めた方がよいのではと思われた。(二)会員の数名から英語で論文を投稿したいという希望があったが、今回は編集の準備不足という事で、結局はお断りせざるを得なかった。これも今後の課題である。

締めはまたまた以下同文になってしまうが、今回も金星堂の倉林さんに最初から最後までお世話になった。特に今回は注意力散漫な私が犯した数々のミスを、全部フォローしていただくという形になった。この場を借りて、深いお詫びとさらに深いお礼を述べたい。また最後になったが、毎回当学会の活動に大きなご理解をいただいている金星堂の福岡社長にもお礼を申し上げたい。

編集責任　岩永　弘人

Reading Seventeenth-Century Literature Historically

2015

CONTENTS

十七世紀英文学を歴史的に読む
—十七世紀英文学研究 XVII—

2015 年 5 月 30 日　初版発行

編　集　　十七世紀英文学会
発行者　　福　岡　正　人
発行所　　株式会社 金 星 堂
（〒101–0051）東京都千代田区神田神保町 3–21
Tel. (03)3263–3828（代） Fax (03)3263–0716 振替 00140–9–2636

編集協力　ほんのしろ　Printed in Japan
印刷所／興亜産業　製本所／井上製本所
落丁・乱丁本はお取り替えいたします
ISBN978–4–7647–1150–1 C3098